凤策长安 上

重庆出版集团 重庆出版社

图书在版编目(CIP)数据

凤策长安 / 凤轻著. —重庆：重庆出版社, 2021.9
ISBN 978-7-229-15708-1

Ⅰ.①凤… Ⅱ.①凤… Ⅲ.①长篇小说—中国—当代 Ⅳ.①I247.5

中国版本图书馆CIP数据核字(2021)第006354号

凤策长安
FENG CE CHANG'AN

凤轻 著

丛书策划：李　子
责任编辑：李　雯
责任校对：刘小燕
装帧设计：九一设计

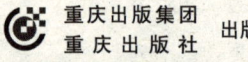
重庆出版集团
重庆出版社　出版

重庆市南岸区南滨路162号1幢　邮编：400061　http://www.cqph.com
重庆出版社艺术设计有限公司制版
重庆一诺印务有限公司印刷
重庆出版集团图书发行有限公司发行
E-MAIL:fxchu@cqph.com　邮购电话：023-61520646
全国新华书店经销

开本：720mm×1000mm　1/16　印张：48.75　字数：1170千
2022年1月第1版　2022年1月第1次印刷
ISBN 978-7-229-15708-1
定价：98.00元

如有印装质量问题，请向本集团图书发行公司调换：023-61520678

版权所有　侵权必究

目录

- 第一章　凤出江湖 ………… 001
- 第二章　凤霄长离 ………… 042
- 第三章　落草为寇 ………… 083
- 第四章　叛国者诛 ………… 129
- 第五章　重回上京 ………… 174
- 第六章　拓跋门下 ………… 214

◆第一章◆
凤出江湖

夜幕中，上京城十里外的穆兰河在静谧的月光下蜿蜒流过。河水流淌时细微的哗哗声让夜晚显得更加宁静安详，远处还依稀能看见灯火的光芒。

一个中年男子正蹲在河边撩起河水洗手，突然宁静的河面传来响动，仿佛有什么东西要从水下面冲出来一般。

男子一惊，忍不住扶上了腰间的腰刀。

一个黑影从水下破水而出，是一个人？

男子愣了一愣，水里出现一个稚嫩的少女。看上去仿佛只有十一二岁的模样，一头湿漉漉的黑发贴着脸颊披散着，发尾散乱在湖水中。少女的容貌极是美丽，虽然脸色苍白而消瘦，却已经难掩绝色之姿。

小小年纪眉宇间已经有了几分冰霜之色，更让人觉得惊艳无比。如此诡异地出现在河水中，让人想起了北晋传说中的水妖。

"你……你是南人?!"男人看清了少女的容貌惊道。很快脸上又染上了几分色欲，伸出手对少女笑道："没想到在这里竟然会遇到如此美丽的南人，你是哪家的逃奴？虽然小了点儿……跟我回去吧。我会让你做我的第七个侧室。"

少女神色平静地望着对自己伸出手的男人，冷清的眼眸里带着一丝迷茫，仿佛男人说了什么她难以理解的话一般。但是这一点迷茫也只是刹那间的事情，下一刻清冷的眼底多了几许杀气。少女抬头仰望着居高临下的男人，慢慢伸出了自己的手。

男子见状心中顿时一喜，伸手抓住少女就将她拉了上来。

虽然在北晋，南人地位低贱与奴隶无异，但他也只是一个普通的貂族人罢了。家里除了正室是貂族人，还有五个姜室都是南人，说是姜室不如说是女奴。在北晋貂族人强抢南人女奴并不犯法，但那些女奴容貌都粗陋不堪，哪里有眼前的少女万分之一的美貌？

如此绝色若是献给上面的官老爷，说不定还能换个官儿来当。男人忍不住在心中想着。

看着少女因为湿透了而贴在身上的衣裳，男人眼神火热。正要将少女拉进自己怀中上下其手,却见那少女脸上绽出一抹天真的笑意,伸出两只手抚上了他的脖子。

男子大喜,想要凑上去却在下一刻猛地睁大了眼睛。

少女脸上的笑意瞬间消失,恢复了原本的冰冷。男人睁着眼睛的头无力地垂下,已经没有了生机。少女冷笑一声,取过男人腰间的腰刀和钱袋,将不远处的几块石头塞进男人宽大的衣服里扎紧。她随手一推,男人沉入了水底。

做完这些,少女拿起地上的腰刀和钱袋离开了河边,片刻后消失在了夜幕中。

夜色下,静谧的河水依然在原野上静静流淌。月光照在河面上,泛起粼粼波光。

隐蔽的山洞里,瘦弱的少女微闭着眼睛陷入了噩梦中。梦里,从小生活在浣衣苑的孩子在姐姐和亲人们的保护下战战兢兢地活着。她总是把自己弄得脏兮兮的,从来不敢在外人面前露出自己的脸。因为即便是她还小,姐姐和一起住在浣衣苑的长辈们也早就教过她浣衣苑到底是什么样的地方。

小小的她在浣衣苑所有人的掩护下跟着姐姐学些读写,跟着曾经做过武婢的人学习防身之术。看着一个个曾经呵护过她的人在折辱中死去,她却什么都做不了。直到有一天轮到了她相依为命的姐姐,她的姐姐那么美丽,那么柔弱,却当着她的面被人凌辱而死。

"哈哈,瞧瞧……这可是天启皇帝的长公主呢。"

"什么长公主?不过是咱们四王子不要的女人罢了。"

"说得也是,这浣衣苑里的女人,哪个不是什么公主娘娘的,还不是给咱们玩儿的么?"

不要!不要!

"说起来,听说这个小鬼也是个公主呢。"

"不要!求求你们!她还是个孩子!你们找我吧,找我吧。"

"卿儿,该怎么办?你要怎么办?姐姐太累了,实在是不想活了,但是……但是你要怎么办啊。你这辈子怎么办啊?姐姐照顾不了你几天了。"

梦中憔悴的女子满脸悲哀地望着她,"可怜的卿儿,你为什么要生下来?我还过了几天好日子,你却从小就在这浣衣苑长大,以后……以后……姐姐真希望你永远也不要长大。但是,姐姐实在是熬不下去了。当初母妃想要杀了你我舍不得,却不知道……这到底是为你好还是害了你啊。"

"姐……姐……"孩子动了动唇角,握住她的手道,"我们会出去的。"

一缕鲜血从她唇边溢出,女子的脸色渐渐灰败起来。

"算了……我的卿儿,一定是世上最漂亮的姑娘了。可惜啊,以后看不到了。"

女子眼底闪过一丝淡淡的光芒,"卿儿,逃出去吧。"

"姐姐……"

女子握住她的手,颤颤巍巍地掏出了两块玉佩,道:"拿着……若是有一天,你能够回到天启。替我告诉父皇……灵犀,想、回家……"瘦弱的手慢慢地垂了下来,女子渐渐闭上了眼睛,一滴泪水慢慢从眼角滑落……

"姐姐!"睡梦中的女孩突然睁开了眼睛,眼底闪过一丝凌厉的锋芒,仿佛要将眼前的一切撕裂一般。然而她眼前只有无尽的幽暗,不远处的洞口处月光洒落进来,露出了一片淡淡的光。

伸手在黑暗中摩挲着,两块小巧的玉佩被她攥在了掌心。极品的羊脂白玉入手温润,少女纤细的手指用力抠着玉佩上的纹路,因为太过用力,甚至让玉佩染上了指尖的血迹。

"姐姐、姐姐……"幽暗的山洞里,少女一遍一遍地低喃着。只是那个曾经用尽一切办法保护她的人,再也不会回答她了。终于,少女颓然地低下了头沉沉睡去。清晨,少女再次睁开眼睛时外面天色已经大亮了。少女明媚的眼眸带着几分清冷和坚毅,还有深深的孤单与寂寞。

她是天启皇朝二公主,不久前大公主没了,所以她是唯一的公主。

天启皇朝被貊族人赶到了南方,整个中原地区都被貊族人占据并建立了北晋国。当年天启南迁的时候,许多皇室宗室权贵女眷都被貊族所虏。而她天启皇朝二公主楚卿衣,年方十三,她和自己的母亲姐姐被北晋人俘虏的时候只有三岁,这将近十年来都住在上京的浣衣苑。如果不是她身份还算特殊,又有姐姐拼死保护的话,一个孩子在那种地方根本活不下来。

就像是她的祖母、母亲、亲姐姐,以及诸多的堂姐一样。她们曾经无一不是高门贵女生来尊贵,然而却在那个地方受尽了凌辱凄然死去。

她们都尽心竭力地保护她,毫无保留地教授她一切她们会的东西。她们总是对她说:"卿衣,你一定要离开这个地方。"

这些年,身边熟悉的人一个一个地消失,最后连她唯一的姐姐也没有了。她终于也逃出浣衣苑,一时间却有些迷茫。她要做什么?她要去哪儿?

"卿儿……若是有一天,你能够回到天启。替我告诉父皇……灵犀,想、回家……"

对了,回家……她答应了姐姐,要带她回家的!

但是现在……回天启去找她那位十几年没有见过的父皇吗?不,她得先活下去,然后去天启问问她的父皇,还记不记得他的女儿,让他帮忙带姐姐的尸骨回家,虽然……对此她并不抱什么希望。

离开了浣衣苑,离开了姐姐的庇护,她从今天开始就是独身一人了。她楚卿衣……不,如今的她不需要一个天启公主的名字。

从今以后,她是楚凌。

对天启人来说,北晋的日子比楚凌想象中的更难过。浣衣苑的日子算得上艰难,但是她却也从没有真正见过一个族群都被人奴役践踏到底是什么样的。

在北晋，天启人的待遇几乎不能被称之为人，完全与奴隶和牲畜无异。貊族人可以随便闯进家里抢走天启人的粮食、妻子、女儿，因为每一个天启人都是貊族人的奴隶。即使是一个最不起眼的貊族人，也能娶好几个天启女子做侍妾，只为了生孩子。貊族人的人口不到天启的十分之一，抢占了大片的土地之后，他们需要更多的人口。

这些还算是有官方治理的地方，至于更多无人管束的地方，烧杀抢掠，无所不为。

转眼间楚凌离开浣衣苑已经半个月了，这半个月来她没有片刻的轻松。无论是什么人，只要看到与自己相同模样的人全都被人当畜生一样奴役，或者麻木不仁地活着时，都轻松不了。

即便她们并没有什么关系。

这日，楚凌来到一处山脚下小村子外，摸了摸自己身上已经不多的干粮，决定去补充一点粮食。只是还没走进村子，就闻到一股浓浓的血腥味儿。

楚凌眼神一冷，身形一闪飞快地避到了隐蔽处。破败的小村子，只有十来户人家。矮小的小房子，狭窄而坑坑洼洼的小路。小路的尽头，系着几匹马，马背上还绑着不少粮食。

"畜生！你们不得好死！"一个悲愤的声音从竹子编成的篱笆墙里传来。两个身材高大的北晋人正一左一右押着一个年轻男子。那男子浑身上下满是伤痕，额头上也破了一条口子。他疯狂地挣扎着，然而被两个比他更加高大的男人押着，根本动弹不得。

不远处的地上，躺着两个老人。另一边一个年轻女子正被另一个北晋男子压在地上，衣衫破败，满脸泪水。

"哈哈。"男人的悲愤无助似乎取悦了两个男子，"天启的男人都是废物，天启的女人都是我们的战利品……"

"娘子！"男人含恨叫道，"我跟你们拼了！"低头一口咬向抓着自己胳膊的人。

"找死！"

那青年男子恨极，咬在手臂上丝毫没有留力。那北晋人被激怒，举起腰刀就朝着青年男子砍了过去。

"嗖！"清脆的声音夹着破空的劲风射向举刀的男人。

这个北晋人显然没有想到他会在这种地方受到袭击，一支短小的箭矢射中了他的喉咙。北晋人大睁着眼睛，喉咙发出咯咯几声轻响，却什么也说不出来直挺挺地倒了下去。

"什么人?！"正压着那年轻女子的人也吓了一跳，连忙一跃而起。

"畜生！去死吧！"年轻男子趁机捡起了地上的腰刀，冲向了玷污自己妻子的男人。

貊族人并没有将年轻男子放在眼里，同样举起腰刀狞笑着看向朝自己冲过来的天启人，毫不犹豫地挥出了刀。一个矮小的身影突然插入中间，抓着那年轻男子往旁边一推，同样一把腰刀挡住了砍下来的刀。楚凌此时的力气绝对不如一个身强力壮的北晋男人，所以她也并不硬拼。腰刀与男人的刀一触即走，下一刻微弯的腰刀转了个弯一刀拉下，切断了男人右手手筋。

另一个男子这才反应过来，怒吼一声朝着楚凌冲了过来。楚凌不闪不避，直接冲着男人迎了上去。

男人这才发现眼前的竟然是一个还不到自己胸口的小丫头，顿时怒火中烧。直接伸出手朝着楚凌的肩膀抓去，"没想到南人竟然还有如此泼辣的女人！我要把你抓回去做我的女奴！"

楚凌眼底闪过一丝冷笑，看不起她吗？好极了，这是他自己找死！

她手中的腰刀朝着男人毫不犹豫地劈了过去，男人连忙举起另一只手的刀挡。这人的力气比刚刚的男人更大许多，双刀相撞，楚凌手中的刀立刻就飞了出去，虎口也是一阵剧痛。

楚凌见状也不气馁，凌空一翻一脚踢向男人的胸口。男人伸出手抓住她的腿，楚凌微微蹙眉，袖中一条绳索飞了出去缠住了男人的脖子。男人怒吼一声，抓着楚凌的腿用力往回拉。楚凌借力使力，踩过男人的肩膀落到了篱笆外面。楚凌挑眉，转身几步冲上了篱笆外面的一棵大树，绳索绕过了树杈，楚凌毫不犹豫地抓着绳子朝树下坠去。

绕在男人脖子上的绳子骤然收紧，男人连忙抬手想要用手中的刀砍断绳子。却见楚凌反手取过挂在腰间的一把小巧的弩，扣动扳机，一支小箭射中了男人的右手，腰刀脱手落地。

男子被绳子拖着朝外面滑去，却被篱笆挡在了里面。楚凌的体重还不足以拉动这样一个彪形大汉。但是被一条绳子勒着脖子也绝不好受。他脸上终于有了几分惊恐之色，手忙脚乱地伸手想要解开脖子上的绳子，身后那年轻男子举起刀一刀刺进了他的后腰。

楚凌并没有阻止，一只手抓着绳索任由自己挂在半空中看着男人翻白眼的模样。

男人抓着绳子的手慢慢地松开了，翻着白眼趴在快要倒塌的篱笆中间，眼睛还定定地望着楚凌的方向，神色痛苦。

他印象的最后，是一个单手抓着绳索挂在半空中对着他冷笑的孩子。

从树上下来，楚凌望着院子里的人默然无语，那个被她切断了手腕的北晋人被年轻男子乱刀砍死了，年轻的夫妻俩搂在一起失声痛哭。

等到夫妻俩平静下来，方才看向站在一边的楚凌。这才发现，刚刚救了他们并杀了貂族人的竟然是一个孩子。那孩子看着极为瘦小，浑身上下也是脏得几乎要看不清楚脸，但是那一双眼眸却出奇地明亮，里面仿佛燃着幽暗的火焰。

"小……这位姑娘……"男子将妻子挡在身后，战战兢兢地看着眼前的孩子。他不过是这偏僻村落里一个寻常的村夫罢了，这辈子见过最大的官儿便是里正了。生逢乱世，这世间最多的依然还是像他这样没什么能力，也无力左右自己人生的寻常人。原本以为能在貂族人的淫威下苟延残喘，没想到他们在那些貂族人的眼中不过是可以随意玩弄的牲畜罢了。

貂族人一个兴起，他便是妻儿不保。

楚凌道："我原本想来换一些干粮，没想到……"

男子松了口气，连忙道："咱们家中还有一些干粮，送给姑娘也可以。"推了推身后的妻子，示意她赶快去拿粮食。

楚凌哪里不知道他是什么意思，淡淡一笑也没有在意。将一块碎银递了过去道："我拿这个跟你换。这地方死了几个貂族人，你们趁早搬走吧。"

男子露出了一个苦涩的笑，道："村子里本来就没剩下几口人了，这次……就剩下我们两口子了还能到哪儿去？"如今这世道，他们这样的天启人走不出去二十里就会被貂族人抓去做奴隶。

楚凌微微皱眉，"那你们怎么办？"

男子苦笑道："听天由命吧。"

楚凌皱眉没有说话，那女子已经跌跌撞撞地拿着一包干粮走了出来。有些怯生生地道："只有……只有这么多了，姑娘别嫌弃。"

楚凌接过来道了声谢，道："在北晋过不下去，你们为什么不去南方呢？"

男子道："姑娘不知道吗？咱们这边和南朝中间隔着灵沧江。那灵沧江又宽又长，南朝为了怕貂族人打过去，将江面上原本的渡口都拆了，船也都烧了。两岸都有重兵驻守，发现江上有人直接就乱箭射死了。若是想要过去，就要从更远的西秦境内绕过去。那一路匪患横行，道路崎岖，咱们这些人……只怕走不到西秦，就活不下去了。"

楚凌闻言，眉头不由锁得更紧了，她对这个世界的印象终究太过虚幻，只听姐姐和浣衣苑里的其他人讲过。她在沈王府的那两年也曾经看过一些书。姐姐似乎很担心自己总有一天会离开她，总是想方设法地教导她各种有用没用的东西。

但是对于一个从未出过门的小姑娘来说，这些东西无异于纸上谈兵。看来想要去天启也不是一件容易的事情，别的不说，这具身体太过虚弱了。前两天还小病了一场，若不是她命大挺过来了，说不定现在已经客死异乡了。

看着眼前神色怆然的年轻夫妻俩，楚凌也只能在心中叹气。

这真是一个让人活不下去的世道。

最后楚凌又多留下了一些碎银，便告辞离去了。她虽然有心说服两人离开这里，但是他们却并不愿意也无处可去。若让他们跟着她走更不可能，不说她自己尚且无处安身，这两人也绝不会随随便便相信一个连路都不知道的孩子的。

走山道荒野固然不容易遇到貊族人，但是却不利于她了解这个乱世。

于是在下一个小城附近她放弃了小路，直接进城了。

如今是乱世，最少不了的便是流民和乞丐。

貊族本是游牧民族，又是刚入主中原没几年，对于普通百姓的控制残酷却并不如何精密。比如原本她一直担心的路引之类的东西，在北晋就并不通行。而像楚凌这样瘦小的乞儿，就算是抓奴隶的貊族人都懒得看她一眼。毕竟奴隶是要用来干活的，像她这样看起来没有力气的，就算吃得再少也是要亏本的。

如今距离貊族占领中原的大好河山已经将近十年了，稍微有一些规模的城中，天启人的日子依然不好过，但也比刚开始的时候好多了。许多人或许已经麻木了，进了城便经常看到许多貊族打扮的人穿着华贵，身边却跟着一大群衣着褴褛表情木然的天启人。更不用说那些店铺的奴隶，动辄被主人挥着鞭子抽也不敢反抗。

楚凌正蹲在墙脚思索着往后的路，一阵马蹄声从不远处传来，片刻后一群人已经策马走近了跟前的街道。让楚凌惊讶的是，坐在马背上的是一个俊美不凡，神色冷漠的男人。这男人虽然穿着貊族人的服饰，但是谁都看得出来这样俊美英挺的容颜，绝不是貊族人能有的。这是一个……南人，天启人。

这人……好像在哪儿见过？

这些日子看多了或麻木，或卑微，或谄媚的天启人，突然看到这样一个俊美不凡高高在上的人，楚凌一时竟有些回不过神来。

旁边有人扯了扯她的袖子，楚凌垂眸掩盖了眼中的凌厉。扭头看向对方，是一个十五六岁模样的少年。那少年脏兮兮的脸倒是跟楚凌有几分异曲同工，楚凌一眼就看出来那脸上的污迹也是特意涂上去的。

"低下头，别乱看。"少年道。

"那……那是谁？"楚凌问道，她觉得那人看起来有点眼熟。

少年冷笑了一声道："那是叛徒！"

"咦？"楚凌不解地看着他。

少年压低了声音道："那是陵川县主的——县马，百里轻鸿！不想死的话，小心点别去招惹他。"说完，少年便弓着身小心翼翼地走了。

百里……轻鸿？！

天启有世家，姓百里。

百里家世代名臣名将辈出，百里轻鸿是百里家嫡长孙，才貌双全，武艺超群。年方十五便一战成名，被誉为少年名将。天启皇帝爱其才能，将长女灵犀公主许配给他为妻。原本定下约定，等到公主十六岁便举行大婚。

然而永嘉十四年貊族南侵，永嘉帝仓皇南逃，公主却和一众皇室女眷一起被貂族所俘关入了浣衣苑。那时候百里轻鸿正困守孤城与貂族大战，据说百里轻鸿率领三万将士足足守城十五日，城中将士死伤殆尽。而最后，这位被誉为天启未来名将的年轻人……却归降了北晋。

此举给了当时正风雨飘摇的天启极大的打击。

不仅如此，百里轻鸿归降貂族之后，娶了北晋明王之女陵川县主拓跋明珠为妻。

脑海中的记忆渐渐清晰了几分，几年前姐姐被四王子沈王拓跋胤强纳为侍妾的时候，受过一段时间的宠。姐姐求了拓跋胤将她也带在身边，其间曾经见过百里轻鸿一次。那时候百里轻鸿与陵川县主夫妻和睦恩爱，回到房中姐姐却整整哭了一个晚上。

百里轻鸿，怎么会在这里？

楚凌没有去思考百里轻鸿背叛天启的问题，而是……百里轻鸿身为陵川县主的丈夫，即便是身份尊贵但依然是天启人。

为什么会出现在这个地方？

这个问题只在楚凌的脑海中徘徊了片刻，看了一眼已经渐渐远去的马队，一个有点眼熟的身影从前方的路边一闪而过。楚凌微微眯眼，起身悄无声息地跟了上去。

楚凌一路跟着的人正是之前出声提醒她的少年乞丐，只见他一路跟着百里轻鸿的队伍，竟然也没有被别人怀疑，显然不仅身手利落，伪装能力也十分不错。

马队一路到了城中一处富丽堂皇的宅邸前才停了下来，宅子中有人迎了出来，神色十分热情恭敬地迎接百里轻鸿。但楚凌远远地看着，却能在那主人身后的人脸上看到不以为然和轻蔑的神色。显然，并不是每个人都那么欢迎这位陵川县主的夫婿。

楚凌再将目光看向隐藏在另一边角落里的少年，却见他悄无声息地从袖中取出了一把弩箭对准了正站在门口和人说话的百里轻鸿。

少年盯着不远处的俊美男人，眼底闪过一丝恨意。正要扣动弩箭上的机关，一只瘦小的手按住了他的手。少年一愣随即大怒，却在还来不及说话的时候被人抓住，拽着往巷子里走去。为免惊动外面的貂族人，少年只能咬牙跟着拽他的人离开。

不远处正在跟人说话的百里轻鸿微微一怔，朝着身后的巷口望了过去。

"县马，可是有什么事？"站在他跟前的人殷勤地笑问道。

百里轻鸿摇了摇头道："无事。"

楚凌一直拽着那少年穿过了两条巷子，才在一个无人的角落停了下来。

少年一把挥开她的手，怒道："你干什么！"他一时好心提醒这丫头两句，没想到她竟然坏了他的事！

楚凌道："你想杀他？"

"废话！要不是你……"

楚凌道："要不是我，你也杀不了他。你这弩是自己做的吧？这东西力道太弱，以刚才的距离即便是你不射偏，能杀了他的可能性也低于三成，被发现之后你能顺利逃走的概率不足一成。"

"关你什么事！"少年恼怒地道。

楚凌好奇地打量着他："你跟他有仇么？"

少年冷笑一声道："叛国贼子，人人得而诛之！"

看着少年明亮的眼眸中写满了熊熊怒火和仇恨，楚凌轻叹了口气道："要报仇就要先学会保全自己，除非你有十成的把握杀了你的仇人。"

少年有些怪异地看了一眼几乎看不出面目的女孩，"你一个小丫头懂什么？"

楚凌难得好脾气地对他一笑，"我师父的父亲曾经是一位将军，你说我懂不懂？"教她防身术的人除了武婢，有一位是天启的将门之女。只可惜，在她十岁那年因为受不了貊族人的凌辱，反手杀了一个貊族人被活活打死了。

"我刚救了你，算是报答你之前提醒我的恩情。"这么稚嫩的少年显然是没有多少经验更没有受过多少苦楚的，也不知道怎么跑到这个地方来的。

"我要去天启，你要不要跟我一起？"楚凌问道。

"不，我还有事。"少年坚定地道。

楚凌也不强求，点头道："那好吧，后会有期。"摆摆手，就当真抛下那少年不管往巷子外面走去了。

"等等。"身后少年沉声道。

楚凌回头看着他。

少年道："灵沧江已经全面封锁了，以你的脚程想要从西秦回去只有死路一条。更何况西秦如今也投靠了北晋，对天启人也并不友善。"

楚凌对他笑了笑，挥挥手走了出去。

巷子对面的茶楼上，一个头上戴着帷帽的布衣男子越过窗户看向对面的街边，不知看到了什么轻笑出声。

"公子？"身边一个高壮男子不解地道。

男子微抬下巴，道："那个少年，你看着是不是有点眼熟？"

男子闻言立刻望了过去，忍不住皱眉道："公子是说那乞儿吗？长得还算俊秀，倒是看不太出来像谁。"

男子慢条斯理地道："我看着，他倒是跟今天刚到城里的那位有三分像。而且你看他即便是乞儿装扮，举止依然带着几分优雅，显然是出身不凡。"

"公子的意思是……"高壮男子一惊。

布衣男子微微摇头，"我没什么意思，只是觉得，这一趟出来……倒是有点意思。"

另一边的街角，楚凌依然像个小乞丐一般蹲在角落里。目光却若有若无地看向后方斜对面楼上一处开着的窗户。方才从小巷里出来，她分明感觉到了一道打量的目光。心中微微叹了口气，看来还是要尽快离开这里。

楚凌感觉到危险准备离开，就立刻付之行动。但是还有人比她更快，等到她来到城门口的时候，原本敞开任人进出的城门虽然没有关闭，却多了很多手持兵器的貂族士兵。

城门口还躺着两具尸体，地上的血尚未干透。所有天启人模样的人纷纷后退，即便是心中不忿却也没有人再敢试图上前。

一个貂族将领操着有些生硬的中原话道："朝廷搜捕反贼，所有南人不得出入。若有违抗，杀无赦！"

众人惊骇地将目光投向地上的尸体，那分明是两个看起来还未及弱冠的少年人啊。只是这年头没有讲理的地方，也没有人敢去跟貂族人讲理，只能以畏惧的目光看着那些手握利刃的士兵。

看到周围人的样子那将领得意地一笑，眼神轻蔑："中原人，都是废物！"

楚凌坐在墙角，手里拿着一个粗粮馒头漫不经心地咬着，偶尔看向城门口那将领的目光却冰冷得没有一丝感情。

这个乱世，她和她的族群毫无意外是属于被欺压的那一群。

但是，她想过这样的日子吗？

谄媚地向貂族人求荣？麻木卑微如天启人求生？或者如在浣衣苑里一样，在别人的庇佑下苟延残喘？

楚凌在心中摇头，不，她不想。

梦里，她们总是用一双双眼睛望着她，对她说："卿衣，你一定要出去。"

"你要离开这里。"

要好好活下去。

我出来了，我要好好活下去。

光明正大地活下去，终有一日带她们回家！

城是暂时出不去了，楚凌也不打算离开。直觉告诉她，百里轻鸿突然出现在这里，必然不会是无缘无故的。

"你怎么还在这里？"少年的声音在旁边响起。楚凌并不意外，虽然这少年手脚很轻，但是靠近她的动作着实算不得高明。真不知道是什么样的人家，竟然放心让这么个少年自己在外面到处跑。

"出不去了啊。"楚凌将最后一点馒头塞进口中漫不经心地道。

那少年自然也看到了城门口的事情，拉了拉楚凌小声道："跟我来。"

楚凌犹豫了一下，她并不太想跟这个一看就是个麻烦的少年扯上太多的关系。

只是片刻之后，还是沉默地跟了上去。

少年带着她穿过了好几条街道，钻进了最偏僻的一个巷子里一座毫不起眼的破院子。经过多年战乱以及数年前的大举南迁，北方人口急剧减少。许多地方十室九空，在这小城里找一间无人居住的空房子并不是什么难事。不过看着少年熟门熟路的模样，楚凌道："你看起来对这里很熟悉？"

少年回过头瞪着她道："我警告你，最好别多管闲事！"

楚凌无语：她根本没想多管闲事，是这家伙非要她跟着回来的好不好？

少年道："你要去南方？"

楚凌点点头道："我也是南人，自然想要去南方生活。"

少年鄙视地看着她，略带几分高傲地道："就凭你根本连北晋的地界都走不出去。等我的事情办完之后，你可以跟着我走。"

楚凌眨了眨眼睛，脏兮兮的小脸上一双眼睛灿若星辰。少年有些不自在地道："本公子是看你可怜，小心被人抓去当奴隶怎么死的都不知道！"

楚凌终于忍不住轻笑出声，没想到这样的世道这少年竟然还会保留着如此善良的秉性。

"谢谢你。"楚凌轻声道。

少年轻哼了一声，给了她一个算你识相的眼神，"我叫云翼，你叫什么名字？"

楚凌道："叫我阿凌便是。"

少年点点头，也没问她全名叫什么。

"砰砰。"门口传来两声敲门声，两人警惕地看向门口。

楚凌见那叫云翼的少年点了下头，才慢慢走过去将门打开了一条缝。

出现在门口的人却让她微微一怔，那是两个天启人，一个穿着蓝色布衣的年轻男子和一个中年壮汉。

那男子修长清瘦，虽然穿着最不起眼的粗布衣衫，却给人一种金贵优雅之感。他容貌清俊，眉目疏朗，伫立在门前对楚凌微微颔首一笑，霞姿月韵风流天成。饶是楚凌也忍不住在心中感叹，所谓粗服乱头不掩国色当是如此。

只是，她却分明从那双温润的眼眸中看到几分如孤鹰般的锐利和桀骜。

"咳咳，姑娘，我们主仆可否在此歇息片刻？"蓝衣男子闷咳了两声道。

这男子竟像是身体欠佳，一开始楚凌便察觉了他脸色有些诡异的苍白，此时一开口说话，更能感觉到他气息的断续。

楚凌回头去看云翼，这并不是她的地方。

站在院子中间的云翼点了点头，楚凌这才打开了门让到了一边。

"多谢。"男子轻声道。摆摆手拒绝了身后壮汉的搀扶，抬脚走进了院子。

荒废已久的小院里站着四个人。

除了最后进来的两个其实大家彼此都不熟悉，一时间气氛有些尴尬。

那壮汉忙碌着收拾出来一片干净的地方请蓝衣男子坐下。那蓝衣男子笑了笑，也不在意，随意地坐了下来看向云翼和楚凌道："萍水相逢，还没请教两位高姓大名？"

云翼语气有些不善地道："既然知道是萍水相逢，还问什么？"

蓝衣男子还没说话，站在他身边的壮汉却忍不住了，"我家公子好言相问，你这小子当真好没教养！没人教你怎么说话不成？"

云翼脸色一变，眼看就要发作。却见那蓝衣男子先一步开口道："不得无礼！小公子见谅，我这朋友性子有些急。在下……君无欢，请教大名？"

"你……你是长离公子？！"云翼惊愕地看着眼前的布衣男子道。

蓝衣男子淡笑道："不敢，正是在下。"

"这不可能？你怎么会在这里？！"云翼惊道。

蓝衣男子微微扬眉，"怎么？难不成小公子认识在下？"

楚凌也有些好奇地打量着对面的男子，她知道的东西太少了，孤陋寡闻都不足以用来形容她。

看云翼的神色，显然这位无欢公子身份还挺不简单的。

似乎察觉到了楚凌打量的目光，君无欢和善地对她一笑点了下头。

楚凌丝毫没有偷看被人抓住了的不好意思，饶有兴致地看看云翼又看看君无欢，看看君无欢又看看云翼。君无欢安坐如山，倒是云翼被她看得有些发毛。云翼没好气地道："你看什么看？！"

楚凌无辜地摇摇头，气得云翼脸色涨红半晌说不出话来。

君无欢似乎觉得两人这模样很有趣，轻笑了一声，见两人齐齐看向他方才道："两位可是准备要回天启？"

云翼声音有些尖锐地道："这跟长离公子没什么关系吧？我倒是忘了，君公子手眼通天，即便是在貊族的地盘上也能横行无忌呢。"君无欢摇摇头，看着眼前的少年仿佛在看一个不懂事的孩子，"云公子……"

"君无欢，你到底想干什么！"云翼仿佛一只被人踩了尾巴的小兽从地上跳了起来，警惕地盯着君无欢。

君无欢叹了口气，道："云公子误会了，在下只是与云家二公子有些交情罢了。公子若是无事，不如我派人送公子回云家，免得家里担心？"

云翼道："不用你操心！而且你不是跟我二哥有交情，而是跟那个逆贼有交情吧？！"

君无欢沉默了片刻，轻叹了口气不再说话。

云翼道："请两位现在离开这里，我这里不欢迎你们！"

君无欢摇摇头道："无论云公子现在想做什么，我都劝你不要轻举妄动。百里轻鸿……若是那么容易杀，他又怎么活得到现在？"蓝衣青年看着云翼的眼里带着几分不以为然。百里轻鸿就算声名狼藉，那也曾经是天启最闪耀的少年名将。以云翼的本事别说是暗杀，就算是百里轻鸿站在那里让他砍他也未必能杀得了他。

"不用你管！"

君无欢叹道："云公子不担心自己的安危，难道就不为你的家人想想么？若是你出了什么事……家里人该有多担心？"说到此处，君无欢的脸上闪过了几分黯然。楚凌心中暗想：这位无欢公子只怕也是个亲缘寡薄之人。

云翼双眸充血，狠狠地瞪着君无欢道："你懂什么！你什么都不知道……就因为他、就因为他……祖父被气死了！母亲……母亲也不在了。"

君无欢一怔，"百……云老先生过世了？"

云翼尚且稚嫩的脸上露出一个惨笑，"自从九年前……祖父便日日将自己关在家中不愿见人。半年前他助北晋打下汝宁的消息传回江南，祖父当场便吐了口血过世了，母亲当晚……就悬梁自尽。家中男丁无人愿嫁，出嫁的女子被人所弃，待字闺中的姐妹更是无人敢娶……这一切，都是因为他！"

在场的三人尽皆默然，那中年壮汉有些凶恶的脸上更是不由得露出一丝不忍的神色。谁也没有再责怪少年此时的失态，这样的惨剧放在一个年方十五岁的少年身上，他已经足够坚强了。

楚凌原本以为这少年不谙世事，只是一时义愤才想要刺杀百里轻鸿。却没想到他竟然是百里轻鸿的弟弟，竟然怀着如此沉重的理由。任何一个朝代，叛国都是难以承受的罪名。百里轻鸿投敌之后，给百里家留下的是怎样的局面可想而知。

没有被抄家灭族只怕已经是百里家的人费尽了心力外加皇帝的法外开恩了，再传出百里轻鸿助北晋打下了汝宁，百里家的处境必然是雪上加霜。

楚凌能够想象那些愤怒和憋屈无处发泄的人会如何对待他们。

不知沉默了多久，才听到君无欢沉声道："云公子，不管你有多恨百里轻鸿，现在都不是下手的好机会，你也杀不了他。你现在杀了他，这满城的百姓都要遭殃。另外你可知道百里轻鸿为何会出现在这里？"

楚凌垂眸，暗地里却竖起了耳朵。

君无欢道："听说有一位极为重要的人物从上京逃出来了，百里轻鸿是奉命出来抓人的。"

云翼咬牙道："貊族人竟然如此相信百里轻鸿？"

君无欢淡笑着摇了摇头道："那倒也未必，只是北晋认得出来那个人的人并不多，倒是百里轻鸿跟他比较熟。"

"是谁？"

君无欢看了云翼一眼，道："原本镇守汝宁的谢廷泽谢老将军。他曾经是百里轻鸿的上司也是他的老师。"

"……"楚凌暗暗松了口气。也对，一个从小被关在浣衣苑的天启公主，确实没那么重要。

旁边云翼却皱起了眉头，冷声道："他亲自来抓谢老将军？！"

君无欢没有回话，云翼突然反应过来，"你为什么跟我说这些？！你到底有什么目的？"

楚凌暗暗抽了抽嘴角。你可算是反应过来了，这要是个拐子你都不知道被卖到哪儿去了。

君无欢低头闷笑了一声，道："我是想告诉云公子，为了抓捕谢老将军，北晋明王还特意将自己身边的几个高手派给了百里轻鸿。你想杀他是绝没有希望的，与其枉送性命倒不如想想看能否助谢老将军脱身。"

云翼怀疑地看着他，"你一个西秦人，关心我们天启的事情做什么？百里轻鸿是叛贼，你也干净不到哪儿去。我凭什么相信你？"

君无欢不以为意，只是站起身来淡淡道："若是云公子不信，便当我没说过吧。在下也只是不希望云老先生的幼孙枉送性命这才多说一句罢了。打扰了，告辞。"

说完当真便没有丝毫停留的意思往外走去，路过楚凌跟前时，脚下微顿，目光在楚凌身上扫过。楚凌仰着头，无辜无害地眨了眨眼睛。君无欢莞尔一笑，拂袖漫步而去。

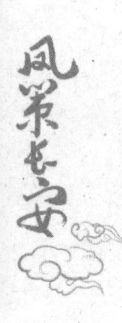

君无欢走了，留下一脸蒙的云翼和若有所思的楚凌。

好一会儿也不见云翼回过神来，楚凌轻咳了一声道："那个……无欢、咳咳，长离公子是什么人？可不可信？"

云翼抬眼看了她一眼才有些闷闷地道："他是凌霄商行的主人，专做从南方贩卖商品去北方的生意。他跟上京皇城里的许多权贵关系都很好。"

楚凌惊叹地看着他，"你知道他的身份，竟然还敢跟他说那么多？就不怕他回头就把你给卖了？"

云翼瞥了他一眼，低声道："他的人品还可以。"

楚凌心中暗笑，这位长离公子的人品应该不只是还可以吧？不过身为一个西秦人能跟貊族人做生意，却能不被貊族人轻视又不被天启人仇恨，倒确实有点意思。

"现在你打算怎么办？"楚凌问道。

云翼茫然："什么怎么办？"

"那位谢老将军啊。"楚凌无奈地道。

云翼沉默了片刻，道："我要跟着百里轻鸿，你……你自己找机会走吧。只是……要不有机会的话我去求君无欢帮忙送你回天启？"楚凌摇头道："你还是管好你自己吧，我无亲无故，去哪儿都差不多。"

云翼想了想，道："也对，天启……也未必就是什么好地方。"

楚凌了然，当初云翼家中也是天启名门，只是百里轻鸿投敌之后百里家的日子只怕是不好过。云翼那时候也不过是几岁的孩子，对天启的印象可想而知。

另一边，蓝衣青年回头看了一眼小巷尽头紧闭的院门若有所思。

跟在他身边的中年壮汉连忙道："公子，可有什么不妥？"

君无欢摇了摇头，道："那个小姑娘……"

"姑娘？"壮汉愣了一下，反应过来道："公子说的是那个小乞儿？公子可是觉得她有什么不妥？"哪算什么姑娘？不过是个小孩子罢了？若不是公子说破，他还以为那是个小子呢。

君无欢低低地笑了一声，道："连你都没注意到她，难道还不算不妥？"

壮汉哑然无语，可不是吗？他们这样的人行走在这样的世道，最是敏锐警惕。但是他除了知道那是个瘦小的小乞儿，竟然再也不记得那小乞儿的任何东西，甚至连是男是女都没有印象。

"公子，那小乞儿……"壮汉皱眉，有些担心地道。

君无欢抬手阻止了他要说的话，蹙眉道："没关系，只是觉得有趣罢了。你暗地里去查查，最近上京可有发生什么事情。"

"上京？"

君无欢道："那小乞儿的口音，有几分上京的味道。不过看她的模样，倒像是天启人。"

楚凌绝不会想到，只是一个照面已经有人猜出了她的来处。不过这也不能怪她，她从小在上京浣衣苑长大，说话难免就会带上几分上京的味道。楚凌虽然意识到这方面的问题，也不可能立刻就将口音完美改变。

"是，公子。"

虽然在楚凌看来云翼是个相当烦人的小鬼，但是跟他在一起的好处却是显而易见的。

云翼出身世家博学多才见多识广。虽然年纪不大，却从小熟读诗书史籍，对天下大势的了解也比寻常人强得多。浣衣苑的长辈们纵然个个出身名门饱读诗书，身为女子的局限已经注定了她们无法教导楚凌这些知识。因此跟他在一起楚凌自然抓住机会恶补，虽然时不时被云翼嘲讽不知道从哪儿来的野人竟然如此孤陋寡闻也毫不在意。

云翼虽然嘴巴不饶人，但楚凌请教，他只要能说的也都一一说明了，短短几日倒是让楚凌受益匪浅。

这日楚凌正在院子里活动身体，云翼从外面匆匆撞了进来。

之前在浣衣苑并不能随意地习武，虽然这段时间身体好了许多，但还是太过脆弱。之前一场小病就险些要了她的命，更让楚凌意识到了身体健康的重要性。

所以只要有时间有机会，她就抓紧了一切时间锻炼自己的身体。

云翼一进来楚凌就敏锐地闻到了一股血腥味。连忙上前一步替他关上门，冷声道："你受伤了！"

云翼苍白着小脸捂着手臂，指缝间沾染着猩红的血迹。

楚凌拉着他进了院子，手脚利落地替他处理伤口，一边问道："这是北晋人的刀伤，你干了什么？"

云翼咬牙道："你放心，人已经死了！"

楚凌撇了下嘴，人死了就没问题么？

"我们马上离开这里，这种小地方死了一个貊族人不是小事。"楚凌道。

云翼盯着她，"你到底是什么人？！"

楚凌微微挑眉，耸肩道："你说的，野人啊。放心吧，我不会把你卖了的。"

"……"云翼无语地瞪着眼前看起来比自己还要小两三岁的女孩。有些怀疑地道："你不会是侏儒吧？"

楚凌脸色微变，啪一巴掌拍在云翼头上，"你才是侏儒，我会长高的。"揭人不揭短，这小鬼到底会不会说话？

云翼恼怒地摸着自己脑袋，恨恨地咽下了这口气。

他打不过这丫头！

楚凌包扎好了伤口，方才拍拍手站起身来道："说说吧，你刚才干什么去了？"

云翼脸色微沉，沉声道："我打探消息去了，百里轻鸿已经收到谢老将军的消息了，很快就会赶去。我们要赶在他之前将消息送过去！"

楚凌打量着他，"你是怎么打探到这个消息的？"

云翼有些气鼓鼓地道："不用你管。"

楚凌微微挑眉，思索了片刻道："行吧，既然你觉得消息没问题咱们立刻就出发。反正这个地方也不安全了。"

闻言，云翼倒是有些疑惑了："你相信我？"

楚凌叹气道："有什么办法？谁让我倒霉遇到你了呢。"

"……"这死丫头到底会不会好好说话？！

云翼得到消息，谢廷泽就躲在小城二十里外的一座山上。只是云翼无论如何也不肯告诉楚凌到底是谁告诉他的消息，楚凌也就不强人所难了。

两人兵分两路出了城，在约好的地方会合之后便一路往云翼所说的地方赶去。二十里路并不算远，但是对于两个没有马，体力也一般的人来说，却着实有些费劲。所以，当两人赶到的时候，那地方已经被北晋的兵马围起来了。

两人蹲在不远处的荆棘丛中，云翼的脸色很是难看，"我们来晚了！"

不远处的山脚下，几个伤痕累累的人正护着一个须发花白的老者与北晋人对峙。站在北晋人最前面的便是那位俊美英挺的陵川县马百里轻鸿。

百里轻鸿背对着他们，自然是看不见也听不见了。不过只看他的举止，对那

老者似乎还颇为恭敬。

"百里轻鸿！"老者蓦地怒吼一声，声音又小了下去。楚凌认真分辨，那老者说的是，"老夫宁愿从没教过你！"

说完这话，老者抽过身边的人随身的佩刀就要往自己脖子上抹去。楚凌身边的云翼紧紧抓住了身边的荆棘，手指染血犹不自知。

却见一直恭敬地站着的百里轻鸿突然抬手朝着老者手中的刀柄上轻轻拍了过去，老者手中的刀往前一送，险险地错过了他的脖子只在肩膀上留下了一道伤痕。然后百里轻鸿又说了什么，老者愤怒的神色顿时僵住，苍老的容颜染上了深刻的悲哀和无力。握刀的手也颓然无力地放了下去，那一刻楚凌觉得他仿佛一下子老了十岁。

"放他们走，老夫跟你回去交差。"老者道。

片刻后，百里轻鸿微微点了下头。

因为老者的妥协，百里轻鸿很快带着北晋的兵马押着老者走了，只留下了那几个愤怒不甘的人徒然望着大军离开的方向。他们再如何不甘也无可奈何，区区几个人力是无法对抗北晋源源不断的精锐兵马的。

"我们走吧。"云翼咬牙，狠声道。

楚凌目光一动也不动，低声问道："去哪儿？"

"跟着百里轻鸿！"云翼道，"我倒要看看，他还能做什么！"

楚凌按住了云翼，低声道："等等。"

云翼皱眉，看向楚凌。楚凌指了指不远处的山脚下，"你看。"

一群黑衣人悄然无声地出现在了山脚下将那几个人围了起来，显然百里轻鸿说话并不作数。

两路人马很快就打了起来，敌众我寡，那几个天启人很快就落了下风，被人渐渐逼到了一处。

"大哥，你快走！"

"走什么走？要死一起死，现在还能走到哪儿去！"说话的中年男子三十四五岁的模样，身形高大，左脸上有一条狰狞的疤痕。他一把推开想要挡在自己面前的女子，以自身迎上敌人砍来的刀的同时，也将自己手中的刀刺向了对方的心口。

嗖！

一道凌厉的风声破空而至，跟前的貂族男子手中的刀依然高高举起，脸上的神色依然狰狞，但是刀却迟迟没有落下。

一支短箭从背后射入了他的身体，鲜血源源不断地从他口中滑落。

突如其来的冷箭惊动了貂族人，几个黑衣人立刻向羽箭射来的方向望去。

嗖！

又是一声箭响，又一个人倒地。

中年男子回过神来，厉声吼道："看什么?！杀！"

停顿了片刻的厮杀重新响起，伴随着的是不停从暗处射来的冷箭。

对方显然目标精准，箭出从不落空。而且方位缥缈难寻，几个想要冲过去抓出放冷箭的人的貊族人都死在了路上。

楚凌靠在一棵大树下不停喘息着，额头上已经布满了汗珠。她手中握着一把弩，但是身边的箭囊却已经空了。虽然短箭比长箭更便于携带，但是为了不引起貊族人的注意她身边也没带多少箭矢。而且这样不停移动放箭实在是太消耗体力了，她现在的身体到这会儿也已经是极限了。幸好那边山脚下也没有几个人了。凭那几个人的身手，已经能够自己解决。

云翼站在一边神色有些复杂地看着眼前在树下喘息的女孩，他知道这个叫阿凌的丫头不简单。但是却没有想到她竟然如此厉害，一出手就杀了几个貊族人，丝毫没有初次杀人的惊恐和慌张。

她到底是什么人？

"你不怕吗？"

"想想死在这些人手里的天启人，你也不会怕的。"楚凌对云翼笑了笑，小声道，"我没力气了，带我离开这里。"

云翼看了一眼不远处，那几个中原人已经开始占了上风。

"那些人，不跟他们打个招呼么？"

楚凌道，"怎么打招呼？跟人家自我介绍，你是天启百里家的小公子？你猜他们会不会宰了你？"

"你！"云翼气结。

楚凌朝他招了招手道："人心难测，有缘必会再见的。我们现在这样，不适合跟人打招呼，走吧。"

云翼沉默了片刻，还是上前背起了楚凌往另一个方向走去。

楚凌毫无心理负担地伏在云翼背上，少年的肩膀还有几分单薄，不过楚凌自己也很瘦小。她现在连抬起手都有些费劲了，方才能撑到最后靠得更多的还是毅力，一旦放松下来就浑身酸痛不已。

一定要尽快变强起来！

等到山脚下的几个人解决了黑衣人赶过去的时候，山林中已经空无一人。只有隐约留下的一些痕迹让人知道确实有人在这里帮助过他们。

"大哥，是什么人救了咱们？"年轻女子有些好奇地道。中年男子沉声道："如今虽然是貊族人当权，但是心怀热血的天启人也不少。"

年轻女子点点头，有些遗憾地道："可惜竟然没能认识恩公。"

中年男子道："将那些黑衣人身上的短箭全部带走，北晋人用弩的很少，别给恩公惹麻烦。"

"是，大哥。"女子点点头，转身招呼人过去办事了。

两人回到城中不久就传来了全城戒严的消息，街道上巡逻的士兵多了不少，殴打南人奴隶的人也更多了一些。显然是那些高傲的貊族人将自己同胞被杀害的愤怒发泄在了无力反抗的奴隶身上。

楚凌蜷缩在闹市中一个不起眼的角落，有一搭没一搭地听着不远处的人们高谈阔论。这片地方似乎带着一种诡异的气氛，明明是中原人比较多，但是所有的中原人都表情麻木地做着自己的事情，或者卑微地低下头不敢言语。

反倒是身为少数人的貊族人，坐在那里高谈阔论，睥睨风云。

这真是个不正常的世界，楚凌在心中暗想。

一个正喝着酒的貊族男人突然道："也不知道那些天启的小白脸有什么好，上面竟然那般重视。"

坐在他对面的人嘿嘿笑道："还有什么，长得好看呗。你说话可小心点，那可是陵川县主的男人，听说陵川县主可彪悍得很。"

男人不屑地嗤笑一声道："不就是一个怕死投降的软蛋么？大爷会怕他？"

他身边的人摇摇头，道："你喝多了。"虽然他们确实看不起那个陵川县主养着的小白脸，但是那毕竟是陵川县主的丈夫，明王殿下的女婿。他们这些普通的小兵，哪儿得罪得起啊。

那男子确实有些醉醺醺了，心中的不满似乎终于忍不住爆发了，"都是那个小白脸，若不是他非要留下那几个逆贼，咱们貊族的勇士怎么会被几个南人杀了？！"旁边的男子叹了口气，伸手拍了拍他的肩膀，"咱们知道你兄弟也在里面，不过那姓百里的抓住了那个老头子，上头只怕是要赏他，咱们又有什么办法？"

男子狠狠地道："等陵川县主厌弃了那小白脸，老子一定要……"

厌弃？陵川县主跟百里轻鸿成婚都快十年了，听说感情很好。

"一定要如何？"一个有些冷淡的声音从几人身后传来。

楚凌微微挑眉，看着从不远处漫步而来的百里轻鸿。

之前只是在街上匆匆看了几眼，这会儿离得近了，楚凌倒是将百里轻鸿看得更清楚了一些。

百里轻鸿今年应该有二十七八了，正是一个男子最风华正茂的时候。他穿着一身银灰色锦衣，虽然低调却也难掩贵族的奢华。俊美不凡的容颜上眉飞入鬓，一双冷眸恍若寒星。这样一个冷淡贵气的男子，楚凌确实很难想象当年那个年少成名的天启少年名将的风采。

不由得将他跟前几日刚见过的君无欢做了对比。就容貌而论，君无欢应当更胜一筹。但是君无欢身体虚弱，脸色苍白，虽然不至于羸弱，但是以时人的审美想必都更中意眼前的男子。毕竟，对貊族人而言太过病弱的小白脸简直就不配被称为男人。

百里轻鸿几步走到了那几个大放厥词的人跟前，他的步伐不疾不徐却让人莫名地感觉到一股压力。

几个貊族男子显然也感受到了这股压力，立刻都跟着站了起来。那个喝醉了的男子甚至不由自主地将手按上了腰间的腰刀。百里轻鸿仿佛没有看到他的动作一般，神色淡漠地盯着那男子的脸道："你还没说，一定要如何？"

旁边的人连忙扯出一个有些僵硬的笑容劝道："他伤心兄弟之死多喝了几碗，还请百里公子不要跟他一般见识。"

楚凌觉得这话说得有趣，伤心兄弟之死，他兄弟怎么死的？不就是百里轻鸿没有及时灭杀那几个中原人才死的么？

百里轻鸿显然也听懂了，却并没有什么动容或心虚。

百里轻鸿的目光落在那醉汉身上，"你不服？"

"我不服又如何？！"那人咬牙道。

只听百里轻鸿道："不如何，拔刀。"

街边上一片寂静。

那醉汉已经涨红了脸，显然他还醉得不够狠。还知道自己跟百里轻鸿动手，无论输赢都没有什么好处。输了，一个貊族勇士竟然打不过陵川县主养的小白脸，以后还怎么见人？赢了，难保这小白脸以后不会以势压人或者找陵川县主和明王撑腰。

百里轻鸿仿佛没看到对方的犹豫和尴尬。只是淡淡道："不敢？"

"谁说不敢！"那醉汉最后的理智消失在了百里轻鸿轻蔑的眼神中。他怒吼一声，在众人的惊呼中拔出了腰间的腰刀朝着百里轻鸿砍了过去。百里轻鸿却没有动手，他只是微微一侧身左肩微微向前一撞，那醉汉的手臂就被撞得往另一边偏去。然后百里轻鸿抬脚，毫不费力地将人踹出了几丈远，撞到了街边的墙上又滚落了下来。

楚凌垂首，目光却依然落在正好落在她面前的醉汉身上。

那人皱了皱眉一口血从口中喷了出来，原本手中的腰刀也落到了地上。

他还没来得及抬起头来，一双穿着银灰色长靴的脚已经站在了他的面前。

百里轻鸿居高临下地看着手下败将，"废物。"

醉汉蓦地睁大了眼睛，怒瞪着眼前的年轻人。

旁边的人看得也是心惊胆寒，见状连忙上前来赔礼道歉，又劝说着百里轻鸿息怒。神色倒是比方才恭顺了几分，貊族人崇尚勇士。虽然百里轻鸿投降的事以及如今的身份让他们看不起，但是他确实比他们强大，只是这一点他们是没有资格看不起他的。

如果百里轻鸿杀了这人，他们其实也没什么法子。

百里轻鸿显然并不是来杀人的，只是淡漠地看了几个壮汉一眼便转身走了。

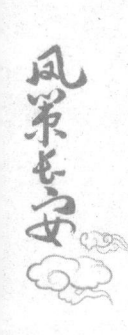

走到不远处街边的一个摊子坐下来，吃早饭。

因为这突如其来的事情，原本热闹的街头上变得安静了许多。无论是北晋人还是天启人都不由自主离百里轻鸿远远的。百里轻鸿显然也不在意这个，独自一人坐下，等自己叫的东西上来之后便安静地吃了起来。

毕竟是世家子弟出身，即便是身处北晋将近十年，他举手投足间依然带着一股仿若天成的优雅。

楚凌正准备起身回去，还没来得及起来又重新窝了回去。

她看到一个人，一个她记忆深刻的人。

街道的尽头，一个穿着暗金色锦衣的青年男子带着人快步走了过来。比起中原人习惯的宽袍博带，北晋人的皮革短衣，更衬出来人的精悍。

那人看起来仿佛有二十五六的模样，比起百里轻鸿和君无欢，肤色多了几分阳光的麦色。他五官深邃坚毅，带着北晋人特有的野性和狂傲。

远远地他便看到了百里轻鸿，于是习惯性地皱了皱眉。

百里轻鸿自然也看到了他，却没有说什么甚至连用膳的动作都没有停下。

那人穿过众人走到百里轻鸿跟前，扬眉道："真是巧了，竟然在此处见到陵川县马。"

这看似寻常的打招呼，却夹着尖锐的羞辱。这是清楚明白地将百里轻鸿当成陵川县主的附属品了。

百里轻鸿神色自若，抬眼淡淡道："没想到，沈王殿下也会来这种小地方。"

楚凌心中深吸了一口气，没错，这男人不是别人正是北晋四皇子，沈王……拓跋胤。

当年皇室女眷刚被俘虏的时候，待遇并没有现在这么差。至少她和姐姐的待遇还不算差，她们毕竟是天启皇帝仅有的血脉。北晋人原本是计划用她们问天启皇帝讨要一些好处的。可惜北晋人显然算错了，天启跟北晋不一样，女儿是不值钱的，哪怕是公主也一样。更何况，皇妃太后都被俘虏了，公主又算什么。

等到北晋人发现用两个公主根本换不来任何好处的时候，她们的处境就可想而知了。

七年前姐姐被送到了四皇子府做侍妾，大约三四年前是姐姐最得宠的时候，年方八岁的她却在浣衣苑众人的庇护下艰难度日。

姐姐心疼她，求了沈王将她接入府中。不过姐姐将她保护得很好，她在四皇子府住了两年见过拓跋胤的次数却屈指可数。拓跋胤也没有兴趣见一个小丫头。姐姐失宠她被送回浣衣苑，然后是半年前，姐姐也被赶回了浣衣苑。

楚凌不太确定，拓跋胤会不会认出她。

拓跋胤轻哼一声，眉宇间带着几分阴郁。

"听说陵川县马抓住了谢廷泽？恭喜啊。父皇知道了，必定会十分高兴的。明王想必也会高兴。"拓跋胤嘲讽地道。

百里轻鸿淡淡扫了他一眼并不说话。

拓跋胤嗤笑一声道："不用担心，本王不是来跟你抢功劳的。"

百里轻鸿道，"既然如此，不知四皇子远道而来所为何事？"

拓跋胤脸上的笑意瞬间消失，定定地盯着百里轻鸿，一字一字地道："灵犀公主、死了。"

百里轻鸿端着茶杯的手微微一顿，面上却没什么表情。只是道："这事值得四皇子专程走几百里地告诉在下吗？"

拓跋胤打量他片刻，道："看来，你果然是半点也不在意那个女人。"

百里轻鸿不答，只听拓跋胤道："本王没那么无聊，本王之所以来是因为楚卿衣失踪了。本王追查到的线索是她往南方来了。"

"楚卿衣？"百里轻鸿有些恍然，仿佛有些反应不过来这个人是谁。

拓跋胤道："不仅楚卿衣失踪了，还死了两个守卫。你说，是不是有人将她救走了？"

百里轻鸿神色瞬间变得锋利起来："你在怀疑我？四皇子应该知道，我离开上京已经两个月了。"

拓跋胤笑道："本王怎么会怀疑你？毕竟陵川县马看着楚拂衣受苦也是泰然自若。区区一个楚卿衣，算得了什么？不过是碰巧路过，听说出事儿了本王过来关心一些罢了。"

"多谢关心。"百里轻鸿冷冷道，隔着老远的外人也能感觉到两个男人之间剑拔弩张的气氛。

作为被讨论的对象，楚凌觉得有点惆怅。她不确定拓跋胤现在会不会认出她来，但是现在离开显然不是什么好主意。

于是楚凌干脆不再看向那边，而是蜷缩在角落里闭目养神。虽然如此，双耳却一刻也不敢歇息地听着四周的一切动静。

所幸拓跋胤和百里轻鸿就算是再闲，也没有闲到去注意一个路边脏兮兮的小乞丐。毕竟这年头街边上乞丐到处都是，也或者他们根本没有将一国公主跟一个小乞儿联系在一起。

没错，本公主混得就是这么惨。楚凌不无辛酸地想着。

楚凌一边往回走，一边想着之前拓跋胤和百里轻鸿的谈话。谢廷泽被关在了城中的千户府中，原本有百里轻鸿带来的人已经很难搞了，现在又多了一个拓跋胤。身为皇子，拓跋胤出行的阵仗总不会比百里轻鸿还小。

"阿凌姑娘。"

楚凌停下脚步，神色平淡地看着出现在眼前的壮汉，眼底却带着警惕。

那壮汉不是旁人，正是前几天刚刚见过的那位长离公子身边的人。

只听他道:"我家公子请姑娘前往一叙。"

楚凌翻了个白眼,淡定地道:"抱歉,我不认识你家公子。"

壮汉也不着急:"姑娘就不想知道,在下是如何知道姑娘的名字的么?"

"云、翼!"楚凌磨牙,这世上除了云翼,还有谁知道她的姓名?她就知道云翼不靠谱!楚凌没好气地道:"我跟云翼只是萍水相逢,你们是要把他大卸八块还是凌迟都请便,跟我没关系。"

壮汉显然没想到这小姑娘竟然如此难缠,他也并非是什么穷凶极恶的人,面对一个还不到自己胸口高的小姑娘当真是有些为难了。

看着眼前这彪形大汉一脸为难的模样,楚凌倒是觉得自己有点欺负老实人了。无奈地耸耸肩,道:"你们家公子闲得无聊么?找我一个小乞丐干什么?"

壮汉老实地道:"公子说,有事想要与姑娘相商。只是公子如今不便前来,只好请姑娘亲自去一趟了。"

楚凌思索了片刻,点头道:"带路。"

那壮汉着实松了口气:"姑娘请。"

楚凌跟在那壮汉身边,饶有兴致地打量着他问道:"老兄,贵姓大名?"

壮汉道:"不敢,在下不过是个下人罢了,公子赐名文虎。"

楚凌点了点头不再说话。

君无欢住在城中一处并不太起眼的三进宅子里。宅子虽然不大却被打理得很不错,跟城中许多荒废破败的院子比起来,显然是一直有人照看打理的。一进去就看到云翼蹲在院子一角的屋檐下发呆,楚凌忍不住磨牙:"云公子,好久不见啊!"

云翼抬起头看她怒气冲冲的明亮眼睛,有些心虚地低下了头。

不管怎么说,他未经允许泄露了阿凌的名字也是事实,虽然是被君无欢诈出来的。

另一边君无欢坐在一张放在屋檐下的宽大椅子里,铺垫得十分软和的宽大交椅衬得他越发地单薄羸弱。他单手撑着额头在扶手上闭目养神,面色苍白憔悴眼睑下还带着浓浓的暗影,显然是很疲惫。

楚凌刚到门口君无欢就醒了,但是他现在身体很不舒服,因此便缓了缓没有先跟楚凌打招呼。此时觉得好一些了,才睁开眼睛看向楚凌淡笑道:"有劳阿凌姑娘亲自走这一趟。"

楚凌偏着头打量了他两眼,淡淡道:"公子客气了,我都不知道我一个小乞丐竟然如此重要,重要到让公子不惜用自己好友的弟弟来要挟我?"

君无欢笑道:"阿凌姑娘客气了,姑娘可不是一般的小乞丐。"

楚凌看着眼前的男子不说话,君无欢道:"就单凭阿凌姑娘射术卓绝这一项,就没人敢将姑娘当成一般的乞儿。"

"……"云翼,我要打死你!

君无欢笑看了一眼蹲在角落里的云翼,劝道:"还望姑娘不要怪云小公子,他并不想泄露姑娘的秘密。"

所以你是想说,是你太聪明了才察觉了我的秘密吗?

楚凌轻哼一声,也不在意自己穿着一身与这院子无比违和的衣衫,靠着栏杆坐下来道:"长离公子不如说说看,你找我来到底是想要做什么吧?"

君无欢道:"既然姑娘肯出手救那些人,在下也没什么好隐瞒的。在下希望姑娘能出手相助,救出谢老将军。"

"哦?"楚凌有些意外地看着君无欢,"听说君公子跟北晋朝廷关系不错?"

君无欢道:"在下跟谢老将军家有一些私交。"

"你跟谁没有私交?"这些日子楚凌已经打听了一些这个君无欢的消息,除了他是凌霄商行的主人,这人的身世来历十分的平平无奇,只是西秦一个寻常商户人家出身罢了。这样的身世,根本不可能跟身在天启的百里家和谢家有什么牵扯。

君无欢并不打算回答这个问题,只是看着楚凌道:"谢老将军一心为国劳心劳力。我等虽然没有改换乾坤之能,如何忍心让他年近花甲还落得个阶下之囚的下场?不知姑娘以为如何?"

楚凌靠着身后的柱子,微微眯眼,道:"如果我不答应呢?"

这话一出,院子里一片寂静。

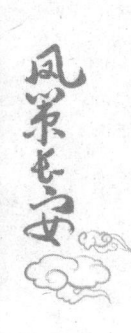

君无欢靠着扶手,含笑的眼眸犹如锋利的刀锋落在她的身上。只是眼前的少女依然笑吟吟地靠着,就连指头都没有多动一下。但是,君无欢却从那张几乎看不清楚容貌的脸上看到了凌厉和杀气,还有他从未在天启女子身上看到过的自信和强大。

与自身如此矛盾的气质,让这个孩子在这一瞬间竟显得无比的耀眼夺目。

良久,君无欢方才轻笑一声道:"如此在下自然也不能勉强,只是要有劳姑娘在此小住几日。至少等我们成功或者失败以后?"

楚凌偏着头打量着眼前的苍白男子,从他的眼中看到了真诚。不过这并不代表什么,人的语言、行为,甚至是眼神都是可以骗人的。

楚凌也没有拒绝,看了一眼不远处眼巴巴望着她的云翼点了下头道:"可以,不过我也有条件。"

君无欢并不意外,点头道:"姑娘请说。"

楚凌道:"事成之后,你要送我回天启。"

君无欢并不觉得这个条件太苛刻,事实上是太过于简单了。对于寻常百姓来说,灵沧江或许犹如天堑,但是对君无欢这样能够自由来往天启和北晋的大商人来说,带一个人回去确实算不得什么。

所以君无欢并没有多做考虑,便点头道:"没问题。"

楚凌道："我想，长离公子的人品应该是值得相信的吧？那么需要我帮什么忙？"

君无欢一怔，他没想到楚凌竟然如此爽快。云翼或许看不出来，但是君无欢却看得明白，眼前这个姑娘或者说孩子眼中的冷清。并非是凉薄，但是对旁人的遭遇总是少了那么几分感同身受。

楚凌拍拍手，淡定地道："早点将事情办完，好早点渡江去天启呀。"

君无欢莞尔一笑，道："或许等你到了天启，你就会发现那里也并非什么乐土。"

楚凌浑不在意，道："我只是有事要办而已。"

君无欢点点头，道："那就好，既然姑娘答应在此小住，不如先去换身衣裳？"

楚凌耸耸肩，浑不在意人家隐晦地暗示她的衣着实在是太难以入眼了。事实上，楚凌并不是很想换衣服。拓跋胤来了，她还不确定拓跋胤到底认不认识她，小心一点总是没错的。

不过入乡随俗。另外，她真的不是邋遢不修边幅的人。

君无欢目送楚凌跟着侍女离去，眼底却更多了几分深思。抬头看向旁边的云翼："云小公子。"

云翼立刻警惕地瞪着他，被君无欢诈出楚凌的事情之后，云翼面对君无欢的时候就总是忍不住保持着紧绷戒备的姿态。君无欢看在眼里，淡淡一笑道，"云公子不必紧张，咱们并不是敌人。"

云翼也是出身世家的人，即便是年纪还小却也天真不到哪儿去。自然明白君无欢的意思。君无欢这样的人，如果真的投靠了北晋人的话，根本没有必要来骗他。

"你想问什么？"云翼道。

君无欢道："这位阿凌姑娘……到底姓什么？"

云翼没好气地道："就叫阿凌，我怎么知道她姓什么？或许她根本就没有姓呢。"

君无欢摇头道："这位阿凌姑娘，可不像是没有姓氏的人啊。"

"你在挑拨离间吗？"云翼神色不善地眯眼道。

君无欢无奈地轻叹了口气，摇摇头不再说话。

楚凌重新走出来的时候，坐在屋檐下栏杆上的云翼直接从上面跌了下来。有些踉跄地站住，指着楚凌道："你……你、你是阿凌?!"

楚凌对他勾唇笑了笑，没有说话。

坐在屋檐下的君无欢也在看着眼前的少女，原本握着书卷的手微微僵了一下。

少女穿着一身浅蓝色的布衣，原本总是涂抹了灰尘的小脸已经洗得干干净净露出本来的颜色。秀发挽成了带着几分俏皮的双环，眉目如画，眼波流转，仿佛一朵清晨初开还沾着露珠的花儿。

君无欢立刻理解了她为什么总是要将自己弄得脏兮兮的了,这样的绝色纵然年纪尚小,但走出去就会被那些貊族人强抢回去了。

君无欢心中突然便生起一种莫名的痛恨。这样美丽的少女,却不能向任何人展现自己的美丽,只能小心翼翼地活着。这是谁的错?这世上,又有多少跟眼前的少女一样的美丽女子,她们都遭受了什么?

楚凌拂了下衣摆,望着显得太长的衣衫直皱眉头。因为穿的是君无欢身边的侍女的衣服,所以并不太合身。但是这也没办法,她们已经拿了身材最娇小的姑娘的衣服给她了。

君无欢一眼便看出了衣服的问题,有些歉意地笑道:"没来得及给姑娘准备衣服,还望勿怪。在下已经吩咐下去,让人立刻就帮姑娘做几件新衣服。"

楚凌抬手看了看自己身上的衣服,道:"这样的就好。"

君无欢有些惊讶,同时眼底也闪过一丝赞赏。如今这局势,确实不适宜穿得太过出众惹眼了,虽然他有能力供给她最美丽的衣衫。

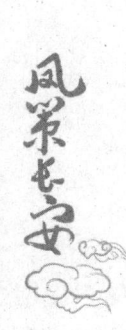

楚凌走到一边坐下,看向君无欢道:"现在,长离公子可以说说需要我帮忙做什么了吧?"

君无欢点头笑道:"姑娘不必着急,在下还未请教姑娘高姓大名?"

楚凌对他盈盈一笑,也不隐瞒,"我姓楚。"

楚?

楚为天启国姓,但是姓楚的却未必就是皇室中人。更何况是在这貊族人的地盘上,又有几个人敢大张旗鼓地说自己姓楚?

"楚凌?"

楚凌一脸诚恳地点头,她没有骗人啊。君无欢有些无奈地苦笑,这位楚凌姑娘显然也是个惯于演戏的人物。虽然看着比云翼还要小几岁,但是云翼在她面前就是个没长大的孩子。

"如此,楚姑娘,请多指教。另外,在北晋,姑娘的姓氏还是不要太张扬的好。"

楚凌点头,"多谢长离公子指点。"是她想要张扬吗?分明是这姓君的穷追不舍非要问好不好?

君无欢虽然说是要找楚凌帮忙,其实也并没有那么快就能有全盘的计划。楚凌心知肚明,这人找理由将她留在这里,防止她走漏消息的可能远大于真的需要她帮忙。因此楚凌倒是也不急着催他,只是道:"有一个消息,不知道长离公子是不是已经知道了。我觉得还是应该告知一声。"

君无欢诚恳地微微向前倾身,"请姑娘指教。"

"北晋四皇子,拓跋胤已经到了城中。"

君无欢有些意外地哦了一声,道:"多谢姑娘告知。"

楚凌耸耸肩，拉起还在一边发呆的云翼往君无欢分给她的院子而去了。云翼被她拉得跌跌撞撞，愤怒地叫道："你干什么？拉拉扯扯成何体统？！"楚凌冷笑，"成何体统？等我揍得你满脸开花，你就知道成何体统了！"

君无欢有些惊讶地看着楚凌拎着云翼就走，半晌方才回过神来不由莞尔摇头苦笑。

"可真是不见外啊。"

"可真是个难得一见的小美人儿啊。"一个带着几分戏谑的笑声在院子的一角响起。君无欢也不抬手，左手一挥，一道寒光从他袖中射出直射向院子西南角房顶上的人。

那人哎哟一声，从房顶上跌了下来。却又凌空一个翻身翩然落地，潇洒无比。

"你来干什么？"君无欢淡淡问道。

来人穿着一袭白衣，手持折扇端的是风流倜傥。

这世道，穿得如此骚包的人当真是少见之极。

"你这是什么话？如今这小城里可是各路神仙齐聚，本公子来又有什么稀罕的？"白衣男子洋洋得意地笑道。

君无欢微微蹙眉，看着他道："说人话。"

白衣男子无奈地耸耸肩，道："好吧，我是跟着拓跋胤一路来的。不过既然有人提前告诉你了，想必也不用我废话了。"

君无欢淡淡看了他一眼道："拓跋胤素来与拓跋梁不和，他来这里干什么？"

白衣男子自顾自走到一边坐下，悠然道："上京死了一个人。"

君无欢皱眉："什么人值得拓跋胤如此兴师动众？"

"灵犀公主。"白衣男子叹气道。

君无欢撑着椅子的扶手让自己坐正，苍白的脸上更多了几分无形的威严。

"灵犀公主……对了，灵犀公主之前在四皇子府。"

白衣男子道："不久前，四王妃趁着拓跋胤不在将灵犀公主送回浣衣苑了。等拓跋胤回去，灵犀公主已经死了。不仅如此，灵犀公主死后，二公主也失踪了。"

君无欢抬手揉了揉眉心，虽然对这些皇室中人并不算关注，但毕竟是天启皇帝仅有的两条血脉，君无欢还是有些了解的。

"那位小公主今年应该是年方十三？"

白衣男子点头，"刚满十三。"

"所以，拓跋胤到底是来干什么的？"君无欢问道。

白衣男子道："我打探到的消息，拓跋胤是来找小公主的。这不重要，那个从小在浣衣苑长大的小丫头出来只怕活不过三天。我是担心拓跋胤过来给你添麻烦，所以才跟着他过来的。听说谢老将军被百里轻鸿抓回去了？"

君无欢还在想失踪的小公主的事情，听了白衣男子的话只是淡然道："意料之中的事，有什么好奇怪的。咱们人手太少，让北晋人抢先也不是什么怪事。"

十三岁的小公主……楚……他记得小公主是叫楚卿衣吧？

君无欢心中微动，很快又摇了摇头。一个从小在浣衣苑长大的孩子，能识字就已经很不错了，云翼所说的那种射术，绝不是无师自通就可以做到的。

"想什么呢？"靠在一边的白衣男子见他走神，调侃地道："难不成是在想刚才那个小美人儿？"

君无欢扫了他一眼，道："你若是无聊，就去探一探谢老将军被百里轻鸿关在哪儿了。"

白衣男子惊呼，"别告诉我这都两天了你还没有探听清楚？！"

君无欢淡定地道："你再打探一次，免得临时出什么意外。"

白衣男子忍不住抽了抽嘴角，无语地看着眼前的苍白男子。君无欢在他想要废话之前，抬手打断了他。

一腔愤怒被噎了回去，男子神色扭曲地瞪着君无欢直翻白眼。只听君无欢道："你来了也好，谢老将军在民间威望甚高。北晋人抓住了他绝不会轻易让人救走的。原本有一个百里轻鸿就很麻烦了，现在又来一个拓跋胤……"

说起正事，白衣男子神色也多了几分沉着，沉声道："不管怎么样，你先离开这里吧。若是让北晋人怀疑到你身上……"

君无欢唇边勾起一抹嘲讽的笑意，道："除非你泄露消息，不然没人知道我在这里。更何况，就算怀疑我，没有证据，百里轻鸿和拓跋胤又能拿我如何？"

白衣男子恍然，"也对，想要对付长离公子，无凭无据只凭百里轻鸿和拓跋胤当真不行。"

君无欢能在北晋和天启之间自由游走，靠的可不仅仅是凌霄商行的财富。若没有足够的后台和本事，怀揣巨额的财富无异于小儿持金行于闹市。君无欢能如此，是他耗费心血花费数年时间在两国布下了一张盘根错节的利益和关系网。一旦君无欢出事，无数人的利益都会受到影响。

这世上，为国为民的人固然不少。但是一心只为自己私欲的上位者同样不少。

"不过，还是要小心。"

君无欢点头道，"自然，所以我们不能在这里动手。城中本就有上千兵马，再加上百里轻鸿和拓跋胤带来的人，我们手中的人马是绝没有什么胜算的。"白衣男子道："如果将拓跋胤引走呢？"

君无欢若有所思地沉吟片刻，点头道："好法子。桓毓，此事就辛苦你了。你既然是跟着拓跋胤来的，将他引走想必也不是难事？"

"……"白衣男子沉默半响，突然爆发，"君无欢，我去你大爷！"

楚凌平静地看着桌上茶杯中澄清的茶汤，微微抽了一下嘴角。

当然，如此失态的神情外人是没有看见的。抬起头来，她看向趴在桌子对面可怜巴巴地望着她的云翼，顿时无语。

　　云翼作为一个从小就品学兼优的好少年，此时面对被自己出卖的楚凌十分心虚。见楚凌不理他，云翼忍不住伸手戳了戳她跟前的茶杯。楚凌抬头，看着他微微扬眉。

　　云翼小声问道："你在生我的气？"

　　楚凌似笑非笑地看着他道："生气如何？不生气又如何？"

　　云翼抓了抓脑袋，苦恼地道："我不是故意的，是那姓君的太狡猾了。而且，我也没有随便出卖你，他、他有我二哥的信物，是信得过的人。"

　　楚凌漫不经心地点了点头，道："所以，你打算跟他合作？"

　　云翼叹了口气，有些闷闷地道："就凭我，是救不了谢老将军的。但是君无欢不一样，他手下的势力不小，如果他愿意帮忙的话，机会还是很大的。"楚凌托着下巴看着他道："既然你觉得没问题，那还道什么歉？"云翼有些扭捏，"不管怎么说都是我害你掺和进这些事儿里面的。"

　　楚凌笑了笑没有作答。其实不管云翼有没有被君无欢算计出卖她，她早晚也都是要掺和进这件事情里的。这样的乱世，除非她立马找个深山老林躲着一辈子都不出来了，否则早晚是要和人打交道的。

　　既然如此，何不选一个适合的契机加入进去？

　　"你不想杀百里轻鸿了吗？"楚凌好奇地问道。

　　云翼脸色微僵，轻哼了一声道："正事重要。"

　　楚凌笑吟吟地道："其实你要是出得起价的话，我不介意帮你杀了他呀。"为生活所迫兼职一下杀手也是可以的，之前在那貊族人身上抢的钱都要花光了。

　　"什……什么？"云翼惊愕地看着眼前容颜美丽却稚嫩消瘦的少女，以为自己听错了。

　　楚凌道："你没听错呀，你要是付得起代价的话，我替你杀了百里轻鸿好了。"

　　"我……我……"

　　"凌姑娘，你就别戏弄云小公子了，别吓着他。"君无欢的声音从外面传来，带着几分调笑的意味。听得云翼脸色涨红，"本……本公子才没那么轻易吓到！我当然知道她是开玩笑的。"

　　"我没有开玩笑啊。"楚凌支起下巴，一脸认真地道。

　　"……"

　　跟在君无欢身后进来的桓毓饶有兴致地打量着楚凌，赞叹道："真有趣啊，本公子好多年没见过这么有趣的小姑娘了。小美人儿，不知芳龄几何，可有婚配？"

　　楚凌也扭头打量着眼前的白衣公子。

　　貊族尚金色，并不喜穿白衣。而在天启，以白衣代指平民和没有功名的人。但是其实平民穿的多是素衣，即没有染色的粗麻粗棉衣裳。至于像这位公子这般，白衣若雪的模样，普通的粗布是绝对撑不起来的。能穿着这么一身白衣行走在北晋，这位公子显然不仅仅有本事胆子大，而且还相当的自恋。

"小白公子你方才看了那么久，竟然连我几岁都没有看出来么？"楚凌微笑道。

桓毓脸上的笑容一僵，"在下桓毓，不是小白。"

"怀孕？！"楚凌震惊地上下打量了眼前的小白公子一番。

桓毓嘴角抽了抽，扭头去看君无欢。君无欢微微挑眉，但笑不语。

"桓、毓！"桓毓公子磨着牙，咬牙切齿地道："桓桓于征的桓，钟灵毓秀的毓！"

楚凌眨了眨眼睛，很是抱歉地道："抱歉，我没读过书。"

"……"桓毓公子吐血倒地。

旁边的君无欢看够了戏，方才悠然地拍了拍恨不得扑上前抓着楚凌亲手教她把自己的名字认全了的桓毓，道："好了，闲话回头再说，先说正事吧。"

"……"本公子的尊姓大名是闲事吗？

四人重新坐了下来，楚凌安静地听着君无欢和桓毓将目前的形势说了一遍。见两人都将目光落到自己身上，这才忍不住开口道："所以，目前的局面是，对方手里至少有三四千精兵，以及百里轻鸿和拓跋胤两个高手。可能还有隐藏在暗处不知道多少的高手。而我们只有，你我他、还有云翼这个拖油瓶？"

"本公子才不是拖油瓶！"

"其实还有一些人手的。"桓毓有些不好意思地道。

楚凌没有理会云翼的抗议，直接看向桓毓道："不到两百的人手？谁给你们的勇气靠这点人去北晋大军中救人？你们怎么不直接收复上京呢？"

桓毓略有些尴尬地道："这个咱们原本计划应该不是在这个地方，谁知道出了点意外。你也知道这里是北晋人的地盘，咱们别说人手不多，就算是有很多也很难这么快赶到的。要不是君无欢碰巧在这里，咱们就只好放弃了。"

楚凌眨了眨眼睛，一脸天真无邪地看着君无欢，"君公子有什么高见？"

君无欢有些歉意地轻咳了一声，温声道："确实是有些困难，不过总要试试才行。如果谢老将军被他们押入了上京，就更加难上加难了。"

楚凌轻叹了口气，谢廷泽的事迹她了解得自然也够多了。确实是一位忠肝义胆的名将，其实就算没有君无欢等人，如果可能的话楚凌也会试上一试去救的。并非她喜欢逗英雄多管闲事，她只是不愿意让这样一位老人家绝望而死，甚至身后还要名声受辱。

楚凌点了点头道："请两位说说你们的计划吧。"

君无欢从袖中抽出一张简易的地图打开铺展在三人面前，修长的手指指着地图上的路线道："从这里回上京，有三条路。但是其中两条不仅道路难行，而且需要绕路。所以北晋人必然会选择最直接也是最近的大路。现在北晋士兵有三四千人，但是这些人分为城中守备军，百里轻鸿的人以及拓跋胤的人。一旦离开，守备军自然是要留下的。而百里轻鸿和拓跋胤素来不和，如果能将他引开，我们需要对付的就只有百里轻鸿而已。"

桓毓懒洋洋地道："北晋人高傲惯了，肯定想不到有人敢在北晋境内直接袭击北晋兵马抢人。不过百里轻鸿实力不弱，需要一个高手牵制他。"说话间，目光却瞟向了君无欢。

君无欢漫不经心地点了下头，道："以百里轻鸿的为人，应该不会对谢老将军用刑。只要我们救出谢老将军，就等于多了一名战力。就算谢老将军略有轻伤，护着他冲出去应该不难。"

楚凌趴在桌面上盯着桌上的地图，君无欢的手指修长白皙确实是非常好看，不过楚凌此时并没有心思去欣赏。她的目光定定地落在桌上的地图上，好一会儿方才问道："这地图是君公子画的？"

桓毓笑道："除了君无欢还能有谁，小美人儿，咱们长离公子可是名动一方的才子，就是跟南朝朝廷里的那些酸儒比，也远胜过他们许多。"

楚凌淡淡一笑，才子跟画地图之间不能说完全没有关系，但是关系也不大吧。就算是青史留名的大画师，也未必能画得出来眼前这么一张地图。君无欢望着楚凌，淡笑道："凌姑娘觉得有什么地方不妥吗？"

楚凌摇头，"没有，画得非常好。如果无欢公子也带兵打仗的话，天启的少年名将说不定也没有百里轻鸿什么事儿了"。

君无欢垂眸笑道："凌姑娘说笑了。"楚凌笑了笑没接他的话，而是指着地图中的某处道："你打算在这里动手？"

君无欢低头一看，有些惊讶地扬眉道："不错，凌姑娘好眼光。"

楚凌道："这的确是个好地方，距离前后的城池距离都不近。就算百里轻鸿要叫援兵一时半刻也来不了，后面就是无边无际的山林，只要往里面一藏，就算北晋人派出十万大军搜山也未必有用。"

听了她的话，不仅君无欢，就连桓毓和云翼也不约而同地看向了她。这样的话从一个孩子口中说出，给人一种十分诡异的感觉。

桓毓忍不住搓了搓自己的胳膊，惊恐地道："现在的小孩子，都这么可怕了吗？"

楚凌对他露齿一笑道："也许，我根本就不是小孩子啊。"

桓毓道："你不是小孩子那是什么？老妖怪？"

楚凌笑得意味深长："或许呢。"

君无欢轻叹了口气，接上之前的话题："凌姑娘还有话没说完？"

楚凌点点头道："我们能想到的问题，百里轻鸿会想不到么？如果他提前在这地方伏下重兵……"

君无欢道："若是寻常时候确实有可能。不过百里轻鸿只怕不太可能。"

"为什么？"楚凌和云翼齐声问道。

君无欢道："百里轻鸿虽然因为陵川县主深得明王看重，但他毕竟是天启降臣而且还是武将，而天启毕竟还没有真的灭国。"

楚凌微微眯眼，"所以，北晋人对百里轻鸿的态度是既要用又要打压？"

"打压多，否则以百里轻鸿的能力这些年早该出头了。"君无欢淡定地道，"北晋名将辈出，但是百里轻鸿在这些人中间也算是耀眼的了。非我族类其心必异，北晋武将更不愿意让一个他们看不起的天启人来跟他们抢军功，就算为了安抚这些武将也不会重用百里轻鸿的。"

楚凌点点头："所以，这次百里轻鸿带兵出来……"

君无欢笑道："虽然明面上是百里轻鸿带兵，但是那些貊族士兵到底听谁的，还不好说呢。"

楚凌若有所思地点了下头，算是接受了君无欢的这个解释。道："那么，现在的问题就是拓跋胤了吧？"

君无欢点头，"不错。"

楚凌微微皱眉思索了好一会儿，方才道："既然如此，拓跋胤就交给我吧。"

"阿凌妹妹，拓跋胤虽然是北晋皇子，却也是仅次于北晋拓跋兴业的四大名将之一。"旁边的桓毓忍不住提醒道。楚凌不由笑道："你不会以为我是要去跟拓跋胤正面对决吧？我还没疯呢。"

"那你想干什么？"

楚凌双手在桌面上交握，淡定地道："我之前听到拓跋胤跟百里轻鸿说他是来找人的。"

"天启二公主？"桓毓皱眉道。

楚凌点头，"听说这位二公主年方十三……"

桓毓笑道："阿凌妹妹，你不会打算假扮天启二公主引开拓跋胤吧？老实说，在北晋人看起来，你说不定还不满十岁。"

楚凌狠狠地瞪了他一眼。

"不如咱们打个赌？"楚凌道。

桓毓扬眉："赌什么？"

楚凌道："如果我成功将拓跋胤引走了，你以后就要改名叫桓小白。"

桓毓没好气地道："你还真跟小白杠上了？本公子哪儿招惹你了，你非要叫我小白？"

楚凌笑道："看你一身白衣白裤白鞋，我以为你很喜欢白嘛。你要是不喜欢小白，大白也是可以的！"

"……"桓毓轻哼一声偏过头去！

"怎么样？赌不赌啊？"楚凌问道。

桓毓咬牙："赌就赌，谁怕谁呀？本公子是怕你把小命赌上去了！"

楚凌莞尔一笑："多谢关心，我会小心的。"

君无欢看着两个分明是第一次见面的人如此熟稔地斗嘴，有些无奈地摇了摇头道："看来两位当真是一见如故。"

"谁跟她一见如故？"桓毓没好气地道。

"呵呵。"

引开拓跋胤，这事儿说起来简单，做起来却是千难万难。

但是楚凌既然决定了，就要竭尽全力做到最好。

"砰砰。"

门外传来两声轻轻的敲门声，楚凌从床上一跃而下沉声道："君公子，请进。"

门被人从外面推开，来人果然是君无欢。君无欢看着站在床边衣冠整齐的楚凌，有些不解，迟疑道："在下冒昧来访，可是打扰凌姑娘了？"

楚凌摇摇头，走到旁边桌边坐下，"君公子不必客气，请坐下说话。"

"多谢。"

楚凌道："君公子特意选这个时候过来，不知有什么事？"

君无欢道："只是想问问，凌姑娘可有什么需要在下协助的地方？说来惭愧，若非实在是有些实力不济，在下也不会让凌姑娘担此风险。"

楚凌抬眼看着眼前的清俊男子，眼眸一转笑声清越，"即便是我不主动揽下这桩事儿，君公子应该也有此打算吧？与其让君公子费尽心思想法子说服我，还不如我自己主动站出来，也算是让君公子欠了我一个人情。何乐而不为？"

君无欢怔住，一瞬间目光变得凌厉无匹，即便是楚凌这样可算是经过千锤百炼的人，也觉得犹如刀锋从自己的脸上刮过。半晌才听到君无欢轻叹了口气道："不错，原本就算姑娘不主动开口，我也会请姑娘去的。"

楚凌冷笑一声，道："让一个孩子冒这样的险，君公子可当真是做大事的人。"

君无欢的神色有几分黯然，扭头看向敞开的窗户。窗外暖暖的阳光洒在花园里，显得温暖而静谧。仿佛人世间最美好的景色就在眼前，君无欢神色带着几分恍惚。声音轻柔而坚定，"这个世道没有孩子。"

这个世道没有孩子。

楚凌心中一震。

君无欢回头望着楚凌，楚凌发现他原本深沉的眸色竟然变得浅淡，仿佛琉璃般透彻中带着淡淡的忧伤。

"凌姑娘可见过整个城池的百姓被屠杀，男人被砍了头，女人被凌辱，刚满月的婴儿被摔死，甚至……那时候，可有人想过他们还是孩子呢？即便是凌姑娘这样有着一身的本事，行走在外也依然不得不遮掩自己的容貌。"

君无欢淡淡道："我曾经见过，一个母亲亲手将自己刚出生的孩子掐死。凌姑娘可知道是为什么？"

楚凌默然，她当然知道。

还记得，姐姐临死前说："当初母妃想杀了你，我舍不得……"

其实，这何尝不是另一种舍不得呢？做母亲的如何舍得将自己的孩子带到这样一个乱世？

"君公子做这些，是因为不平么？你本是西秦人，据我所知，西秦早已经归附北晋了吧？"君无欢笑道："难道姑娘以为，归附了北晋，西秦人就是北晋人了吗？在天启人身上发生的事情，西秦人身上一件也不少。更何况如今这天下，谁还管什么西秦天启呢？"

楚凌小小地打了个呵欠，揉了揉眉心道："君公子你不相信我，老实说我也不相信你。你不觉得咱们这样合作，有些太过危险了么？"

君无欢笑道："所以，在下现在才会坐在这里啊。"

"哦？说说看。"

君无欢将一块玉佩放在桌上朝楚凌推了过去道："如果姑娘觉得君某出卖了你，可以将这个玉佩交出去。无论是交给北晋人还是天启人，君某都会有大麻烦的。"

楚凌扫了一眼桌上的玉佩，上好的温玉，上面雕刻着繁复精美的图案，中间刻着一个古朴的君字。不用上手，只看一眼就知道这东西价值不菲。

楚凌将玉佩推了回去，道："既然是很重要的东西，君公子还是自己收着比较好。"

君无欢有些意外，显然没想到会有人将送上门来的把柄往外推。

楚凌道："既然是这么重要的东西，君公子就放心给我看么？"

君无欢悠然一笑，"因为我方才突然觉得，凌姑娘一定是个可信的人。"

"……"您老可真随意。看到楚凌不以为然的表情，君无欢道："姑娘觉得我太随意了？君某自认看人还是有几分眼光的，否则我也活不到现在。"

"你高兴就好。"楚凌道。

君无欢点点头，"既然如此，姑娘不如说说你的计划。虽然在下确是有心想要请姑娘帮忙，但也绝没有打算拿姑娘的性命开玩笑。"

楚凌点头道："确实有些事情需要君公子的人协助，我对拓跋胤此人毫无了解，所以关于拓跋胤的一些消息还需要君公子的人提供才行。"

君无欢点头："这没问题，到时候我会让桓毓陪同姑娘一起的。桓毓跟了拓跋胤一段时间，对他也颇有几分了解。而且他的身手不弱，跟着凌姑娘也更多几分保障。"

楚凌有些惊讶："桓毓跟着我，你那边没问题吗？"

楚凌当然看得出来君无欢如今人手方面也是捉襟见肘。若非迫不得已，君无欢是不会将她这个不知根知底的人拉进来的。说到底，大家都一样，缺人！

君无欢笑道："无妨。"

"那就多谢了。"既然君无欢这么说，楚凌也不客气推辞，她实力不高一个人确实是有些费劲。虽然多了一个人跟着有些碍手碍脚，但毕竟是个相当不错的战力。总的来说还是利大于弊的。

"公子，凌姑娘跟桓毓公子走了。"府中的小楼上，文虎端着一碗药进来送到君无欢跟前，同时禀告道。

君无欢接过药碗，低头看着褐色的药汤眼底是说不出的厌恶。但他的手却没有丝毫的停顿和犹豫，直接将药汤送到唇边一仰头便喝了下去。站在旁边的文虎看在眼中却十分不是滋味。从他跟着公子开始就没见公子断过药，也没见过这世上有谁比他家公子喝药更痛快了。

喝完了药，君无欢的脸色反倒是更白了几分。

"公子这几天用的药剂量有些大了。温大夫说……"文虎忍不住道。

君无欢摆摆手道："就这几天不用担心，桓毓没闹吧？"

"公子尽管放心，桓毓公子不是不知道轻重的人。不过那位阿凌姑娘是不是太小了一些，桓毓公子带着她……"

君无欢漫不经心地把玩着手中的玉佩，听到他的话不由轻笑了一声道："这位阿凌姑娘……桓毓只怕也未必是她的对手。"

文虎有些凶恶神色却忠厚的脸上写满了不信。

君无欢也不在意，道："让人注意着一些，别真出什么事了。告诉桓毓，如果事不可为就先带着凌姑娘撤退，不要冒险。"

文虎应声，"公子放心，都交代过了。"

小城中最华丽的府邸中，拓跋胤正躺在放在院子里的躺椅上闭目养神，身边斜靠着一柄剑。

拓跋胤是北晋四皇子，也是北晋名将。不过在普遍喜欢使用刀、斧、锤、铜这类武器的北晋，独爱用剑的拓跋胤算是个异数。虽然他跟所有的北晋人一样都随身佩带腰刀，但是所有人都知道四皇子的腰刀是很少出鞘的，即便是在战场上他也是一把铁剑来去纵横。

此时拓跋胤虽然闭着眼睛，但是脸上的神色却依然阴沉，给人一种风雨欲来的感觉。所有院子里侍候的仆从一个个都胆战心惊连大气都不敢喘一口，生怕一个不小心就触怒了这位爷。

事实上，自从上个月四皇子回京之后发现天启那位公主被王妃给送回了浣衣苑，再找过去的时候就发现那位公主已经死了，四皇子的心情就没有好过。

若非如此，区区一个天启公主就算是真的跑了，又哪里需要劳动四皇子亲自来找？门外传来一阵嘈杂声，拓跋胤慢慢睁开了眼睛。他的眼中没有半点睡意，仿佛一头随时可以一跃而起撕裂敌人的猛兽。

"什么事？"

一个侍从匆匆进来禀告道："启禀王爷，下面有人来报，说……说是有天启那位公主的下落了。"

"哦？"拓跋胤猛地坐起身来，眼神凌厉，"让他进来。"

"是。"侍从暗暗松了口气，连忙转身去叫人。片刻后，一个天启人模样的男子跟在仆从身后畏畏缩缩地走了进来。

"你说你知道天启公主的下落？"拓跋胤坐在躺椅上，分明是坐着的却给人一种居高临下的气势。那男子忍不住抖了抖，腿一软便跪倒在了地上。战战兢兢地道："小的……小的，不知道什么天启公主。"

拓跋胤眯眼，"这么说你是在耍弄本王？"

男子立刻被吓得趴在了地上，拓跋胤看着有些不耐烦地轻哼了一声，眼底有些不屑。中原人就是这样，懦弱无能，自私自利，随便一个眼神就能吓得他们跪地求饶。偏偏这样的人却占据着大好河山而不珍惜。

旁边的仆从连忙踢了那男子一脚，示意他赶紧说正事。

那人连忙道："小的、小的不敢。小的是昨晚碰巧见过几个人，中间有一个小娘子，像是……像是上头说的要找的人，所以才、所以才……"

拓跋胤点点头，他确实吩咐了下面的人各处暗中寻找楚卿衣，下面的人想必也不敢阳奉阴违。

"说说看，那些人长什么模样？那小姑娘又长什么模样？"

那人道："是、是几个穿着布衣裳的壮汉，还藏着兵器。不过看着不像是朝廷的兵爷。其中还有一个长得很好看的年轻人，小的听到那男子叫那小娘子二小姐，还说再过几天就能渡江回天启了。那小娘子长得倒是十分水灵，就是看着有些清瘦脸色也不太好。看着身体只怕不太好。"

拓跋胤撑着额头思索着，突然厉声道："大胆，你竟敢骗本王！"

"大王饶命！小的冤枉！小的冤枉啊。"那男子几乎被吓破了胆子，连连伏地求饶。

拓跋胤冷笑道："你是这小城附近的庄户吗？若真有你说的这样一群人，岂会无人知晓？还敢喊冤！"

男子颤抖着道："小的不敢，小的不敢欺骗大王。那群人是昨儿晚上来的，小的一家老小都看见了。小的原也没有想太多，只是不小心看到那小娘子身上带着一块价值不菲的玉佩。想起上面的官爷说，要找一个从上京来的贵人小娘子。这才……"

拓跋胤看向旁边的仆从，那人一个激灵，连忙上前低声道："王爷，那群人没有进城。但是今早有人进城来，买了几套十来岁的小姑娘穿的衣裳。据那铺子的老板说，来买东西的确实是一个小白脸。一下子买了三套，都是上好的料子，因为要得急所以他记得很清楚。"

拓跋胤点了点头，半晌才道："带他出去，给他一百两银子吧。"

那男子长出了一口气，连连叩谢王爷大恩跟着仆从走了出去。

等到仆从回来，就看到方才还懒洋洋坐在躺椅上的王爷已经整装提剑往外走去。连忙道："王爷，您这是要出去？"

拓跋胤道："派人去告诉百里轻鸿，本王有事不能帮他押送谢廷泽回京了。让他自己小心点！若是出了什么纰漏……"

"此事用不着沈王操心。"拓跋胤话音未落，就看到百里轻鸿迎面走来。

拓跋胤一挑眉："正好省了功夫，本王走了，陵川县马好自为之。"

百里轻鸿道："沈王找到天启公主的下落了？我劝沈王还是仔细一些的好，现在这个时候突然传出公主的下落，王爷不觉得太巧了吗？"

拓跋胤冷笑一声："押送谢廷泽本来就是你的事情，本王就算被人调虎离山又如何？难不成，没有本王陵川县马就办不成差事了？"

百里轻鸿垂眸："既然沈王如此自信，在下便预祝沈王马到功成，顺利寻回天启公主。"

拓跋胤嗤笑一声，不再理会百里轻鸿转身便走。

跟在他身边的人忍不住劝道："王爷，那百里轻鸿的话也不无道理。咱们这一路都没有得到什么消息，怎么突然就在这里……"

拓跋胤驻足，道："本王自然知道，就算真的是调虎离山又如何？本王正好看看到底是谁这么大的胆子！"

"那谢廷泽这边……"

"关本王什么事？"拓跋胤没好气地道，"派人盯着，要是百里轻鸿看不住谢廷泽，就给本王将人杀了！父皇如今也学得天启人爱做这些华而不实的表面功夫。谢廷泽是个大患，直接杀了不比什么都强？"

"王……王爷，这话可不能说……"仆从吓得不轻。

拓跋胤斜了一眼自己的跟班，转身往外走去。

"拓跋胤真的出城了啊？"桓毓坐在山坡上，远远地望着山下经过的那一队人马，打头那人气势卓然。不是拓跋胤是谁？

"没想到，竟然如此容易。"

楚凌坐在他身边，毫不客气地泼了一瓢冷水："哪儿容易了？百里轻鸿今天下午才会启程回京。如果让拓跋胤半路上返回，咱们不仅达不到目的，反倒是会打乱君无欢的布置。"

桓毓耸耸肩，道："话是这么说，但是你怎么保证拓跋胤不会中途突然反应过来？就算是真的天启公主在前面，在拓跋胤眼里也是谢廷泽更重要一些吧。"

楚凌不以为然："谢廷泽是百里轻鸿打败的，也是百里轻鸿抓住的。就算顺利回京了，对拓跋胤有什么好处？百里轻鸿是明王拓跋梁的人，跟拓跋胤和他的大哥拓跋罗一直都不对付。百里轻鸿出错，明王也会受到打击。对拓跋胤和拓跋罗算是好事。"

桓毓皱眉："争权吗？貊族人一直都很团结的。跟天启人不一样。"

楚凌笑得意味深长，"大白，貊族人从入关到攻下上京，只用了三个月。从入主上京到打下大半个北方，只用了半年。但是，仅仅只是一个汝宁，他们就打了八个月，两次换将，折损了三名将领。最后还是百里轻鸿出马才打下来的。你说这是为什么？是拓跋胤不如谢廷泽，还是拓跋兴业不如谢廷泽？"

桓毓默然。

楚凌道："入关之前的貊族人可能真的很团结，但是当他们拥有了天启的半壁江山之后却未必还能一如既往地团结。毕竟当一个小部落的首领，和当一个天下的皇帝还是有点差别的是吧？"

桓毓打量着楚凌，忍不住问道："你到底是什么人？"

楚凌笑眯眯地道："你猜啊。"

桓毓怀疑地盯着她："云翼说你是个什么都不懂的白痴，本公子看跟你比起来他才像是个白痴吧？"楚凌无辜地道："我是天才啊，你知道什么叫天才吗？过目不忘，举一反三，别人要学三年的东西，我只需要三天就能融会贯通的那种。"

桓毓不屑地斜睨着她，脸上写满了"我听你吹"的表情。

楚凌也觉得很没趣，耸耸肩道："不信算了，既然不相信我你还跟着我出来干什么？不怕我把你给卖了吗？"这世道，说真话反而没人相信了。她确实是过目不忘，这一点真不是骗桓毓的。桓毓抱着胳膊打量着楚凌，有些苦恼地道："但是，君无欢相信你啊。这么多年没见过君无欢色令智昏，多难得啊。"

色令智昏？这货想挨揍吗？

桓毓更加苦恼地看着楚凌："话说回来，就你这小豆芽菜一样的身材，竟然能引得君无欢昏头？实在是太奇怪了，难不成他有什么特殊癖好？"

这一刻，楚凌深深地同情起那位君公子来了。身体不好也就罢了，竟然还有这么一个不靠谱的狐朋狗友。他就不担心一不小心被这货气得一口气上不来直接挂了么？

深吸了一口气，楚凌道："大白，现在是考虑这些的时候吗？"

桓毓道："那现在该考虑什么？"

楚凌指了指山下："拓跋胤走了。"

桓毓闻言立刻站起身来，神色也变得肃然起来沉声道："我们走。"看着桓毓这模样，楚凌心中总算对自己这一趟任务又多了一点希望。总算还不是太不靠谱。

楚凌和桓毓跟着拓跋胤一行走了还不到两个时辰，天突然下起了大雨。看到天空落下的雨水，楚凌和桓毓的神色都有些变了。

百里轻鸿这时候才刚出发不久，突然下起这么大的雨，百里轻鸿很可能会转身返回小城。即便是不返回，也可能就近找地方安营扎寨，根本不可能在他们预计的时间赶到他们预设的地方。如此一来……

楚凌看着不远处已经在安营扎寨的貊族人，那是路边的一处茶棚。貊族人的帐篷就在茶棚的旁边，一千多人的队伍，只需要几个大帐篷就解决了。不过此时茶棚里的气氛显然不太好。茶棚里原本还有一些过客，其中既有中原人也有貊族人。这个世道能在外行走的天启人总不会是什么良善可欺之辈。如今两族人关在一处，自然是难免了剑拔弩张。

"咱们也过去。"楚凌若有所思地低声道。

桓毓诧异，"去哪儿？"

楚凌理所当然地道："躲雨啊。你跟了拓跋胤那么久有什么用？要了解你的敌人，最好的办法就是靠近他。"桓毓没好气地道："谁跟你说拓跋胤是我的敌人？本公子可不是谢廷泽，傻乎乎的死撑着干吗。"

楚凌做了个自插双目的动作，道："你盯着拓跋胤的眼神儿，恨不得直接戳死他好吧？拓跋胤被你盯了这么久竟然都没发现，看来感觉也不怎么敏锐。"

桓毓恨恨地瞪了楚凌一眼，笑声咕哝道："小妖怪！"

茶棚里，拓跋胤淡定地坐在中间喝茶。虽然天降大雨拦住了他的去路，但是他面上却半点也没有着急的模样。

"哥哥，快点，好大的雨呀！"一个清脆的声音从外面传来，然后众人便看到一大一小两个人影一身狼狈地从外面冲了进来。走在前面的是一个小女孩，女孩后面跟着一个青年男子，两人都长着一副好相貌。

守在门口的士兵想要拦住两人，却不想门口的人才刚伸出手，那小姑娘一矮身便如一条游鱼般滑进了茶棚。在他们一愣神的瞬间工夫，那年轻人也已经跟着进来了。

"你们……"

坐在里面的拓跋胤看在眼里微微扬了下眉，对着门口的士兵挥了下手示意他们不必理会。两个士兵这才看了那对兄妹一眼，重新站回了自己的岗位上。

楚凌拉着桓毓进了茶棚，看了看里面众人小声道："哥哥，我去后面换件衣裳。"

桓毓还能说什么？只得点头："也好，你身体不好，省得染上风寒。"便跟着往茶棚后面的小屋走去。那原本是茶棚主人平日休息的地方和厨房，此时茶棚的主人只敢蹲在角落里生火烧茶，小屋里面没人。

跟茶棚主人说了一声，楚凌便接过桓毓手中的包袱进了小屋。桓毓守在门口，目光淡淡地扫过茶棚里众人没有动作也没有说话。

拓跋胤麾下的将士都守在外面，倒是有几个貂族人有些蠢蠢欲动。不过有些忌惮地看了看几个中原人以及明显也不是什么善茬的桓毓，到底也没有动。

过了好一会儿，楚凌才打开门从里面走了出来。身上果然已经换了一套干净的布衣。桓毓暗暗松了口气，面上却对她招手道："快过来喝一碗姜汤祛祛寒。"

楚凌乖巧地走过去坐下，捧起姜汤喝了起来。

茶棚里静悄悄的，只有楚凌和桓毓偶尔低语几句，外面的雨却下得越来越大，茶棚里的光线也越发阴沉了。

楚凌一边喝着姜汤，一边垂眸不着痕迹地打量着拓跋胤。

之前拓跋胤和百里轻鸿针锋相对，让楚凌觉得这人有些狂傲放肆。现在看着拓跋胤安安静静地坐着喝茶，又觉得此人虽然狂傲但绝不是那种狂妄无知之辈。

背对着拓跋胤坐着的桓毓借着自己位置的便利狠狠瞪了楚凌一眼，坐这么近还盯着拓跋胤看，你真当拓跋胤把酒当茶喝了感觉迟钝啊？

楚凌眨了眨眼睛，对桓毓露出个乖巧的笑容，低头喝汤去了。

拓跋胤自然察觉到了有人在打量他，不过是个看起来才不过十岁出头的小姑娘，虽然这小姑娘似乎有些身手。拓跋胤虽然是貂族人，但事实上他并没有很多貂族人喜欢折磨天启人的嗜好，甚至对此嗤之以鼻。折腾那些弱者有什么意义？真有本事打败谢廷泽，打过灵沧江，活捉天启皇帝才有意思。

桓毓觉得头疼，早知道这个丫头这么难搞，他就应该拼着跟君无欢再打一架也要推掉这个任务。要是这丫头出了什么事，他回去还不被君无欢弄死？

楚凌可不知道桓毓心中的纠结，她双眼虽然盯着眼前的空碗，耳朵却听着外面的响动。暴雨倾盆，外面哗哗的雨声显得茶棚里格外安静。

楚凌叹了口气，托着下巴道："好大的雨啊。"

桓毓点头赞同，"确实，这雨下得太大了。"他们的运气也是真的不太好，谁知道昨天还是阳光明媚，今天就大雨倾盆呢？

楚凌漫不经心地用手指轻轻敲着桌面。

三、二、一……

"报！"

一个披着皮革做成的带帽大氅的士兵从雨幕中冲了进来道："启禀四皇子，营中将士突发恶疾！"

静坐喝茶的拓跋胤神色一沉，冷声道："什么？"

士兵道："营中将士刚刚扎营造饭，却突发恶疾腹痛不止，军中医官毫无办法，只能禀告四皇子。"

拓跋胤站起身来，沉声道："所有人？"

那士兵摇头道："约有五六百人。"几乎是拓跋胤带出来的人手的一半还要多些。

拓跋胤目光凌厉地扫过茶棚中的众人，虽然貂族士兵刚进入中原的时候因为气候水土的不适宜，确实时有突发恶疾的。但是这已经是前几年的事情了，这两年要少见得多。所以，拓跋胤第一个反应便是有人动了手脚。

"看住他们。"拓跋胤沉声说完，便抬脚往外走去。

"凭什么?!"坐在旁边的几个中原人终于忍不住愤然起身。他们可不是一般的天启百姓，自然没那么惧怕这些貂族人。说得直白一些，他们这些人手里未必就没有几条貂族人的命。之前大家河水不犯井水也就罢了，但是拓跋胤摆明了就是怀疑他们还想要限制他们的行动，这些人自然不能忍。

拓跋胤回头看了一眼说话的人，抬手一挥。门口的将士立刻围了上来，几十把弓箭齐刷刷地对准了茶棚。若是这些弓箭齐发，这小小的茶棚还不被射成筛子？

拓跋胤没有再说话，转身要走。

"报!"又一个有些急促的声音从雨幕中传来，一个策马的身影从雨中狂奔而来。在茶棚几步外勒住了缰绳翻身下马，急声道："启禀四皇子，十里外的路亭驻守将士被杀，无一幸存!"

路亭是北晋人入关之后学习天启人自创的一种制度，与天启的驿站有些类似。但不同的是，北晋的路亭每一次都驻扎了近百名士兵。这些士兵都归属各城守备军所辖，平时专门负责对付一些形迹可疑或意图不轨的中原人，一旦有什么无法处理的事情，他们又能快速联系附近的路亭以及所属的守备军相助。

如果各地城池有什么巨变，他们还能迅速集结形成一股大军支援。对于绝大多数中原人来说都是极其碍眼又棘手的存在。而现在一个驻守着近百人的路亭竟然就这么被人悄无声息地端了，没有传出任何的求救信号。

"狼啸箭没响？"拓跋胤皱眉问道。

士兵摇头："没有，属下查探路亭的守卫尚未发出狼啸，就被人杀了。"

拓跋胤的神色越发阴沉起来，转身大步朝外面走去，很快就融入了雨幕之中。

茶棚中的几个中原人纷纷议论起来。

"看来出事了，有人端了貂族人的地盘儿吗？"

"活该！这些貂族人死绝了才好……"

"可不是，不知道是哪路英雄做的。"

做这事儿的英雄坐在旁边默默承受着众人的赞美。桓毓侧首看着楚凌，楚凌对他友好地眨眨眼睛。同伴要打好关系，免得做正事儿的时候出什么意外嘛。

桓毓看看四周，用眼神道：原来你提前杀了那些人是为了这个？

没错，他们进来避雨之前还提前跑去杀了一趟人。当然了，就凭他们两个是绝没有本事悄无声息地干掉百人的。但是对于楚凌竟然能指挥着他们不到二十个人端掉一个近百人的路亭，桓毓还是很震惊的。君无欢到底从哪儿找来这个彪悍的小美人儿的?"

楚凌摇摇头,给了他一个孺子不可教也的眼神。

"哥哥,我肚子疼。要出去一下……"楚凌俏生生地道。

桓毓有些不耐烦地道:"下着大雨呢,忍一忍。"

"不行。"女孩声音里立刻带着焦急的哭意,"哥哥,哥哥……"

桓毓只得站起身来,"我陪你去。"

一个青年男子和一个刚满十岁的小姑娘,显然没有另外几个凶神恶煞的中原人给北晋士兵的威胁大。被拓跋胤指派看着他们的北晋士兵只是打量了两人几眼,见他们是往茶棚后面的小屋去了,便没有多管。却不知道,这两人进了茶棚后面的小屋,桓毓就直接拆下窗户和楚凌一起消失在了茫茫的雨幕之中。

两人披着放在小屋里的斗笠,策马飞快地在雨幕中狂奔而去。

虽然戴着斗笠,飘扬的雨水依然打湿了两人大半的衣襟。楚凌的骑术很不错,甚至可能比大多数将领都要精湛。但是楚卿衣毕竟太小,即便是低伏在马背上,也让跟在她身边的桓毓担心她随时会被从马背上颠下来。

"要不我带着你走吧?"

雨声哗然,楚凌只能提高了声音道:"别废话,快走!"

两人一口气奔出了二十里地,就听到一个冰冷的声音从雨中传来。

"果然是你们!"

◆第二章◆
凤霄长离

低沉却冷峻的声音从雨幕中传来,奔驰中的两人拉住缰绳便看到前方不远处的小道上一人策马而立。

楚凌隔着雨帘看向大雨中的男子,他并没有穿着避雨的大氅或斗笠,依然是之前在茶棚的时候那一身戎装。雨水早将他的衣衫淋湿了,雨滴打在身上的铠甲上溅起朵朵水花。

拓跋胤!

楚凌唇边勾起了一抹极浅的笑容,雨水顺着斗笠滴下,在眼前形成了天然的雨帘。

桓毓有些惊讶地看向楚凌：你怎么知道他一定会来？

楚凌心中暗道：他若是不来，岂不是枉费我穿着沾过血的衣裳在他面前晃悠那一圈儿了？

"四皇子，你这是什么意思？"桓毓不再去看楚凌，只是笑吟吟地看着拦在他们前面的拓跋胤道。拓跋胤冷笑一声，道："你们会不知道本王是什么意思？"

桓毓耸耸肩，"抱歉，我们确实不知道啊。"知道也不能承认啊，不然岂不是显得他很傻？

拓跋胤却显然并不是那些喜欢打嘴仗的天启人，手中长剑出鞘，在雨中也响起清越的龙吟："既然不知道，那就去死吧。"一剑破开雨帘毫不犹豫地斩向桓毓。桓毓单手在马背上一拍，纵身而起跃向了旁边的楚凌。那一剑劈了个空，被桓毓留在地上的马儿嘶鸣一声险些被一剑劈成了两半。险险地躲过一剑之后马儿毫不犹豫地抛弃了桓毓掉头往来路狂奔而去。

桓毓并没有落在楚凌的马背上，而是一把抓起楚凌朝着旁边的山道掠去。

拓跋胤怎么会让他逃走，也跟着一跃而起追了上来。

楚凌被桓毓挟着往山上狂奔而去，却还有功夫抬手取下自己头上的斗笠朝着拓跋胤扔了过去。飞快旋转的斗笠带着四溅的水珠飞向拓跋胤的同时，楚凌手中的暗器也跟着射了出去。这不是她自己做的弩箭，而是从君无欢那里争来的暗器。暗器体积小，重量轻，易于携带，方便使用。若是运用得当的话，一个稚童也能暗算一个普通高手。

虽然雨声会干扰判断，但拓跋胤依然在暗器射到自己之前发现了楚凌射出的暗器。只是等他挥开近到跟前的暗器时，桓毓和楚凌已经将他抛开一段距离了。

"够阴险的啊。"桓毓一边在雨中狂奔，一边道。

楚凌无语地抹了一把脸上的雨水没好气地道："闭嘴吧，我是因为谁？再快一点，你不会以为拓跋胤是一个人来的吧？"

桓毓道："要不是你拖累，他能追上本公子？话说，你确定他会追上来？"

"原本不一定，现在肯定会。"楚凌道。貊族人骨子里天生就看不起天启人，堂堂北晋四皇子差点被个小丫头暗算了。拓跋胤怎么可能就这么算了？更何况，在怀疑他们跟杀了路亭那上百北晋士兵的人有关之后，拓跋胤更不会放过他们了。

桓毓叹了口气，"本公子发现，自从遇到你就格外倒霉。这大雨天往山里钻，会死人的你知不知道？"

楚凌毫无负担地趴在桓毓背上，不负责任地道："我都不怕你怕什么？"

"……"我就是怕你会没命好不好？瘦得跟豆芽菜差不多的丫头，胆子倒是不小。

两人说话间，拓跋胤果然从后面远远地追了上来。

虽然拓跋胤的轻功明显不如桓毓，但是桓毓背上背着一个人也拖慢了速度。

于是两人便这么不远不近地你追我赶着，始终拉近不了多少距离。楚凌闭上眼睛抹去遮住了眼帘的雨水，但是很快雨水又下来了。有些无奈地叹了口气，楚凌压低了声音道："待会儿拐角的地方，你把我扔下来。"

桓毓不答，以这丫头现在的身手，被他扔下来落到拓跋胤手里就只有一个死字。

楚凌显然也明白他在想什么了，不由一头黑线。

"想什么呢，我还没活腻呢。"楚凌没好气地道："我拖住拓跋胤，你先去帮他们解决后面的追兵，然后来跟我会合。"

"你挡得住拓跋胤一招吗？"桓毓问道。

"挡不住。"楚凌答得干脆。桓毓翻了个白眼，"那你拖个鬼啊！"

"粗俗。"楚凌淡定地道，"放心，我不会自己找死的。你最好动作快点，不然我死了做鬼也不会放过你的。万一我实在挡不住会投降的，拓跋胤暂时不会杀我。"

桓毓深吸了一口气，投降用得着说得这么理直气壮吗？

瞄了一眼身后不远处紧追不舍的拓跋胤道："行，你自己要找死回头记得跟君无欢说是你自己的主意啊。"

"……"我要是死了，去哪儿跟君无欢说？人鬼情未了吗？

"就是这里！"在一个山坳拐弯处，楚凌沉声道。

桓毓也不再犹豫，当真将背上的少女往旁边的山坡上奋力一抛，自己却扭身朝着另一个方向掠去。山林中光线晦暗，再加上雨天更显得阴暗潮湿。楚凌落到山坡上立刻紧紧地抓住一棵小树，翻身爬了上去，不过瞬间便消失在了山坡上。

等桓毓回头看的时候，那地方早已经没有了楚凌的身影。桓毓深吸了一口气，举步飞快地向前方掠去。

楚凌穿梭在山林中，虽然有树林遮挡依然有雨水源源不断地从上面落下来。虽然浑身湿透了，但是楚凌却丝毫没有感觉到冰冷。汗水和雨水混合在一处，从她的额边滚落到脖颈，落入湿透了的衣服中。

楚凌的呼吸有些急促，被雨水打湿的面容上有些苍白。这样的剧烈运动对她来说实在是有些吃力，幸好大雨掩盖了她的行迹，否则楚凌还真的不确定自己能逃多久。

前方传来脚步声，楚凌立刻屏住了呼吸闪到了一棵大树后面。

片刻后两个北晋士兵从山林中闪了出来，两人一边走一边四下查看，显然是在搜寻他们的下落。听着两人越来越走近的脚步，楚凌无声地吸了口气，微微闭眼侧首。

幽暗的树林中银光乍现。

两个士兵还没来得及拔出腰刀，其中一人就睁大了眼睛向后仰倒了下去。另一人立刻挥刀想要砍向暗器的来处，另一只手却已经摸到了讯烟。

"嗖!"

一支短箭穿过了他的喉咙,士兵神色狰狞地想要将讯烟放出。暗器啪地打在了他的手腕上,讯烟和暗器同时掉落到地上。

楚凌扶着树干一阵猛烈地咳嗽之后,喘息声才渐渐平息下来。她走到躺倒在前方的两个北晋士兵跟前,低头看了看那落在地上的讯烟俯身捡了起来。

她听君无欢说过,北晋军中有一种特制的传递讯号的讯烟。与需要大量燃烧的狼烟不同,只是小小的一管就会在瞬间腾起一种黄色的浓烟。虽然持续的时间不长,却是极好的小范围传达讯息的利器。而且浓烟还有一股奇异的味道,可以被北晋军中驯养的狼追踪到。之前虽然没看到拓跋胤军中带着狼,却也不能不防。

收好了讯烟,楚凌又捡起一把腰刀离开了这个地方。

一刻钟后,拓跋胤带着几个人来到了两个北晋士兵横尸的地方。看着地上躺着的两具尸体,拓跋胤脸色有些阴沉。

"启禀四皇子,这两人死了一阵了,腰刀和讯烟被拿走了。"查看的侍卫沉声禀告道。

拓跋胤低头看着其中一个人心口的暗器,微微眯眼。再去看另一个人喉咙上的血洞问道:"这是什么伤?"

侍卫也跟着皱眉,那人喉咙上一个小小的血洞,更像是暗器所伤,但是却不见暗器,显然是被人搜走了,"启禀四皇子,这应该是箭矢所伤。"虽然和寻常的箭伤不太一样,但也应该是类似的东西。

"还请四殿下千万小心。"旁边的侍卫也开始警惕起来。如果对方有神箭手的话,那么在这山林中就有些太过危险了。北晋人不善山林战。因为北晋人从出生就习惯了一望无际的辽阔草原和荒漠,那些虫蛇密布,陡峭曲折的山林真的不是他们所熟悉的。

拓跋胤轻哼一声:"不用担心,他已经走了。继续追!"

"是,四殿下!"

楚凌有些忧郁地将自己蜷缩在山壁间两块大石之间的缝隙里,抬头望望上面狭窄的天空,雨已经停了不过天色依然昏暗。

楚凌觉得有点冷,虽然现在还是夏天,但是穿着这么一身湿漉漉的衣裳躲在这灰暗的山林间,依然难掩阵阵阴寒气息。

算算时间,她跟桓毓分手应该有两个多时辰了吧?摸了摸咕咕叫的肚子,楚凌哀怨地想着回去一定要狠狠地吃君无欢一顿。想到吃的,楚凌总算是打起了几分精神,抬头看看上方耸耸肩开始往上爬。

爬上去就有肉吃了!

拓跋胤快步穿梭在山林中,面色越发地阴沉。刚刚雨后,头顶的树叶上还时不时落下雨滴打在他的脸上头上,身上。拓跋胤仿佛完全没有感觉到一般,脚下丝毫不停地穿梭在山林间。

"四殿下,西北方有讯烟腾起!"有人突然叫道。

拓跋胤微微眯眼,向西北方看过去,果然看到淡黄色的浓烟从树林间腾起。

拓跋胤微微抿唇,片刻后方才道:"调集附近人马,将讯烟周围五里合围!派人过去看看!"

"四殿下的意思是……"侍卫有些迟疑地道。

拓跋胤冷笑道:"别忘了,我们丢了一只讯烟。"

侍卫心中一震,连忙去传讯。如果晚了先过去的人中了对方的陷阱那就糟了。

等到他们赶到的时候,讯烟的淡黄色烟雾尚未完全散去,那地方果然空无一人。第一个上去查看的人险些被上面落下来的石头砸死。拓跋胤四周看了看,飞身几个纵跃,掠上了身后的石壁。

"快,跟上去!"

楚凌此时觉得整个人都有些不太好了,默默在心中诅咒了桓毓一百遍。

她现在又累又饿,而且还有点发烧了。

无奈地叹了口气,她也拿自己柔弱的身体无可奈何啊。既然走不动了,那就先不走了。楚凌找了个山脚下树林边的隐蔽位置坐下来靠着树干休息,好歹还能恢复一些力气。

树林中静悄悄的,只是偶尔有鸟儿鸣叫的声音,楚凌觉得自己有点昏昏欲睡。

有脚步声从不远处慢慢走来,楚凌原本困顿的眼瞬间睁开。

一只手拍向她的肩膀,楚凌毫不犹豫地回身一刀刺了过去。

"是我!"来人气急败坏地避开,没好气地道。

楚凌翻了个白眼,手里的刀险些拿不稳:"你可算来了。"

桓毓此时看起来也有些狼狈,身上还带着浓浓的血腥味。再看看神色恹恹的楚凌,桓毓道:"你以为引开拓跋胤的追兵容易吗?本公子好不容易才甩开他们,现在还有人在跟他们捉迷藏呢。快走,一会儿被拓跋胤追上就麻烦了。"说着就要去背楚凌,楚凌摇了摇头有些无奈地指了指不远处道:"来不及了。"

不远处的树林中,拓跋胤漫步走了出来,身上的气息比之前在雨中见到的更加肃杀。

楚凌在桓毓耳边低声道:"你打不打得过他?"

桓毓忧郁:"悬。"

打不过就打不过,悬个鬼啊。

觉得自己受到了轻视,桓毓微怒,"他在战场上杀过多少人?本公子可是好人。况且他比我大啊。"

楚凌拍拍他的肩膀:"打不过不丢人,我不会嘲笑你的。不过,现在打不过也

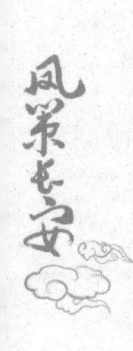

要试一试了。"

"咱们还是跑吧，一会儿他那些爪牙也该追过来了。"

楚凌道："跑得了当然好，就看他肯不肯放咱们跑。至于他那些追兵，被我引到山谷底下去了。我顺着山壁上爬过来的，除非那些人轻功跟他一样好。不然应该还要一会儿。"

桓毓到底忍住了没问完全不会轻功的你是怎么爬过来的这个问题。

"行吧，再撑两刻钟应该没问题。再往后，就看到底谁运气好了。"看是他们接应的人先赶到还是拓跋胤的人先来。

拓跋胤神色冷峻地看着两个人你一言我一语地闲聊，手中长剑直指两人，"你们到底是什么人？"

楚凌光明正大地躲在桓毓的身后。

她是小孩子。

拓跋胤的目光落在桓毓身上，眼神微微一缩。

"本王之前追的人是她？"原本拓跋胤也以为是桓毓，但是看到桓毓身上的血迹和眉宇间的戾色，他便知道不是。

他们花费了几个时辰，在山林中追逐而不得的竟然是个孩子！

楚凌"羞涩"地躲在桓毓身后，桓毓懒洋洋地望向拓跋胤，带着几分漫不经心的挑衅道："谁知道呢，堂堂北晋四皇子，竟然连自己在追谁都不知道么？"

"……"好欠打的样子。

拓跋胤点了点头，道："本王将你们两个一起留下，就行了。"

桓毓嗤笑一声，轻蔑地道："就凭你？"

显然拓跋胤并不是一个喜欢动口的男人，他喜欢动手。手中的长剑锵然出鞘，直指蹲在树下的桓毓。桓毓微微眯眼，也跟着站起身来。同时楚凌一转身钻到了旁边的大树后面，只露出半边脸观战，一副随时准备逃跑的模样。

桓毓气结，这个没良心的臭丫头！

桓毓看了看拓跋胤手中的长剑，嗤笑了一声随手从袖间抽出了一只长箫。

只是这箫却并不是竹子或玉石所制，楚凌从那长箫上明显的金属光泽看出，这应该是一把铁箫。楚凌忍不住抽了抽唇角，这人用的兵器也如此的奇怪。

拓跋胤一言不发，挥剑斩向桓毓。桓毓毫不犹豫地旋身欺上，手中长箫飞快地刺向拓跋胤的手腕。身体却轻而易举地避开了拓跋胤的那一剑。拓跋胤和桓毓距离本就不远，这一让看似漫不经心却未必有多少人能做到。楚凌在心中模拟了好几次，都不得不承认如果换了自己这一剑是无论如何也避不开的。桓毓说如果没有她拖累拓跋胤追不上他，看来也不是吹嘘的。

拓跋胤一剑落空眼底闪过一丝惊诧，却并没有太过失望。第二剑毫不犹疑地补上，片刻间剑锋便已经到了桓毓跟前。桓毓手中长箫一横，挡住了拓跋胤的剑。

长箫和剑锋相撞，溅起几许火星。

楚凌躲在一边观战，不得不说桓毓比她想象的要厉害不少。不过很可惜，拓跋胤比桓毓更加厉害。即便是对武学还不甚了解，楚凌却也能看得出来桓毓只怕确实不是拓跋胤的对手。

刚开始还有几分旗鼓相当的意思，但是过了不到两百招桓毓就开始渐渐落了下风。再过了一百来招，桓毓便开始招架的多，攻击的少了。

拓跋胤身为北晋名将，实力自然不凡。虽然是用剑，但招式却也是更适合战场上的大开大阖。这样的招式，不仅在战场上杀伤力惊人，单打独斗也是威力非凡。

楚凌垂眸握住了身边的弩箭，暗器已经用完了。她身边现在只剩下弩箭和弯刀，要她拿着弯刀冲过去帮忙必然是不现实的。但是弩箭，她眯眼打量着拓跋胤，这把弩弓虽然是她这两日改造过的，但依然算不得什么利器。射中拓跋胤的概率低于四成，还有两成可能会误伤桓毓。

此时的桓毓也是暗暗叫苦，一边盘算着接应的人到底能不能准时到来。若是来晚了，他们可真的要变成拓跋胤的阶下囚了。

不同于桓毓的艰难，拓跋胤却是越战越勇。这大半天的憋屈都被他发泄到了桓毓的身上，剑剑直指要害。若不是桓毓轻功了得，只怕当真是要被戳上几个窟窿了。

终于，又一次长剑和长箫交锋，叮的一声桓毓手中的长箫飞了出去。楚凌深吸了一口气，手中弩箭毫不犹豫地射了出去："大白，走！"

拓跋胤凌空一个翻身，竟然伸手接住了楚凌的箭。看着手中小巧的短箭，拓跋胤神色微变看向楚凌。桓毓也趁机跟他拉开了距离："开什么玩笑？把你一个人丢在这儿我还回来干什么？"

楚凌没好气地道："我死不了！快走！"

"谁都别想走！"拓跋胤冷声道，随手将手中短箭朝楚凌掷了过去，同时提剑再次刺向桓毓。桓毓立刻拔腿就跑也不跟拓跋胤正面抗衡，就是仗着轻功厉害四处乱窜让拓跋胤刺不到他。

楚凌险险地避开了拓跋胤掷过来的短箭，咬牙站起身来：你不走我走！要不是这地方一马平川我脚程慢很容易被人追上，你当本姑娘喜欢舍己为人啊。

"既然这样，大白我先走了啊，等我跟二公主会合了，再回来救你啊。"楚凌扬声道，果然转身就走了。

"……"你能不能讲点义气？

"……"拓跋胤微微皱眉，转身就去追楚凌。桓毓不由一呆，难道他还没有姓楚那丫头值钱？不对，原来那天启二公主在拓跋胤心中这么重要吗？

楚凌飞快地往前跑去，同时清楚地感觉到身后一股强大的劲力扑来。往前狂奔了一段，楚凌一咬牙就地一个打滚同时扣动了手中的弩弓。

"嗖！"

拓跋胤微微侧首，避开了一箭。下一箭又跟着射了出来，拓跋胤这次连避开都没有，直接抬起手中长剑一拨，短箭就偏到了一边。

楚凌心中叹了口气，弩箭的力道还是太弱了。

眼看着拓跋胤就要到跟前了，身后桓毓叫道："拓跋胤，欺负小孩子算什么英雄好汉！"

楚凌险些气晕过去，让你走啊白痴！

拓跋胤并没有打算用剑招呼楚凌，他伸出手抓向楚凌的肩膀。楚凌强忍住了反手给他一刀的冲动。在绝对的力量面前，妄自挑衅只是不自量力自寻死路。

拓跋胤的手并没有如期落在楚凌的肩膀上，一阵冷风破空而来，拓跋胤在瞬间便收回了手。

楚凌睁开眼睛，一道寒光从她眼前划过，连忙往后一仰，仿佛有一丝寒意从她双眼前划过。

她定睛一看，一杆盘龙银枪横在了她跟前。

楚凌立刻朝一边闪去，却发现拓跋胤并没有继续追她。而是神色冷凝地看向了银枪的来处，眼中闪烁着浓烈的杀气和战意。

同时，从后面追来的桓毓声音里却充满了惊喜："你怎么在这里?!"

在距离他们不过二十步外的山坡上不知何时多了一个人。

来人身形修长挺拔，身着一件玄色云纹衣衫，戴着一张银色面具遮住了大半张脸，只露出了似乎少了两分血色的薄唇和英挺的下巴。在面具的左眼处，有一只金色的凤鸟环绕，竟生生给人一种高华端丽，高不可攀之感。

楚凌看了一眼显得很是高兴的桓毓，微微挑眉。认识吗？

不仅桓毓认识对方，显然拓跋胤也认识对方。

拓跋胤盯着来人，咬牙道："晏翎！"

那男子并不言语，身形一闪已经到了拓跋胤跟前几步远。方才被插在地上的银枪抬手间回到了他的手中。长枪一横，黑衣银枪，长身玉立，银色的面具上凤凰振翅欲飞。面具下是一双漆黑深邃的寒眸。那目光只在拓跋胤身上一划即过，微微点头："北晋沈王，别来无恙。"

拓跋胤微微眯眼："晏翎，你好大的胆子！"

"路过而已。"名叫晏翎的男子有些漫不经心地道，目光却落在了楚凌的身上："沈王已经沦落到开始对弱质女童下手了？"

拓跋胤冷笑一声："女童？这个女童杀了我两个士兵。"

晏翎这回将目光停留在楚凌身上更久了一些，片刻才道："胆子不错，杀得好。"

拓跋胤终于不再废话了，他若是真以为眼前这人是恰巧路过就是傻子了！退一万步讲，就算真的是碰巧路过，他也绝不可能在他面前将这两人带走。既然如此，那就不必废话了！

手中长剑一凛，剑芒骤然大盛。楚凌眯眼看着拓跋胤比方才更加凌厉霸道地一剑挥向了晏翎。晏翎单手一提银枪，银枪挽出几朵绚丽的银花，向着拓跋胤平平挥出。这一招仿佛平平无奇，在他手中却有了万钧之力。拓跋胤的剑势不由一滞，挥出的剑半途停顿改为刺向他的心口。晏翎手中银枪一横，用枪身挡住了拓跋胤的剑尖，下一刻两人已经落到了几丈外，两个身影变幻不定你来我往地打了起来。

楚凌看着眼前的两人，忍不住叹了口气。

"不用担心，拓跋胤不是晏翎的对手。"桓毓不知何时摸了过来，蹲在楚凌背后低声道。

楚凌微微扬眉："你确定？"

桓毓道："这有什么好不确定的？拓跋胤若是打得过晏翎，沧云城现在还能姓晏吗？这几年拓跋胤前前后后跟晏翎打了五次，三败一胜一平。"楚凌扭头看了看他，问道："这个晏翎是什么人？你跟他很熟？"

桓毓有些郁闷，"你怎么这么孤陋寡闻？！"

"都说了我是刚从山里出来的，你不能指望我一下子就补完上下五千年吧？"

桓毓鄙视地道："就算不知道别人，你也不应该不知道晏翎啊。如今这灵沧江以北所有地盘都被貊族占领了。只除了两个地方，一是谢廷泽镇守的汝宁，现在也没了。还有一个就是晏翎占据的沧云城。"

"占据？"

桓毓叹了口气，"这大概也是你不知道的原因吧，谢廷泽本身是天启名将，镇守孤城数年自然是名扬天下人人敬重。不过晏翎本身却是出身乡野，五年前趁乱从貊族人手里夺下了沧云城。在此之前谁也不知道这世上有这个人。沧云城地理位置特殊，易守难攻。貊族人花了几年时间都没能拿下，反倒是损兵折将，自然是引以为耻辱的。所以，在北晋谈论沧云城以及沧云城的人，是很要命的事情。"

楚凌有些惊叹地看着正在与拓跋胤交手的黑色身影，虽然从他身上的凌厉杀伐之气楚凌猜出了他应该是个将领。但是这样的能力和功绩，也确实足以傲视当世了。难怪拓跋胤看到他就杀气腾腾呢。

看着那两个越打越远的人，桓毓抖了抖道："咱们先走吧。"

楚凌站起身来点了点头，晏翎在这里现身明显是为了救他们，他们若是不走晏翎也无法脱身。不过……

"这位晏翎不会有什么问题吧？"

桓毓诧异地看了她一眼，道："难得你竟然还会讲义气？不用担心，他就算杀不了拓跋胤，全身而退还是没问题的。你不是天启人吗？"

"别在意细节，既然如此咱们先走吧。"楚凌道。

如果拓跋胤的人先追上来，那他们必然会成为晏翎的拖累。还不如尽快找到来接应的人，就算有什么意外也方便应变。

楚凌和桓毓很快便遇到了来接应的人，楚凌对君无欢的实力又有了进一步的认识。这些人倒是相当准时，看他们的模样显然都是经过了一番血战，但是却半点也没有耽误时间。之前她跟桓毓那么狼狈，纯粹是他们自己实力不够，却怪不得这些人。

一行人讨论了一番之后，正准备回头去接应晏翎。便看到不远处气势卓然的黑衣男子提着银枪走了过来。他步伐沉稳，不疾不徐，带着一种从容不迫的气度。桓毓满脸带笑地迎了上去，"晏城主，拓跋胤死了么？"

晏翎抬眼看了桓毓一眼，沉声道："让桓公子失望了，拓跋胤还活着。"

桓毓确实有点小小的失望，要是拓跋胤那祸害死了，他们以后可就轻松多了。

"晏城主怎么会在这里？"桓毓好奇地道。

晏翎道："碰巧路过。"

"哈哈……多亏了晏城主路过，不然咱们就麻烦了。"桓毓干笑道。

晏翎摇了摇头，目光落在了楚凌身上。

楚凌拱手道："方才多谢晏城主出手相助。"

晏翎道："姑娘言重了，姑娘聪慧，便是在下不出手想必也不会有性命之忧。"

楚凌无奈地一笑："阶下之囚也不好过啊。"

晏翎低笑了一声，声音低沉悦耳浑然不似杀伐的将领，倒仿佛带着几分江南的和煦温暖："姑娘胆识过人，不知芳名可否见告？"

楚凌大方地道："楚凌见过晏城主。"

桓毓笑眯眯地看着晏翎："晏城主，这小丫头是君无欢的人。"

晏翎愣了愣，显然没想到桓毓会这么说。

楚凌面无表情地一脚踩在桓毓脚背上，看向晏翎却是一派和煦："大恩不言谢，晏城主以后若有用得着楚凌的地方，请不必客气。"

晏翎也仿佛没看见旁边跳脚的桓毓，点头道："那在下便记下了。"

晏翎有要事在身，很快便与他们告辞了。临走时只是告诉他们，拓跋胤只是受了些轻伤，所以他们如果没有重要的事情的话最好尽快离开这里，以免遇到拓跋胤的兵马徒增危险。两人谢过了晏翎，目送他独自一人飘然远去。

楚凌望着晏翎的背影消失在了远处，忍不住叹了口气。

桓毓看了看楚凌，伸手戳了戳她的肩膀："干吗，你不会真看上晏翎了吧？人家堂堂沧云城主，可不会看上你这个豆芽菜一样的小丫头。"

楚凌深吸了一口气，转身面对桓毓微笑。

桓毓眨了眨眼睛一脸无辜地望着她，楚凌的笑容狰狞起来："豆芽菜证明我还有发展空间，不像有的人……"上下打量了一眼桓毓，楚凌悠悠道，"小矮子！"

桓毓立刻跳脚："你说谁矮?！你才是小矮子！还不到本公子胸前的小矮子！"

楚凌呵呵两声："君无欢比你高吧，晏翎比你高吧，拓跋胤比你高吧？百里轻鸿比你高吧？说不定再过几年云翼都比你高了。"其实桓毓并不矮，至少有一米七五。但是北晋人天生人高马大，君无欢百里轻鸿等人虽然不是北晋人却依然长得高大挺拔。看着桓毓气急败坏的模样，楚凌悠然安慰道："没事啊大白，身高是男人永恒的痛，我懂的。"

桓毓突然不怒了，对着楚凌露出一个意味深长的笑容："男人永恒的痛可不是身高，你个小丫头懂什么？"

不想楚凌竟然接得十分娴熟："哦，看不出来你还肾虚啊。节哀，回头我若是认识了什么名医，一定第一时间给你引荐。"

肾虚！

两个大字如两座大山朝着桓毓劈头压了下来。桓毓公子瞬间神色扭曲，伸出双手："我要掐死你这臭丫头！"

旁边接应的人连忙七手八脚地抓住他："桓公子息怒啊，咱们还有正事！"

"公子说好好保护凌姑娘，不能……"不能没伤在敌人手里却被自己人给掐死了啊。不过没想到桓毓公子生得玉树临风竟然会……呃，不可说，不可说。

"桓公子，咱们还是快走吧。一会儿追兵上来了！"

好说歹说，众人合力终于将愤怒的桓毓拉走了。

楚凌有些不好意思地摸摸鼻子，反应这么大干什么？难不成真的被她说中了？

一行人小心地避开了拓跋胤的兵马赶回了与君无欢约定会合的地方。等到他们赶到的时候，却还没有看见君无欢等人的踪迹。桓毓有些担心，便提议楚凌留下休息，他去接应君无欢等人。

楚凌思索了片刻便同意了桓毓的提议，来回奔波这一整天，她确实没什么力气了，就算是去了也是拖后腿的份儿。

摸出一粒药丸吞了，楚凌坐在山坡上思索着。不管这次君无欢等人是成功还是失败，北晋朝廷对各地的搜查和防守必然会更加的森严。甚至为了阻拦谢廷泽返回天启，可能会不惜全面封锁边境，到时候想要再走只怕也不是一件容易的事情了。

有些头疼地叹了口气，楚凌到底还是没有在事情闹出来之前先开溜。且不说她自己能不能顺利回到天启，事实上现在她对回天启的兴趣并没有那么大，至少不能就这样回去。以一个公主的身份回去？等待她的绝不会是什么好日子。说不准过两年，还要被送回北晋来。

"凌姑娘！"

桓毓等人一夜未归，一大早楚凌正在小屋外面活动身体，一个穿着布衣模样平凡无奇的中年男子匆匆而来。君无欢说楚凌的姓氏太过惹眼，除了云翼桓毓几个身边的人都称呼楚凌为凌姑娘，许多人更以为楚凌便是姓凌的。

楚凌从地上站起身来，问道："何事？"

中年男子道："公子他们暂时回不来了，请姑娘先行离开此处。"

楚凌微微挑眉："看来他们是成功了？"

中年男子微微一愣，眼中却也不由多了几分惊讶，道："姑娘怎么会这么认为？"

楚凌道："若非谢老将军再次被救，北晋人恼羞成怒。他们怎么会连回来会合都不成了？百里轻鸿带人追着他们往哪儿去了？"

中年男子苦笑道："不仅是百里轻鸿的人，还有附近的几处守备军和路亭驻军都在追公子他们。公子吩咐若是看着情形不对，便先回来通知凌姑娘一声。凌霄商行在北晋也有多处据点，姑娘若是不嫌弃，可以先前往落脚。等公子腾出了手来，才能送姑娘渡江。"

楚凌点头道了声多谢，思索了片刻问道："他们往哪儿去了？"

中年男子道："往北去了。"

见楚凌皱眉，中年男子无奈道："非是公子自投罗网，实在是不得已。北晋人如何不知道咱们要送谢将军南回？如今往南的方向早就已经布满了重兵，眼下也只能先将谢老将军救出来再说。北地辽阔，貊族人也未必就能找得到他们。"

楚凌沉吟了片刻，问道："先生接下来准备做什么？"

中年男子道了句不敢，又道："在下将姑娘送到凌霄商行据点，便需再去召集人手驰援公子等人。"

楚凌道："如此，先生便去忙正事吧，不必管我。至于我跟君公子的约定，以后我自会寻他兑现。"

中年男子对楚凌的话并不意外，道："如此的话，公子说如果凌姑娘另有安排，便命在下转告姑娘，姑娘若有什么不便之处，尽可前往各地凌霄商行，报上桓毓公子的姓名即可。也可给公子留言。"

"多谢。"楚凌点头道。

那中年男子辞别了楚凌便一路往北方而去，避开了沿途搜索的各路北晋兵马之后，终于到了隐藏在山中的一处小村落外面。他并没有进入村中，而是直接绕过村落进了村后的山林里。

山林深处有一座破旧的小屋，那是村中的猎户上山的时候偶尔歇息的地方。此时有些狭小而阴暗的小屋里，君无欢依靠在什么都没有的土炕边上，一身黑衣依然散发着淡淡的血腥味。听到脚步声，他豁然睁开了仿佛燃着寒火的眼。

"公子。"中年男子快步进来，看到君无欢的模样脸色也跟着难看起来，"公子，您的伤……"再看看四周，中年男子才觉得不对，"公子？怎么只有你一个人？文虎呢？"难道文虎已经……不然，怎么会放任公子重伤独自一人在此？

君无欢摆摆手道："无妨，我让他办事去了。"

中年男子很快反应过来："公子是让他去护送谢老将军了？这……这不是胡闹么！"公子身上本就带着病，如今又受着重伤，若是出了什么事……

君无欢却很是淡定："我伤得有些重，不能跟着他们奔波。有文虎和桓毓在，谢老将军会更安全一些。"

闻言，中年男子忍不住有些红了眼睛，"公子这般……万一你出了什么事，属下等该如何是好？"

君无欢淡然一笑道："我这身体也不知道还能活几天，有什么打紧的？谢将军若能平安脱险，将来……"见那中年男子又要急了，君无欢只得作罢摇摇头道，"先别说这些，我有些饿了，你先去弄些吃食来吧。"

"是，公子。属下这就去。"中年男子连忙转过身悄悄抹了眼角的泪珠，快步走了出去。

君无欢靠在床头闭目休养了片刻，方才重新睁开眼睛道："凌姑娘，出来吧。"

外面一片宁静，过了片刻一个人影从门外走了进来。

楚凌侧首打量着君无欢，道："君公子让人叫我先走，原来是因为受了重伤。"

君无欢有些无奈地道："原本答应了送姑娘回天启，如今一时半刻只怕……"

楚凌摆摆手，饶有兴致地道："我倒是不知道，君公子竟然是个舍己为人的人？你将身边的人都给了谢廷泽，就不怕我要是现在捅你一刀，你会不会死？"君无欢却并不惊怒也不惧怕，笑容坦然地道："大抵是会的吧？"

"你不怕？"楚凌问道。

君无欢道："因为我知道，凌姑娘不会做这种事的。"

楚凌道："你的眼光不错！君公子，有没有告诉过你，你这双眼睛真讨人厌？"

君无欢莞尔一笑，"这个还真没有。凌姑娘既然能跟过来，想必也知道在下这边的境况，为何还要再蹚这趟浑水？"

楚凌耸耸肩道："大概是我脑子有问题吧？"

君无欢不由笑了起来，其实信任这样一个来历不明的少女是一件相当危险的事情。但是他也不知道为什么会这么轻易地就选择相信她，只是直觉告诉他这个少女绝对不会是那种卖国求荣的人。她是个聪明人，应该清楚他们目前的状况不会太好。但是她依然还是来了，君无欢便忍不住有些想笑。

楚凌取出自己随身的包袱中的药放在床边，一边道："如果你觉得好点了就快点上药，然后离开这里。"

君无欢眼神微凛，似在问她为什么。

楚凌道："你那位老哥的技巧好像还差点，半路被人跟上了都不知道。我虽然将人引走了，但是这地方就这么大一块，找过来是早晚的事情。"

君无欢深吸了一口气，轻叹道："冥狱的人的话，文越确实不是他们的对手。"

楚凌饶有兴致地问道："冥狱？那是什么？"说话间，还不忘伸手去拉君无欢的衣襟。君无欢伸手一挡："你做什么？"

楚凌诧异地道："给你上药啊，还能做什么？"

"……"

气氛有点尴尬，君无欢到底还是放开了手接上了之前的话题："凌姑娘没听说过？冥狱是明王手下的情报组织。里面的人……"君无欢微微蹙眉，道："很难对付。"

楚凌平静地看着君无欢赤裸的胸膛微微扬眉："怎么难对付？"一道刀伤从胸的右上方一直划到了左肋下。贯穿了整个胸膛。君无欢应该用了特殊的止血手段，但是此时依然在缓慢往外冒血。

君无欢低头看着楚凌利落地处理着伤口，道："这道伤就是他们的手笔。"

楚凌微微皱眉，伸手在他的伤口上比画了两下，道："是中原人？貊族人惯用弯刀、长刀或重兵器，除了拓跋胤我还没见过哪个貊族人将轻便的兵器用得好。你这伤……"

"凌姑娘好眼力。"君无欢淡笑道，"凌姑娘应该知道：这世上并不是所有中原人都对貊族人恨之入骨的。貊族人虽然狂妄，但是一些有本事的人，待遇还是相当好的。"楚凌不置可否，自然是明白的。普通的寻常百姓不说，还有一些能力卓绝的人并不介意投靠貊族人。同族受难关他们什么事？他们只需要自己过得舒服就行了。

清理干净了伤口上的血污，楚凌拿起旁边的药瓶往上面撒药。虽然明显能感觉到手下肌肉瞬间的紧绷，但君无欢却没有发出任何声音，甚至连脸色都没有变过。楚凌自己试过药当然知道有多痛，有些惊讶君无欢看起来病恹恹的，忍耐力倒是十分不错。

一个人影从外面飞快地进来，却在刚进了门口的时候猛然止步。

"呃，我……我什么都没看见！"

"……"

楚凌一脸无语地看着从门口进来的人，正是之前被君无欢打发去找吃的叫文越的中年男子。他手里还捧着一些干粮和几个水果，只是神色有些呆滞地望着眼前的两个人，一副不知道眼睛往哪里放的模样。

楚凌低头看了看自己和君无欢如今的模样，确实有点容易让人想入非非。

楚凌太矮了，上药的时候难免贴得离君无欢近了一些。君无欢又一副衣衫半褪的模样。不过，看到她这样的小姑娘都能胡思乱想，这位大哥的想法也不太纯洁啊。

坐在旁边的君无欢倒是淡定："凌姑娘替我换药。"

那叫文越的男子干笑了两声：道："还是姑娘想得周到。呃……凌姑娘不是……怎么会在这儿？"

楚凌扭头对他笑了笑："跟着你来的。"

闻言文越顿时笑不出来了，他竟然完全不知道自己被人跟踪了。这幸好是凌姑娘跟着他的，万一是北晋人……想到此处，文越的脸色倒是有些发白了。

君无欢道："收拾一下，我们要离开这里。"

"是，公子。"

三人简单地吃了一些文越带回来的东西便启程离开了。

跟着两人走在有些崎岖的山路上，楚凌也没有去问文越原本说召集人手怎么就独自一人回来了。其实她也心知肚明，君无欢若是有足够的人手哪里会拉她入伙？君无欢这人虽然不过几面之缘，楚凌还是看得出来，这人善恶不好说，但是最起码的底线还是有的。

"公子，有人追上来了！"

不用文越开口，楚凌和君无欢也察觉到了。君无欢侧耳听了片刻，沉声道："人不少，三十六个。"

文越抽出随身的兵器，沉声道："公子，你和凌姑娘先走，我拦住他们！"

君无欢摇了摇头，道："你拦不住他们。"伸手将一块玉佩抛给了楚凌，道："凌姑娘，麻烦你一件事。"

楚凌反手接过，随手便将令牌抛给了文越，道："不干，让他去。"

君无欢叹了口气，沉声道："凌姑娘，此事原本就跟你没什么关系。若不是我将你……"

楚凌冷笑一声，道："我若是不乐意帮你，别说你绑架云翼，就算你在我面前将他剐了，我也不会眨一下眼。"

君无欢皱眉，现在不是废话的时候，但是往后的路确实艰难，他并不想要连累这小姑娘的性命。不想楚凌比他还要果决，一挥手道："别废话，再废话人就追上来了。如果真到了万不得已的时候，你放心我肯定会丢下你跑得越远越好，绝不会和你同生共死的。"

君无欢和文越齐齐无语。

"罢了，在下便谢过凌姑娘高义了。文越，将这令牌带给桓毓，他知道后面该怎么办。"

"公子！"文越惊道，显然并不愿意在这时候丢下君无欢逃命。

楚凌道："我说大叔，你就别磨蹭了。让你留下来断后，不到半刻钟人就能追上，咱们谁也逃不了。你先走了，少了一个累赘我跟君无欢说不定还能跑快点。"

"……"虽然被人如此嫌弃，但是文越发现自己无话可说。

眼下并没有时间给人感动或者纠结，文越一咬牙，攥着君无欢的玉佩转身飞快地往前方奔去。

看着文越的背影消失在前方，楚凌方才侧首看君无欢，"你没事吧？"

君无欢伸手拂了一下胸口的伤处，苦笑道："凌姑娘不是知道么？"

楚凌点头道："知道是知道，我只是搞不懂，你一个当头儿的人，怎么就能把自己搞得这么狼狈？你们这种人不是应该随时随地身边都有暗卫相随，就算遇到千军万马也能从容而过看别人血流成河吗？"

君无欢半晌无语，好一会儿才道："凌姑娘……想太多了。"

真有那样的实力，现在北方就不是貉族人的地盘，而是他君无欢的了。

"快走吧，要追上来了。"

楚凌点头，伸手扶住君无欢道："走！"

一群黑衣人悄无声息地出现在了山林中，虽然是大白天，这些人依然是一身黑衣，脸上蒙着黑巾只露出一双眼睛。

"人不见了。"其中一人沉声道。

另一人道："他们有人受伤了，走不远。一定还在这附近！"

先开口的人沉声道："这些人已经坏了朝廷几次事儿了，这次竟然犯到明王殿下手里，只要揪出了幕后主使者，便是一件大功。给我搜。"

"是！"

山林中一片寂静，只有鸟雀偶尔鸣叫的声音。一群黑衣人分散开来四处搜索着，其中一个人路过一棵树下的时候，有一滴水滴落在了他的头上，带着微凉的触感。

他伸手一摸，手指染上了一抹猩红。

黑衣人脸色微变，猛然抬头向上看去，入目的是一张苍白的脸和冰冷的眼。

只是他还不及呼叫，从上面压下的无形劲力便让他的脖子一歪无声地往地下倒去。

旁边闪出一个人影将他扶到一边靠在树下，抬手对树上的人竖起了大拇指。厉害！

楚凌看看跟前歪了脖子没了气息的人，心中满是羡慕。就这么轻飘飘一掌，就打得敌人断了脖子，内力可真是个好物啊。

依靠在树上的君无欢见状微微勾了下唇角，正想要说话脸色突然微变立刻捂住了唇。

一阵低沉的闷咳之后，一缕血丝从他的指缝间溢出。

楚凌神色微变，对君无欢打了个手势示意他待在那里不要动。君无欢微微点头，当真便依靠在树上不动了，只是目光敏锐地盯着树下正在那黑衣人身边翻找着什么的少女。

楚凌飞快地在黑衣男人身上翻找着，总算是不负所望地找到了一些有用的东西。除了身上带着的兵器，黑衣人身上还有一把锋利的匕首、暗器以及几瓶伤药。掂了掂手中的匕首，楚凌满意地点了点头，这段时间她最大的苦恼就是没有称手的兵器。这把匕首倒是有点意思，轻薄锋利，却不失坚硬。楚凌对着匕首吹了一口气，回音清越。虽然算不上削铁如泥，却也是难得的利器了。

不远处传来一阵轻微的脚步声。楚凌抬头去看君无欢。君无欢动了动唇角，楚凌看出来他说的是："三个。"

楚凌点了点头，扶着那早已经没有气息的黑衣男子靠在树干上，只露出了一个黑色的背影。片刻后，果然有三个人从另一边走了过来。看到树下的人影，三人皱了皱眉互相对视了一眼。其中一人开口道："谁在那里？"

树下的黑衣人抬起手摆了一下便放下了。三人立刻警惕地看向另一边。显然是以为这黑衣人发现了什么，也跟着靠了过来。不过即便是如此，这些人也依然保持着警惕，其中两人留在了不远处观望着这边，另一个人朝着树下的黑衣人走了过来。

头顶的树梢一动发出轻微的响动。走过来的黑衣人立刻警惕地抬头望去，同时手中的刀也向上一挥，却发现头顶上除了摇动的树枝什么都没有。倒是心口蓦地一冷。黑衣男子有些呆滞地低头看去，却看到自己胸口插着一支短箭。是从下往上的角度直接穿透了他的心口，他看到那树下的黑衣人身边蹲着一个面容精致却面无表情的孩子。

黑衣人想要伸手去按住自己胸口的伤处，那里有鲜血正在源源不断地涌出。

楚凌见一箭竟然没有杀死对方，站起身来扑向那高大的黑衣男子，手中匕首无声地划过了他的喉咙。

"咳咳，凌姑娘好身手。"身后不远处，君无欢已经解决了另外两个人，闷咳了两声道。

楚凌有些无趣地撇了下唇角，道："哪里比得上长离公子啊。都只剩下半条命了还能顺手解决两个人。"

君无欢看到小姑娘眼中赤裸裸的嫉妒，不由低笑道："凌姑娘年纪尚小，若有名师指点，过得几年说不定在下也不是对手了。"

楚凌耸耸肩，道："这地方不能待了，咱们快走吧，血腥味太大了，说不定一会儿就有人追过来了。"至于君无欢的恭维，听听就行了。

两人飞快地在山林中穿梭着，但人力终究有限，虽然一路上用各种方法杀掉了不少追兵，但是两人还是被人围住了。

君无欢看着四周朝他们围拢过来的黑衣人，有些无奈地笑道："凌姑娘，抱歉，还是连累你了。"

楚凌翻了个白眼："现在说这个有什么用？还有十六个人啊。"其实也算是不错的战绩了，毕竟他们俩一个是弱一个是伤。但是并没有什么用处，哪怕他们干掉三十五个，剩下一个也足以要了他们的命。

"那姑娘觉得应该怎么办？"

楚凌对他一笑，做了个杀掉的手势。

君无欢忍不住笑了起来，笑容在他俊美而苍白的脸上多了一种诡异的森冷。

君无欢对眼前这个小姑娘的好奇越发浓厚起来。这小姑娘的身体看上去弱不禁风，但是先跟着桓毓折腾了两天，这两天更是奔波劳累。莫说是这样娇弱的小姑娘，就是寻常男人只怕也要累得不轻了。但这姑娘不仅没有倒下，到了现在这样的绝境，竟然还能保持这样的精神，着实是让人佩服。

楚凌可没有心情管君无欢在想什么，事实上她现在非常的不舒服。但是跟小命比起来，这点不舒服也只能暂时忽略不计了。

对君无欢打了个手势，楚凌在黑衣人合围过来之前飞快地闪到了另一边的隐蔽处。手中的弩毫不犹豫地朝着离自己最近的一人扣动了扳机。只要条件允许，楚凌一向有回收再利用的习惯。否则她手里这把弩弓，现在也就只能拿来砸人了。不过即便是如此，现在她身上也只有六支弩箭了。

树林中，一人应声倒地。

原本全部冲向君无欢的人立刻分出了几个冲向了楚凌。楚凌心中叹了口气，本姑娘真是会给自己找麻烦啊。

第一箭射出之后，楚凌就迅速地闪身换了个位置，并且在移动中射出了第二箭。虽然移动会降低命中率，不过这一箭还是顺利地射中了对方的心口。

另一边，君无欢已经不知从哪儿抽出了一把软剑。看了一眼不远处还算游刃有余的楚凌，方才将目光落到了自己面前的黑衣人身上。低沉地闷咳了一声，道："动手吧。"

黑衣人对视了一眼，齐齐朝君无欢逼了过去。他们此时的心情也有些复杂，原本以为只是一个简单的任务：追一个身受重伤的逃犯。却没有想到，这人竟然如此棘手。仅仅两个多时辰的追逐，他们就折损了将近一半的人马。

他们这些人投靠了北晋，追求的自然便是锦衣玉食。同样的，他们更清楚，在北晋人眼中他们就是一条狗，无论他们立下了多少功劳，只要没有了利用价值他们就会被毫不留情地舍弃。因此每次执行任务的时候他们都格外疯狂和暴戾，这还是他们冥狱第一次遇到如此巨大的挫折。

一定要杀了这个病秧子，以雪今日之耻！

君无欢唇边划过一丝森冷的笑意，手中长剑一凛，一道寒光夹着凌厉的劲气扫向对面的人。对面的黑衣人霍然变色，纷纷向四周退避。虽然之前他们追逐了这两人两个多时辰，但其实他们根本没有跟这人正面交手过。上面只说是个高手，但是究竟高到什么程度却是没有人知道的。

不过现在，他们知道了。

跟拓跋胤霸气强横的剑法比起来，君无欢的剑法看上去云淡风轻。但是若有人真的将这份淡然不看在眼里，那简直就是拿自己的生命开玩笑。君无欢的剑或许没有拓跋胤那样一剑挥出山崩石裂的威势，却让人觉得更加危险。仿佛只要被一丝剑气触及，就会没命一般。

这并不是他们的错觉，其中离君无欢最近的黑衣人躲避不及，手臂顿时和自己的身体分离。那人甚至完全没有意识到，等看到自己光秃秃鲜血狂喷的手臂才反应过来惨叫出声。

"一起上，杀了他！"

"上面要活的！"

一群人飞身扑向君无欢，这人是厉害，但是他身受重伤，那惨白的脸色已经说明了一切。重伤之下必然支撑不了多久，他们一起上也不怕这个病秧子。

君无欢一言不发地迎上冲过来的人，却时不时还要分神关注一下不远处正在与人周旋的楚凌。不过很快他便收回了注意力，楚凌并不需要他担心，另一方面十多人的围攻也让他开始无暇分神。

"嗖！"

身后传来暗器破空的声音，君无欢头也不回地侧身避开，同时一掌拍开了冲到了跟前的黑衣人。手中长剑刚刚反手架住了向自己劈来的一刀，另一侧便又有一把刀袭来。

君无欢手中长剑重重地撞上了对手的刀，对方手中的刀应声脱手的同时君无欢的剑已经顺势划出挡住了另一把刀。一缕血丝从他的唇边溢出，胸口包裹好的伤早已经再次迸裂，只是他穿着一身黑衣倒也完全看不出来。

扫了一眼地上躺着的几个黑衣人，君无欢冷笑一声下手越发凌厉。只是他原本苍白的脸色却渐渐多了一抹血色，只是嘴唇越发地苍白起来。原本俊美绝伦的容颜看上去竟有几分不真实的诡异。

剩下的黑衣人心中不知怎么的生出了几分寒意。他们都是刀口上舔血的人，对于生死看得也并不那么重。对生死都没有敬畏的人，会害怕的东西自然就少了。但是不知道为何，他们竟然有些害怕眼前这个重伤的年轻人。

"你到底是什么人？"一个黑衣人忍不住厉声道。

君无欢微微勾唇却并不说话，黑衣人道："只要你投降，我们可以饶你一命。还有那个小姑娘。就算你不在乎自己的命，难道也不在乎……"话还没说完，不远处一道冷箭嗖地射了过来。原来是另一边的楚凌听到这人大放厥词，抽空给了他一箭。这一箭虽然没真的射到人，却也让那人口中的话就此噎住了。

人家姑娘自己都不在乎，还用问君无欢在乎吗？

君无欢淡淡道："原来冥狱也不过如此，怕了吗？"

黑衣人终于还是放弃了说服君无欢投降的打算，再一次扑了上去杀成了一团。

另一边，楚凌终于解决了围着自己的三个人，直接脱力地跌坐在树下喘气了。这时候只要随便来一个人，她也没什么反抗的力气了，更不用说过去帮君无欢。她原本就有些发热，虽然之后吃了药但是经过这么一番奔波，现在楚凌已经觉得有些头晕了。

靠在一棵大树后面，楚凌强撑着想要睡过去的冲动，一边闭目养神一边听着身后传来的打斗声。

身后有一丝轻微的响动，楚凌毫不犹豫地抬手。

嗖！

一个悄悄摸过来想要偷袭的人颓然倒地，眼睛还睁得大大的，仿佛不明白楚凌怎么会还有力气和箭矢对他出手。

楚凌面无表情地伸出纤细的小手捏断了他的脖子。

"不管做什么，都要给自己留一条后路。"

夜色降临的时候，山林中的打斗声渐渐消失了。君无欢闷咳了两声，胸口一阵撕心裂肺的疼痛让他俊美的面容也忍不住跟着抽搐了两下。环视了一圈，地上躺了一地的尸体，空气中血气弥漫。

君无欢捡起地上的一把刀做支撑，转身朝着楚凌的方向走去。楚凌依然如之前一般在大树下，只是姿势已经从之前的坐变成了躺了。看到君无欢出现在自己面前，楚凌睁开了明亮的眼睛看着他道："佩服。"

确实不得不佩服，那样孱弱的身体还受着重伤，君无欢竟然也能将那些人全部解决掉。

君无欢道："凌姑娘才让君某大开眼界。"

楚凌有些勉强地笑了笑道："咱们就别在这里互相吹捧了，我好像有点不舒服，咱们快点离开这里吧。"

君无欢伸手在楚凌的额头上探了一下，神色微变道："怎么这么烫？"

楚凌勉力坐起身来，道："应该是受凉了，先离开这里，这么多血晚上说不定会引来野兽……"只是，刚刚站起身来，眼前就是一黑，楚凌终于还是撑不住，身子一软跌回了地上。

"凌姑娘?！凌姑娘！"

楚凌再一次醒来的时候发现自己在一个山洞里，洞里一片漆黑幽暗，只有洞外淡淡的月光照在洞口。旁边不远处还有一堆燃过的火堆，只是火早已经熄灭。

楚凌清楚地感觉到不远处还有一个呼吸声，心中微微放松了几分。

从地上坐起来，才发现自己身上还盖着一件衣裳。伸手摸了一下火堆，灰烬早已经冷却，显然这火已经熄灭了不少时候了。见洞口旁边还堆着一些干柴，楚凌连忙找到火折子重新将火生起来。

一簇火光重新点亮了整个山洞，楚凌这才看向躺在不远处的君无欢，脸色不由变了变。君无欢的呼吸十分轻缓，面色潮红嘴唇却苍白得没有一丝血色。身上还有浓浓的血腥味。

"君无欢！"

无人回答，君无欢依然沉睡着。楚凌连忙扑过去一探，果然君无欢已经陷入了昏迷。

楚凌深吸了一口气，飞快地拉开了君无欢的衣襟。果然原本包扎好的伤口早已经变得鲜血淋漓。他们脱险之后，君无欢并没有重新包扎上药。不仅如此君无欢身上还又添了好几处伤痕，每一处都是触目惊心。

楚凌扫了一眼山洞，从另一边地上找到了一些杂物。他们随身携带的东西早就在之前的追逐中丢弃了，这些显然是君无欢从那些黑衣人身上搜刮来的。

君无欢身上除了之前胸口的一处重伤以外，左肩和腹部也各自多了一道血痕。至于那些轻微的划伤，楚凌也懒得去数了，只是一一清理上药，这期间君无欢完全没有醒来。只除了偶尔抽动一下，显然他还没有深度昏迷，还是有一些知觉的。

楚凌做完了这些，才微微松了口气跌坐在一边叹了口气。

抬手摸了摸自己的额头，之前的高热已经退去，头依然有些昏沉。因为之前一整天的剧烈活动，她现在浑身上下酸痛。

将自己挪到洞口，他们似乎在某处山脚下天然形成的山泉出口处。楚凌不知道这里距离他们之前昏过去的地方有多远，但是肯定不近。也不知道君无欢拖着那么重伤的身体到底是怎么将自己搬到这里来的。

山洞并不大，一湾泉水静悄悄地流淌出去，在月光下泛起点点波光。抬头看上去，天空已经完全晴朗，一轮圆月挂在天空显得格外的静谧。低头算了算，今天是十五还是十六啊。

楚凌靠在山洞边上，望着天空的明月手中把玩着玉佩。

夜风带着一股淡淡的泥土气息吹来，楚凌往不远处的火堆里扔了两根干柴便闭目养神。

只是她刚刚睡醒这会儿却是睡不着了，只得放任脑子天马行空地胡思乱想。

君无欢是什么人？

凌霄商行的主人。

凌霄商行的主人是什么人？

西秦人。

一个西秦的商人，为什么要拼死拼活去救一个天启的将军？君无欢显然是站在北晋的对立面的，是天生为国为民，忠孝节义还是另有所图？

不管是为什么，目前君无欢都是一个适合的合作对象。

她是天启公主，北晋没有她的容身之地。天启一个连自己的国都都丢了的王朝,楚凌表示她无论是对当和亲公主还是当笼络大臣的棋子都没有兴趣。更不想要在未来的某一天再体会一把亡国公主的滋味。

想要在这样的世道活得自在,身份血统没什么用,关键还是需要有自己的底牌。而她显然也不是玩政治的料,所以她的底牌只能是在北晋创造。

暂时还不能回去天启。

谢廷泽,不知道这位让君无欢拼尽一切都想要救的将军,到底是个什么样的人。

还有百里轻鸿,虽然他们计划也算缜密,但是君无欢等人竟然真的顺利从百里轻鸿手中抢到了人。原本她推测即便是拖延拓跋胤的计划成功,君无欢等人成功的概率也低于五成的……

纷乱的思绪中,楚凌渐渐地再次沉入了梦乡。

山洞外,溪流潺潺,蝉虫低鸣。

圆月当空,夜色沉沉。

清晨,君无欢睁开眼睛,就看到坐在洞口的少女。少女双眼微闭,神色静谧。淡淡的晨光照在她的脸上,仿佛蒙上了一层淡淡的金光,犹如一幅美丽的画卷。

君无欢起身的声音惊动了沉睡中的楚凌,楚凌猛然睁开眼睛看向醒来的君无欢。

"你醒了?好点了吗?"

君无欢微微点头道:"多谢姑娘照顾。"他身上的伤已经处理妥当,虽然楚凌年纪尚小,但是毕竟男女有别。无论是昨天在小屋里还是昨晚帮他包扎伤口,对于女子来说都是需要极大的勇气的。但是强大的求生欲告诉君无欢,他绝对不能说出类似于"我会负责""我会娶你"之类的话来。

于是难得地,君公子有些微地窘迫起来。

楚凌不解地看了一眼突然有些奇怪的君无欢。

"君公子,不必客气。昨天还要多谢你将我拖回来。否则……"

君无欢无奈:"若非我等连累,凌姑娘又怎么会遭遇此事?"

楚凌耸耸肩道:"我既然自愿相助,这件事就不必多说。就算出了什么事,怪不得君公子。"

"姑娘如此……世间男子多不及。"君无欢道。

楚凌摆摆手笑道:"这些闲话就不提了,咱们还是想想接下来该怎么办吧。君公子的伤可还好?"

君无欢点头道:"多谢姑娘关心,还能撑得住。"

楚凌摇头:"公子不必勉强。"

君无欢有些无奈地苦笑道:"说实话,不太好。"

楚凌毫不意外点头:"我看也是如此。公子,有何打算?"君无欢叹了一口气,

"在下必须尽快赶回去上京，否则只怕情况不妙。"

楚凌点头道："那咱们收拾一下便出发吧。"

君无欢有些诧异地看着楚凌："凌姑娘要与在下同行？"

楚凌微微挑眉道："怎么？我打扰君公子了吗？"

君无欢苦笑道："在下并非此意，在下如今身受重伤，此去危险重重，以姑娘的能力若是独行还要安全一些。"

楚凌毫不在意地耸耸肩道："无欢公子便当我无家可归先收留我两天吧。况且我也不会陪你回上京，找个地方休养两天就好。"

君无欢哪里会不知道她是什么意思？只觉这小姑娘虽然来历诡异性格也有些奇怪，但着实是一个嘴硬心软的好姑娘。

"凌姑娘如果不嫌弃，可以直呼在下名字。这公子来公子去的，未免有些麻烦。"

楚凌也不在意，扬眉道："既然如此，君无欢你叫我楚凌就行了。"她也觉得叫什么公子挺麻烦的，称呼问题而已，不必太过较真儿。

君无欢却是愣了一下，他没想到楚凌竟然会连名带姓地称呼他。只是看楚凌一脸坦然的模样只得无奈地摇了摇头道："在下还是称呼姑娘阿凌吧。"

楚凌摆摆手："随便吧。"

君无欢无言，即便是在乱世，他也没见过几个如此不拘小节的姑娘。楚凌说她刚从深山老林出来的，君无欢倒是有些想要相信了。若不是如此，谁家会养出这样的姑娘来？可是，若真是如此，什么样的深山老林才能养出这样聪慧厉害的姑娘？

"如此，阿凌幸会。"楚凌粲然一笑，"君无欢，请多指教。"

君无欢说是要尽快离开，但是他的身体显然并不允许。而附近无论是大城还是小城，都是兵马林立，绝不是两个伤痕累累的人能随便混进去的。至于一些偏僻的小山村，更是不安全。这个时候外面的北晋士兵肯定在到处搜查受伤的人。在寻常百姓家中养伤，平白给人惹上杀身之祸。楚凌看着君无欢明明重伤难支却偏要强撑着的模样，最终还是决定暂时在这山中停留两日，至少等君无欢的伤好一些了再走。

凌霄商行在北晋境内有许多分行，自然也有许多的产业，其中更有不少明面上跟凌霄商行毫无关系的。

几日后，君无欢和楚凌出现在了信州里的一处小院里。

信州是被貂族吞并的北方十九州之一，距离上次他们落脚的小城不过七八十里。位于北方腹地，既无雄关可守，也无天堑可据，当年貂族骑兵入关，追着天启皇帝一路追过了信州。一路上各地兵马望风而逃，着实是让貂族人捡了好大的便宜。

信州城池比起之前的小县城大了十倍不止，城中更是十分的热闹繁华。楚凌跟着君无欢一路易容而行，虽然没来得及细细欣赏却也感受到了这里的热闹，很是有些感慨。她一路上可谓是风餐露宿，当真是许久没见过如此热闹太平的景象了。

对此君无欢却不以为然，貐族人入主中原之前，这信州比现在热闹繁华数倍有余。

看到君无欢归来，留守在别院的人险些痛哭流涕，连忙红着眼睛将两人迎了进去。"公子，你终于回来了！"进了院子，年过六旬的老仆砰的一声跪倒在地上。君无欢有些无奈地叹气，俯身将人拉了起来："李伯，你这是干什么？"一不小心扯到肩上的伤，让君无欢微微蹙了下眉。

楚凌左右看看，轻咳了一声道："打扰李伯了，我们能坐下说吗？我有点累了。"

老仆连忙擦干净了眼泪，歉意地道："老奴失礼，怠慢姑娘了。还请姑娘见谅。公子，姑娘，快里面请。"

楚凌面上带笑，心中暗道：怠慢我倒是没关系，怕就怕再待下去你家公子就要倒了，到时候你老人家还不哭死？

三人走进内厅，老仆亲自送上了茶水。这宅子并不大，也显得十分冷清，显然这里住的人并不多。

"李伯，看你如此着急，可是有人提前给你传了消息？"李伯连连点头道："回公子，前日林管事来过一次，说是公子这两日要过来小住。老奴便一直等着，不见公子到来，还以为出了什么事了。这世道……"

君无欢道："无事，只是路上耽搁了两日。"

李伯点点头，道："这些天外头乱得很，公子想是被拦在路上了。没事就好，没事就好。林管事说北晋人已经封锁了整个边境，想要去天启只怕不易。请公子尽快回上京，许多事情还等着公子决断。"

君无欢点了点头，问道："这两日信州的北晋兵马如何？"

李伯道："前日貐族人在城中挨家挨户地搜查，咱们家也来过一次。这两日听说城外哪儿出事了，派了许多人去城外搜查去了，城里的守卫倒是松了几分。不过街上依然有不少差役巡逻，时不时地也有人上门。不过公子放心，老奴都打点过了，那些人轻易不会来打扰公子清静的。"

君无欢点头："辛苦李伯了。"李伯摇头道："这些都是老奴分内之事，何谈辛苦？林管事说公子病着，老奴看公子脸色也不佳。只是如今这城中的大夫都被北晋人监视着，只怕是……"

君无欢摆手道："无妨，林管事可有留下东西给我？"

李伯点点头，又从怀中掏出两个药瓶奉上道："这是林管事留下的，林管事说公子身边的药许是不够，咱们这边也没有大夫能配药，就给公子带了两瓶过来。"

林管事说云大夫吩咐公子，能少用就少用一些。"君无欢伸手接过了药瓶点头道："难得他能想得周到。李伯，我们要在这里停留两天，这位是凌姑娘，你先安排个房间给她休息吧。"

李伯连连点头道："凌姑娘和公子都快去休息，老奴这就让老婆子生火做饭，公子和凌姑娘休息片刻就可以用饭了。"

楚凌点头笑道："多谢李伯。"

"姑娘客气了。"

李伯连忙道，心中暗道这姑娘看着倒是个好姑娘，只可惜年纪小了一些。不然……

楚凌自然不知道李伯在想些什么，跟着李伯进了为她准备的房间之后立刻倒在了软软的床上，舒服地呻吟了一声，在床上打了个滚叹道："这才是床啊。"

休息了一晚上，楚凌便恢复了。倒是君无欢伤病突然加重，昨晚甚至陷入了昏迷。楚凌心里清楚，这日子看似她在照顾君无欢，实则君无欢时时刻刻都没有放松警惕，哪里能真的放下心来养伤？这会儿到了相对安全的地方，一旦放松了警惕可不是病来如山倒么？

如今城中各处戒严，李伯也不敢随意请大夫。

楚凌看看一脸紧张的李伯，安慰道："李伯不用担心，你家公子就是这几日太过疲惫了。休息几日就能好了。不过你家公子这病……"

楚凌不是大夫，看不出来君无欢身上到底是什么毛病。李伯也是一脸茫然，摇头道："这个老奴实在是不知啊。老奴遇见公子的时候，公子便是这般模样了。"

"李伯和你家公子认识很多年了？"楚凌好奇地道。

李伯道："都有七八年了，我们一家子的命都是公子救的。公子不仅救了我们的命，还给了我们地方住，只让咱们替他看着这房子。可惜公子几年也来不了一次，倒是平白便宜了老奴一家子享了许多的福。公子这样的好人，怎么就得了这个病呢？"

楚凌问道："能让我看看他吃的什么药吗？"

李伯连忙奉上了君无欢用的药，楚凌打开从里面倒出一颗褐色的药丸闻了闻，一股浓烈的药味立刻扑鼻而来。楚凌忍不住侧首避开了药瓶，她的嗅觉不算十分敏感的那种，但是闻着这药味也有些受不了。

楚凌蹙眉，她怎么觉得这里面有紫雾草的味道？紫雾草是一种麻药的原料之一，有镇痛之效。但是有轻微的毒素而且容易成瘾，虽然成瘾效果远小于罂粟阿芙蓉一类的东西。

君无欢这药里面紫雾草的味道似乎也太重了一些。难不成君无欢所谓的药，其实就只是止痛药？

"凌姑娘，怎么样了？"李伯有些担心地问道。

楚凌摇摇头，将药瓶放到了一边道："没什么，李伯不用担心，最迟今晚你家公子应该就会醒过来。"

"那就好，那就好。"李伯感激地道，"如今这世道，找个大夫都不方便，幸好有凌姑娘在此。"

楚凌笑了笑，没再说话。

砰砰。门外传来两声轻微的敲门声，李伯转身道："小儿回来了。"

片刻后，一个中年男子走了进来，"爹，凌姑娘。"

李伯道："外面可还好？没事吧？"

中年男子便是李伯的独子，名唤李议。君无欢这座别院，住的正是李伯一家人。包括李伯的妻子，一个儿子一个儿媳妇和孙儿孙女一家六口人。一家人平时也是安守本分并不做什么逾越的事情，倒也不惹人怀疑。

李议皱眉道："方才看到城门口又进来不少官兵，听说原本城里的官兵都派去搜山去了，新来的是貊族的什么皇子还有百里轻鸿。"李议没有搞清楚北晋的皇子是谁，倒是将百里轻鸿的名字说得十分清楚。

至于那皇子，楚凌猜有八成可能只怕就是拓跋胤了。

她心中不由得暗咒了一句：冤家路窄！

楚凌道："拓跋胤和百里轻鸿怎么会来信州？"

李议道："好像说，百里轻鸿丢了谢将军，还受了重伤。嘿嘿，也不知道是哪路英雄好汉，竟然如此厉害！"

楚凌瞥了一眼躺在床上的君无欢，心中暗道，就是你跟前的这位。只是这话却不能对两人说，这主仆二人虽然是君无欢的人，但是他们却并不知道君无欢的身份。这样也好，知道的越少就越安全。

李伯闻言，倒是一巴掌拍在儿子脑门上道："这话在外面可别乱说！"百里轻鸿是可恨，但也不是他们这些草民能骂得起的。

李议嘿嘿一笑："爹，儿子又不傻，这话自然不会在外面说了。这不是就只有您老人家和凌姑娘吗？"

楚凌垂眸思索着，这个时候百里轻鸿最重要的事情只怕就是追回谢廷泽了。但是百里轻鸿却跑到信州来，看来是真的伤得不轻。至于拓跋胤为什么也会跑到这里来？按理他们这一路应该没有留下什么破绽和线索才是。

现在这个时候，拓跋胤除了追着他们来，那就只有……

或者只是单纯地监视百里轻鸿？

楚凌忍不住摩挲着手腕上的玉坠，桓毓那倒霉催的不至于带着谢廷泽还在这附近徘徊吧？应该不会啊。虽然这么想道，楚凌心中还是隐隐有些不安，思索着还得仔细打探一下消息才行。

"凌姑娘？"

李伯父子见她秀眉紧蹙的模样，有些担心地问道："姑娘可是有什么事？"

楚凌对两人笑了笑道："让两位费心了，没什么事。等你家公子醒来了再说吧。"

李伯点头，"唉，姑娘说得是。"

君无欢一直到深夜方才醒来，睁开眼睛立刻警惕地朝着床头另一边望去，却在看到坐在桌边的灯下打盹儿的楚凌时愣了愣。楚凌并没有睡着，所以也立刻睁开了双眼。四目相对，楚凌先是微微扬眉道："这不是你的地方吗？怎么看起来也不太放心的模样？既然如此，你又怎么还能放心睡得着？"

君无欢坐起身来，歉意地道："习惯了，抱歉。辛苦阿凌了。"此时已经是深夜了，阿凌还没有入睡而是守在这里，显然是为了他的安全。其实君无欢也很是无奈，不是他这么没心没肺地睡过去，而是身体到了一定的程度实在是撑不住了。

楚凌耸耸肩，看着他道："你这样不累么？"

"什么？"君无欢不解地看着楚凌。

楚凌指了指他身后的床道："连睡觉都睡不安稳，在自己的地方都不能放心。"除了昏迷中，楚凌观察了这两天，君无欢当真是没有睡过安稳觉的时候。

正因为如此，楚凌越发好奇君无欢到底是从哪儿来的对她的信任。

君无欢沉默了片刻，笑容有些微的苦涩道："阿凌，被人背叛过吗？"

"没有吧？"楚凌道。

"从没有？"

楚凌理所当然地点头道："因为我从不信任任何不该信任的人，我很少信任别人。"在浣衣苑那样的地方，她从小就被教育绝不能相信任何外人。她信任的只有姐姐、母妃、堂姐和老师们。

君无欢愣了愣，半响没有说话。良久君无欢才轻笑了一声道："凌姑娘这个习惯很好。"

楚凌仔细打量了君无欢一会儿，方才道："其实我知道你想问的是什么，不过我觉得只要最亲近的人没有背叛，就算不得背叛。"

君无欢若有所思，沉吟了良久方才点了点头。看着楚凌道："我总觉得，凌姑娘不像个十二三岁的姑娘。"

楚凌两只手托着下巴对他笑道："君无欢，如果你愿意拿你最大的秘密交换的话，我也可以告诉你我的秘密哦。"

君无欢坦然看着她："凌姑娘指的是？"

楚凌对他做了个戳眼的动作，道："别拿你那双眼睛看着我，没用的。至于你有什么秘密，那当然是你的事儿啦，我怎么会知道？我只是觉得，大家交换一下才比较公平嘛。既然你不知道，那就等你有秘密了再来找我交换吧！"

君无欢无奈一笑，道："那在下尽量早些积攒出让阿凌满意的秘密。"

楚凌为君无欢的识相满意地点了点头，问道："有个事儿不知道能不能问一下？如果你觉得冒犯了可以不回答。"

君无欢认真地点头道："阿凌直说便是。"

楚凌指了指床头边上的药瓶道："你吃的是什么药？"

君无欢有些诧异："阿凌竟然还精通医道么？"

楚凌摇头道："精通谈不上，你用的那个药我之前也用过。你的药……"她是因为受伤止痛，君无欢却拿来治病？

"我知道。"君无欢点头道，表明他的药并不是被人动了手脚。楚凌微微蹙眉道："你应该知道，紫雾草服用时间长了，有成瘾的危险，而且药效也会大打折扣。我看你现在用这药效果应该已经不太好了吧？"

君无欢有些惊讶地看着她，楚凌了然地点点头道："所以你服用这药果然是用来镇痛的？"

君无欢轻叹了口气，道："不错。"

楚凌皱眉看着他，半晌不语。

君无欢笑道："阿凌不用担心，我心中有数，一时半刻是不会死的。外面的情形阿凌可打探清楚了？"见他故意撇开话题，楚凌也不好紧追不放。点头道："拓跋胤和百里轻鸿来了，你重伤了百里轻鸿？"

君无欢道："应该也算不上多重吧？"

"那是多重？"

君无欢道："大概比我之前还要轻一点。"

楚凌叹了口气，道："桓毓带着谢将军走了，你打算怎么办？"

君无欢道："我必须在半个月内赶到上京。"

"这么急？"楚凌惊讶。

君无欢道："若是延误了时间，只怕就要惹人怀疑了。长离公子现在应该是在从西北往上京的路上，而不是从信州北上。一旦耽误了时间，北晋那边必然会追究，到时候难保没有人联系到谢廷泽的事情上来。"

楚凌点了点头，"我明白了。信州离上京还有五百多里，若是寻常时候三五天足矣。但是你现在有伤在身，必须提早出发。不过我就不跟你去上京了。"

"姑娘接下来有什么打算？回天启的事情……"

楚凌摆手道："我改变主意了，暂时不回天启。至于往哪儿去，到时候再看吧。"

君无欢沉吟了片刻，还是点头道："既然阿凌如此说，想必是心中已经有了打算。那在下也不多说什么了。阿凌以后若有什么难处，尽管到凌霄商行去寻便是，凌霄商行上下必不推辞。"

楚凌笑道："我不会客气的。"

和君无欢分开并不是楚凌一时冲动做出来的决定。君无欢势必要去上京的，但是楚凌暂时却还不想去上京。她对这个乱世依然还太陌生了，身份又敏感，去了上京并不是什么好事。

更何况，她也并不打算做一个依附于旁人的人。

虽然说要分道扬镳，但楚凌还是在小院里停留了两天，等到君无欢的伤势好转了一些才告辞。君无欢准备得十分周到，让李伯为楚凌准备的包袱里不仅有碎银铜板，还有一小叠银票。另外还有一本书册，墨迹未干，俨然是一本刚刚写成的武功秘籍。

看着楚凌惊讶的模样，君无欢笑道："这并不是什么厉害的武功秘籍，不过却正适合阿凌现在用。如果给阿凌时间的话，阿凌自己找这样的一本秘籍想必也不是难事。不过既然我这边有，又何必让阿凌再浪费时间呢。我看阿凌资质不凡，若是从小习武，如今也当跻身高手行列了。"

说到此处，君无欢确实有些遗憾的。他不知道阿凌到底是跟谁学的本事，不仅毫无内力基础，甚至身体底子都十分薄弱，却能单纯地凭借技巧和应变杀死好几个冥狱中人。虽然那些人算不得冥狱中的一流高手，却也足以让人震惊了。

可以想象，一旦阿凌武功有成，将会是何等厉害。

想到此处，君无欢觉得自己已经有些期待再次与楚凌见面了。

楚凌心中有些感动，虽然回天启的要求君无欢暂时不能做到，但是楚凌也明白君无欢一直在尽量补偿她。不管是给出的承诺，准备的行装还是这本武功秘籍，都是楚凌现在急需的。之前君无欢确实是想要利用她，但是他也尽量保证了她的安全。楚凌不得不承认，自己的运气还不算太坏，君无欢真是个不错的朋友。

"那就谢了，君无欢，你真是个好人。"楚凌毫不犹豫地发了一张好人卡给君公子。

君无欢莞尔一笑："后会有期。"

"后会有期。"

楚凌穿着一身灰色的半旧布衣，一头秀发在头顶挽了个小髻，白皙的肤色也涂成了麦色，看上去就像是一个十来岁的小少年。

楚凌对自己的装扮很是满意，所幸现在年纪尚小正是雌雄莫辨的时候。有些郁闷地看了一眼自己胸前抽了抽嘴角，她真不知道该不该高兴。以后还是要多吃一点！

时间流转，转眼间已经过去了两个多月。

楚凌心情愉快地做完了一天的训练，在溪边洗完了手，便抱着放在一边的干粮和野果走到一处景色开阔处坐下来吃晚膳。告别了君无欢之后，楚凌并没有立刻离开信州，而是出城找了一处山林躲了进去。

这些天，她除了每日刻苦训练身体，就是研习君无欢送给她的武功秘籍。这些年她并没有什么机会认真习武。虽然君无欢说她资质很好，随便练练都比一般人强，但是一旦对上内力高强之辈，例如拓跋胤、百里轻鸿这些人，她连人家一招都接不下来。

不过内力这种事情显然也不是可以一蹴而就的，这些日子下来她也只是堪堪入门而已。至于什么程度？大概就是君无欢一掌能拍碎石头，她一掌下去只能把自己的手打骨折的地步。

虽然如此她的身体素质却好了许多，不用在浣衣苑里担惊受怕，整日在山林深处奔走，打猎谋生，楚凌整个人看起来都健康了许多。昨儿她用之前标记的小树量了一下，发现自己竟然长高了一寸多。一定是之前发育太缓慢了现在才补回来，毕竟她之前明明十三岁了，看起来却像个十一岁的小孩子。

前些日子百里轻鸿和拓跋胤都带人离开了信州，拓跋胤是被自己的兄长拓跋罗强召回去的，而百里轻鸿是养好了伤回去领罚顺便继续追捕谢廷泽了。楚凌从城中打探的小道消息，听说谢廷泽在西北一带出现过。胡天八月即飞雪，可怜的百里轻鸿伤还没好全就要去大西北吃风雪了。

百里轻鸿和拓跋胤走了之后，信州附近的守卫立刻变得松懈了许多。上个月她还一天到晚要想法子躲进山搜查，要不就只能躲在深山里不出来。最近楚凌倒是有好多天没发现貊族士兵的踪影了。

正想着，远处传来一阵轻微的嘈杂声，楚凌侧耳倾听了片刻，伸手将最后一块干粮塞进口中。将剩下的杂物埋进了一边的草堆里，楚凌站起身来拍拍手朝着声音的来处而去。

山间的小道上，几个穿着各异的男女正在被一群北晋士兵追赶。前面被追赶的人穿着颜色样式各不相同的布衣，看起来很有些落魄狼狈。追在他们后面的却是一群骑着马，穿着统一的北晋士兵服饰的人。楚凌微微眯眼盘算了一下，那些骑兵人并不多只有十来个人，但是他们身后却还跟着上百个步兵。那些步兵明显都是中原人模样，身上的衣着武器也不及北晋人精良。

北晋人丁稀少，如今占据着这辽阔的土地自然管理不过来。因此貊族人便强征中原人充当衙役或士兵，不过这些人的待遇并不好。衙役也就罢了，士兵不仅要驱赶着上战场拼命被当成炮灰，也没有饷银。若是战死了，更没有什么抚恤金。北晋人更不相信这些中原士兵，平时根本就没有武器，只有临战的时候才临时发放武器。战后收回，一旦丢失即刻处死。

这些人，应该就是被编入信州镇守军的中原人，貊族人称之为南军。

楚凌坐在树干上借着树荫的掩盖朝下面望去，才发现那些人并不是寻常的百姓。虽然他们穿得很是落魄不起眼，但身形却并不像时下食不果腹的天启人一般消瘦。不仅如此身手也很是利落，虽然那些貊族人有刻意放水或者说戏弄敌人之嫌，但是这几个男女却能在山路间一路狂奔向前没有一个掉队，显然身体素质都不错。

楚凌再仔细一看却有些乐了，竟然还是个面熟的人。

为首的男子正是之前在小城外她和云翼救的那几个人之中的一个。还有跟在他旁边那女子，他们怎么又被人追杀了？

很快楚凌就笑不出来了，这么多人救人根本不可能啊。

难道见死不救？

"大哥，你快走！我们挡着！"几个人显然也发现了，那些貂族人并不是追不上他们，而是跟猫戏老鼠一般只是想要耍着他们玩儿。一旦精疲力竭，就是他们的死期。既然如此，还不如拼了，能逃得出一个是一个。

那中年男子剑眉一扬，就要拒绝。

说话的男子咬牙道："大哥，别忘了寨子里还有那么多人需要你照料！你要是回不去，大家伙儿怎么办?!"

寨子？

楚凌眨了眨眼睛，摸着下巴思索着。

足足两个月的时间，自然足够让楚凌将信州附近的情况摸熟悉了。这世间，古往今来就从来没有缺过落草为寇的人。过不下去了，落草为寇吧？杀人越货被通缉了，落草为寇吧？血海深仇未报，不如先落草为寇，等纠集一大帮兄弟，还怕大仇难报？

到了如今这个世道，落草为寇的人就更多了。毕竟并不是每个人都愿意臣服在北晋人的统治之下。就算太平盛世还有人落草呢，貂族人算老几？

至于这些山贼匪寇，有当真杀人如麻无恶不作的，也有杀富济贫被称之为义贼的。但是不管哪一种，不够强大却闹腾得太厉害，被官府派兵杀死的不在少数。还有一部分官府实在杀不死，或者杀死需要的代价太大的，就只好和平地谈判解决。美其名曰——招安。

信州地方不小，自然也是存在着这样的寨子的。其中最出名的便是黑龙寨、红溪寨和白云寨三家。据说这三家，白云寨虽然名字取得朗月清风，但却是个货真价实的土匪寨。杀人越货无所不为，据说这白云寨的当家似乎还是个挺有气节的人，不肯投靠貂族人。不过这点在楚凌看来纯属扯淡，祸害寻常百姓的都不是好东西！

另外两家黑龙寨和红溪寨名声倒是好些，黑龙寨专抢北晋人所以貂族人对他们恨之入骨。红溪寨占着地利自给自足，说是土匪寨倒不如说是个庄子。当然偶尔也干几票，只是红溪寨占据着地利寨子里的人也有本事，貂族人轻易也懒得去招惹他们。

这几个人……

难道是黑龙寨的人？

楚凌出神的瞬间山下的貊族人已经开始放箭了，显然是玩够了猫捉耗子的游戏了。

楚凌当机立断抄起身边的一个东西就砸了下去。

一个黑黝黝的东西当空落下，反应快的貊族人当即一箭射了过去。

却不想那东西被一箭射中立刻迸裂开来，无数粉末纷纷扬扬地洒了下来。楚凌毫不犹豫地将第二个第三个也跟着丢了下去，这一次貊族人却不肯再放箭而是朝四周散开。

楚凌只得自己补了两箭心疼得直抽抽，她花费了大半个月时间才收集到这么点药啊，一次就用完了！

山道上的几个人见机也快，原本想要冲上去跟北晋人拼命的人见此突变，对视了一眼立刻拔腿朝着前方奔去。

也不知道上面掉下来的是什么东西，那些貊族人已经乱成一团，座下的马儿更是抽搐着口吐白沫倒地不起。没有貊族人指挥，那些中原人更不会动了，连马都能直接放倒，谁知道那玩意儿会不会要人命？

有了这片刻的喘息之机，几个人已经各自发挥自己最大的实力往路的尽头奔去。片刻之后就钻进了山林里再也看不到人影了。

楚凌站在上面的山崖边看着这一幕，耸耸肩叹气：得，这地方不能待了，换地儿吧！

几个人在树林中奔走了不知道多久，发现后面确实没有了追兵方才停下来喘了口气。

"寨主，这次是谁在帮我们？"一个年轻人忍不住问道。

上次有人救了他们，这次又有人救了他们，他们的运气未免太好了一些。那中年男子站定了身形，四下看了看。突然朗声道："朋友，若是方便，还请出来一见！"树林中一片寂静。

中年女子看向那中年男子，皱眉道："大哥，没人。"

中年男子微微皱眉，眼中也闪过一丝疑惑。难道，真的是他听错了？

正要说什么，却听到一声轻笑从林间传来，不远处的一棵树上，一个纤细的身影从树上落了下来："先生好耳力。"

对面的几个人警惕地看向对方，却在下一刻又愣住了。那是一个看起来才十二三岁的少年，少年身形纤细看上去有些瘦弱。肤色微微带着几分蜡黄，若不看他的眼睛和突然出现的方式，几乎要让人以为这就是一个普通的病弱少年了。

中年男子谨慎地看着眼前的少年："小兄弟，方才是你出手相助？"

楚凌偏着头笑吟吟地打量着眼前的几个人，道："怎么？不相信？"

"不。"中年男子连忙道，"多谢小兄弟仗义出手。"

"大哥……"另一个男子忍不住叫道，这小少年真的是出手帮他们的人？

中年男子摆手道:"无妨,小兄弟能一路跟得上我们,就足以证明他的能力了。若不是有他在,说不定咱们今天都要完了。"

那男子忍不住嘟哝道:"谁知道他是不是貊族人的奸细,故意……"

"老三!"中年男子不悦地道。

那男子显然对这个大哥十分信服,见他如此便住了口不再多说什么。

那中年男子这才看向楚凌拱手道:"在下黑龙寨郑洛,多谢小兄弟救命之恩,大恩不言谢,若有什么郑某能做的,小兄弟尽管开口便是,郑某绝不推辞。"

楚凌打量着中年男子,见他神色诚恳不带半点勉强之意。方才笑嘻嘻道:"这个吗,我师父要我下山来历练,我一个人在山里住久了也是没滋没味,所以打算落草看看。还请郑寨主收留。"

"……"众人无语,这少年救他们,就是为了试试当山贼是什么滋味?

楚凌眨了眨眼睛,不解地道:"怎么了?难道这个让寨主很为难吗?"

中年男子回过神来,摇了摇头道:"为难倒是没有。小兄弟对我们兄弟有救命之恩,如果不嫌弃的话不如大家结拜为兄弟?以后小兄弟就是咱们黑龙寨的五寨主了!"

"大哥!"

"……"山贼头子思维都是这么散发?随随便便就拉人结拜?如果她拒绝的话会不会被打死?呃,不对,就他们这个年纪,难道不是应该收她为义子什么的,让她过一把少寨主的瘾吗?

好吧,她也没有兴趣给人当儿子。

"如此,就恭敬不如从命了。"楚凌笑眯眯地拱手道:"小弟凌楚,见过大哥。"

楚凌用花费了大半个月心血特制的三瓶药换了一个黑龙寨五寨主的身份,自觉这笔买卖十分划算。

黑龙寨距离信州足有七八十里,且其中至少有二三十里路的山路。楚凌跟着一行人前往黑龙寨,很是理解为什么黑龙寨在信州境内存在了这么多年却一直没有被剿灭了。就这山路十八弯,没人带着一个不小心中原人都要被绕晕在山里,更别说是貊族人了。

若是一定要剿灭,貊族人自然不会灭不了这些寨子,但是付出的代价太大的话未免太不划算了一些。

这些山贼不过是抢一些东西,外面驻军森严他们轻易也不敢乱来。但如果派兵入山剿灭黑龙寨的话,折损的人马绝不在少数。以貊族人的思维,不要说以一换三,就算是以一换十,都是不值得的。至于那些可以说毫无战力的南军,貊族人根本看不上他们。

如今天启还在灵沧江对岸待着呢,貊族人的雄心壮志是一统天下,可不是跟一群不成气候的山贼周旋。

楚凌一路上也了解了一下黑龙寨中的一众人的信息。黑龙寨中如今足足有五六百人，不过真正能用的战力却不过两三百人，剩下的多数都是老弱妇孺。

大寨主姓郑名洛，今年三十有三。据说原本是个镖师，貊族人攻占中原北方之后郑寨主的镖局直接被貊族人屠杀了个干净。只有当时才二十多岁的郑洛被父亲护着逃出生天，在江湖上流落了几年便落了草。

黑龙寨的二寨主是那中年女子，名唤叶静袅，不过寨子里的人都唤她叶二娘。叶二娘名字取得文雅，原本也确实是个文雅人。别看她现在一身凌厉的煞气，放在十年前却是正经的名门闺秀。貊族入关那年叶二娘年方十七，当时当家做主的是她的嫡亲兄长。可惜她那兄长却是个软骨头，貊族人一入关便急着投诚，还想要将原本已经订婚的叶二娘送给一个貊族的百户做侍妾。叶二娘的未婚夫为了讨回公道生生被貊族人打死，叶二娘找到机会逃出了家门。

据说她原本的名字也不叫静袅。这两个字是她未婚夫为她选的字，原本两人就要成婚了的。

三寨主便是那之前质疑楚凌的男子，名唤窦央。看着是个文人模样，不过砍起人来却是毫不留情。楚凌觉得这人疑心病十分的重，但是这些事情又都是他告诉她的。楚凌不得不怀疑这人该不会告诉她的都是假消息，借机试探她吧？

至于四寨主这次并没有跟来，名叫狄钧，今年才二十四岁。

窦央说完了这些，便有些意味深长地看着楚凌，"五弟，现在咱们兄弟几个你都知道了，是不是应该也跟咱们说说你的事儿？"

楚凌无辜地对他笑了笑，道："三哥说的是，我姓凌名楚，梁州人士，今年十三岁。"

窦央打量着楚凌："十三岁？"

楚凌干笑："这不是日子不好过么。"我知道我矮，但是我很快就会长高的。

一直没有开口的郑洛应声道："可不是么，如今这世道五弟孤身一人想必也是艰难。"

窦央看了自己大哥一眼，没有说话。谁也不是生来就孤身一人的，这小鬼说了等于没说。楚凌郁闷，这年月又没有什么户口本的，难道非要我编出一长串感天动地的凄惨身世你才能放心？

这谎话说得越多，以后圆谎就越难啊。

于是对着窦央扯了一个乖巧的笑容，楚凌便转身凑到叶二娘身边说话去了，典型的一副"死猪不怕开水烫"的模样。看得窦央气结，郑洛看着有些好笑安慰道："好了，三弟。五弟年纪还小，你就别跟他闹了。谁还没有一点难言之隐？"

他哪里不知道三弟担心什么？但五弟是货真价实救了他们这一群人的命，而且他也没感觉到他有什么敌意。就算是来历不明，一个孩子罢了，大不了他们平时注意一些就是了。

见郑洛如此说，窦央也只得作罢。

黑龙寨位于群山之中的一处半山腰，山腰上稀稀拉拉地坐落着许多的屋子，还有开垦出来的土地。远远地便能看见有人在地里勤恳劳作。如果不是提前知道，楚凌只怕要以为这不是一个土匪寨，而是一处世外桃源了。

走进山寨便不断有人跟几人打招呼，显然郑洛这位寨主在寨子里的威望和人缘都不错。楚凌兴致勃勃地打量着寨子里的防御和房屋布局。竟然也颇有几分章法，看起来不像是个普通的山贼寨子。

来的路上郑洛跟楚凌说过，这寨子坐落在山中，一年中只有盛夏两三个月天气晴好，其余时候大多都笼罩在雾中。再加上山林的遮掩和山中布置的机关，北晋人若是贸然前来没有两三千人只怕也攻不进这山寨中。

"五弟，在看什么呢？"叶二娘问道。

楚凌好奇地道："二姐，这寨子是谁规划的？"

叶二娘笑了笑，道："哪有什么规划？不过是咱们几个兄弟和寨子里的账房先生商量着来的罢了。"

"……"几个外行随便商量一下就能商量出这种效果？

"大哥，二姐，三哥！"不远处一个穿着粗布短打，一身精悍气息的青年快步迎了上来，"你们可算是回来了，再不回来大家都要着急了。这一趟可顺利？"

郑洛摆摆手道："别提了。"

闻言青年便知道事情只怕不太顺利，正想要问却看到站在叶二娘身边的楚凌立刻住了口，目光落在楚凌身上："大哥，这位小兄弟是？"

郑洛笑道："这是咱们的五弟，名叫凌楚。小楚还小，你可别欺负人家。"

见青年要问，郑洛道，"进去再说。"

"是，大哥。"

一行人进了寨子最中央位置的院子，院子虽然简陋却也是一座五脏俱全的小院。走进大堂坐下，郑洛才对楚凌道："小楚，这是你四哥。四弟，这是咱们的五弟凌楚，他是我和你二姐三哥的救命恩人。"

闻言，狄钧看向楚凌的眼神立刻多了几分和善和感激，"大哥，到底是怎么回事？"

郑洛叹了几口气，看向坐在旁边的叶二娘示意她开口。

叶二娘点了点头道："咱们这次出去踩点，没想到竟然是个陷阱。若不是我们跑得快，路上又遇到了小楚，说不定今儿就真的都栽了。"

"竟有此事！"狄钧剑眉一竖，沉声道。

窦央道："这两个月北晋人本就查得严，之前谢老将军又在信州被人救走，只怕北晋人想要拿咱们开刀杀鸡儆猴。"

狄钧轻哼一声道："咱们岂会怕那些蛮子？想要杀鸡儆猴也要看他们有没有本

事进来！"

窦央皱眉道："四弟，不可疏忽。"

狄钧还是很尊重兄长地点了点头，对楚凌笑道："五弟，幸好你救了大哥二姐和三哥。既然都是自家人就不说什么谢了，以后四哥罩着你！"

楚凌笑道："那我以后就麻烦四哥了。"

"不麻烦，不麻烦。哈哈，我总算是当哥哥了！"

"……"众人无语。

四位寨主显然还有事要商量，楚凌初来乍到也不好表现得太过热情，便说有些累了告退出去了。

叶二娘亲自带着楚凌去了院子里空着的一个房间，房间虽然跟院子一般无二的简陋，却早已经有人收拾好了，床铺桌椅都收拾得干干净净。

叶二娘笑道："山寨简陋，委屈五弟了。"

楚凌笑道："哪里委屈了，我都在山林里蹲了两个月了，看到床就十分亲切。"

叶二娘闻言也不由笑了，道："那你先歇着吧，明天二姐带你去各处走走也熟悉一下地方。"

楚凌笑得乖巧无害，"谢谢二姐。"

叶二娘点点头，便转身出去了。

另一边的大堂里，气氛却不似之前轻松欢快。窦央皱着眉看着郑洛，道："大哥，凌……五弟对咱们有救命之恩我明白，报恩的法子也多得是。我还是不明白，你为何要将他带回来。若是……"

郑洛摇摇头道："三弟放心，我并非一时兴起。"

窦央皱眉道："万一他是……"

"他独自一人，就算真的有什么不对，咱们这么多人还看不住他一个么？"郑洛道，"我看他没有说谎，他在那山林里至少一个人过了一两个月了。他若是貂族人的奸细，你觉得他可能在那里待那么久吗？他又怎么确定我们一定会经过那里？"

窦央的眉头锁得更紧了，显然郑洛依然没能完全说服他。

倒是狄钧笑道："三哥，我觉得你太紧张了。小楚看起来又乖巧又可爱，怎么可能是貂族人的奸细嘛？"

窦央轻哼一声，道："知人知面不知心。"

"好了三弟，你别忘了要不是小楚，今儿咱们就都没命了。"门外，叶二娘走进来，道："如果咱们都没了，留下四弟一个人撑着山寨，你觉得是个什么情形？"

狄钧连连摇头，他可撑不了大局。他只对亲自上阵打架感兴趣，那些需要动脑子的事儿从来都不是他需要操心的。

窦央看看眼前的兄姐弟三人，只能无奈地叹了口气。不是他多疑忘恩负义，而是这黑龙寨上下几个都是不爱动脑子的，他不多费点神可怎么得了啊。

黑龙寨的人们对于自己寨子里突然多出来一个五寨主接受良好，因为楚凌的年纪看起来实在是太小，虽然挂着一个五寨主的名头却也没有人真的要她做什么事儿。倒是寨子里的小孩子挺喜欢找她玩儿，没两天工夫，原本的五寨主在众人的口中就变成了小寨主。对此楚凌也不在意，她现在需要的是大量的时间提升自己的实力，至于别的，她才十三岁，还早得很呢。

"咱们这寨子之所以叫黑龙寨，便是因为这个水潭，这水潭名唤黑龙潭，咱们寨子里的水都是从这儿来的。也正是因为有这个地方，咱们才能在这山中安安稳稳地生活。不然光是水源就够呛了。"闲来无事，叶二娘便领着楚凌在寨子里闲逛。

叶二娘看上去仿佛三十左右了，其实也才二十七岁罢了。只是这些年的山贼生涯，将这个原本书香门第出来的姑娘磨砺得比真实年纪还要略长一些。

楚凌看看眼前的黑龙潭，赞道："果然是个好地方。"这黑龙潭面积有一亩多，据说深不见底，寨子里水性最好的人也没能潜入到水底过，供应这区区几百人的用水是绰绰有余的。

叶二娘笑道："那是自然，当年咱们能找到这个地方，还多亏了三弟。他是信州本地人，若非如此咱们也寻不到这个地方。"

"原来如此。"楚凌道。

叶二娘拍拍楚凌的肩膀道："之前三弟对你有些失礼，你不要怪他。他的家人都被貊族人杀了，前几年寨子刚建成的时候貊族人收买了中原人潜入寨子里，险些就出事了，所以三弟对这些事情总是格外的敏感。"

楚凌笑道："小心一些并不是什么坏事，二姐放心便是了。"

叶二娘听她如此说，也很是欣慰。

"二寨主，您怎么有空来这儿？"两人正说话间，一个穿着浅色布衣，挎着一个竹篮子的少女走了过来。

那少女身形纤细窈窕，虽然穿着一身粗布衣衫却十分干净整齐。一头秀发，束成一条长辫子垂在胸前。发上还簪着一朵小巧的银花，脸上也抹了淡淡的胭脂，看上去倒是个清秀佳人。

看到她，叶二娘脸上的笑容却淡了一些，道："我带五弟出来认认路，薛姑娘怎么在这里？"

少女提着篮子笑道："大寨主昨儿说想吃鱼……"

叶二娘蹙眉："想吃鱼让人抓了送过去便是，何劳薛姑娘亲自来抓？"

少女有些羞涩道："我自然是抓不了的，我只是想去摘一些新鲜的菜……"

楚凌站在叶二娘身边微微挑眉，她怎么觉得这对话那么奇怪呢？她没记错的话，菜园子好像在后面不用经过这地方。另外摘菜就摘菜，说什么大寨主想吃鱼呢？

不等楚凌想完，就听到那少女问道："二寨主，这位就是新来的五寨主吗？"

叶二娘点头，对楚凌道："五弟，这位是薛姑娘，她爹是寨子里的薛秀才，她平时负责照管大院里的日常，前两日她爹病了便回家去住了你才没有见着。以后有什么需要的，尽管跟她说便是。"

楚凌点了点头："薛姑娘。"

那少女带着几分羞涩对楚凌一笑，道："小寨主千万别客气，若是不嫌我高攀的话，叫我一声曼儿姐便是了，寨子里的孩子们都这么叫的。"

楚凌微微挑眉，不置可否。

十来岁的小丫头，在她面前玩心眼？她曾经的老师们随便拉一个出来，哪个不是钩心斗角的高手。

楚凌扭头对叶二娘道："二姐，咱们回去吧。我还要练功呢。"

叶二娘拍拍她的脑袋道："你一个孩子，这么用功做什么？"小楚有多用功她是看在眼里的。早上天不亮就起来练功，看他的模样倒不像是作态。不过若不是这孩子用功，只怕前几天在那山林中也救不下他们。

楚凌笑道："身逢乱世，多学点本事总是好的。"

叶二娘点点头笑道："这话倒是不错。行，咱们回去下午二姐陪你练功。"

说罢两人对薛曼儿点点头便转身走了，被抛在身后的薛曼儿脸上的笑容渐渐地僵住。她抓着篮子的手也跟着扣紧了，眼底闪过一丝不忿之色。

楚凌和叶二娘一前一后地往回走去，一路上叶二娘时不时侧首看楚凌。楚凌朝她眨了眨眼睛道："二姐，你看我做什么？"

叶二娘道："你好像对薛曼儿很冷淡。"

"二姐不是不喜欢她么？"楚凌挑眉道。

叶二娘笑道："我不喜欢她，你就对她冷淡么？"

楚凌笑眯眯地道："对呀，你是我二姐，她是谁呀？"

叶二娘轻叹了口气，道："到底还是个小孩子，你这样不好，若是让人觉得你仗着身份欺负姑娘家……"

楚凌耸耸肩道："我可没有欺负她，我又不是笑面佛见谁都笑口常开。而且这小丫头心眼那么多。"

楚凌眼珠子转了转，看看四周低声道："二姐，那丫头是不是看上大哥了？"

叶二娘闻言倒是一惊，"你……你怎么知道？！"

果然让她猜中了，楚凌在心中暗笑。

那丫头对叶二娘暗藏敌意，按理说叶二娘堂堂黑龙寨二当家，跟那丫头还差着一大截年纪呢，若是有半点识时务就该交好奉承叶二娘而不是当面挑衅。薛曼儿能做出这种事情，若不是上辈子的冤家，那就是有利益冲突了。

女人最有可能对女人产生的敌意就是为了一个情字，按年龄外貌来说的话薛曼儿应该看上狄钧再不济也是窦央。叶二娘明显是对郑洛有意，既然如此那薛曼儿看上的人必然也是郑洛了。

"你这小子，这话不许告诉别人！"叶二娘低声威胁道。

楚凌笑道："二姐，大哥知不知道你的心思？"

叶二娘迟疑了一下，到底还是承认了自己的感情。摇了摇头："不知道，我们结义多年，大哥一直都将我当成亲妹子。我……"其实她也不确定自己应不应该破坏这一层关系。

楚凌道："既然二姐的感情都变了，哪里还能维持单纯的兄妹情谊？二姐为何不试一试？大哥一大把年纪了，也还没有成婚……"

叶二娘摇了摇头："我一个未亡之人，哪里配得上大哥。"

楚凌记得叶二娘曾经有一个未婚夫是为她而死的，但非要说是未亡人也有些勉强。只是看叶二娘如此倒也不好深劝，只是道："人生还是要往前看的。对了，那丫头那么嚣张，难不成大哥……"

叶二娘轻叹了口气，道："那倒不是，大哥一家子都是死在貉族人手里的，这些年大哥一门心思除了报仇就是想要保护好咱们这寨子里的人。他大约是没有心思想这些。不过几年前薛秀才救过大哥的命，前些日子薛秀才透露出几分想要将薛曼儿许配给大哥的意思。只是对方没明说，大哥只怕也理解不了根本没放在心上。"

楚凌点头有些明白了，说白了大概就是薛秀才暗示了希望郑洛主动求娶薛曼儿。毕竟这年头主动求嫁还是有些丢面子的，那薛秀才既然是个读书人肯定是很看重脸面的。但是郑洛却是个五大三粗的汉子，寨子里的事情又多哪里有那么多功夫去想这些事情，根本无法领会薛秀才的暗示。薛曼儿自然是有些急了，处处想在郑洛面前献殷勤。于是她自然就看跟郑洛最接近的女人叶二娘不顺眼了。

这丫头竟然敢挑衅身为山寨二把手的叶二娘，说到底也是仗着她爹对郑洛的救命之恩了。

楚凌悠悠然道："二姐，有花堪折直须折，莫待无花空折枝啊。"说罢，便当先一步晃悠悠地走了。

被落在后面一步的叶二娘呆滞了好一会才回过神："凌楚！"

她也是念过书的人，怎么会不知道这小子是什么意思？有花堪折直须折？这个比喻适合用在大哥身上吗？想到郑洛那高大挺拔的身形和脸上的伤痕，叶二娘的嘴角也忍不住抽搐了一下。

寨子后山的树林边上，楚凌一如往常地做着训练。

活动开腿脚，楚凌开始练刀法。君无欢送给她的武功秘籍里面包含了一套不错的刀法，楚凌对此十分满意。虽然长剑才是装逼利器，但是楚凌表示她还是更喜欢刀或者箭，至于君子之器的剑，她表示远观为宜。

练一会儿刀，就进山去活动一下顺便打个猎吧。"小五。"

楚凌收住刀，回头看向来人。小五是什么鬼？

来人正是黑龙寨四寨主狄钧。

狄钧好奇地看看楚凌手中的刀道："小五，刀法不错啊。"

楚凌翻了个白眼道："别跟我说你看不出来，我这是新学的。话说我学了这刀法还没有杀过人呢，要不四哥你过来让我砍两刀。"狄钧无语："你一个小孩子，要不要这么血腥？"

楚凌对他露出一个不怀好意的笑容，道："你知不知道我是怎么到信州来的？"

狄钧好奇："你肯告诉我？那你干吗不肯告诉三哥？"三哥担心小五的身份，都快担心出病来了。

楚凌对他露齿一笑，慢悠悠道："杀过来的。"

"嗯？"狄钧有些没反应过来。

楚凌笑吟吟道："遇到貉族人就杀了，就这么一路杀过来的。"

"小五，你、开玩笑的吧？"

楚凌耸耸肩道："是呀，开玩笑的。四哥觉得好玩吗？"

狄钧忍不住抖了抖，不知怎么的心底有些发凉。

楚凌倒是十分友好："四哥，你来找我有什么事儿吗？"

狄钧有些犹豫，楚凌热情地道："都是自家兄弟，四哥有什么事尽管说便是了。"

"……"你的表情不是这么说的啊。

狄钧沉吟再三，终于还是开口，迟疑着问道："小五，你跟曼儿是不是有什么误会啊？"

楚凌眨了眨眼睛道："曼儿是谁呀。"

狄钧语塞："呃，是咱们院子里照顾的姑娘，她昨天就回来了，你没有见到？"

楚凌这才恍然大悟："你说的是薛姑娘啊，我跟她能有什么误会？昨天下午在黑龙潭边上二姐介绍我们认识了一下，然后就没有再见过面啊。出什么事了吗？"

"呃，没有。"狄钧连忙道，"只是……曼儿说你好像不太喜欢她。"

楚凌皱眉，不解地道："男女有别，我又不想这么早娶妻干吗要喜欢她？而且就算我要娶妻也不能娶一个年纪那么大的啊。"

狄钧顿时满脸通红，佯怒道："你这小子，胡说什么呢！我不是这个意思……"

楚凌才不领情，一副理所当然的模样："我才没有胡说，四哥你好奇怪，那薛姑娘不是主院里做饭打扫的人吗，你那么关心我喜不喜欢她做什么？我又不会欺负她。而且那薛姑娘若是照顾二姐的人也就罢了，怎么还专门照顾大哥三哥和你了？你不觉得这种事情找两个男子或者年长的婶子更合适一些吗？"

狄钧闻言也有些尴尬："这个……"

楚凌笑着嘟哝道："你们也不担心坏了人家姑娘的名声，那薛姑娘的爹不是说是个秀才吗？怎么也不管管呢。"

狄钧终于回过味来了，有些疑惑地道："小五，你好像真的不喜欢薛姑娘？"

楚凌轻哼一声，随手将手中的短刀一抛，短刀准确地钉在了不远处的树干上。楚凌道："她在你面前说我坏话，我干吗要喜欢她？"

狄钧连忙解释："没……曼儿没说你坏话，是我自己、是我自己看到她闷闷不乐才……"楚凌斜睨了他一眼道："我跟她前后也不过就说了一句话，怎么就惹她闷闷不乐了？走，四哥咱们去找薛姑娘问清楚，免得让人以为我初来乍到就欺负人家姑娘！"

狄钧连忙拽住她："别别别，小五，是四哥不好，四哥向你赔罪行不行？"楚凌眼珠子转了转，道："要我原谅你也可以。"

"你说，你说。"狄钧连忙道。

楚凌道："你陪我进山去打猎。"

"这个你还小……"

"我去找大哥和二姐对峙。"

"别，我去还不行吗？"狄钧连连叫苦，忍不住抱怨，"你小小的一个，怎么这么爱告状？"

楚凌笑眯眯地道："就是因为我小，才告状啊。等我长得比你还大了，保证不告状。"

"……"你怎么可能长得比我还大？所以你打算一直告状下去吗？

看着狄钧无精打采地跟在自己身后，楚凌很是满意地背着手心情愉悦地往山里走去。为了个丫头片子来找我兴师问罪？本姑娘最擅长调教怀春少年了。

薛曼儿是吧？给我等着！

一次打猎活动，让楚凌和狄钧的关系亲近了不少。之后的时间，人们总是看见狄钧跟着小寨主转来转去。

"小五，你的法子靠谱吗？这样，曼儿真的会喜欢我？"后山的树林里，刚刚当完陪练的狄钧忧心忡忡地问道。

楚凌淡定地点头，面不改色地忽悠："那是当然，有句话你没有听过吗？"

"我读书少，你说说看？"狄钧不好意思地道。

楚凌道："得不到的才是最好的，你说你堂堂四寨主，去倒贴一个小姑娘，人家怎么会喜欢你？难道你没发现，最近这几天薛姑娘总想找你说话？"

狄钧想了想，道："好像没错，不过我都听你的很少跟她说话，就是……"

楚凌了然道："就是有点舍不得心疼是不是？"

狄钧羞涩地点了点头。

楚凌道:"这样,下次她找你的话,你就跟她聊聊大哥和二姐。"狄钧不解:"聊大哥和二姐?他们有什么聊的?"

楚凌翻了个白眼:"长幼有序,大哥二姐三哥都还是孤家寡人,你怎么好意思抱得美人归?而且,你不是说你不知道跟薛姑娘聊什么吗?这不是现成的话题?她在寨子里人缘好,你让她帮忙替咱们物色一个嫂子也不错啊。"

"小五,你真聪明!"狄钧赞道。

楚凌笑道:"四哥,你放心。只要你听我的,我保证让你抱得美人归。"但是如果到时候你自己不想要了,那就不关我的事了。

"四寨主,五寨主!"不远处一个人匆匆奔过来,隔着老远就开口叫道。

"什么事?"等他走近了,狄钧问道。

"三位寨主请两位寨主立刻回去!"

这个时候专门让人来通知他们,自然是有正事。两人也没有耽误,立刻朝着寨子的方向而去了。

◆第三章◆
落草为寇

"大哥,二姐,三哥有什么事儿?"

看到两人进来,窦央道:"有买卖做了。"

闻言狄钧眼睛一亮:"当真?好些日子没有活动手脚,都有些手痒了。"

窦央道:"我和大哥的意思是,这次我和二姐带五弟去,大哥和四弟留下看家。"

狄钧不满,"开什么玩笑?!三哥,小五才多大?"

窦央似笑非笑地看着他道:"你跟五弟关系倒是好,难怪这几天都没怎么看见你找薛姑娘了。"狄钧有些窘迫地瞪了窦央一眼,去看郑洛,指望他替自己说话。不想郑洛的却在看别处:"怎么?四弟要有喜事了?薛姑娘倒是也不错,年纪也合适。要不我……"

窦央瞥了狄钧一眼道:"能不能成还不好说呢,大哥还是别替他操心了。"

旁观的楚凌微微挑眉,果然她这四位结义兄姐里面,唯有这位三哥才是狐狸

"小五，这次你跟咱们去吗？"叶二娘将话题拉回正题，温声问道。

楚凌笑道："两位兄长和二姐相信我，我自然是要去的。"不真的干几票，不仅是几位结义兄弟，就是山寨里的人也不会真的将她当成自己人的。楚凌觉得黑龙寨的气氛很不错，留下来并不是什么坏主意。

窦央满意地点头道："五弟不用怕，到时候跟着二姐就是了。"

"好的，三哥。"楚凌乖巧地道。

纵使狄钧百般抗议，奈何上面的三位一同地无视了他的意见。于是楚凌便心情愉快地在狄钧幽怨的眼神下跟着窦央和叶二娘下山了。

黑龙寨是个土匪寨，土匪的老本行自然是抢劫。

抢劫固然不是一个光彩的职业，不过如果是抢敌人的东西还是会有些快感的。

因为郑洛从来不碰寻常百姓和普通的中原商人，所以黑龙寨的生意也很是寥落。基本上属于三月不开张，开张吃三月。

这一次，他们要劫的是一个路过信州的小官，但是这个人是个中原人。

这人原本是天启的官员，投降了貊族之后凭着出色的皮相竟然攀上了貊族一个小贵族家的女儿。不仅如此，他还给自己改了一个貊族的姓氏。这年头投靠貊族的中原人其实不少，如百里轻鸿一样迎娶貊族女人的也不少，但是给自己改成貊族姓氏的却真的不多。毕竟大家都是有头有脸的人物，多少还是要脸的。

若只是如此也就罢了，这人当了貊族的官员之后竟然像是真的将自己当成了貊族人，十分看不起中原人。他对待自己治下的百姓，比真正的貊族人还要残忍冷酷几分。他所在的地方百姓实在是不堪折磨，暴起了好几次民乱。虽然最后被北晋兵马镇压了，北晋朝廷依然决定罢免了他的官职。

这两年北晋朝廷对民间的策略虽然还是威慑为主，但也比最初松缓了几分，毕竟他们是要收税要粮食的。要是所有的地方都民不聊生，连税都收不上了，他们占着这么大的地方有什么用？

郑洛等人得到的消息便是，这日这官员和自己的妻子会带着大批强征暴敛而来的财物经过信州回京。

窦央选择的地方在距离信州还有数十里的地方，这里道路狭窄，两旁都是山坡，往后面便是群山。一旦有什么问题，一头钻进山里北晋人也追不上。

楚凌跟着窦央和叶二娘蹲在官道旁边的山坡上，一边兴致勃勃地打量着地形，一边听着窦央的布置。

不得不说身为黑龙寨的智囊，窦央的布置还是十分不错的。楚凌觉得换了自己来，也并不会比窦央好，便开始靠着树干研究自己手中的弩箭了。这把弩箭是她在山寨里新做的，山寨里有专门做武器的师傅倒是比她自己动手要靠谱一些。

"五弟，你有什么要说的吗？"窦央布置完成，看向坐在树下的楚凌问道。

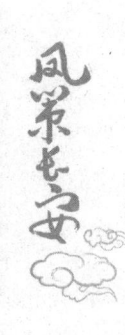

楚凌想了想，道："三哥的布置很好了，我没什么补充的。就是……"

"就是什么？"窦央挑眉道，他其实只是客气一句，倒是没想到这小鬼还真的有意见。

楚凌摇摇头指了指官道拐弯处山坡上一个凸出的石碓道："要不要在那里埋伏几个人？"

窦央微微挑眉，"有这个必要吗？"

楚凌道："不怕一万就怕万一呢。如果寨中有臂力好的射箭好手，我建议可以在那里再埋伏几个。这山道狭窄，射术好不好也没那么重要了，真正的神箭手在这里也发挥不了比别人更多的作用。"

叶二娘想了想，道："三弟，小心驶得万年船。那贼子作恶多端，这一路上只怕不只是咱们盯着他。能走到这里，只怕也有一些本事。"

窦央想了想，道："也好。"

窦央回头唤了一声，立刻有三名背着弓箭的人走了过来："三当家！"

窦央指点三人往楚凌所说的地方去，三人也不多问点点头就去了。

叶二娘见楚凌好奇，笑道："这三人都是寨子里最好的射箭手，原本都是极厉害的猎户。在山里就是跑得飞快的兔子也是一射一个准儿。"

楚凌点头赞道："咱们寨子里可真是卧虎藏龙。"

一行人足足在林中等了两个时辰，前方刺探消息的人终于回来了。那只肥羊的车队已经在几里外，过不了多久就要经过此处了。

"有多少人？"叶二娘问道。

探子道："除了那贼子夫妻，有仆人护卫五十六人。其中貊族人大约有三十多个，剩下的都是中原人。还跟着几辆马车，看车辙其中两辆里面应该是重物。"

窦央点头："好，都记住了，一动手都照着貊族人招呼，那些中原人若是不动便罢了，若是助纣为虐，也不必客气。"

众人纷纷点头，叶二娘关心地看着楚凌："五弟，怕不怕？"

楚凌慢条斯理地装着箭矢，抬头对她笑了笑："二姐不用担心我。二姐当年，应该比我更害怕吧？"

叶二娘似乎想起了什么，不由失笑轻叹道："可不是吗，我当年，第一次杀人过后，回去吐了三天。"从一个整天拿着绣花针的大家闺秀，到拿起刀来杀人，其中的经历不可谓不惨烈。

楚凌笑道："我倒是没有吐，就是做了两天噩梦。"

叶二娘有些伤感："若是太平盛世，你这样年纪的孩子还在书斋里念书呢。"

楚凌浑不在意，笑道："总有一天会的。"

叶二娘笑道："是啊，这一天总会到来的。"

一时气氛有些伤感，叶二娘安慰地拍了拍她的肩膀。窦央的神色也温和了几分，不管这孩子是什么人，眼下看来至少跟北晋人没有什么关系。小小年纪若是太平盛世只怕还在爹娘跟前承欢，如今却已经经历了这么多的事情，倒是不该对他太过苛待了。

"大家小心，要过来了！"高处放风的人打出了信号。所有人都趴在了自己的位置上，紧紧地盯着前方的路口。山林中一片寂静，无声地弥漫着凌厉的杀机。

楚凌将手中的弩箭装好，检查了身边的备用的箭矢，也将目光调向了前方路口。平生第一次拦路打劫啊。

不久之后路的尽头慢慢出现了一个车队，一群人或骑马或步行，护卫着三辆马车，从远处而来越走越近。楚凌极力眺望过去，目光落在了走在最前面开路的人身上，眉头却渐渐地皱了起来。

一个翻身滚到了窦央和叶二娘身边，低声道："等等，三哥，好像有点不对。"

"不对？"窦央眼神一凝，扭头盯着楚凌，"什么不对？"

楚凌低声道："那些人好像不简单。"

窦央和叶二娘齐齐看向正朝他们走来的车队，车队最前面是一群骑着马的貊族人，看起来十分精悍。

窦央问道："你觉得哪儿奇怪？"

楚凌指向那些人，道："三哥，你看他们的坐姿，还有手。北晋人虽然擅长齐射，但是经过专门训练上过战场的骑兵和普通骑士的姿势是不一样的。还有他们放手的位置，一旦有什么意外，这个姿势可以在最快的时间内拔刀应敌，普通的貊族人没有这么高的警惕。除非他们是惯于征战的北晋精兵，或者他们已经发现我们了。"

"你认为是哪一种？"叶二娘问道。

楚凌趴在地上，道："我觉得是前者，被刻意训练出来的习惯姿势骗不了人的。而且，那些人脸上并没有警惕凝重之色，显然只是习惯使然。"

叶二娘扭头看向窦央："三弟，你怎么看？"

窦央微微眯眼，看着楚凌："五弟，若真如你所说，咱们该打还是该撤？"

楚凌微微扬眉，没想到窦央这时候竟然还会征求她的意见。

看着越走越近的车队，楚凌眯眼道："打！"这年头，撑死胆大的，饿死胆小的。不抢貊族人，她吃什么用什么啊？

"哦？"窦央挑眉，"怎么打？"

楚凌问道："三哥信我么？"

"自然。"窦央道。

楚凌道："那好，这次听我的如何？"

"……"

有些狭窄的官道上静悄悄的，只有前方马匹的脚步声和车轮压过地面的声音。

突然山道两边滚下几块大石拦住了去路，马车撞在石头上车轴一震向路边歪去。

同时，山道两旁有羽箭纷纷射向了道中的人。

"二姐，三哥，上！"

楚凌的话音未落，旁边两个人影已经一跃而起扑向了那辆险些撞到了路边的马车。叶二娘先是将车夫踢了下去，一刀砍断了马车和前面拉车的马儿之间的连接绳索，窦央一把拉开了马车的帘子。

一道寒光闪现，窦央侧首避开了迎面而来的一刀，却见马车里是一个貊族的中年女子正握着弯刀挡在那中年男子的前面。窦央轻哼一声，毫不留情地一刀劈了过去，"三弟，别杀他们！"叶二娘提醒道。

窦央手中的刀撞上了那貊族女子的弯刀，貊族女子脸上闪过一丝隐痛，被震得撞回了车厢里。手中的刀却直接飞到了外面，窦央这才探身进去一把抓起两人就要出去。

前面的骑兵见此变故反应也是极快，虽然方才左右山坡上乱箭突袭，但是他们死伤的人却不多，显然都是惯于征战的老手，反应十分迅速。

见主人被抓，立刻就有人朝着这边冲了过来。

叶二娘飞身下了马车拦住了来人，对窦央道："先把这两人带走！"

那些貊族骑士自然不会让他们得逞，又有数人朝着窦央围了过来。狭窄的山道变得拥挤不堪。早早埋伏在两边的人们射光了手中的箭，纷纷操起兵器冲下了山坡和人打在了一起。

楚凌依然趴在原地，看着窦央和叶二娘被人围住。

"嗖！嗖！嗖！"

几支羽箭从山坡上射来，每一箭总有一人倒下。

貊族骑士中有人叫了一声，虽然窦央和叶二娘听不明白，却看到有几个貊族骑士朝着楚凌所在的地方去了。但是下一刻，羽箭又从隔着十几丈的另外地方射来了。窦央道："二姐，先将这两个人抓住再说，五弟应付得了！"

叶二娘点头，翻身与跟前的貊族人厮杀在一起。她只是觉得这种射箭的方式，有点熟悉。

楚凌飞快地在树林中变换着位置，寻到合适的时机和目标便放箭。真到了动手的时候，楚凌才明白自己对黑龙寨这些人的战力着实是有些高估了。八十多个弓箭手一起偷袭，最后中箭的敌人竟然不到二十人，而其中貊族骑士更是不过六七人。

不过这些人毕竟不是真正的士兵。听说天启士兵跟貊族人作战的战损也十分不乐观，那就更不能苛求这些人了。

一阵风声从身后掠来，楚凌头也不回一个下腰抬手挡住了朝自己劈过来的一刀。她太关注叶二娘和窦央，竟然让一个貊族骑士摸到山上来了。对方看到自己的对手竟然是一个小孩子越发地恼怒，怒吼一声一刀便劈了过来。

楚凌转身退开，甩了一下被震得有些酸痛的右手，对那貔族人露出了一个挑衅的笑容。

那貔族人果然被她激怒了，嘴里怒骂着楚凌听不太懂的话。楚凌也不生气，在那貔族人下一刀劈下来之前主动飞身扑了过去，一刀刺向那貔族人的腹部。

貔族人举刀一挡，楚凌却并没有和他硬碰硬。手中的刀在即将撞上对方的瞬间突然转变了方向向上直刺貔族人握刀的手。貔族人立刻伸出另一只手去抓楚凌握刀的手。轻薄的短刀在楚凌手中挽起一朵炫目的银花，再一次改变方向刺向了貔族人的另一只手。那貔族人躲避不及，手掌直接被刺了个对穿。

貔族人怒吼一声，一刀横扫向楚凌。楚凌已经抽回了短刀连连后退避开了这气势汹汹的一刀。

"冥狱！"

楚凌突然听到两个熟悉的字，却见那貔族人盯着的是自己手中的刀。楚凌微微扬眉，对他笑了笑道："你知道的太多了。"再一次扑了上去。

这两个多月的训练也没有白费，不过一会儿工夫，那貔族人就死在了她的刀下。

看着睁大了眼睛倒地不起的貔族男子，楚凌微微吁了口气。还不够，想想君无欢、晏翎，还有拓跋胤、百里轻鸿这些人，如今她的实力连跟拓跋胤面对面的资格都还没有。

另一边叶二娘和窦央却遇到了危险，七八个貔族骑士围攻两人。叶二娘一人的战力还要护着窦央，顿时有些左支右绌起来。旁边的人都被别的人牵制住了，根本无暇过来相助他们。

一个身影飞快地掠入了战场中央，飞身一脚踢开了挥向窦央的刀，同时一把抓住了被窦央抓在手中的那貔族女子的手臂。窦央看清楚来人，这才松了口气，"五弟。"

一根绳子缠上了那貔族女子的身，片刻间就将她捆了起来。楚凌拉着绳子将那貔族女子拉到自己跟前，手中一把弯刀顶在了那女子腰上，道："让他们住手！"

那貔族女子沉默不语。

楚凌不耐烦地道："我知道你听得懂中原话，让他们住手！"

那貔族女子犹豫了片刻，终于还是开口了。

那些貔族骑士并不愿意，让他们向中原人投降在他们看来是一种耻辱。但是小姐的话也不能不听，如果小姐出了什么事，他们就算回到了上京也难逃一死。

犹豫了片刻，剩下的十来个貔族骑士还是慢慢住了手。他们都住手了，那些中原人自然更不可能奋力杀敌了，早就已经蹲在一边抱着头连连求饶了。

楚凌见那些人果然听话住手，微微松了口气满意地点了点头。能够调动北晋正规骑兵来保护的人，身份肯定不一般。

楚凌将手中的绳子抛给叶二娘："二姐，接着。"

叶二娘将绳索接在手中，看着正满脸愤恨地瞪着他们的貊族女子冷笑了一声。

楚凌轻笑了一声，对窦央道："三哥，咱们拿了东西快走吧。万一有人来了就麻烦了。"

窦央点头，转身去吩咐人搬运战利品了。

被窦央踢到叶二娘脚边簌簌发抖的中年男子见状，心疼得直抽抽。想要阻止却又不敢，只得颓废地低下了头。

楚凌目光扫向对面的那些貊族骑士，将刀顶着那貊族女子的下巴道："你们若敢轻举妄动，我就砍掉她一只手。再乱动，我便砍掉她一条腿。"也不管那些人听不听得懂。听不懂也没关系，因为楚凌的刀轻轻在那女子的手臂和腿上拍了两下。

那些貊族人的脸色果然难看起来，貊族女子咬牙道："你就不怕信州的兵马来抓你们？"

楚凌笑吟吟地道："你阿爹就不怕他擅自调动兵马，被上面知道了？你们敢告诉信州镇守吗？"貊族人口稀少，对北晋朝廷来说每一个貊族勇士都是十分重要的。在军中公器私用是大罪，他们查到这女子家中只是上京中一个小贵族家族罢了。父亲是北晋兵马大元帅拓跋兴业麾下的一个偏将，因为战功平平，身上也没有什么爵位。以他的身份，是用不起这么多亲兵，更不能养私兵的。

所以这些一看就是精锐的骑兵只有一个可能，那就是从自己麾下调用的。拓跋兴业治军严明，这种事若是传到他耳中绝不会姑息。

那貊族女子果然变了脸色。

楚凌笑吟吟地对她道："所以，乖乖跟咱们上山，看看你阿爹肯不肯来赎你吧。"

那女子对那些貊族骑士交代了几句之后，那些人都慢慢收起了兵器不再一副剑拔弩张的模样。楚凌看着他们冷笑了一声，抬手朝着前方做了一个手势。

"嗖！"

连续三声箭响，三支羽箭齐齐射到了那些人脚边。其中一支甚至擦着其中一个貊族骑士的皮靴，在上面留下了一道箭痕。那些貊族骑士顿时变了神色，没想到这些人竟然还隐藏了弓箭手，而且显然还是实力不弱的弓箭手。

他们这边对峙的时候，另一边的窦央已经让人将战利品收拾停当了。看着那些貊族骑士离开，他们这才松了口气。

"就这么放他们走？"叶二娘皱眉道。

楚凌笑吟吟道："二姐你放心，那些人一个都活不了。是不是？"

是不是？这话问的正是那貊族女子。

那貂族女子脸色有些难看地瞪着楚凌，楚凌对叶二娘笑道："她阿爹怎么敢让人知道他将军中兵马充做私用？既然都死了一半了，干脆把剩下的都杀了。等上面查起来找个借口也不是掩盖不过去。"

叶二娘呆了呆，忍不住看了看跟前的少年叹气道："你小小年纪懂得倒是不少，真不知道你这脑袋是怎么长的。"

楚凌笑道："二姐是在夸我聪明么？"

叶二娘笑道："可不是，这次回去，三弟肯定也要夸你了。"经过了今天的事情，叶二娘对楚凌倒是越发亲近了。楚凌既然能对这些貂族人毫不留情，显然绝不会跟貂族人有关系。如今这世道，只要不是貂族人，就一切都好说。

黑龙寨里，两个俘虏被蒙住了眼睛，塞住了耳朵带上了山来扔在了大厅里，狄钩上前解开了两人脸上的黑布取下了耳朵里塞着的棉团。

那貂族女子还好些，虽然脸色不好看到底还算冷静。但是那中年男子却早已经吓得脸色惨白了。

郑洛看了看那中年男子，忍不住皱眉："你就是那个杨照熙？"他以为臭名远扬鱼肉百姓的狗官都是那种穷凶极恶的模样，要不也该是一副败类的样子。眼前这中年男子看上去，倒是很有几分儒雅风度，虽然这风度现在有些看不太出来。

旁边的狄钩懒洋洋地道："大哥，你记错了。人家现在叫鄂里照，不姓杨了。"

郑洛也不在意，摆摆手道："随便吧，二妹，这家伙的底细你知道么？"

叶二娘仔细看了看那人，方才道："我倒真记得有这么个人，这位是弘农杨氏的旁支。他的父亲以前是四品户部侍郎，貂族人占据上京之后便举家投降了，听说弘农杨氏已经将他们这一支给除族了。"

"哦，这是正儿八经的名门之后啊。"

"可不是么。"叶二娘笑道。

郑洛皱眉，有些嫌弃地看着那杨照熙："等三弟回来了再商量怎么处置他们吧。"

"不用，我回来了。"话音未落窦央已经从外面快步走了进来，手里还拿着一本薄册子。

窦央扫了一眼在地上发抖的男子，嗤笑一声对众人扬了扬手中的册子道："大哥，咱们这回倒是真的开张吃半年了。这位杨大人一共给我们送了八千两黄金、两千两白银、一盒子宝石、一盒上等的珍珠，还有不少古玩字画。虽然如今古玩字画在北边卖不出什么价儿，但若是弄到南边去还是价值连城的。"

闻言，郑洛也忍不住有些惊讶了："这么多？"

窦央不以为然："不多，这儿还有一堆地契。这位大人现在身上至少有上千亩良田和土地，不过这个好像没啥用。"离他们太远了根本没法处理。

砰！郑洛一拍桌子，目光如利刃一般直刺杨照熙。姓杨的还没当两年官儿，弄了这么多钱不说，还弄了一千亩良田。要知道姓杨的任职的是一个偏远贫穷的小县，这么多地被他收归自己，那些百姓……

杨照熙被吓得抖了一抖，"你们……你们想干什么？我、我是朝廷命官，你们敢……"

狄钧没好气地翻了个白眼，"我们专门宰你这种朝廷命官。"

"你们……好大的胆子！"

楚凌俯身，笑吟吟地看着地上的杨照熙缓缓道："我怎么觉得，这位鄂里照大人，才是好大的胆子呢？你也读过不少书吧，识时务者为俊杰难道你都不懂？"

杨照熙被吓得脸色惨白，望着楚凌吞了口口水才颤声道："难道……难道你们还肯放过我不成？"

所以你这是在破罐子破摔吗？那就拿出点胆量来啊。

"二妹、三弟，你们说这人怎么处置吧？"郑洛不想跟杨照熙这种人说话，直接扭头去问弟妹们。

窦央却没有回答，而是扭头去看楚凌，含笑道："五弟，你怎么看？"

楚凌诧异："三哥问我？"

窦央道："大家是兄弟，自然都是商量着来，五弟你自然也要发表意见才是。"

楚凌两根手指撑着下巴，道："三哥之前不是说，还能问貊族人再换一回钱吗？我觉得这主意不错啊。听说貊族人也挺重视女儿的，那位将军应该会派人来跟咱们交涉吧？到时候若是价格合适，就把那女的拿去换钱吧？"

"小五，她是貊族人。"

楚凌眨了眨眼睛："所以？"

叶二娘道："小五，四弟的意思是……"楚凌点头道："二姐，我知道四哥是什么意思。只是你觉得是杀一个貊族女人重要，还是杀更多的貊族人重要？"

"你的意思是……"

楚凌道："我知道，大哥、二姐，三哥还有四哥都跟貊族人有血海深仇。这个女人虽然是貊族人，但是杀了她除了泄愤也没有任何意义。与其如此，还不如拿来换一些我们目前更需要的东西。当然了，也许她爹根本就不肯来换她。那就要劳烦你们哪位动手杀了她了。"

四人对视一眼都没有说话。

好一会儿，郑洛才问："那这个男的呢？"

楚凌抚着下巴，笑吟吟地看着杨照熙："鄂里照大人，我给你三次机会，说服我不杀你。"

杨照熙惊愕地望着楚凌，显然没有想到楚凌竟然会说出这种话来。三次机会？不杀他？什么意思？

楚凌却不给他仔细想的机会，伸出一根手指："一。"

杨照熙有些慌乱，迟疑了一下才说道："我……我把所有的财物都给你们！"

楚凌轻笑了一声，伸出了第二根手指："二。"

杨照熙看向郑洛等人，却见他们并没有阻止或者打断楚凌的意思，脑子里顿时一片混乱。"等等！我……我是迫不得已的！我不是故意的！"

楚凌觉得有些无趣地撇了撇嘴，伸出了第三根手指："三。"

杨照熙对上楚凌看似含笑实则冷漠的眼，脑子里仿佛炸开了一般，汗水不停地从额边冒出。

"我、我……我不想死，求你们放过我吧。都是他们逼我的！都是他们逼我的！"

楚凌有些遗憾地叹了口气："真是让人失望，一个能打动人的都没有。"

杨照熙惊恐地望着楚凌，楚凌抽出匕首俯身在他脸上轻轻拍了两下，柔声问道："也是貊族人教你鱼肉百姓的么？我怎么听说你治理的地方临近的几个县是由真正的貊族人治理的，百姓的日子都过得比你治下好呢？"

"我……我……"

楚凌道："你方才哪怕说一句我错了，我都会考虑给你一个机会。"说罢，手中的匕首飞快地朝着杨照熙的脖子上划了过去，杨照熙惨叫一声，一股怪异的味道在空气中弥漫。

杨照熙身下一大片的水渍漫延开来。

楚凌嗤笑了一声，看着已经吓得昏死过去的杨照熙收回了匕首："厌货！"

两个俘虏很快被人拖了下去，五人嫌弃正堂里那股诡异的尿骚味，纷纷将座位移到了院子里，最近两天估计是没人想要进去了。

窦央抽出几张银票分成了几份，先分别给了叶二娘、楚凌和自己一份差不多厚度的。然后将另外两份稍薄一些的给了郑洛和狄钧。

见楚凌有些奇怪地看着他，方才道："五弟不用不好意思，这次出去的兄弟们都有份。虽然得来的东西算是寨子里共有的，但是兄弟们都是拿着命干活，辛苦费还是要给的。另外，这个拿去玩儿。"抛了三个小袋子分别给了叶二娘、狄钧和楚凌，他自己和郑洛却没有的。

楚凌打开一看，里面却是两块宝石和几颗品相极好的珍珠，再看看那一叠银票，都是一百两的面额，一共六张也就是六百两。

既然是惯例楚凌也不矫情，自然地收下了："多谢三哥。"

窦央摇头道："这次还多亏了五弟，以后便是自家兄弟客气的话就不必说了。"

楚凌笑道："三哥也是。"

窦央闻言，也不由莞尔一笑，道："不错。"

五人聊了一会儿天，郑洛三人便有事起身离去了。偌大的黑龙寨虽然有五位寨主，但事实上所有的事情都是郑洛、叶二娘和窦央三人在打理的。狄钧是个对杂事毫无兴趣的，楚凌刚来年纪也小，同样也是个什么都不管的。

等三人一走，楚凌立刻就将狄钧拉到了一边，兴致勃勃地问道："四哥，怎么样？这几天进展如何？"

狄钧有些纠结地看着楚凌，期期艾艾地道："小五，曼儿好像有点不高兴呢。"

"为什么？"楚凌十分不解地道，"你说错话了？"

狄钧挠了挠脑袋，道："没有啊，我就是照着你教我的话说的啊。但是曼儿当时的脸色很奇怪，这两天都一直离我远远的，不肯跟我说话了。"

楚凌拉着狄钧毫无形象地蹲在院门口，继续为四寨主的失恋大业添砖加瓦。

"我教你的话没问题啊。给大哥找媳妇儿，多重要多刻不容缓的事情啊。眼看着咱们大哥都要年过四十了，男人四十豆腐渣你知不知道？再过几年，大哥就真的没人要了。"

"这么严重？"狄钧惊悚。

楚凌翻了个白眼："你年纪小，自然没这个感觉。我跟你说，以前我们村有个老王头，就是年轻时候到处浪，年过四十了才想娶媳妇儿，但是年轻姑娘谁愿意嫁给一个老头子啊。最后孤家寡人性格大变，那变态的气质十步之外人鬼退避，真是好可怜啊。"

狄钧赞同地点点头："当真是好可怜啊。还是小五你关心大哥，我们跟大哥做了这么多年的兄弟，竟然从来没有为大哥着想过，真是太不该了！"

楚凌干咳了两声，有点心虚。

"这个，大哥是我大哥嘛，应该的啊。"

"那行，我再去跟曼儿说说利害关系。曼儿那么善解人意，一定会愿意帮忙的。"

楚凌点点头，道："不错，快去吧。"

狄钧果然信心满满地去了，不知道是对自己的口才有信心还是对薛曼儿姑娘有信心。

"咳咳。"身后传来两声轻咳声，楚凌回头就看到一个二十来岁的布衣青年正站在不远处看着她。那眼神看起来似乎有那么一点一言难尽的味道。

楚凌站起身来，看了看来人道："你是段云？"

青年垂眸，点了点头道："见过五寨主。"

楚凌饶有兴致地打量着这位尚未谋面的黑龙寨的账房先生。

叶二娘说这位是他们五年前下山的时候救回来的，算起来比狄钧入黑龙寨的时间还久。不过此人不会武功，是个地地道道的书生。窦央见他对算账十分精通，便让他做了黑龙寨的账房先生。这几年下来，黑龙寨的账目竟然被他打理得清清楚楚，没有出过丝毫的纰漏。不过这人的存在感一向不高，除了需要他算账和寨子里必须参加的集体聚会，平时几乎都在自己的房间里读书。

不过楚凌觉得这位只怕也不是一个简单的人物。

楚凌道："你来找大哥吗？他们出去了。"

段云点点头道："多谢五寨主告知，那我回头再来。"

说完对楚凌拱手行了礼，他便转身要走。

楚凌眼珠子一转，上前几步跟上了段云道："你刚才听见我跟四哥说的话啦？"

段云脚步顿了一下，道："是听到一点，君子非礼勿听，还请五寨主见谅。"

楚凌摆摆手，道："也不是什么大不了的事儿，你有什么看法吗？"

段云诧异地看向楚凌，对上楚凌询问的目光才连忙道："我怎么敢评价四寨主的事情。"

楚凌道："既然你都知道了，总不能让我灭你的口吧？正好我看你脑子比四哥灵光，我对寨子里的事情也不太清楚，说说你的看法又如何？"段云沉吟了片刻，方才道："我觉得四寨主跟薛姑娘，不太合适。"

"哦？为何？"楚凌并不意外，只是有点好奇。

段云道："薛姑娘的心思并不在四寨主身上。"

"嗯？"楚凌好奇地看着段云，段云似乎有些不适应这样毫不掩饰的打量，微微侧开了脸小声道："在下只是随便说说，五寨主不要放在心上。"

楚凌道："不会啊，我也觉得你说得很有道理。"

段云一愣："那方才五寨主……"

楚凌淡定地道："堵不如疏啊，等四哥自己发现总比我跑到他面前去告黑状好吧？"

段云神色有些古怪地看着楚凌："五寨主，就这样告诉在下好吗？"

楚凌笑道："有什么不好的，反正我就只告诉了你一个人。要是被别人知道了，我就当是你告我黑状。你想不想知道背后告我状的人是什么下场？"

段云吓得连忙后退了两步，连连摇头："不想，不想。在下还有要事，先行告退了。"说完也不管楚凌还站在面前，转身拔腿就跑。

看着被自己吓跑的人影，楚凌无趣地耸了耸肩。她有这么可怕么？话说这小小的黑龙寨，有意思的人还真不少啊。

之前在山下楚凌露的那几手，回到寨子里之后很快就传开了。楚凌这位新来的小寨主在黑龙寨里面也越发地受欢迎起来，不少人都上门来求教想要跟楚凌学习射术。楚凌也不藏私，只要有时间，有人上门都会毫不吝啬地指点一些技巧。于是人们更加觉得这位小寨主年纪小小的，却有本事人还大方，越发对她亲热起来。

从小在浣衣苑那样的地方小心翼翼地活着，如今突然融入了一个自由热闹的集体，在黑龙寨里众星捧月一般地生活，让楚凌觉得如鱼得水。

"小寨主，大寨主说有客来访，请您去一趟大堂。"

楚凌新来年纪又小，平时寨子里的一些小事儿郑洛三人并不会找她商量。只有一些比较重要的事情才会将她一起唤过去，不过大多数时候也只是旁听罢了。

今天倒是楚凌第一次知道，原来黑龙寨这种地方竟然还会有访客上门。

走进大堂，就看到大堂里坐了一男一女两个人，这两人身后还分别站着几个人。

那男子长得颇有几分俊美，穿着一身华丽的锦衣，看起来倒像是一个富家公子。只是，寻常富家公子是绝不会有那样阴鸷的眼神和煞气的。虽然他看向门口的表情是带笑的，但楚凌却没有在他眼中看到半点笑意，有的只是森冷和阴戾。

另一个女子看起来就要正常多了，二十七八模样，身形高挑裹在一身黑色劲装下凹凸有致，让楚凌在心中很是羡慕。这女子容貌并不十分精致，而是带着北地女子的艳丽大气，给人一种别样的野性和妖娆。

"大哥，二姐，三哥，四哥。"楚凌叫道。

"小五，坐。"狄钧看了一眼那锦衣男子，有些厌烦地道："白云生，你来我们黑龙寨干什么？"那锦衣男子状似潇洒地把玩着手中折扇，笑道："听说黑龙寨多了一位小寨主，我和祝寨主可是特地前来恭贺的。"

坐在他对面的那红衣女子却并不领情，嗤笑一声道："白云生，你说你自己就行了，可别把本姑娘捎上。"

白云生不以为忤，耸耸肩道："好吧，在下听说黑龙寨多了一位小寨主，特来恭贺。想必，这位就是小寨主了？"

楚凌觉得她不喜欢白云生落到自己身上的目光，微微皱眉并不说话。叶二娘对她笑了笑，道："小五，这位是红溪寨的祝寨主。这位是白云寨的白寨主。见过两位寨主吧。"楚凌点头，对着两人拱手道："祝寨主，白寨主，幸会。"

坐在旁边的祝寨主打量着楚凌呵呵笑道："叶姐姐真是好福气，又多了这么乖巧的一个小弟弟。小寨主不必客气，奴家名唤祝摇红。小寨主要是不嫌弃，便叫奴家一声摇红姐姐吧。"

楚凌眨了眨眼睛，笑眯眯地应道："摇红姐姐好。"

"真是乖孩子，这么乖巧的弟弟怎么就不让奴家先遇到呢？"祝摇红捧心哀叹道。对面的白云生却嗤笑道："让你遇到，这小子还能剩下一根骨头吗？祝摇红，你这是欲求不满到连个毛都没长齐的小鬼都不肯放过了？"

祝摇红偏着头打量着他，幽幽道："白寨主这种早就被人用烂了的男人，懂什么呀。"

说得好！楚凌在心中赞道。

"荡妇！"

"禽兽！"

"咳咳！"郑洛脸色有些不好看，沉声道，"两位是来我黑龙寨约战的吗？"

上门做客自然不好不给主人面子，既然郑洛开口，针锋相对的两个人也就只得住了口了。郑洛看着两人道："两位突然来我黑龙寨，不知道有何见教？"

白云生扇着扇子，道："听说，前两天郑寨主刚刚做了一笔大买卖？"

郑洛眼神一沉，道："白寨主说笑了，不过是兄弟们混口饭吃罢了。"

白云生呵呵一笑道："整整几箱子金银，还有那么多的宝贝，可不只是混口饭吃而已啊。郑寨主谦虚了。"郑洛和窦央对视了一眼，这姓白的知道得好清楚。很显然黑龙寨里有白云寨细作，想必红溪寨那里也少不了。

窦央笑道："这么说，两位寨主都是为了来向咱们贺喜的？那就多谢了。"

白云生脸上的笑容一僵，道："自然不单是为了这个。"

叶二娘冷冷道："既然如此，白寨主何不直说？"

白云生笑看祝摇红道："祝寨主，你怎么说？"

祝摇红笑吟吟地道："咱们这一行的规矩，见者有份。我也不多要，一万两银子，十匹马，还有那日你们收缴的兵器都给我，如何？"白云生脸色有些难看，有些后悔让祝摇红先开口了，"祝寨主的胃口未免太大了一些。兵器你全要？那银子我也不要，剩下的马匹都给我。"

郑洛沉声道："两位当我黑龙寨是你们家吗？"

两人齐齐看向郑洛，祝摇红笑吟吟地道："郑老大，您这可有点不守规矩了呀。当日你派人来红溪寨可不是这么说的。"

白云生笑道："不错，咱们没动手拿小头也没什么说的。但是郑寨主若是想要自己全吞了，这以后咱们还要怎么处？"

信州地界就这么大，却鼎立着三个实力相当的山寨。若不是私下沟通过，说不准早就自己打起来了。比如这一次，黑龙寨动手另外两家便不掺和，更不会做那种黑吃黑的事情。甚至遇到北晋朝廷派兵围剿，还要互相合作。但是事成之后，黑龙寨却得将一部分的收获分给另外两家。

郑洛轻哼一声，道："按之前说好的拿出一成分给两位，郑某自然不会失信于人。三弟。"

窦央点点头，对两人笑盈盈地道："两位既然知道得清楚，在下也不隐瞒了。按规矩，这次两位各得六千两白银，咱们黑龙寨一向光明正大，可从来不做假的。"这话却有些嘲讽的意味，乃是因为去年白云生劫了一个外地的貊族商人，因为地方远一些以为另外两家不知道消息隐藏了将近五成的收益。只是白云寨在黑龙寨有细作，黑龙寨在白云寨又岂会没有？

白云生倒是脸皮一点不薄，仿佛丝毫没有听出窦央在嘲讽自己。

"祝寨主？你怎么说？"

祝摇红看都没看白云生，侧首对叶二娘笑道："叶姐姐，我这也是没法子的事儿。如今买个东西难啊，银子有时候反倒是不好使。要不这样，我拿五千两银子跟你们买马匹和兵器还不成吗？"

按说，五千两银子买十匹马和几十件兵器，可算得上是天价了。

若是貊族入关前，一匹马的价格也不过五六十两，好一些的上百两也是有的。但如今马算是战争物资，貊族人不允许南人私底下交易马匹。所以中原人在市场上根本买不到马，也没有什么人敢私下贩卖，毕竟被抓到了是要砍头的。于是就导致黑市上一匹普通的马也要几百两，而且还很难买到。

黑龙寨这次得到的这些马可都是上等战马。

同理，兵器也是如此。

这世道，即便是山贼的日子也不好过啊。

叶二娘对祝摇红笑了笑，道："祝妹子，这事儿还要大哥做决定才行。我可做不了主。"

祝摇红轻叹一声，幽幽道："叶姐姐如此贤淑，郑寨主真是好福气。"

郑洛看着白云生和祝摇红，这两人显然都不是好打发的。"卖就不必了，钱两位照样拿走，我另外送两位一人两匹马，五把兵器。如何？"

"这……"白云生微微眯眼，有些迟疑。

白送的东西，自然是心动的。更何况，黑龙寨的实力不弱，若是真的跟他们闹翻了也没什么好处。他跟黑龙寨不是一路人，跟祝摇红那女人就更走不到一路了。想到此处，白云生爽快地答应了郑洛的提议。

祝摇红轻哼了一声，娇声道："既然郑寨主如此说，奴家也不好说什么了。那就谢过郑寨主了。"

两位寨主既然都得了实惠，自然也就心满意足了。白云生跟黑龙寨关系不好，谈妥了条件便带着人走了。倒是祝摇红留了下来："小五弟弟，你叫什么名字呀？要不要跟姐姐去咱们红溪寨？"

楚凌笑容乖巧地看着她："摇红姐姐你真漂亮。"

祝摇红欢喜地道："小弟弟真会说话，你真的觉得姐姐漂亮吗？"

楚凌道："这是自然，难道摇红姐姐觉得我在说谎话？"

祝摇红呵呵笑道，"怎么会？姐姐最喜欢小弟弟这样说话诚实的孩子了。来，这是姐姐给小弟弟的见面礼。"说着，祝摇红已经将手上的一个指环摘下来递给了楚凌。楚凌还太小，即便是祝摇红手指纤细，她的指环楚凌用起来也有些大了。

"咦？"楚凌拿着指环仔细打量着，片刻后便轻巧地从里面拆出了两根细针。祝摇红赞赏地笑道："弟弟好眼力，叶姐姐，你们运气可真好，过不了两年黑龙寨又要添一员猛将了。"

叶二娘笑道："他还是个小孩子呢，就是有些小聪明罢了。还不谢谢你摇红姐姐。"

楚凌对这个藏着暗器的扳指很有兴趣，捧在手中对祝摇红笑道："多谢摇红姐姐。"

祝摇红摆摆手，再次看向郑洛等人的神色却多了几分郑重，沉声道："方才姓白的在此，我不便多说。今日前来，确实有些事情想问问几位的想法。"

郑洛知道她有正事，也郑重地点头道："祝寨主请说。"

祝摇红微微眯眼，道："姓白的前些日子在李县杀了一家人，几位可知道？"

众人对视一眼，这个他们还真不知道。

"那是什么人家？"叶二娘问道。如果是普通的貊族人，祝摇红肯定不会特意来跟他们说的。

祝摇红冷声道："是李县一个书香门第人家，家里从前还算殷实，如今也只是还过得去罢了。"

窦央皱眉道："李县离白云寨足有六十多里，既然没钱他跑去做什么？"

祝摇红道："那家有个姑娘，年方十五。姓白的前些日子去李县正巧碰到，便上门要纳那姑娘为妾。那姑娘本就定了亲，自然是不肯。当天晚上，姓白的就带着人去将那一家子给灭了，将那姑娘抢到了白云寨。不仅如此，他还找上门去杀了那姑娘的未婚夫一家，但是那未婚夫逃了出来正巧被我的人碰上了。"

砰！叶二娘重重一掌拍在桌上："这个败类，早该想办法除了他！"

祝摇红淡淡笑道："本来我也没想管的，不过那姑娘的未婚夫跟我说了一句话却让我有些惊着了。"

众人看向祝摇红，祝摇红道："他说他要为家人报仇，如果报不了仇他宁愿投靠貊族人也要弄死白云生。貊族人本来就是禽兽，但是白云生虽是中原人却比禽兽还不如，既然如此他宁愿与禽兽为伍。"

"我去宰了姓白的！"狄钧拍案而起怒道。

"坐下！"窦央厉声道。

狄钧不服地瞪着自己三哥，旁边楚凌拉了拉他的衣袖，低声道："四哥，少安毋躁。"

窦央没好气地扫了他一眼道："一把年纪了，还不如小五沉稳。让祝寨主见笑了。"

祝摇红却是掩唇笑道："怎么会，四寨主这也是嫉恶如仇啊。咱们当山贼的都不是什么好人，但是如今这世道中原人日子艰难，抢抢那些貊族人和为富不仁的败类也就罢了，白云生确实是让人看不太顺眼了。"

郑洛叹了口气，他们自然也看白云生不顺眼。但是白云生的实力不弱，白云生自己不是好人，他手下自然也不会是什么好人。能够驾驭住各怀心思的凶恶之徒，白云生岂会是什么易与之辈。早年郑洛并非没有想过除掉白云生，只是交过几次手之后才发现，单打独斗他未必胜得了白云生。白云生也知道自己仇人不少，出门的时候从不单独行动。若是将他逼急了，投靠了貊族人就更麻烦了。

窦央皱眉道:"白云生不会暗中投靠了貂族人吧?"

郑洛摇头,"应该不会,白云生的亲爹娘、妻子和儿女都是死在貂族人的手中。以他的性格,不到万不得已,绝不会投靠貂族人的。"祝摇红轻哼一声道:"姓白的就是个毫无人性的疯子。不仅这件事,最近白云寨的人也隐隐在我红溪寨附近出没。几位还请注意一些,那姓白的只怕图谋不小。"

窦央靠着椅子,若有所思地道:"若不是投靠貂族人,白云生还能图谋什么?难不成他想吞并咱们?"

"不无可能。"郑洛点头道。

祝摇红嗤笑一声道:"胃口倒是不小。"

郑洛道:"此事我等会注意的,多谢祝寨主特意相告。"

祝摇红笑了笑,站起身来道:"如今世道艰难,姓白的又不干人事儿,咱们也只得守望相助了。郑寨主若有什么打算,还请派人通知我一声才是。我还有事儿,这便告辞了。"

郑洛点头,起身送客,"这是自然。"

送走了祝摇红,五人重新回到大厅。郑洛看看四人道:"祝寨主说的事儿,你们怎么看?"

窦央沉声道:"若祝寨主的消息不错,白云生只怕确实是有什么变化了。自从三年前大哥你跟白云生打了一架之后,白云生还算安分。现在突然如此,若不是有什么谋算,便是突然添了什么助力,不将我们放在眼里了。"

"助力?白云寨添了什么人吗?"郑落道。

叶二娘摇摇头:"没有消息传来。不过,大哥你方才可有注意到站在白云生左后方的第二个人?"

郑洛微微皱眉,仔细回想了一下。

那是一个四十来岁的清瘦男子,低眉顺眼看起来也没有任何突兀特别之处。

"二妹觉得这个人有什么问题?"郑洛问道。

叶二娘道:"没有,只是白云生有什么得重用的人咱们都知道,白云生来咱们黑龙寨为什么要带着一个平平无奇的人?而且还是一个从没见过的人。"

郑落点点头,吩咐道:"让人查查那个人的底细。"

窦央点头:"是,大哥。"

因为白云生的事情,虽然几位寨主都没有说什么,但是寨子里的人也依然感觉到了一些不一样的气氛。

楚凌依然如往常一般每日练功不辍。虽然内力进展缓慢,但是身体素质却在以极快的速度成长。

狄钧为楚凌的进步惊叹的同时也备感压力,便也跟着楚凌努力起来。总不能回头被小五给打败了吧?那他这个四哥的脸往哪儿搁?也许是练功消耗的时间太多，狄钧倒是少了很多时间在薛曼儿跟前献殷勤。

不过狄钧忙忘了楚凌可没有忘，练功的闲暇就拉着狄钧去找寨子里名声好的妇人，商量着要给郑洛找媳妇儿的事情。对方自然是满心愿意，毕竟是大寨主收留了他们，他们才有了如今的安稳日子。大寨主三十好几了却还是孤家寡人，早就该找个媳妇儿了。不过在寨中大多数人看来，跟大寨主最般配的还是二寨主。

这些事情自然也传到了郑洛等人的耳中，郑洛听了传闻倒是愣了愣将楚凌找来说话。"五弟啊，听说四弟最近带着你在寨子里胡闹？"

楚凌很是无辜："胡闹？没有啊，四哥对我可好了。"

郑洛无语："听说……你们最近在拉郎配？闹着玩儿倒是无妨，只是把你二姐也牵扯进来就不对了，坏了二妹的名声。"

楚凌抽了抽嘴角："大哥，你还知道担心二姐的名声啊。"

郑洛不解："有什么不对吗？"

有什么不对吗？简直太不对了好不好？

楚凌轻咳了一声，一本正经地道："大哥，你记不记得二姐今年多大了？"

郑洛一愣："这个，好像是二十六岁吧？"楚凌斜睨着他，道："所以啊大哥，一个二十六岁的未婚的女子，跟在你身边这么多年，同住一个院子，您老也不想着给操持一下婚事。几个意思？"

郑洛无言地看着眼前的少年，他怎么觉得这个新结拜的小兄弟有点吓人呢？

郑洛道："这不是，之前二妹说要给她的未婚夫守孝吗？"

楚凌扬眉："守孝十年？就算是亲爹三年也该出孝了吧？"

郑洛有些理亏，这个他好像确实是有些忽略了。不说是二妹，就是三弟四弟如今也还是孤家寡人呢："这个，二妹也一直没提啊。"

楚凌翻了个白眼道："你要二姐自己说，说什么？我想嫁人了，大哥你给我找个如意郎君吧？"

"呃……"

楚凌看着郑洛摇了摇头，一脸的怒其不争，摇头道："大哥啊，若没有当年的事儿，二姐如今孩子都不知道有几个了。事到如今也是没有办法，但是这些事儿，咱们也要上心啊。难道等二姐年过三十？那都是祖母辈儿的人了，你说你亏不亏心？"

"亏。"郑洛低头认错，"小五，那你说咱们该怎么办？"

楚凌摸着下巴，眼珠子转了转，道："把大哥和二姐说成一对确实是咱们不对，不过给二姐寻个如意郎君也是刻不容缓的事情。其实我瞧着三哥很不错。"

"三弟？"郑洛惊诧。

楚凌点头道："对呀，三哥一看就是念过书的，二姐虽然如今是个武人，当年肯定也是个才女。若真是配给一个大字不识几个的，岂不是委屈了二姐？"

"……"总觉得小五说的是自己,虽然他其实还是识过几个字的,但是把二妹许给老三,郑洛有些苦恼。

楚凌笑眯眯地看着他:"大哥你别着急,这事儿还要私底下悄悄跟二姐商量才行。万一二姐不乐意呢,女孩子的名声是很重要的。现在大家只是说二姐配得上大哥你,这个没关系,配得上又不代表一定要看得上你。"

"……"郑洛还是觉得小五的话不太对。

郑洛有些心烦意乱,摆摆手道:"行,我考虑一下再说,小五你先去玩儿吧。"

楚凌爽快地点头告退,正低头苦思的郑洛顺利地忘掉了原本想要让楚凌不要搞事的意图。

楚凌走出大堂,便看到迎面而来的薛曼儿。薛曼儿见楚凌一派神清气爽的模样,眼底不由闪过一抹失望。楚凌停下了脚步打量着薛曼儿,薛曼儿心中一惊,面上却恭敬地笑道:"小寨主有什么吩咐吗?"

楚凌靠近了她,抬手捏住她的下巴仔细端详。

薛曼儿有些惊慌:"小……小寨主,你这是做什么?"

楚凌对她露出一个恶意的笑容,轻声道:"曼儿姐姐,你在想什么呢?难不成以为我要轻薄你?人家还是个孩子呢。"

"不……不敢。"薛曼儿连忙道。

楚凌轻笑一声,柔声道:"在大哥面前告我状,胆子不小。"

"我……"薛曼儿连忙想要解释。楚凌却已经放开了手快步往外面走去了,出了院门还听到悠然的歌声。

薛曼儿被留在原地呆愣了半响,方才回过神来暗暗咬牙。

"我家有群小狐狸,青红蓝白银……小青是个大懒虫呀,小蓝萌萌哒……"

"小寨主。"段云站在路边,听着楚凌嘴里吐出来的歌声,脸上的表情一言难尽。

楚凌愉快地朝他挥挥手:"小段啊,你怎么在这里?"

段云蹙眉:"小寨主,在下段云。能否,不要叫小段?"

楚凌从善如流地点头道:"好的呀,小云,有什么事儿吗?"

"……"

段云忍耐了片刻,还是决定不要跟她纠缠这个问题了。毕竟段云公子并不想被人叫段段或云云之类的:"您还是叫我小段吧。"

楚凌给了他一个"你真挑剔"的眼神:"找我什么事儿?"

段云看看四周,低声道:"小寨主吩咐的事儿,有着落了。"

"哦?"楚凌眼睛一亮,"小段啊,虽然咱们认识得晚,但是整个寨子里还是你最有趣了。"段云连忙谦虚地道:"小寨主你过奖了,属下只是一个账房而已。"

楚凌点头,饶有兴致地道:"很好啊,你这样的账房多来几个才好呢。"

不知为什么,段云觉得自己有点想抹汗。

楚凌拉着段云到一边偏僻处，低声问道："说说看，怎么样？"

段云道："按照小寨主的吩咐，属下已经将消息透露给薛秀才了，薛秀才今晚应该就会宴请大寨主商量事情。"

楚凌摸着下巴，道："这样啊，你说为了大哥的贞节，我是不是应该……"

"咳咳！"段云忍不住俯身一阵猛烈地咳嗽半天缓不过来，显然是被自己的口水给呛到了。等到他缓过气儿，原本白皙的脸色已经涨得通红，指着楚凌道："小……小寨主，你说、大寨主、大寨主的……"

"有什么不对？"楚凌道，"万一他们把我大哥灌醉了，玷污了他的清白怎么办？"

段云红着脸，咬牙道："薛先生是读书人！不会……不会做那种事情的！"

楚凌不以为然地挥手，一脸的语重心长，"小段，你啊见过的事情还是太少了。就是读书人心眼才多，一个个看上去霁月风光，实际上满肚子的男盗女娼啊。"

"……"段云磨牙，"小寨主，区区在下也是读书人！"

楚凌瞥了他一眼，"你一个账房先生凑什么热闹？你有童生身份吗？你是秀才吗？你是举人进士吗？连个功名都没有还好意思说自己是读书人？人家那位，可是秀才！"

非礼勿言，非礼勿言！段云在心中默念了几遍，终于将到了嘴边的粗话硬生生地咽了回去。只是还算清秀的面容不由得有些扭曲起来了。

段云深感自己脑子有病才跟这位小祖宗在这里胡扯，他要干什么关他什么事儿？他只是一个账房而已。

深吸了一口气，段云心平气和地道："事情已经告诉小寨主了，我先回去了。"

楚凌连忙拉住他："你不跟我一起去保护大哥？"

段云面无表情地道："大寨主武功高强，不需要属下保护。"

楚凌笑道："别这样嘛，就算大哥不需要你保护，你也要学着保护自己呀。你说你长得这么斯文，还手无缚鸡之力可怎么好？万一寨子里的哪个女壮士看上你，要你当压寨相公怎么办？"

"没有这种事，小寨主多虑了！"

楚凌一脸关切："人无远虑必有近忧。"

段云叹了口气，道："小寨主，你还要属下做什么，您吩咐吧。"

楚凌满意地笑道："这才对嘛。"

"……"

叶二娘被楚凌一路拽到薛秀才院门口，脸色古怪地拉着楚凌要回去。大晚上的，蹲到人家院子里偷窥像什么样子？

楚凌却不肯，低头在叶二娘耳畔低语了几句。叶二娘神色变了变，有些怀疑地看着楚凌。楚凌一脸认真地点头，叶二娘迟疑了片刻终于还是点了点头。

两人都是身手利落之辈，潜入一个小院自然不是什么难事。

院子里一片漆黑，只是靠左边的那间屋子里亮着灯火。薛秀才正在招待郑洛喝酒，薛曼儿正忙进忙出地往桌子上端菜。

郑洛有些不好意思，道："薛先生，何必如此破费。"

薛秀才全然不同于面对楚凌的傲气，笑道："寨主言重了，不过是寻常菜色。如今也难得见寨主一回……"

郑洛有些愧疚："这些日子事务繁忙，倒是许久没有拜访薛先生了。"薛秀才是郑洛的救命恩人，郑洛自然是真心感谢他的。

薛秀才道："哪里哪里，来，老夫敬寨主一杯。"

楚凌和叶二娘蹲在房顶上百无聊赖地听着下面的闲扯。无外乎就是一些家长里短，其间薛秀才不着痕迹地想当年三次，提起薛曼儿五次，暗示薛曼儿的婚事两次。

可惜郑洛确实是个粗人，薛秀才暗示得太隐晦了人家压根就没听明白。以为救命恩人担心女儿的婚事，还热心地保证一定给薛曼儿在寨子里找个棒小伙儿嫁了。

酒过几巡，薛秀才脸上的笑容也渐渐有些勉强了。

叶二娘听着下面的对话皱着眉想拉楚凌走，却见楚凌抓住她的衣袖指了指下面。叶二娘抬头看过去，就看到薛曼儿已经换了一身桃红色的衣衫端着最后一盘菜走了进去。薛曼儿是仔细地梳了头化了妆的，淡淡的烛光下原本五分的美丽也变成了七分。

事情的发展倒是并没有太过出乎楚凌的预料，楚凌透过屋顶的缝隙看到她刚认的结义大哥倒在了酒桌上。

这也太天真了，楚凌表示平生没见过这么天真的人。

眼看着薛秀才走出去，再看着薛曼儿一脸春意地朝着趴在桌上的郑洛走了过去。

楚凌伸手戳了戳叶二娘，示意她该下去救英雄了。

叶二娘还有些回不过神来，显然是没有想到薛曼儿竟然敢如此。

楚凌耸耸肩，盘算着时间差不多了便拉着叶二娘下了房顶。

"大哥！大哥，你在不在呀。曼儿姐姐在哪儿，我和二姐好饿！"

里面传来一阵手忙脚乱的声音，楚凌却已经等不及了一般，一把推开了门，"曼儿姐姐连晚饭都不准备，我和二姐饿死……"

"啊？！"薛曼儿立刻尖叫起来，房间里的炕上郑洛正酣然入睡。只是身上原本整齐的衣服都已经被薛曼儿脱了一半，薛曼儿自己也是衣衫半褪的模样，双手慌乱地扯着衣衫想要遮住胸前那一抹白。

楚凌吹了一声口哨："不错啊。"

啪！一巴掌被拍在脑门上，站在她身边的叶二娘早就黑了脸。

这跟流氓一样的小子，到底是谁家的？"

楚凌委屈地摸了摸脑袋，二姐，你误会了。我说的是大哥身材不错啊。才不是说薛曼儿……

"出什么事了?!"

狄钧的声音在门口响起，下一刻人就已经进来了。看到房间里的一幕，顿时就呆住了。他在隔壁跟段云一起喝酒，听到尖叫声立刻就从墙头跃了过来。

叶二娘脸色有些难看。

虽然小五说薛家父女会算计郑洛，但叶二娘其实也并不太信。只是她对郑洛有些若有若无的情意，自然对他的事情更关心几分，这才跟着楚凌来听墙脚。原本她以为薛曼儿只想要勾引郑洛。若是郑洛当真看中了薛曼儿，她也就顺理成章地将心中的那丝情意掐灭了。却没有想到薛曼儿竟然想出这种法子，别说叶二娘心悦郑洛，就算她是郑洛的亲妹妹也要火冒三丈了。

"你看不出来吗？"叶二娘冷声道。

狄钧脸色也跟着难看起来，他又不是傻子怎么会看不出来？

"这是怎么了？"外面薛秀才也闻声而来，看到房间里的几个人神色顿变："二寨主，四寨主，你们怎么会在这里？"

叶二娘冷冷道："我们若不在这里，你们想要做什么？"

薛秀才顿时涨红了脸，恼怒地道："二寨主这是什么话？"

楚凌道："曼儿姐姐连晚饭都没有做就回家了，我和二姐肚子饿得慌，想起大哥在薛先生家就想过来蹭个饭。谁知道……"目光扫了一眼炕上沉睡的郑洛和衣衫不整的薛曼儿，意思不言而喻。

郑洛是习武之人，即便是喝醉了睡过去这么大的动静也早该醒了。这会儿还没醒，只能是吃了什么不该吃的东西。

叶二娘侧首看向狄钧，正好看到走到门口的段云，吩咐道："去请三哥过来，让他将大夫也带过来。"

"不行！"薛秀才脸色大变连忙道。若是让人知道了，女儿的名声可就全毁了。

叶二娘冷冷道："现在这里我做主，竟然敢谋害寨主，你们好大的胆子！"

"我们没有谋害寨主，二寨主你别想血口喷人！"薛曼儿抬起头来，厉声道。

叶二娘扫了一眼段云："还不快去。"见段云领命而去，才扭头看向薛曼儿道："大哥现在是怎么了？你将他叫醒给我看看？"

"我……"薛曼儿自然没办法叫醒郑洛。她只会下药，哪里知道解药是什么？反正这药到了时间自然也就醒了。

楚凌上前一步笑道："不如我来看看？"

"你……你别过来！"薛曼儿搂着自己的双臂，连忙后退。

楚凌无语："搞什么？搞得像我要非礼你似的。"

走到炕边楚凌低头检查了一下郑洛，只是普通的迷药罢了，这种地方也弄不来什么高级的药。郑洛只怕也没有想到薛秀才父女俩敢算计他，否则也不会中计。

楚凌端起桌上的一壶水，用手指探了一下温度，便直接浇到了郑洛的脸上。片刻后，郑洛原本闭着的眼睛动了动，慢慢睁开了眼睛。

"这是在干什么？"郑洛有些茫然地揉了揉额头。

楚凌关切地看着他："大哥，你没事儿吧？"

"我能有什么事儿？你们在这儿做什么？"郑洛皱眉，有些后知后觉地道，"我怎么睡着了？小五，你手里拿的是什么？"

楚凌连忙把水壶放回了桌上，干笑了一声后退两步道："我不知道，你问二姐和四哥。"

郑洛看向叶二娘和狄钧，狄钧咬牙不语，叶二娘叹了口气，道："大哥既然醒了，还是先回去再说吧。"

郑洛能统领黑龙寨这么多年，总不会是毫无心机的傻子。看着众人的表情，再看看桌上的酒菜以及还躲在炕上角落里衣衫不整的薛曼儿，哪里还能不知道发生了什么事？

原本带笑的脸渐渐地严肃起来，他长相本就豪迈，脸上又有一条伤疤，平时看着就让人亲近不起来了。这会儿严肃起来，身上自然而然地多了一层威严和压力，倒是有几分寨主的威仪了。

"薛先生，这是什么意思？"郑洛沉声问道。

薛秀才脸色有些白，虽然他仗着自己是郑洛的救命恩人在黑龙寨里颇为倨傲，但毕竟是个手无缚鸡之力的书生。此时眼看着事情败露，郑洛仿佛要发作的模样，自然也有些害怕。

"郑……郑大哥……"一边的薛曼儿终于开口，声音里带着几分哭腔很有几分楚楚可怜的意思。

郑洛皱了皱眉，站起身来沉声道："先回去再说。"

"等等！"薛秀才终于忍不住开口。他心里清楚如果今晚不说，往后肯定没有机会了。

郑洛停住脚步，看向薛秀才。

薛秀才走到郑洛跟前，一掀衣角直接跪了下去。

楚凌微微挑眉，郑洛吓了一跳连忙伸手要扶。

薛秀才却不肯让他扶起来，道："寨主，今晚的事情都是老朽一时糊涂，实在是老朽有一事相求。"

郑洛蹙眉："薛先生有事好好说便是，如此又是何必？"

薛秀才咬牙道："老朽平生只有一女，她命不好生逢乱世，老朽只希望她能一生平平安安在老朽过世之后能有个人庇护她。寨主若不嫌弃小女粗陋，老朽想将小女许配与寨主。"

这话似乎说得客气，但是看看跪在地上的薛秀才，郑洛沉默了。

救命恩人跪在地上相求，他能怎么办？

但是看了一眼那边楚楚可怜地望着自己的薛曼儿，郑洛剑眉紧锁。他从未对薛曼儿有过任何想法，如今更是不喜欢他们这种做法。如果薛秀才直接跟他提的话，他未必就不会答应。郑洛是个眼里容不得沙子的人，更是容不得身边的人人品有瑕，更何况这人还要做自己的妻子。

"寨主！"见郑洛沉默，薛秀才就想要俯身磕头，"今日之事若是传了出去曼儿就只有死路一条，求寨主看在老朽的薄面上，给她一条活路。"

这是说，郑洛要是不娶薛曼儿，就是要了她的命忘恩负义了。

"啊呀，说起来我也是大哥的救命恩人啊。二姐，你说对不对？"楚凌的声音笑吟吟地响起。叶二娘不由一笑："你不仅是大哥的救命恩人，还是我和你三哥的救命恩人。"

楚凌眨巴着眼睛道："那大哥现在如果以身相许了，我的救命之恩怎么办？"

叶二娘惊道："你也想要大哥以身相许？"

楚凌摇头："这个自然不用了，但是我有个姐姐待字闺中，我想着将我姐姐许配给大哥啊。"

"你还有姐姐？"叶二娘惊讶。楚凌意味深长地道："有啊，虽然不是亲生的，但也是我姐姐啊。"

郑洛被她们你一言我一语说得头晕脑涨，没好气道："小五闭嘴，什么乱七八糟的？谁跟你说我要以身相许了？婚姻大事怎能胡闹？"楚凌眨巴着眼睛："那大哥你怎么还救命之恩？"

郑洛道："你若有需要，大哥替你出生入死绝不食言！"

楚凌点点头，轻叹一口气道："薛先生，你瞧大哥宁愿出生入死也不肯以身相许。要不咱们就别为难大哥了？"

薛先生气得浑身发抖，狠狠地瞪着楚凌。楚凌一溜烟儿躲到了叶二娘身后，只探出一个脑袋："薛先生，你别瞪我啊。我和二姐真不是故意的，谁叫曼儿姐姐不给做晚饭呢。我和二姐守着空荡荡的主院，都要饿死了。"

"你就是故意的！"薛曼儿咬牙，眼看着算计郑洛无望，心中恨极了眼前这个小鬼。若不是他教唆狄钧，她怎么会如此着急？

楚凌不高兴了："我是故意的又怎么样？就准你下药迷晕大哥？大哥差点被你这个女色魔玷污了，你还好意思说！"

"……"众人无语，薛秀才的脸色更是一阵青一阵白。

薛曼儿浑身发抖，终于受不住眼睛一翻直接晕了过去。

这人啊，动不动就晕，动不动就晕！可怎么得了哦。

"大哥，你要不要也晕一下，我们可以抬你回去哦。"

看着眼前的少年眼睛亮晶晶满脸期盼的模样，郑洛只觉得浑身无力，真的很想晕过去啊。

郑洛毕竟是个厚道人，只得告诫众人今晚的事情不可外传，就当是什么都没发生过。但是薛曼儿也不能在主院里做事了，他会让人尽快给薛曼儿找个婆家嫁了的。

薛秀才虽然不甘，但看着郑洛强硬的态度和叶二娘等人不善的神色也不敢再说什么了。如今世道混乱，若是被赶出去只怕连活都不知道怎么活下去了。

郑洛毕竟是喝了药，身体依然不怎么舒服，心情也不好，处理完这些事情便匆匆而去。叶二娘不放心也跟着回去了。倒是晚一步过来的窦央拍了拍楚凌的肩膀赞道："做得好。"

楚凌无辜地眨了眨眼睛："三哥你说什么，我听不明白呢。"

窦央对她笑了笑，转身走了。

出了院子，只剩下一直没说话的段云和狄钧了。段云是不知道该说什么，狄钧是受到的打击太大，说不出来话了。

楚凌看了看依然一脸呆滞的狄钧，难得有几分愧疚。可怜的年轻人，初恋就这么夭折了，以后不会一蹶不振吧？

"四哥？"楚凌小声叫道。

狄钧抬头看了她一眼，又低下了头去依然没有说话。

楚凌扯着他的衣角，苦口婆心，"四哥啊，这个俗话说得好，天涯何处无芳草，何必单恋狗尾巴草对吧？外面的美人儿多了去了，大不了下次我介绍几个美女给你？"

"……"

"你真的这么喜欢薛曼儿啊？"楚凌有些苦恼，"那反正她也没跟大哥怎么样，你要是不介意的话，我还是会帮你追她的。现在你要是肯娶她的话，她肯定立马就答应了。"

"……"

还是不说话？楚凌思索了一下，"还是你已经因爱生恨了？那我帮你去套她麻袋，将她揍一顿怎么样？"

"不说话就是同意了啊！小段，走，拿麻袋去！"

说着楚凌就要转身，却被狄钧一把抓住了。狄钧一脸头痛的表情，"小五，你别乱来！我只是……我只是，她喜欢大哥，干吗不早说啊。万一大哥也看上她了，到时候他们……那我……"他不是变成喜欢自己大嫂了吗？一想到自己差点喜欢自己的大嫂，狄钧就觉得自己的人生都受到了惨烈的冲击。

还有薛曼儿，如果她一心一意喜欢大哥，为什么还总是对他那么亲切？他送她东西她也从来都没有拒绝过啊。

楚凌消化了一下狄钧的话，终于明白他纠结的什么了。安慰地拍拍他的肩膀道："这个，大哥不是没看上她么？说句公道话啊，这个你喜欢她，她喜欢别人也没什么，喜欢谁都是别人的自由嘛。就是她的手段有点不太靠谱，让人喜欢不起来。"

狄钧摇摇头，一脸沮丧地走了。

"小寨主可满意了？"身后，段云沉声道。

楚凌回头看向段云，好奇地挑眉道："小段，你好像不太高兴？"

段云也忍不住翻了个白眼："我应该高兴吗？小寨主不觉得得饶人处且饶人吗？薛姑娘跟你，好像也没有多大的恩怨。"楚凌轻叹了口气，笑道："我倒是不知道，段公子原来还是个菩萨心肠啊。我若是得理不饶人，你知道薛曼儿今天会怎么样吗？"

段云不语，只是看着楚凌。

楚凌轻哼一声道："她会被整个山寨的人看到她给大哥下药，然后在黑龙寨里连个栖身之地都没有。我知道段公子是什么意思，薛曼儿只是一个没什么能耐的女人，她既然心许大哥，成全了她也无妨。大哥不愿娶她为妻，那就纳个妾薛曼儿也未必不愿意。但是你可想过，以四哥对薛曼儿的心思，若是薛曼儿当真嫁给了大哥，就算四哥能够释怀，以后兄弟之间当真还能跟从前一般相处？更不用说，她对二姐还有敌意，若是让她做了寨主夫人，呵呵……"

段云沉默了片刻，方才道："在下确实不如小寨主想得周到。"

楚凌轻笑一声，道："那倒也是没有，有一点你确实没想错，我这么做确实有她得罪我的原因在。"

段云叹了口气，摇了摇头道："若不是薛曼儿意图向大寨主下药，小寨主也不会这么做吧？"

楚凌沉默了一下，道："或许吧。"

薛曼儿的事情在黑龙寨中并没有引起太大的波动，虽然薛曼儿在寨子里颇受未婚青年们的欢迎，但毕竟也只是一个丫头而已。窦央处世圆滑，一句曼儿姑娘年纪到了，薛秀才打算给她找个人家便解了众人的疑惑。倒是有不少人跑到薛家去献殷勤，只是薛秀才显然是看不上那些大字不识一个的年轻人的。听说又将主意打到了段云身上，弄得段云苦不堪言。

这些楚凌却没有再过多地关注，薛家父女这样的人也并不是什么恶人，只是有些私心用的方法不对罢了。

最近跟着楚凌一起训练的人多了起来。最先是狄钧带的头，再往后寨子里一些年纪还小的人也跟着狄钧一起加入了进来。狄钧刚刚失恋，将满腔的悲愤化作了练功的动力，每天练得比楚凌还要勤奋。

壮年汉子们平时都要劳作，会跟着楚凌和狄钧来训练的也只有那些十几岁的孩子了。

"小寨主，你好厉害啊。我们可以学吗？"有少年围着楚凌，眼里满是崇拜的光芒。

楚凌不由一笑，伸手摸摸少年的小脑袋道："当然可以啊，只要你们不怕苦。"

"我们才不怕呢。"几个少年齐声道，"我们也要变得跟小寨主一样厉害。我爹说，小寨主都能杀貂族人了，我也要杀貂族人！"

"就是，我长大了也要杀貂族人！"

听着少年们七嘴八舌的声音，楚凌忍不住有些感叹。都还是十二三岁的少年呢，可是这世道却容不下少年如他们的年纪一般天真无邪。楚凌轻咳了一声道："既然如此，以后每天比这个时间早半个时辰来这里。不得无故缺席，若是想要三天打鱼两天晒网，就不必来了。"

"是，小寨主！"孩子们起身欢呼。

狄钧看着众人欢快的模样，有些无奈地摇了摇头道："他们都还小呢。"

楚凌道："四哥可不要小看小孩子。而且，多学一些总没有坏处。咱们寨子里的人都不训练吗？前些天我跟着二姐三哥下山，看着大家的身手似乎……"除了叶二娘和窦央以及少数的几个，说真的身手都很一般。

狄钧有些无奈，道："你以为那么容易啊？练武本就需要资质，很多人上山的时候年纪就已经大了，练武根本没什么成效。而且山寨里的人大多散漫惯了，有事的时候他们自然听从大哥的指令拼命，但让他们天天像你这样早起练功，就别想了。在他们看来有这个功夫还不如多睡会儿觉呢。小五，咱们这是山寨，不是军队啊。"

楚凌点了点头，她也猜到了应该是这样的情况。但是……"大哥和你们就不担心吗？万一哪天北晋人真的派大军来剿，挡不住的吧？"

狄钧摸着下巴道："这个大哥他们应该有所准备吧。"

"……"楚凌无语。得，这位四当家看来果然是个万事不管的。

"回头我去找大哥和三哥聊聊。"楚凌道。

狄钧兴致勃勃地道："我跟你一块儿去，我也觉得这样散漫下去不行。若是大哥管得严一些，狠狠地磨炼那些人，说不定咱们早就弄死白云生了。"楚凌有些意外："你这些天这么努力地练功，就是为了想要弄死白云生？"

狄钧理所当然道："有什么问题？想当年，我的理想是当一个行侠仗义的大侠啊。"

大侠变成了山贼，这人生道路是偏出去了十万八千里吧？

窦央听了楚凌和狄钧的提议很是诧异地看着两人，片刻后才问道："这是老四你的意思，还是小五的意思？"

狄钧正想要开口，楚凌已经抢先一步，道："三哥，是我的想法。"

窦央看了看楚凌，点头道："我也觉得老四那个脑子，想不到这些事情。"

"三哥！"

窦央扬眉，看小孩子一般地看着他道："难道我说得不对？"

狄钧郁闷地低下了头："那你也要在小五面前给我留点面子嘛。"

窦央嗤笑了一声，看着楚凌道："想法不错，之前我们也不是没想过这个问题。不过你要知道，这些人跟军中令行禁止的士兵不一样。他们肯跟你出生入死，不代表他们肯受你约束天天辛苦操练。而且我们虽然都是习武之人，但是无论是教导人练武还是别的什么都不精通。倒是五弟对这方面有些了解？"

这些天楚凌练功，窦央等人自然都去看过。虽然有些看不太明白，不过窦央也看出来了，楚凌练功的法子跟他们练武是有些不太一样的。

楚凌也不隐瞒，笑道："略懂一二。"

窦央点头道："那就行了，我去说服大哥，这事儿就交给小五和老四了。不过，现在只能交给你们二十以下的少年。如果能让我看到满意的结果，咱们再来讨论这事儿。"

楚凌点头，拱手道："是，三哥！"

窦央做事一直都很有效率，他说去说服郑洛，第二天一早楚凌去老地方练功的时候，那里就已经站了一大群少年了。

楚凌随意一眼扫过去，至少有五十多人。年龄大的有十七八岁，年龄小的有十二三岁。见到楚凌立刻恭敬地道："见过四寨主，见过小寨主！"

狄钧随意地摆摆手看向楚凌，楚凌道："不用多礼，大家应该是自愿来的吧？不愿意的现在还可以退出。"

人群中一片安静，并没有人退出。

楚凌满意地点了点头，对众人笑得十分和蔼可亲，"很好，那么从今天开始，就接受本寨主爱的教育吧。相信我，你们不会想知道半途而废的后果的。"

少年们互相望望身边的同伴，再看看笑容可亲的小寨主，不知怎么的忍不住打了个寒颤。

有了正事，楚凌每天的生活都过得十分充实，这日楚凌一如往常地在后山训练。经过了这些日子的训练，这些少年的成长都十分可观。虽然还远不到能够上阵杀敌的地步，但是一个个看起来却都比从前显得精神了许多。

狄钧从远处飞奔而来，还没走近便叫道："小五，快来！大哥找我们议事。"

楚凌将手中的匕首往腰间一插，看了一眼众少年道："两队各自的队长带队，继续训练。"

"是，小寨主！"

楚凌和狄钧快步走进正堂的时候，里面郑洛三人都已经到了。只是气氛有些凝重，就连平时总带着三分笑的窦央也是一脸严肃。狄钧道："大哥，二姐，三哥，出什么事了？"

郑洛手中拿着一份信函道："白云生对红溪寨动手了。"

"白云生？！"狄钧一惊，"他敢对红溪寨动手？"

白云寨和红溪寨的距离比黑龙寨要近得多，但是祝摇红一介女流能够独撑红溪寨这么多年，自然有她的本事的。虽然白云生和祝摇红的关系一向不好，这几年却也相安无事。

郑洛皱眉道："祝寨主派人来求援，想必不简单。唇亡齿寒，不管平时咱们怎么样，这个时候还是要出手相助的。你们怎么看？"

窦央点头道："大哥说得是，如果白云生当真有能力灭了红溪寨的话，早晚也会对咱们黑龙寨下手的。"

叶二娘皱眉道："如今貂族人才是大患，白云生是疯了么？我们自相残杀，到时候让貂族人白捡便宜。"

窦央摩挲着指腹道："我就怕这里面有貂族人的手笔。"

"你是说白云生……"郑洛皱眉，"这不可能。"郑洛对白云生这个人还是有些了解的，白云生确实不是好人，甚至说丧心病狂也不为过。但是每个人都有一些外人不明白或者不知道的坚持。如果白云生想要投靠貂族人的话，早就投靠了。更何况，这些年白云生杀的貂族人不比他们少，他就算是投靠了貂族人，也落不到什么好下场。这个道理白云生自己也是清楚的，不会自寻死路。

窦央道："我不是这个意思，如果有貂族人从中挑拨，而白云生并不知道这人是貂族人呢？"

众人都是一默，对视了一眼，叶二娘道："这倒是有几分可能。大哥，我带人去红溪寨吧。"楚凌道："大哥，我跟二姐一起去。"

"我也去！"狄钧立刻跟上。

郑洛沉吟了片刻，道："也好，二娘带着老四和小五去吧。若有什么不妥立刻派人回来报信。我和三弟防备白云生还有什么后手。"

"是，大哥！"

"是，大哥！"

楚凌三人很快便点齐了人马准备出发了，出发之前楚凌还抽时间去了一趟后山将未来几天的任务都布置了下来。有几个闹着要一起下山的，被楚凌直接武力镇压了回去。

红溪寨距离黑龙寨不近，足足有一百多里。黑龙寨中马匹不足，最后只能楚凌和叶二娘带着三十人骑马赶去红溪寨，狄钧带着人步行赶过去。

原本楚凌还有些担心狄钧，但是看叶二娘毫不在意的模样，想必狄钧也并没有她以为的那么不靠谱。楚凌没有说话，叶二娘却看出来了。一边策马前行，叶二娘一边笑道："小五是不放心你四哥？"

楚凌有些不好意思，"我看四哥平时……"

叶二娘道："四弟平时是有些胡闹，不过做起正事来还是牢靠的。这点小事难不倒他，不用担心。"

楚凌点点头道："是我想多了。"

叶二娘摇头道："你三哥说你早慧得很，有什么问题都可以跟你商量。我看也是，你这个年纪的小孩子哪里能有这么缜密。我在你这个年纪的时候，还是个只知道读书绣花的傻丫头呢。"

一行人快马加鞭，第二天天还没亮便已经到了红溪寨附近了。

叶二娘并没有急着前往红溪寨，而是让人马暂时停驻在距离红溪寨不远的一处隐蔽山林中，她带了几个人先一步过去探路。楚凌也不跟她抢，只是听从叶二娘的吩咐带着人在林中等着。

这一等便是大半天工夫，直到傍晚时分叶二娘等人才回来，跟着她一起回来的却还有明显受伤不轻的祝摇红。

"二姐！"

叶二娘扶着祝摇红，看到楚凌也松了口气，道："快，扶着祝寨主！"

不用叶二娘说，楚凌也已经上前扶住了祝摇红。叶二娘虽然看着没受伤，但是神色也有些疲惫，一路将祝摇红带来了只怕也累得不轻。"二姐，你没事吧？"

叶二娘笑了笑道："我没事，不过祝寨主伤得不轻。"

"我们准备了伤药，等下二姐帮祝寨主上药吧。"

祝摇红对楚凌笑了笑："多谢你了，小楚弟弟。"

楚凌道："摇红姐姐不用客气。"

扶着祝摇红走进林中众人暂时驻扎的地方坐下，楚凌飞快地翻出了各种伤药递给叶二娘。

"二姐，我去让人给你们准备吃的。"

"也好，我和祝寨主都有些累了。"

等到楚凌端着刚刚做好的粥和他们带的干粮回来的时候，叶二娘和祝摇红已经处理好了伤处。接过楚凌递过去的食物，祝摇红笑道："小楚弟弟辛苦了。"

楚凌在两人对面坐了下来，道："摇红姐姐客气了，我也没做什么。你的伤不碍事吧？"

祝摇红浑不在意地道："没事儿，小伤。"

叶二娘摇摇头道："你还是小心些吧，差一点就没命了……"

祝摇红轻哼一声，面露恨色："姓白的最好不要落到我手里，否则我要他好看。"

楚凌撑着下巴坐在一边，问道："摇红姐姐，到底出了什么事儿？"

祝摇红道："三天前的晚上白云生突然带着人偷袭了红溪寨，所幸被人发现了。但依然还是有不少人伤亡，这两天我设法让幸存的人离开了红溪寨。白云生便用之前抓住的俘虏要挟我现身，想要将我斩尽杀绝。"

祝摇红知道这是一个圈套，却不能不去。如果不是叶二娘去得及时，说不定祝摇红今天就真的要被白云生给弄死了。

叶二娘一边吃着东西，一边道："你这些年跟白云生也打过不少交道，这一次怎么就栽在他手里了？"

祝摇红道："白云寨里多了一个高手，他跟白云生联手，我打不过。"

"高手？"叶二娘扬眉道，"多厉害？"

祝摇红道："叶姐姐你从前不是江湖中人大概不知道，那人当年也是江湖中有些名气的人物。销声匿迹这么多年，谁知道他突然出现竟然会去了白云寨。"

"什么人？"

祝摇红道："他叫甘鹏，当年号称关南神刀，武功虽然算不得绝顶，却也是二流顶尖了。不过这人十年前便销声匿迹了，有人传言他已经死了。没想到时隔十年，他竟然又出来了。"

楚凌好奇地问道："祝姐姐，这人跟大哥比谁更厉害？"

祝摇红看了楚凌一眼，笑道："听说郑寨主是当年首屈一指的凌威镖局的？郑寨主身手确实不凡，但是这人的武功和郑寨主只怕也在伯仲之间。"

楚凌皱眉道："这么说咱们都打不过他了？"郑洛是黑龙寨武功最高的人，那甘鹏与他差不多，那就表示黑龙寨没人打得过他。

被楚凌这么直截了当地指出自己不如甘鹏，祝摇红也不生气。只是惋惜地叹了口气道："确实。"

"那摇红姐姐现在有什么打算？"楚凌问道。

祝摇红道："白云生对我出手，自然不是只想占据我这红溪寨和寨子里的人。"

楚凌眼睛一转："他想要摇红姐姐这些年积累的财物？"

祝摇红点头笑道："不错，可惜他想要找到也没有那么容易。我得到消息，白云生似乎从甘鹏手里拿到了不少兵器和人，所以他才有那么大的胆子对我出手，急着想要扩充地盘呢。"

叶二娘皱眉道："能跟白云生勾搭上的，只怕也不是什么好人。"

"谁说不是呢。"祝摇红道，"这十年甘鹏都不知所终，如今突然出来，谁知道这人找上白云生打的又是什么主意？"

叶二娘沉吟了片刻，道："咱们来一趟，总不能什么都不做就走。而且就算要走祝寨主只怕也不放心吧？"祝摇红有些无奈地苦笑了一声道："我寨子里还有几个人被白云生抓住了，我自然不能一走了之。只是不好连累了叶姐姐。那些逃出来的人，我想请叶姐姐庇护一二。"

叶二娘道："你这是什么话？若是让白云生就这么灭了你红溪寨，难道他就肯善罢甘休，放过我们黑龙寨了？"

祝摇红有些犹豫："但是……"

"没有但是。"叶二娘道："大哥让我们过来，总不是只看一眼就走的。老四带着人，明天应该就能到，祝妹子你也不要着急。"

叶二娘这么说，祝摇红再推托未免显得矫情。况且自己的人被白云生抓了生死未卜，不管怎么说祝摇红还是希望能将他们救出来的。只凭自己的力量确实有些困难，想到此处祝摇红也不再多说什么，抱拳道："多谢叶姐姐了。"

叶二娘笑了笑，道："不必客气。"

祝摇红道："并非客气，多谢了。"

楚凌将下巴靠在膝头上，道："既然两位姐姐已经决定了，那今晚我去红溪寨看看吧。"

"不行！"两人异口同声地道。

楚凌看着两人，仿佛不解地挑眉。

叶二娘道："要去也是我去，怎么能让你去冒险。"

楚凌不同意："我去是冒险，难道二姐去就不冒险了？而且我觉得，也没有多危险。"叶二娘道："胡闹，白云生和那个什么甘鹏虽然人品不好，但是身手却不弱。我去的话，至少跑得能比你快一些。"

楚凌笑道："二姐多虑了，我只是打算在红溪寨外围看看，不是非要进入里面的。更何况你救走了摇红姐姐的事情白云生应该知道吧？说不定留在这里更危险呢。"

叶二娘凝眉，依然是不同意的模样。

楚凌笑道："二姐，你相信我吧。我不会连自己的性命都不要去冒险的。"

叶二娘看着楚凌认真的神色，也只得叹了口气，道："不要逞强，二姐知道你聪明，但是你还小。"

知道叶二娘是答应了，楚凌脸上的笑容更盛了几分："我知道的，二姐。"

祝摇红坐在一边侧首打量着楚凌，楚凌对她粲然一笑，祝摇红也跟着笑了起来："凌小弟弟，算姐姐欠你一个人情。以后有什么事情尽管开口便是。"

楚凌笑道："那我可赚了，我会记得的。"

祝摇红也不在意，将楚凌拉到自己身边给她说起了红溪寨的位置地形和布置。只怕是相交了好些年的黑龙寨众人知道的都没有这么细致。楚凌也认真地听着，将祝摇红的话一一记在心中，飞快地在心中勾画出了一幅红溪寨的地形图。

祝摇红有些怀疑地看着楚凌，"记清楚了吗？"

楚凌笑道："摇红姐姐尽管放心便是，我都记清楚了。"

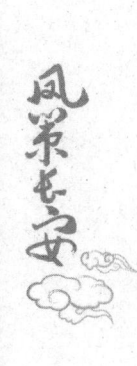

"那就好。"祝摇红有些意外，虽然看楚凌的神色似乎很有信心，但是这么短的时间内就凭着她的口述，真的能将红溪寨记下来吗？若是如此，眼前这少年可当真不是一般人了。

深夜，红溪寨在静谧的月色下现出一派宁静安详的气息。

楚凌蹲在山崖边上的一棵树下，居高临下打量着山下的寨子。红溪寨的位置算得上是得天独厚，三面环山，一面是百丈悬崖。唯一的入口处又十分狭窄，可谓是一夫当关万夫莫开。谷中既有良田，又有水源，寻常人若是闯入只怕绝不会以为这是一个土匪寨。比起黑龙寨，这里更像是传说中的世外桃源。

楚凌此时所在的地方便是红溪寨的后山，十几丈高的悬崖光滑得犹如刀削过一般。悬崖底下便是一个深不见底的寒潭，彻底杜绝了有人从悬崖上下来潜入寨中的可能。

这样一个地方，白云生能够轻易带人攻进来，也算是本事了。

此时寨子里一片宁静，只有寥寥几处火光，仿佛这当真是一个与世无争的小山村一般。

寨子最中央的一个院子里，白云生正坐在主位上，斯文的脸上此时却是满脸的怒气。

"一群废物，连个女人都抓不住！"白云生冷声道，坐在他下首的不少人脸上都不由得露出了惊惧之色。其中有一人却是一脸平淡，道："那叶二娘的身手也不弱，倒也怪不得他们。祝摇红如今不过是丧家之犬，寨主何必动怒？"

白云生轻哼了一声道："这些年祝摇红闷声发大财，也不知道积累了多少财富。若非如此，本寨主何必跟她过不去？"

中年男子不惊不怒，道："如今祝摇红不过只有两条路，一是投靠黑龙寨，二便是流落江湖离开信州。以她之力，一个人是绝没有本事抢回红溪寨的。寨主觉得，她会选择哪条路？"

"黑龙寨、郑洛！"白云生眯眼，声音阴恻恻地道。

中年男子道："不错，今天又是叶二娘救了祝摇红，祝摇红十之八九是要投靠黑龙寨的。到时候，黑龙寨和红溪寨合二为一。咱们的处境可就……"

白云生冷笑一声，道："怎么？甘先生怕了？"

中年男子，正是祝摇红口中的关南神刀甘鹏。

甘鹏道："我自然是不怕的，只是提醒寨主，要有所准备罢了。"

白云生沉声道："既然如此，让祝摇红去不了黑风寨不就是了？这几年，本寨主早就受够姓郑的了。不过是个山贼，自以为是大侠吗？多管闲事，没的让人恶心！"

甘鹏笑道："寨主英明。"

白云生看向甘鹏，眼底多了几分怀疑，"本寨主倒是有些好奇，甘先生退隐江湖这么多年，又是为何愿意重出江湖？"甘鹏不以为意，道："人生在世，若不为名便是为利。"

"那甘先生呢？"

甘鹏道："我既为名，也为利。只要寨主拿下了黑龙寨，这信州除了北晋人就再没有寨主的敌手了。北晋人如今的大患是天启和沧云城，自然没有功夫来理会咱们。到时候寨主还不是要风得风，要雨得雨？"

白云生微微眯眼，声音却蓦地阴鸷起来："甘先生之前说江对岸的大人物会暗中支持我们，莫不是跟本寨主开玩笑的？"

甘鹏笑道："寨主息怒，在下岂敢欺骗寨主？就算在下欺骗寨主，在下带来的那些兵器可欺骗不了人的。"

"本寨主平白得了这样的好处，需要做什么呢？"白云生问道。

甘鹏笑道："其实也没有什么大事。不过是一些货物，要从信州路过，希望寨主以后能够手下留情才是。寨主尽管放心，并不会太多，最多两个月才有一趟。"

白云生眼神微闪："什么货物？"

甘鹏道："这是上面人的事，在下怎么会知道？寨主平白得了一批武器，又没了黑龙寨和红溪寨，寨主还愁没有下手的对象吗？又何必纠结这一点点东西呢？"

白云生点了点头，道："你说的也不是没有道理。现在，最要紧的事情就是先拿下叶二娘和祝摇红。郑洛这个人我了解，只要拿下了叶二娘，就算咱们想要兵不血刃地解决黑龙寨，也并非不可能。"

"寨主英明。"

楚凌一直盯着红溪寨里面，直到亲眼看到白云生带着人离去，方才从祝摇红告诉她的暗道悄然溜进了寨中。

楚凌巧妙地避过了守卫，接近了寨子最中间的位置。白云生不可能将白云寨所有人都带出来，刚才又带了不少人出门，现在留在红溪寨里面的人并不多。

很快楚凌在主院旁边的一个小院里找到了被俘虏的人，院外并没有人看守，他们已经用不着看守了。

阴暗的房间里或躺或坐着七个人，每个人都是伤痕累累。所有人看起来都被打断了腿骨，楚凌知道今晚她是绝不可能将他们救出去了。

看清楚了情势，楚凌也没有逞强，起身准备先回去。这时，外面传来了一声响动。

"什么人？！"

楚凌心中一惊，立刻翻身躲在了墙角。

只听外面有人厉声道："何方高人，竟然深夜驾临，还请出来一见！"

楚凌屏住了呼吸没有动。

片刻后，外面传来了一个清脆的声音："甘鹏，你好大的胆子，竟然还敢

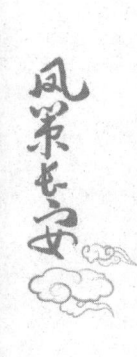

出现。"

那人声音一沉，声音越发冷厉："到底是何方神圣？藏头露尾算什么英雄好汉？"

"什么时候你也算是英雄好汉了？"另一个男声响起，跟方才那女声一样，都显得十分年轻。楚凌轻轻吸了口气，方才从墙头望了过去。月光下，不知何时多了一男一女两个身影。男子穿着一身湛青色衣衫，女子一身月白，两人相貌俱是上佳，眉宇间还有几分相似，显然是有血缘关系。

甘鹏站在主院的门口，看着突然出现的这对男女，脸色微沉："不知尊驾是什么人？"那女子轻哼一声，道："沧云。"

甘鹏闻言，脸色却是一变："你们是沧云城的人？！在下可不曾得罪过晏城主。"

那女子道："你确实没得罪过城主，但是你替貉族人做事，就是罪该万死。谁叫你运气不好，让我们碰上了呢。"

甘鹏道："姑娘只怕是误会了。"

那女子笑道："你还想狡辩么？也只有那姓白的那么蠢才会被你骗了。我们从灵沧江跟了你一路，你做了什么我们都看在眼里，还想狡辩？"

甘鹏垂眸，道："姑娘误会了，在下的意思是我不是为貉族人做事，而是我本就是貉族人！"话音未落一把暗器已经朝着两人射了过去，那暗器一出手便如满天密雨对着两人罩了过去。

"明萱，小心！"那男子沉声道，同时刷地一声抽出了手中长剑挡开了暗器。叫明萱的女子出手也不慢，只是那暗器也不是寻常暗器，依然有一枚射到了她的身上。

女子闷哼一声，脸色顿时变了。

"妹妹！"男子连忙掠到她跟前伸手扶住她挡在了她前面。

明萱咬牙道："哥，我没事，先杀了这个狗贼！"

对面的甘鹏冷笑一声："就凭你们？"他看得出来这两人身手不弱，但也仅此而已。那丫头受了伤，单凭这个年轻人可不是他的对手。

说话间白云寨的人也已经围了上来。那男子将明萱护在身后，手持长剑迎上了甘鹏先发制人劈过来的一刀。那女子虽然中了一枚暗器，看起来也不算严重，挥舞着手中兵器挡住了扑上来的白云寨众人。

白云寨这些山贼的实力并不强，只是胜在人多，一时半刻明萱也无法将他们摆平。明萱感觉到自己四肢开始发软，握剑的手都隐约有些不稳了。

正在与甘鹏交手的男子也看到这边妹妹的不对劲，当下便有些急了："明萱！"

明萱咬牙，勉力握住手中的剑挥开了想要扑上来的人。只是她不仅四肢发软，就连眼前也开始阵阵发黑。哐的一声，手中长剑终于支撑不住掉落了下来。

"明萱！"青年男子惊呼一声，毅然放弃了跟前的甘鹏转身扑向不远处的明萱。甘鹏冷笑一声，等的就是这个机会，手中的刀毫不犹豫地挥向青年的后背。

砰！

寒光熠熠的刀在半空中顿了一顿，仿佛被什么东西所阻碍。

"什么人？"

甘鹏的话音未落，一个人影已经闪到了他跟前。几乎毫无停歇地就是一阵令人难以招架的急攻，竟然让甘鹏也在片刻间有些应接不暇。下一瞬间，那人将一个东西往跟前一摔，一股浓烟瞬间将周围的一切都罩住了。

"走！"

等到浓烟散尽，再看原地却早已经没有了三人的踪迹。

幽暗的树林里，青年扶着半昏迷的女子走在前面，楚凌负手不紧不慢地跟在身后。等走出了红溪寨一段距离觉得安全一些了，那男子方才将妹妹扶着坐在了路边的树下，看向楚凌道："多谢相救，不知这位……"

楚凌道："不用谢，你们若不是沧云城的人，我也未必会出手。"

青年一愣，倒是没想到还有人这么坦白的。

"阁下与沧云城的哪位是旧识？"青年问道。

楚凌摇摇头："那倒没有，不过你们家晏城主救过我一次，这一次就算是我还了他的救命之恩好了。"

青年闻言却是一喜："阁下近期见过城主？"

楚凌微微挑眉："几个月前了。"

青年有些失望地叹了口气，楚凌提醒道："你不先看看你妹妹吗？"

青年道："多谢关心，舍妹没什么大碍，只是中了些药，需要点时间就能醒来。"

楚凌点头道："那就好，既然没事了，那我就先告辞了。"

青年连忙叫住楚凌道："还未请教阁下尊姓大名，在下沧云城明诺。"

楚凌道："黑龙寨凌楚。我还有事，就先走了啊。后会有期。"

见她如此，明诺自然不好再说什么，只得道："多谢，请慢走。"黑龙寨他自然知道，就连凌楚他也知道。黑龙寨新来的五当家，倒是没想到今晚会在这里碰到甚至还救了他们兄妹俩。

听说黑龙寨的五当家还是个孩子，现在看来传言倒是不假。不过明诺觉得，就算是个孩子，也一定是个很厉害的孩子。

虽然救了沧云城的人，但是楚凌对今晚的行动还是不怎么满意。打草惊蛇白云生肯定会将俘虏转移，甚至有可能会直接杀掉。哪怕都没有，等他们再想要救人的时候必定会更加麻烦了。

回到叶二娘和祝摇红等人暂住的地方，狄钧还没有赶到，倒是白云生带着人来了一趟。只是白云生和甘鹏联手可以碾压祝摇红没错，但是白云生一个人显然还没有碾压叶二娘和祝摇红两人的实力。一场乱斗下来，双方谁都没有占到便宜。

楚凌将去红溪寨的事情说了一遍，祝摇红虽然有些失望却也并不意外。倒是叶二娘抓住了重点："那个甘鹏说他是貊族人？"

楚凌点点头道："我听到他是这么说的，就不知道他所说是真的还是单纯为了诈那两个人了。"闻言祝摇红也皱起了眉头道："这个人，说是关南神刀甘鹏，但是无论是我们还是白云生，其实都是没有见过甘鹏的。"

楚凌道："摇红姐姐的意思是，这个甘鹏是貊族人假扮的？"

祝摇红点头，道："也有可能，甘鹏本来就是貊族人潜入中原的细作。毕竟貊族人觊觎中原已久，总不会什么都不做吧？"楚凌托着下巴思索着这个可能："我看那甘鹏的模样不像是纯血的貊族人啊。"

叶二娘道："也许是天启人和貊族人的后代。"

楚凌点点头，"眼下这甘鹏的身份倒是无关紧要，反正他是在替貊族人做事的。咱们要怎么办？我们如果告诉白云生的话，他应该也不会轻易相信吧？"

祝摇红冷笑一声道："白云生这个人，如果我们告诉他，就算他相信也不会承认的。说不定还会恼羞成怒，后患无穷。"

楚凌点头，她倒是没有跟白云生合作的想法。跟这种人合作，简直比吞一只苍蝇还要恶心人。

楚凌把玩着手中的匕首道："既然如此，这两个人一起杀了吧。"

叶二娘和祝摇红齐齐看向楚凌，问道："你有办法？"

楚凌勾唇笑道："昨晚有人在红溪寨里叫破了甘鹏的身份，甘鹏自己也承认了。他必然是要将这些人灭口的，若是白云生回去发现白云寨的人都死光了，就算甘鹏嫁祸给咱们，白云生又怎么会丝毫不怀疑呢？"

叶二娘道："小五是说，让他们自相残杀？"

楚凌微微点头，思索了片刻道："只是不知道白云生能不能忍。我若是白云生，就算怀疑甘鹏，也会先对付黑龙寨的。最好等甘鹏和黑龙寨拼个你死我活，再渔翁得利。"

祝摇红道："只怕甘鹏也是这么想的。"

楚凌微微叹了口气，道："所以，咱们还得再加一把火。"

祝摇红看看楚凌，再看看叶二娘笑道："叶姐姐，小楚弟弟当真是厉害啊。你们从哪儿捡来这么个宝贝？"

叶二娘笑了笑道："小五确实聪明过人。"却没有回答祝摇红的问题，祝摇红也不在意，"小楚弟弟有什么计划？"

楚凌眼珠子转了转，凑到两人面前如此这般低语了一番。

狄钧带着人赶到的时候已经是傍晚时分了，见他到来楚凌三人立刻迎了上去。

从未受到如此礼遇的狄钧表示受宠若惊,再看看楚凌笑眼弯弯的模样顿觉头顶发凉。连忙道:"二姐,有什么吩咐你们直说便是。"只是千万别这么盯着他了,他年纪还小承受不起啊。

叶二娘无奈地道:"四弟,难道你害怕二姐害你不成?"

狄钧心中暗道:"你不会害我,但是小五就不一定了。"

楚凌拉着狄钧道:"四哥,你不是着急想要打架吗?我们就是专门等着你来呢。你要是来晚了,我们就要出发了。"闻言,狄钧立刻精神一振。作为一个精力旺盛的年轻人,整天蹲在寨子里练功打猎,狄钧觉得浑身的力气都无处消磨。

"说说看。"

楚凌低声道:"我们查清楚了,白云生有一路人马藏在距离这里不到二十里的地方。咱们现在出发,今晚之前就能赶到,咱们现在去端了它,你觉得怎么样?"

狄钧皱眉道:"我们不是要去红溪寨么?"

话音刚落才想起站在一边的祝摇红,祝摇红在这里却没有看到别的红溪寨的人,想必是情况不乐观。狄钧有些歉意地看了一眼祝摇红,倒是祝摇红大度地朝他笑了笑表示不在意。

狄钧有些不解地问道:"白云生有什么毛病么?将人马这样分散到处放?他以为他是正规的朝廷大将,手握千军万马么?"

楚凌道:"那些人好像是新加入白云寨的。"

"甘鹏?"

楚凌给了他一个孺子可教的眼神,狄钧没好气地给了他一个白眼,没大没小的小鬼!

"怎么样,去不去?"楚凌问道。

狄钧点头,断然道:"去!"他在山上早就闲得发慌了,怎么能不去?

楚凌满意地点头,"很好,让兄弟们准备一下,一刻钟之后出发!"

"……"我才是四哥!

深夜时分,楚凌一行人就已经摸到了事先打探好的白云寨驻地了。楚凌和狄钧一起趴在一处高坡上往下眺望,一边低声道:"果然不是寻常山贼。"

狄钧趴在她身边好奇地抬起头去看,却被楚凌眼疾手快地一巴掌拍了回去。

"你干什么?"

楚凌没好气地道:"小心点,你东南方八十丈的地方,有一处暗哨。"

"八十丈?你看得到?"

这次楚凌却没有回答他,只是专注地盯着下面的营地。

下面营地里的人并不多,外面守夜的不过四个人,一共两个大帐篷加起来绝对不超过三十人。

楚凌摸着下巴道:"看起来不像山贼,也不像是军中的人。"

"江湖中人。"狄钧淡定地道。

楚凌侧首看他，狄钧略有几分得意地道："虽然他们穿的衣裳用的兵器都大同小异，但是还是看得出来一些差别的。这些人不但用的兵器不一样，练的功夫不一样，连出身都不一样。咦，不对啊，哪来这么多江湖中人跟着甘鹏落草为寇还甘心当普通小兵？"

江湖中人自有傲气，就算是落草为寇不做个当家的，至少也是个小头目什么的。这些人看起来身手都不差，怎么看也不可能是普通的寨丁。

楚凌淡定地道："我见过一拨这样的人。"

"在哪里？"狄钧问道。

楚凌道："前段时间，就在信州。"

狄钧皱着眉沉吟了片刻，道："这么说，我也见过一些。这些人是貊族的人？"

楚凌淡定地道："走狗罢了。"

狄钧忍不住满脸黑线，低声道："你没告诉我他们是貊族人！"

楚凌安慰道："淡定，从血统上说他们是正统的中原人。"

"那现在怎么办？"狄钧问道。

楚凌道："杀了啊。准备一下，我先过去干掉那一处暗哨。看到我的信号立刻动手干掉下面的人。记得，不要露出破绽。"狄钧扯了扯身上的衣服，没好气地道："你从哪儿找来的这些衣服？"他现在身上穿的都是白云寨的衣服，想起白云寨那些败类就作呕！

楚凌耸耸肩道："有备无患嘛，衣服不多，别让人发现不对劲。"她弄这几套衣服也不容易。

吩咐完，楚凌便悄无声息地离开了他们趴着的地方朝着东南方向而去。夜色中，小巧的身影犹如一只灵巧的猫儿无声地穿梭在树林中，不过片刻就接近了一处暗哨。在一棵树上，蹲着一个人。

对方或许并没有想到会有人在这个时候这个地方偷袭他们，并没有全神贯注地盯哨，而是靠在树干上闭着眼睛养神，只是偶尔才往四周看一眼。

楚凌观察了许久，方才选到了最合适的位置。

一支短箭射了出去，在夜色中发出嗖的破空声。

那人猛然睁开了眼睛却已经来不及了，距离太近他又在树上无论是躲避还是拔刀都不方便。等想要放声示警的时候，箭矢已经插入了他的喉咙。下一刻，人便从树上掉落了下来。

楚凌一个翻身过去，将人扔到了一边。另一边不远处，夜色中也有两双眼睛正看着这边。

祝摇红低声对叶二娘道："叶姐姐，你们这小寨主到底是什么来历啊？"

叶二娘摇摇头，道："不知道，不过他是中原人，而且不是心怀险恶的人，便够了。这世上，谁还没有一点难言之隐呢。"

祝摇红想了想，点头道："也是，比起白云生那种败类，确实是够了。"

空寂的夜色中突然响起了两声鸟鸣。

祝摇红和叶二娘神色都是一震，原本轻松的姿态瞬间紧绷，一跃而起朝着山下掠去。

几支羽箭先一步解决了守夜的人，还不等帐篷里的人反应过来冲出来，一群蒙面的黑衣人便已经将帐篷围住了。根本不给他们反应的时间直接就动起手来。楚凌坐在树下居高临下地看着底下的混战。

六十比二十三。嗯，这一仗打得有意义。

所有的以弱胜强，以少胜多都是不得已而为之。可以实力碾压干吗还要劳心费力拼命呢？

这些人的实力远比寻常山贼强得多，但是当狄钧、祝摇红和叶二娘加入之后，再加上隐藏在黑暗中的楚凌时不时放出的冷箭，倒是占不了什么上风了。楚凌坐在树下，一直等到山坡下的混战快要结束了才慢悠悠地往下走。等她走到山下的时候，正好看到一个黑衣人的身影跟跄着冲入了黑暗中。狄钧还想要追上前去，却被楚凌给按住了。

"别追了。"

狄钧鄙视地瞥了她一眼道："演戏就要演套。"

楚凌笑道："差不多就得了，你追上去他要是跑不了，你是杀了他还是放了他？他看见了没有？"

狄钧拉了拉自己身上破了一条口子的衣服，里面露出了一件白云寨的衣服。比起没什么规矩的黑龙寨，白云生是个很骚包的人，所以白云寨的寨丁都有统一的服饰。或者这也能理解为白云生有着不小的野心，他或许想要将自己的手下都当成正规的兵马训练，这样的人若是真有了一支精兵，绝对是所有人的噩梦。

"为了让他看清楚，我还特意让人砍了一刀呢。"虽然没砍着他，只是划破了衣服。

叶二娘和祝摇红走过来，看着旁边正在打扫战场清点伤亡的人皱眉道："这些人果然不简单啊。"

狄钧点头，可不是么。他们突然偷袭以多欺少，依然有不少人受伤，有几个还伤得非常重。如果双方人数相当或者只多几个，他们今晚说不定要栽。

楚凌俯身在身边一具尸体怀中摸索了片刻，从里面摸出来一个东西。

一个小巧的黑黝黝的木牌，若是不仔细看只怕还以为是什么护身符，坠子之类的东西。上面刻着一只狼头，只在底座上刻着几个小字。楚凌沾了那人身上的血在上面，往他手背上一按。众人就着火光便看清楚隐隐约约的几个字……癸六五。

"这是什么东西?"狄钧有些惊讶地道。

楚凌对他笑了笑,从自己袖中摸出了一个一模一样的木牌。同样沾了血往那人手背上一按……丁十七。

狄钧震惊地指着楚凌:"你、你跟他们是一伙儿的?"叶二娘没好气地往他脑袋上拍了一下,道:"你傻么?小五跟他们是一伙的怎么会告诉你?"

楚凌和祝摇红也是无语,他能当上黑龙寨的四当家,绝对是其他三位寨主深厚的兄弟情。

楚凌笑眯眯地道:"就是在遇到大哥二姐他们之前,不小心遇到过几个。"

祝摇红若有所思:"小楚弟弟,你知道这些人的来历?"

楚凌点头道:"可能跟上京的那位明王拓跋梁有点关系。"

闻言,三人不由得暗暗吸了口气。他们确实是仇恨貊族人,但是拓跋梁那可是貊族的皇亲,而且还是百里轻鸿的岳父。那样的人怎么会派人跑到信州来?对此楚凌也有些疑惑,她确信这些人肯定不是冲着她来的。但是拓跋梁堂堂一个王爷,用得着专门派人跑到信州来剿匪么?谢廷泽抓到了吗?沧云城破了吗?上京附近的山贼都剿灭了吗?难不成是拓跋梁太闲了?

思索了半晌也没有想明白,楚凌便摇摇头先不想了。"咱们快走吧,万一白云生派人过来就麻烦了。"

一行人收拾好了战场便立刻悄无声息地趁夜离开了,不想走出不到十来里地就听到前方传来打斗声。楚凌和叶二娘对视一眼,叶二娘示意狄钧留下,自己跟楚凌向着打斗声传来的方向而去了。

片刻后两人便看到夜幕下的树林中,一个青年男子正在跟方才被他们放跑了的那个人过招。那人显然已经是强弩之末,根本不是那青年男子的对手。想跑更是不可能,因为不远处还站着一个同样提着剑的少女。

叶二娘不认识,楚凌却是认识这两个人的。心中不由暗骂了一声两人坏事,眼睛转了转,她抽出一支暗器便朝着那男子射了过去。

"哥,小心!"那少女惊呼道。

青年连忙侧身挡开了暗器,那黑衣人却也抓住了机会头也不回地狂奔而去。

"什么人?"少女警惕地盯着四周,怒斥道。

楚凌和叶二娘从草丛中站起身来,笑眯眯地对两人招招手道:"啊呀,两位,又见面了。"

"你是谁?我们认识你?"女子怀疑地看着眼前的人,不过在看到一个少年和一个女子的时候,眼中的警惕还是放松了几分。楚凌在心中暗笑,这年头,这么天真还敢出来行走江湖的人也是少见了。

倒是那青年连忙拉住了妹妹:"萱儿,我跟你提过,前天晚上就是这位小兄弟救了我们。"

明萱上下打量了楚凌一番，有些怀疑："是你帮了我们？"

"举手之劳。"楚凌笑道。

明萱道："方才也是你偷袭我哥？难不成你也要救那个人？你们到底是什么人？"

楚凌耸耸肩，道："那人本就是我放走的，若让你们杀了他岂不是坏了我的事。倒是两位，怎么还在这里？"

明诺看着她犹豫了一下，道："我们还有些事情要办。"

楚凌明白他并不想要告诉自己有什么事情，倒也不强求。只是道："方才一时情急，还望两位见谅。"

明诺摇头道："不过是误会，小兄弟不必在意。两位这么晚在此也是为了对付甘鹏？方才逃走那人和甘鹏是一路的。"楚凌微微点头，明诺思索了片刻，看着楚凌道："既然如此，不知可有幸与黑龙寨两位当家合作？"

"你真的相信啦？"楚凌好奇地道。

明诺道："这个时候敢出现在这里的总不会是寻常人家。你们既然对那些人动手，自然不是白云寨的人。红溪寨如今被白云寨所占，只怕也是自顾不暇。更何况我听说，黑龙寨的二当家也是一位巾帼英雄。"

楚凌笑吟吟道："红溪寨的大当家也是一位女子呢。"

明诺笑而不语，转而道："若是两位不嫌弃，在下和舍妹愿助两位一臂之力。"

楚凌扭头去看叶二娘，叶二娘问道："两位是什么人？"

明诺拱手道："在下沧云城明诺，这是舍妹明萱。"

叶二娘也有些惊讶，沧云城的名号她自然听过的。生活在北方的中原人，很少有人不向往沧云城，不崇拜晏翎的。白云生或许就是想成为晏翎第二，可惜他的人品能力比晏翎差得远。

叶二娘拱手道："原来是沧云城之人，幸会。有两位相助，是我等之幸。"

叶二娘话音刚落，明萱仿佛才反应过来指着楚凌道："你是山贼？"

楚凌眨了下眼睛，淡定地点头道："是啊。"虽然刚入伙不久，但是她现在确实是山贼没错。

"萱儿，不得无礼！"明诺沉声道。

明萱睁大了眼睛，有些不服气地低声嘟哝道："本来就是嘛，干吗不让人说。"

明诺无语，歉意地朝两人拱了拱手。

叶二娘大度地笑了笑表示不在意，寻常人确实对山贼没什么好印象，哪怕是劫富济贫的山贼。

楚凌道："既然两位打算同行，咱们就先离开这里吧。"

"请带路。"明诺道。

四人一边往回走，楚凌也一边观察着这对兄妹。如今是乱世，即便是家中有

些富余的人家日子也过得艰难。这两人却衣冠楚楚，面色红润。特别是那叫明萱的少女，虽然武功不错却没有什么江湖经验甚至隐隐有些骄纵，显然是在家中日子过得不错。不知道这两人在沧云城是个什么身份，不过不管是什么身份想来都不会太普通。

"凌楚，你真的见过我们城主？"一边走着，明萱忍不住问道。

楚凌回头看了她一眼，道："一面之缘，不熟。"

"哦。"明萱有些失望，楚凌诧异道："你们俩不会专门出来找你们家城主的吧？晏城主武功绝顶不会有什么危险，两位……"倒是你们两个，很有可能给人家拖后腿。

"不是不是。"明萱连连摆手道，"我哥出来办事，我陪着我哥来的。不过城主都出门好久了……"

楚凌兴致勃勃地道："明萱姐姐跟晏城主很熟？"

"那当……"明萱话还没说完，旁边的明诺便开口道："萱儿，不得妄议城主。"

明萱呆了呆，有些无精打采地低下了头："哦。"

楚凌微微扬眉。

那当……然很熟？

"二姐，小五，你们回来了？这两位……"狄钧迎上来却发现多了两个人，有些奇怪地问道。叶二娘简单地给众人做了介绍，祝摇红笑吟吟地看着两人挑眉道："哦？这两位是沧云城来的？怎么证明？"

明萱闻言有些不高兴了，气呼呼地道："我们干吗要跟你一个土匪证明啊。"

比起虽然有些冷淡待人却温和的叶二娘，明萱却是直觉地讨厌眼前这个女人的。长得也没多好看，说话妖里妖气的，真不要脸！祝摇红掩唇呵呵轻笑了一声，道："真是个可爱的小姑娘呢，明公子，你说是不是？"

明诺有些拘谨，朝祝摇红拱手歉意地道："舍妹不懂事，还望祝寨主见谅。"

祝摇红轻哼一声，慢悠悠地道："知道不懂事就该留在家里好好教导，令妹这样的脾气在外面行走，很容易挨揍的。"明诺道："多谢祝寨主提点，在下记下了。萱儿，向祝寨主赔礼道歉！"

"哥！"明萱不满地叫道。

祝摇红眼波一转，道："罢了，小孩子不懂事我就不跟她计较了。不过，奴家仰慕晏城主久矣，不知道明公子可否代为引荐呢？"

"啊啊啊！你不要脸！"明萱终于忍不住尖叫道，"你也不看看自己的模样，竟然还想勾引城主！"

"萱儿，闭嘴！"明诺怒斥，身体却不着痕迹地挡在了明萱身前，显然是怕祝摇红突然出手。祝摇红却并没有出手，而是伸出自己的双手欣赏着。晨曦下，一双纤细修长的手虽然算不得细腻如玉，却也柔韧美丽，带着一种独特的美感。

"小姑娘，别一点小事儿就乱叫。不管我勾不勾引晏城主，反正也没你的份儿不是吗？"

"你！"

明诺头痛地按住了妹妹，向楚凌投过去求助的目光。

楚凌微微勾唇一笑，走到祝摇红跟前："摇红姐姐，你就别打击小姑娘啦。这样让人家以后怎么嫁人呢。"

祝摇红看看楚凌，笑颜如花："还是小楚弟弟最可爱了，瞧这小嘴儿甜的。你真的觉得姐姐比那小丫头好看？"

"那是当然。"楚凌说得斩钉截铁。

"乖，姐姐给个面子，不跟那丫头一般计较了。"祝摇红笑道。

旁边的明萱不服气还想要扑上来找祝摇红理论，明诺忍无可忍，直接伸手拍晕了她。

众人有些惊讶地看着明诺，明诺有些无奈地一手抱着妹妹，一手摸了摸鼻子道："她余毒未清，怒急攻心对她没什么好处。"

另一边的红溪寨里，甘鹏听着跟前的人禀告却是勃然大怒。

"白云生！"一掌重重拍在身边的桌子上。山寨里自然没什么好东西，桌子直接碎成了一堆废料。

甘鹏负手在大厅里转了圈儿，好一会儿方才看向那黑衣男子道："你确定是白云生的人？"

黑衣男子点头道："虽然他们外面穿着别的衣服，但是其中有人被砍伤之后，属下看到了藏在里面的衣服。确实是白云寨的人。"

甘鹏神色阴郁，他之前杀了白云生留在红溪寨的人，白云生回来之后他推说是祝摇红回来救人杀的，白云生也没有深究，没想到反手就杀了他的人。

白、云、生！

"统领，我们现在怎么办？"黑衣男子问道。他们这次就带了这些人来，出师未捷就全部折损。不仅任务完不成，回去了也无法向王爷交代。

甘鹏眯眼道："我们还能调动多少人？"

黑衣男子道："咱自己人，附近只有五六个了。"

甘鹏思索了片刻，从怀中摸出一块铜牌道："你拿着这个去信州，从信州镇守那里调人。"

黑衣男子惊讶地睁大了眼睛："统领，这……"

甘鹏没好气地道："调南军！"他当然知道正式的守军不能轻易调动，但是南军就没有这个顾忌了。反正中原人多的是，死了一批还有下一批！

"是，统领。"

另一边，白云生跟前也有人禀告。

"寨主，甘鹏派人出去了。"

白云生微微眯眼："派人出去？做什么？"

"那人行色匆匆，好像是有要事。"

白云生思索了一下，道："派人跟着他。"

"是，寨主。"说话的人沉吟了一下，忍不住道，"姓甘的杀了咱们那么多兄弟，难道就这么算了？"

白云生眼底闪过一丝杀意，冷声道："等灭了郑洛，他就没什么用了。到时候……"

"寨主英明！"那属下拱手恭维道。

白云生冷哼一声，道："这个姓甘的，绝不像他表现的那么简单。不过，不管他有什么目的，都只是本寨主手里的一颗棋子。等他没有利用价值了，本寨主再慢慢地跟他算账！还不快去，看看他到底想要干什么？"

"是，寨主！"

当白云生知道甘鹏派人去了信州，还调集了一支兵马出来的时候是何等愤怒就不必说了。更让白云生怒火中烧的是，甘鹏调集的这支兵马并没有去围攻黑龙寨。而是兵分两路一路往红溪寨而来，另一路却是往白云寨去了。

虽然恨不得立刻就将甘鹏碎尸万段，但白云生却并没有当场发作，他微眯眼，思索了一会儿心中便有了计策。

甘鹏原本在自己的房间里等着消息，却有白云生派人来告诉他发现了祝摇红叶二娘等人的行踪，邀他一起去截杀。

现在还没正式跟白云生翻脸，人在屋檐下甘鹏自然也不会拒绝。甘鹏带着自己的人一起出发，只是暗地里却提高了警惕。等到他们在白云生的引路下，果然看到了躲在一处山谷里的祝摇红等人的时候，甘鹏才松了口气。

只是他没想到的是，白云生的第一刀并不是砍向对面的敌人，而是砍向了他。

甘鹏毕竟武功也不弱，险险地避开了白云生突如其来的一刀怒道，"你干什么？"

白云生狞笑一声道："姓甘的，竟然敢来骗我白云生，你好大的胆子！"

"我听不懂你在说什么！"甘鹏道。

白云生却并不想跟他说话，向着对面招呼道："祝摇红，叶二娘，你们还不动手！"

祝摇红冷声道："杀貊族人用不着你提醒！"说话间，祝摇红已经飞身冲入了人群中。祝摇红用一条红色的带着倒刺的软鞭，鞭子犹如毒蛇一般在人群中飞舞，竟是完全不分到底是甘鹏的人还是白云寨的人。

白云寨众人多是知道这个女罗刹的威名的，纷纷退避。

另一边叶二娘等人也冲入了战圈，叶二娘狄钧和白云生联手围攻甘鹏。虽然两家不对付，不管是立场，还是三观都不对盘，但是杀貂族人的时候还是可以短暂合作一下的。

甘鹏若是对上白云生一个人，或许有胜算。但是加上一个叶二娘和狄钧就岌岌可危了。甘鹏奋力一刀挥开攻上来的白云生三人，疾退了几步厉声道："白云生，你想食言而肥？"

白云生唇边扯出一丝阴冷的笑意，道："食言？本寨主答应你什么了？"

"你别忘了，咱们说好的……"

"你说得没错。"白云生道，"可惜，你是貂族人养的狗。更不应该的是，你竟敢杀我白云寨的人！还想要先下手为强？"

甘鹏脸色微变，怒道："若不是你……"

"跟他废什么话?!"旁边的叶二娘冷声斥道，打断了甘鹏的话，飞身一跃一道扑了过去。狄钧眼疾手快，也跟着叶二娘一前一后围了上去。一阵猛攻让甘鹏再没有心思旁顾，白云生见状也跟着再一次加入了战团。

甘鹏竭力抵挡三人的围攻，眼睛却瞄到站在不远处的楚凌。

楚凌穿着一身浅蓝色的布衣站在树下，个子矮小身形纤细，看去正是一个手无缚鸡之力的男孩。虽然知道这孩子是黑龙寨的五寨主，但是楚凌的模样实在是太过无害了。她的表情和眼神都带着几分无辜的模样，着实不可能是个什么老妖怪装的。

当下甘鹏就扭身扑向了楚凌，只要挟持了这小子他便有机会逃出去了。只要让他逃出生天，以后他有的是法子对付这些人！

只是甘鹏并不知道，这世上有许多人就是栽在"看上去"三个字上的。

甘鹏扑向楚凌的时候，后面的三个人却并没有追上去。白云生是不想，叶二娘和狄钧却是觉得没有必要。

甘鹏一只手如鹰爪一般抓向楚凌的肩膀，却见方才还一脸无辜的少年突然对他露出了一个嘲讽的笑容。甘鹏心觉不好，还没等他想明白到底是怎么回事，眼前银光一闪，一把刀从下往上悄无声息地划过了他的手腕。甘鹏怒吼一声，另一只手中的刀毫不留情地砍向了楚凌。楚凌身形灵巧地一转，人便已经离开了方才的树下。她身材矮小，一弯腰一刀扎进了甘鹏的腰间。

甘鹏一刀劈空，腰间更是剧痛不已，立刻就红了眼睛又一刀砍向了楚凌。楚凌却直接放弃了还插在他腰间的匕首，飞身疾退十几步避开了甘鹏攻击的范围。

甘鹏一只手捂着腰间的伤处，鲜血源源不断地往外流。楚凌下刀的地方一贯刁钻，虽然甘鹏现在还站着但楚凌却已经在心中对他判了死刑。甘鹏显然也明白这个道理，所以根本就不敢拔刀。

"臭小子，你是什么人？"甘鹏自诩也是见过不少人的，这个小子绝对不会只是一个普通的山贼而已。

楚凌偏着头，笑颜和善地看着他道："看来明王的冥狱也不怎么样嘛。不到几个月功夫，就折损了近百人。"

甘鹏脸色微变，"你怎么知道？你跟救谢廷泽的人有什么关系？"

楚凌笑道："没关系，你可别冤枉我。我只是碰巧看到了而已。不过，如果你告诉我，你来这里做什么的话，我倒是可以考虑饶你一命。"

"休想！"甘鹏咬牙道。

楚凌嗤笑一声，挑眉道："难不成你还真的效忠你的主子了？这么说，倒也算是一条不错的狗。"

"你找死！"甘鹏瞪着眼前一脸乖巧的少年，目眦欲裂。

"你以为你不说我就不知道么？是为了我们前些日子抓的那两个人吧？他们身上藏了什么东西？你猜我回去把他们扒干净了能不能找出来？"甘鹏神色微变，却没有说话。楚凌唇边的笑意却更深了，"看来，确实是了。幸好还没把那两个人杀了，说不定还能挖出一点有趣的东西呢。"

甘鹏捂着伤口，环视了众人一圈咬牙道："要杀要剐，悉听尊便！"

楚凌笑容骤然转冷，道："急什么，难不成你还以为你能活？我可能会放过貊族人，但是绝不会放过帮着貊族人残害中原人的中原人。"

甘鹏咬牙："我是貊族人！杀那些废物是天经地义的！"

楚凌道："两族结合并不是什么坏事，一般我们称呼兼具两族或多族血脉的人为混血。但是，你知道你这样的该叫什么吗？"

甘鹏冷眼看着她。

楚凌冷冷地吐出两个字："杂种！"

◆第四章◆

叛国者诛

"我杀了你！"甘鹏终于再也不能忍受，完全不顾自己的伤挥刀劈向了楚凌。

楚凌嗤笑一声，抬起右手一道青芒射向了甘鹏。甘鹏在距离楚凌还有几步的地方骤然停住，一抹血红在他喉咙上漫延开来。

楚凌抬手轻抚了一下手指上祝摇红送给她的扳指，漫步走到甘鹏面前握住自己的匕首拔出。鲜血狂喷而出，对上甘鹏不甘的神色楚凌轻声道："好走，不送。"

甘鹏颓然倒地，目光却依然还盯着站在自己跟前的楚凌，眼中充满了怨恨和不甘。只是他再也没有机会为自己报仇了。

他们这边解决了甘鹏，另一边祝摇红和明诺等人也解决掉了甘鹏带来的人。

白云生看着地上躺着死不瞑目的甘鹏，脸上的神色有些复杂和阴沉。再看看站在一边低着头仿佛在思索着什么事情的楚凌，眼神暗了暗看向叶二娘道："叶寨主，贵寨这位小寨主不简单啊。"

叶二娘含笑道："白寨主过奖了，小孩子嫉恶如仇罢了。"

白云生心中冷笑一声，嫉恶如仇？这小子小小年纪，却心狠手辣，心机更是不浅，等他长大了不定是个大患。只是此时此地的情势却对自己不利，白云生自然也不敢多想什么。若不是收到消息甘鹏已经从信州调兵想要围剿白云寨，白云生也不会转而和叶二娘祝摇红合作。

"既然事情了了，在下还有要事在身，就先行告辞了。"说完，白云生一挥手就想要带人离去。

眼前的几个人却没有让路的意思，不仅如此，原本离他们还有一些距离的明诺和祝摇红也不动声色地占据了四周的路口。黑龙寨的人跟着围了上来，树林中更是冲出来不少衣着各异却满脸仇恨的红溪寨的人。

"叶二娘，你这是什么意思！"白云生厉声道。

叶二娘没说话，倒是狄钧脸上带着几分没什么诚意的歉意，"抱歉啊，白寨主。我们家小五说，你这样的人，最好还是少一点比较好"。

被无辜甩锅的楚凌翻了个白眼，明明是狄钧吵着要弄死白云生她才出的主意，怎么现在就是她要弄死白云生了？

白云生看向楚凌："在下没得罪过小寨主吧？难不成黑龙寨也做过河拆桥的事情？"

楚凌走过来，淡定而骄傲地道："就算世人知道了，也只会称赞我们为民除害，谁让你是坏人呢。请叫我仁义无双天纵奇才玉面小白龙！"过河拆桥？不存在的。

白云生被气得几欲吐血，"卑鄙！"

"这叫兵者诡道，学着点吧文盲！"

"……"

"叶姐姐，这是我和白云生之间的恩怨，不必你们插手。"祝摇红看着白云生道："白云生，叶寨主不会出手。今天的事，我祝摇红一力承担。"

白云生不屑地道："就凭你这几个人？"祝摇红有人，他也带了人。祝摇红实力不弱，白云生自觉自己只会比她更强。

明诺走到祝摇红身边站定，道："还有在下。"

"你又是谁？"白云生怒道。

明诺道："将死之人，不必知道太多。我看你不顺眼。"

"那就让本寨主看看你有多大的本事！"白云生知道多说无益那就不必客气了，直接挥动手中兵器朝着祝摇红攻了过去。

狄钧和楚凌蹲在一边围观。

"白云生确实有几分本事。"楚凌赞道，如果单打独斗祝摇红和明诺都不是白云生的对手。狄钧不满："这家伙刚才留手了！"刚才打甘鹏这家伙要是全力以赴，说不定就不用小五动手了。

楚凌笑道："人家总要留一手嘛。"

狄钧点头表示理解："他只是没想到你会这么卑鄙。"

楚凌翻了个白眼："会不会说话？你跟个人渣讲什么江湖道义？若是他今天回去心情不好，再把哪家给灭门了。算你的还是算我的？"

狄钧伸手抓了抓脑袋，点头道："你说得对。"

两人在这边闲聊，旁边却打得轰轰烈烈。白云生的实力确实比他表现出来的强很多，现在生死关头自然也不会再藏私，不要命的打法竟然让祝摇红和明诺一时也奈何他不得。不过对于见过拓跋胤、晏翎和君无欢这样级别实力的楚凌来说，确实没有太多的兴趣。

楚凌觉得有点麻烦，她一开始就见识了超一流的实力，导致之后再看别的都有些提不起精神了。虽然事实上她也未必能打得过这些她看不上的人，眼高手低这还让人怎么努力进步？难道要一场一场地打上去？回去以后一天照三餐打狄钧吧。

楚凌这边发呆的时候，那边祝摇红三人已经分出了胜负。虽然白云生实力爆发，但毕竟不是真的能碾压对手的实力，以一对二的情况下依然还是败下阵来，只是明诺和祝摇红也都受了些轻伤。

祝摇红冷眼看着倒在地上重伤不起的白云生，道："姓白的，今天就是你的死期。"

白云生不屑地道："若是单打独斗，你还不是我的对手。不就是仗着你会勾搭男人吗？这个小白脸是你从哪儿勾搭来的？"

明诺脸色微红："放肆，死到临头还嘴硬！你作恶多端，人人得而诛之。"

白云生放声大笑起来，唇边的血却源源不断地往外流："作恶多端？关你什么事，那些人没用就该被我鱼肉。你有本事怎么不去把貊族人都杀了？"

明诺道："总有一天我会的！"

白云生嗤笑一声显然是根本不信。

蹲在旁边的楚凌站起身来拍拍身上的尘土，打量着眼前的白云生。

她走到白云生跟前，白云生目光狠厉地瞪着楚凌："你想做什么？要杀便杀，你若是以为本寨主会求饶乞怜，那是妄想。"楚凌偏着头打量着他，问道："你恨貊族人，为什么不去杀貊族人，却要杀自己的同胞？"

"与你无关。"白云生道。

楚凌道："因为你其实更恨中原人，你恨天启的皇帝，恨天启的将士，若不是他们无能，你的父母妻儿都不会死。连带着，你也恨所有的天启人？"

白云生不语，楚凌摇摇头，"这只是最开始，现在下到黄泉你还敢见你的父母妻儿吗？以怨恨为借口，放纵自己的欲望。所以，没有人会可怜你，也没有人会同情你。因为，不管你经历了什么痛苦，都不能掩盖你就是个人渣的事实。"

白云生恶狠狠地瞪着楚凌，楚凌笑道："别这样看着我，你知道我说的是事实。"

白云生咬牙道："那又怎么样？要杀便杀，难不成你还指望我痛苦忏悔不成？"

楚凌耸耸肩："没有啊，研究一下人渣是怎么样练成的。回头我给你著书立说，好警示世人啊。"

"滚！"白云生忍了又忍，还是没忍住一口血吐了出来。

楚凌侧首看着他道："我若是真想让你求饶，有一百种法子可以办到。不过还是算了……"算了二字刚出口，手中的匕首已经刺穿了白云生的心口。白云生蓦地睁大了眼睛，瞪着眼前的楚凌眼底有一丝茫然。

楚凌淡淡道："算是欠你的。"

楚凌微微闭眼平息了一下心绪。在她的心中白云生是个必死无疑的人，无论是在哪儿遇到楚凌都必然会杀了他。但是楚凌看过白云生的资料，至少在十年前白云生还是个普通人。或者说，是个未来可能会前途无量也有可能在江湖中打滚后沉沦的江湖少侠。可惜，一场惨败的战争改变了无数人的命运。

"小五？"叶二娘有些担心地看着楚凌。

"小楚弟弟，别是吓着了吧？"祝摇红有些担心。

楚凌回过神来，对两人笑了笑道："没事，这种人还是不要留下后患的好。摇红姐姐不会怪我抢了你的仇人吧？"

祝摇红拍拍她的肩膀道："什么话？谁动手不是一样的？这种人还没重要到非要自己动手。"

旁边明诺看看众人，出声道："既然此处无事，在下就先行告辞了。各位，保重。"虽然明诺将妹妹放在了一个安全的地方，但是还是不放心。甘鹏和白云生都死了，他的事情也就完成了，便也不再多留直接告辞了。

众人也不留他，齐声跟他告别。

明诺犹豫了一下看向楚凌，问道："若是见了城主，不知在城主跟前可能提起小寨主？"

楚凌摆摆手道："随意，我估计晏城主也未必记得我。"

明诺点了下头，再次拱手与众人作别。

众人目送明诺远去，这才开始打扫战场。白云生说甘鹏已经调了信州的驻军进山剿匪，他们也不好在此久留了。叶二娘邀请祝摇红一起回黑龙寨，祝摇红却婉言谢绝了。虽然这次红溪寨死伤了不少人但是寨子还在，还有许多人都逃出去了，更有不少人受了伤，她自然要负责善后的。她与叶二娘约定，等处理完这些事情如果红溪寨真的散了她再去投靠黑龙寨。

叶二娘也没有多劝，祝摇红毕竟是一寨之主，若是让她就这么到黑龙寨寄人篱下谁都不会甘愿的。

还有白云寨，白云生死了白云寨的精锐也损失了不少，但是白云寨毕竟还在。寨子里依然还有不少穷凶极恶的山贼，他们还要回去商量一下如何对付这些人。最让人担心的是这些人会不会投靠貂族人？

回到黑龙寨，第一件事就是将他们之前抓来的两个人拎了出来。鄂里照夫妇被关在黑龙寨的暗牢里已经有些时日了，这会儿被人拎到大堂两个人都显得有些萎靡。

看到坐在一边的楚凌，鄂里照忍不住抖了抖身子往后缩了缩，眼底闪过一丝羞愤之色。都是这个少年，他想起自己那日当着众人的面丢脸的模样，鄂里照心中就将楚凌凌迟了八百回。

楚凌自然也看到了鄂里照怨恨的眼光，不屑地嗤笑了一声。这种人她见过的多了，不敢去恨自己真正该恨的人，说不定还要对对方心悦诚服卑躬屈膝。却能为了一点小事，和一个人不死不休。

"小五，这是出什么事了？"坐在主位上的郑洛问道。

狄钧自告奋勇地将山下白云生和甘鹏的事情说了一遍。楚凌仔细地观察着地上两个人的神色，在说到甘鹏死了的时候，两人眼中都不由闪过几分失望之色。

听完狄钧的话，郑洛神色也凝重了几分，看向楚凌："小五，你确定那些人是明王派来的人？"

楚凌点头："前些日子有人告诉我，拓跋梁手下有个组织叫做冥狱，里面大多数都是中原的高手，当然也有如甘鹏这样的混血。而且这是冥狱的身份牌。"楚凌将手中的小木牌抛了过去，道，"我之前也见过。"

郑洛目光扫向地上的鄂里照夫妇，他们查过这个女人只是拓跋兴业手下一个不起眼的副将，家里也只是个没什么权势的小贵族。怎么会劳动拓跋梁亲自派人来救？

"会不会拓跋梁根本不是为了他们来的？"郑洛皱眉道。

楚凌道："难不成拓跋梁还会专门派人跑到信州来剿匪？"说句自贬的话，哪怕拓跋梁知道她这个公主在这里也未必就会派人来。一个从小在北晋长大的天启公主，对拓跋梁那样的人来说真的算不了什么。

窦央点头道："小五说得不错，问题一定出在这两个人身上，肯定是有什么我们没有查到的东西。"

楚凌走到鄂里照跟前蹲下，对他启唇一笑。

鄂里照忍不住打了个寒颤，撑着地面往后缩了缩："你想要干什么？"

楚凌温声问道："你岳父，跟明王是什么关系？"

"没……没关系……"

楚凌慢条斯理地摸出匕首，贴着他的脸颊拍了拍："你岳父，跟明王是什么关系？"

鄂里照的声音颤抖得更厉害了："没……真的，我……我不知道……"

楚凌眨了眨眼睛，看向那貊族女人笑道："他不知道，那就是你知道了。"

那貊族女人显然要比她的丈夫有骨气得多，只是瞪着楚凌并不说话。楚凌摸着下巴，有些苦恼地道："我一贯是不喜欢对女人动手的，你这样让我很为难啊。"

那貊族女人道："我什么都不会告诉你！"

楚凌笑眯眯地道："那如果我让人告诉拓跋兴业，你父亲暗地里投靠拓跋梁，私自调动军队为拓跋梁办事，会怎么样？"

那貊族女人不屑地看了她一眼，显然是不认为楚凌会有本事接触到拓跋兴业。

拓跋兴业是北晋兵马大元帅，也是北晋第一名将。为人严谨，治军更是铁血手腕。他麾下直属的兵马是北晋军纪最严明的，进入中原这些年除了最初两年，从未听说过他麾下兵马有屠城或是侵扰百姓的事情。

这一点，即便是拓跋胤也比不了。

楚凌道："你不信啊。你以为只有接触到拓跋兴业才能传消息吗？我只需写一千份告示找人到处张贴，消息总会传到拓跋兴业的耳朵里。不管这消息是真是假，他听到了总会派人去查的。你说他能不能查出来呢？"

那貊族女人脸色微变，盯着楚凌道："我说和不说又有什么区别？"

楚凌不悦地鼓起了腮帮子，这貊族女人不傻啊，竟然绕不进去。

绕不进去的楚凌不爽地重新将目光转向了鄂里照，对他露出了狰狞一笑："我原本不想把事情弄得那么血腥的，但是既然两位敬酒不吃，那就只好吃罚酒了。鄂里大人，你最好祈祷你知道的东西够多，不然……"

鄂里照狠狠地打了个哆嗦："你……你想干什么？！"

楚凌冷笑："来人，在门口给我架一口油锅！"

此话一出，别说是鄂里照和那貊族女人，就连郑洛几个都震惊了。他们是山贼没错，但是他们不是变态啊。油炸什么的绝对没有过！

窦央一个眼神制止了想要说话的郑洛和叶二娘，倒是饶有兴致地挥挥手吩咐手下人去办。

楚凌看着鄂里照惨白惨白的脸色，微笑道："你别怕，我不会一下子把你扔下去炸了的。咱们先炸左手怎么样，也不影响以后写字。如果炸得香喷喷的话，就给你当今天的午餐了。"

读书人尤其会联想，鄂里照立刻就想到自己被炸得金黄香脆的手被塞进了自己嘴里的画面。他脸色变了几变，哇地一声就吐了出来。楚凌机警地往旁边一闪，完美地避开了鄂里照吐出来的秽物。不悦地皱眉道："三哥，你每天是不是给他吃太多了？难怪关了这么久都还没有瘦。"

窦央翻了个白眼，你没看到他都瘦了一圈儿了么？

"你……你，你这个……"

楚凌拍拍手："我什么啊？我跟你说，做坏事呢一定要自己亲自动手，不然很容易就会长成你这样，明明长了一颗人渣败类的心，胆子却还没有老鼠大，动不动就以为自己是朵盛世白莲花。来，告诉我，你岳父跟拓跋梁是什么关系？"

"我不知道！"

狄钧震惊："够不屈的啊。"

楚凌不以为然，道："你不懂，读书人都喜欢嘴硬。可惜他们大多数骨头都没有嘴硬，像这种那就更不行了。我倒是相信，真有那种就算被我丢进油锅里也还能继续骂我祖宗的人，可惜眼前这个不是啊。"

狄钧竖起大拇指："小五懂得真多，回头四哥也跟你学学。"

旁边郑洛抽了抽嘴角，有一个小五已经很让人头痛了，老四要是也变成这样……

鄂里照都要被楚凌吓哭了，他也许见过比楚凌还凶残的人，但是那些人并没有直接威胁到他。而且楚凌看起来比那些人小得多，也好看得多。

楚凌活动了一下手指，居高临下地看着地上的两人。

"两位是不是觉得，我这个人光说不练啊？"

鄂里照颤抖着看了一眼外面，外面的院子里已经有人忙碌起来了。一口大黑锅被放在了地上，还有人抱着柴火进来，有人正在忙碌着搭起一个能架锅的大灶。

楚凌偏着头思索了片刻，道："这火生起来也要一会儿时间，不如咱们先来玩个小游戏吧。"手中的匕首抛起落下，在空中闪出耀眼的银花。落下来却正好钉在了鄂里照撑着地面的左手指缝间，直接插入了地面石板的缝隙里。

鄂里照大叫一声："你这个疯子！疯子！"

楚凌轻哼一声，一把抓过鄂里照的手按在地上，拔起地上的匕首就朝着他的手腕划了下去。上一次楚凌是吓唬他的，这一次却是来真的。匕首轻轻划过，鄂里照的手腕上就多了一条血痕。

楚凌对他露齿一笑："感觉到了吗？这里就是你的手筋，我要是再割一刀下去，你这手可就是大罗神仙也救不了了。"

"你……"鄂里照牙齿打着颤，惊恐地望着楚凌。楚凌道："为免你觉得我光说不练，就先试一试。"说罢手下一用力，鄂里照的惨叫声立刻就在大厅里传遍了。

"阿照！"那貊族女人又惊又怒想要扑过来，却被起身上前的狄钧阻止了。鄂里照捂着左腕源源不断流出来的鲜血，楚凌轻笑："下一刀，就是你的右手，然后是你的双腿。你放心，我们寨子里伤药多的是，保证你死不了。"

"畜生！"

楚凌诧异地看着他，"你竟然会骂别人畜生？是不是很久都没照镜子了才给了你自己比畜生高贵的错觉？既然你如此坚贞不屈，我就成全你。来，把你的右手伸出来，让我把你手脚都挑断了，今天这事儿就算完了。我保证不再问你任何问题，来吧。"

"不……"鄂里照仓皇地往后缩，终于失控地叫道："我什么都不知道，是她、所有的事情都是她做的，我不知道！"

"阿照？！"那貊族女人惊愕地看着自己的丈夫，连对楚凌的愤怒都忘记了。

鄂里照痛哭流涕："我真的不知道明王让她做了什么，他们没有告诉我。我只是一个幌子，所有的大事都是她在处理啊。貊族人根本就不相信我！"

楚凌站起身来，看着眼前的貊族女人。

她的脸上此时写满了震惊和愤怒，还蕴藏着几分伤心。身为一个北晋的贵女，即便是家里并不显贵，愿意嫁给一个中原男子必然是真的对他有感情的。

她显然不知道，中原有句话说得好：夫妻本是同林鸟，大难临头各自飞。

楚凌看着她的神色嗤笑了一声，再看向鄂里照的神色就仿佛在看一堆垃圾。把玩着手中的匕首，楚凌淡淡道："我记得他任职的地方离沧云城不太远？"

叶二娘点头道："确实不算太远。"

楚凌思索了一会儿，道："我们带回来的东西还没有处理吧？劳烦三哥将那些东西再检查一遍，看看有没有什么特别的地方。"

窦央点头道："没有，给祝摇红和白云生的都是黄金，马匹兵器也都检查过才送的。我再去看看。"

楚凌点头："有劳三哥了。"

狄钧指了指地上的两个人，问道："这两个人怎么办？外面的油锅怎么办？"

楚凌翻了个白眼道："当然是送回去关起来把他们两个关在一起。"

"啊？"狄钧有些失望地道。

楚凌无语，"怎么？你还真想看看下油锅是什么感觉啊？我不是变态。"

"……"你刚才的模样真的很像是变态啊。

几个人进来将两人从地上拉起来往外走，那貊族女人被拉走的时候停下了脚步看向楚凌。楚凌含笑看着她，她满眼怨恨地道："你是故意的。"

楚凌摸摸下巴："看出来了啊，你果然不笨。我就是故意的，你能拿我怎么样？"

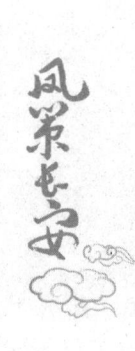

貊族女人咬牙道："是我看走了眼，中原男人果然都不是好东西！"

楚凌笑道："你原本就是看中他的脸，谁看人品会去看中一个叛国贼啊？连家国祖宗都能背叛，背叛你很正常，你又不是天仙儿。"

"你！"貊族女人怒视眼前笑容可掬的少年。

楚凌悠然地与她对视，良久那貊族女人方才道："若有机会，我绝不会放过你的。你必会成为北晋的大患。"

楚凌点头，安慰道："你放心，我保证你不会有机会的。我不打算拿你换赎金了，你阿爹看来也没有打算来换回你。"挥挥手让人将两人带走，等到几个人走出了大堂楚凌才转身对郑洛道："大哥，过两天让人去问问那个鄂里照还知道些什么有用的，若是没有就不用留了。"

郑洛点头，他也不想留下鄂里照了："那个女人呢？"

楚凌道："看看三哥能找到什么吧。"

窦央将之前的收获从头到尾翻了几遍，直到第二天傍晚才红着一双眼睛带着几件东西回来，显然是昨晚一晚上都没睡。

"看看吧，我将所有的东西都检查了几遍，觉得有些可疑的也就是这几样了。"窦央将几件东西放在跟前的桌上。

桌上的东西不多，只有三件。

一个是不起眼的木盒子，不过巴掌大小，看起来黑漆漆的毫不起眼。另一个是一把短剑，剑鞘装饰得富丽堂皇，让人看第一眼只有一个念头——值钱。最后一样是一支精巧的发簪，貊族女子不用发簪，这明显是中原的样式。

"老三，这三样东西有什么问题的？"郑洛问道。

窦央摸着下巴摇了摇头，道："不知道，只是跟别的比起来比较特别而已。你们怎么看？"

叶二娘拿起那根发簪道："这个不是。"

众人齐齐看向叶二娘，叶二娘道："这支发簪应该是杨家的祖传之物，鄂里照给了他的妻子。"说着叶二娘伸手拨开一片花片，花片下面勾勒着一个精致的印记，"这是弘农杨氏的族徽。"

众人这才恍然大悟，若没有叶二娘他们这些人只怕想半天也想不明白这印记的由来。

楚凌拿起那把短剑，窦央看向她："小五，你觉得这剑有什么问题？"

楚凌晃了晃手中华丽的短剑摇头道："没有，我就是觉得这把剑很好看。"中看不中用。楚凌仔细看了看，道："这剑好像是新铸造的，不过好像没什么问题。"没有什么图案印记，也没有什么特别的纹路。就连那些宝石除了贵好像也没有什么特别的意义，除非根本不产宝石的貊族人还有用宝石来记录密码的习惯。

狄钧将手伸向最后一件，"你们就会拿那些寻常之物，以我之见，是这个东西才最可疑啊。"木盒上并没有锁,被狄钧一拉盒子就打开了。里面空荡荡的并没有什么东西。狄钧愣了愣,"里面的东西,是不是被人拿走了?"

窦央摇头:"这盒子是在马车最下面的一个箱子里找到的,当时我看了一眼就是空的,那些人绝没有时间临时调换。"

楚凌伸手道:"四哥,给我瞧瞧。"

狄钧将盒子抛过去,楚凌手指轻弹了一下,皱眉道:"阴沉木,品质上佳,重量没问题里面应该没有夹层。"

"那就是这个也没问题了?"狄钧有些失望地道。

楚凌道:"当然有问题,谁会没事儿用阴沉木来做这么一个盒子?这种木材不仅珍贵少见,而且很难雕琢,名字和颜色更不为女子所喜爱。貂族尚艳色,那貂族女子自己肯定不会喜欢这种,若是别人送礼,也该投其所好才对。"

叶二娘也将盒子接过去把玩了一会儿也没看出什么特别之处,五人不由得面面相觑。

郑洛见众人也看不出来什么结果,便道:"老三辛苦了一晚上,先去休息。有什么事情晚点再商量就是了。"

窦央点点头,他现在不仅眼睛红,头也隐隐作痛。

楚凌把玩着那乌木盒子,道:"大哥,这个能给我玩两天吗?"

郑洛也不在意,"你喜欢拿去便是"。

楚凌笑了笑也不多说什么将盒子拿在了手中。她倒不是喜欢这黑漆漆的东西,只是想要再研究一下而已。

山寨后边的一座小院里,段云正坐在院子的一角看书。听到脚步声抬起头来看到楚凌,连忙站起身来:"小寨主怎么来了?"

楚凌将手中的木盒抛给他,问道:"你觉得这个东西怎么样?"

段云伸手接住,脸上闪过一丝诧异:"这是阴沉木?"

"好眼力。"楚凌赞道,"你觉得这盒子是拿来干什么的?"

段云仔细看了看,微微蹙眉道:"我好像在哪儿见过这个盒子。"

楚凌微微眯眼:"哦?"

段云看着楚凌欲言又止,楚凌笑道:"小段,你有什么事情尽管说,我保证守口如瓶。"

段云无奈地叹了口气,道:"小寨主请坐。"

楚凌走到段云对面坐下,段云伸手替她倒了一杯茶,方才拿起桌上的木盒道:"这应该是用来装印信的盒子。"

楚凌撑着下巴:"你怎么知道?"

段云从袖中摸出了一枚印章,放了进去道:"这不仅是装印信的盒子,而且是用来装显贵私印的盒子。在天启,官印自不必说,即便是私印也有固定的规格。

在下是白身，印信便是这般大小。看这个盒子的大小如果是用来装印信，至少是正三品以上的。"

楚凌皱眉，"这也不能说明问题啊。也许只是碰巧这么大呢？"

段云指了指盒子边缘的几处，道："印信是非常重要的东西，特别是对一些位高权重的人来说。所以一般情况下这盒子本身就是印信的一部分。小寨主你看这里，这几个图案应该会跟印信吻合，或者说那块不见了的印信跟这个盒子本就是同一块木料雕刻出来的。不过这个印记……"

段云扯过旁边的纸张和笔墨将盒子上的几个纹样都描了下来，蹙眉道："我没见过这样的印记。"

"所以？"

"所以，如果这不是近几年新出来的家族，那就是从前名不见经传的小家族。"段云断然道。

楚凌莞尔一笑，"小段，你好像对天启的世家都很熟悉啊。"

段云神色微顿，道："还好，多读了几本书而已。"

楚凌不置可否，这可不是多读几本书就能知道的。至少认识杨家印记的二姐就没有看出来这可能是某个家族的印记。

"行吧，那就劳烦你猜一猜，这个盒子的主人应该是谁？"

段云无语，盯着那乌木盒子半响方才道："文人喜好玉石，颜色也多为白玉、青玉、黄玉等等。乌木难以雕琢，很难雕琢出精美的纹样，所以不为文人所喜爱。这盒子古朴简单，但若是财力不济也用不起这阴沉木，因此我猜这是武将之家的。天启的武将之家我不算熟悉却也知道一二，没见过这个印记。"

楚凌有些沮丧，所以说了这么多都是段云的猜测。

段云见她无精打采的模样，想了想道："还有一个法子可以验证我猜的对不对。"

楚凌睁开一只眼睛看着他，段云道："显贵之家的私信会在盒子上留下跟印章上一样的字迹，这字迹多是由名家书写的同一个字做底，由极为高超的大师雕琢而成。如此，就算只是想要临摹字迹就已经十分困难，若是还想要仿造印章更是难上加难。除非能找到同一个写字的人和同一个雕刻师。甚至就算是同一个人也可能会有差池，因为这字迹极小，稍有一点差错都会截然不同。"

楚凌扒拉着盒子将盒子翻来覆去地翻了个遍，终于在盒子的一个角落看到了一个几乎用肉眼无法分辨的字。因为其他四个角上也有类似的小花纹，一般人根本不会想到那是一个字。

两人将那字拓印到纸上，如今两人手上并没有琉璃、水晶一类的放大镜，费了半天力气楚凌还找了一块净度还不错的水玉才勉强分辨出来那是一个君字。

"君？"楚凌抬头看着段云，段云沉默不语。

楚凌趴在桌边戳了戳他的手臂道："说说呗。"

段云沉默了半晌，方才看了楚凌一眼道："小寨主，我建议你……最好别跟人提起这件事。"

"为什么？"楚凌不解。

段云沉吟了片刻，道："姓君的武将我倒是知道一个，但是这个人没有人愿意提起。"楚凌道："洗耳恭听啊。"

"君傲。"

"……"

段云看着她一脸茫然的模样，仿佛有些无奈地叹了口气，道："君家世代都是武将之家，君傲二十年前便是天启第一名将，十五年前曾以五万大军击败过拓跋兴业。不过十三年前，君家就已经被满门抄斩了。"

"为什么？"楚凌也不由得吸了口气。

段云道："通敌、叛国。"

楚凌皱眉道："真的吗？"

段云冷笑道："是不是我不知道，我只知道君家在的时候貊族人不敢进犯天启。君家被满门抄斩不过三年，貊族人就入主上京了。"

楚凌的手指摩挲着那乌木的盒子，蹙眉道："即便这真的是君家的旧物，跟北晋人又有什么关系？能让拓跋梁如此看重这东西……"

段云摇头："这个在下就不知道了。我当初倒是隐约听说过一个传言，说是君傲临死前将一个事关天启江山的秘密给藏了起来。还有一个说法是，当初永嘉帝，哦，不对，应该是天启摄政王杀了君傲，就是为了这个秘密。"

"摄政王？"楚凌歪着头好奇道。

段云淡淡道："天启那位陛下也挺艰难的，前半辈子跟自己的堂兄钩心斗角。后半辈子被貊族人赶到江南只能偏安一隅。不过说不定貊族人也算是救了他一命，若不是貊族人入主中原，说不定这会儿永嘉帝早就已经入土为安了。当初摄政王楚越带兵迎击北晋大军，永嘉帝在后边直接带着人跑了。结果拓跋兴业轻而易举地占据上京，与北晋大军前后夹击，那位摄政王倒也算得上一世枭雄，兵败被困，直接提剑自尽殉国了。"

楚凌半晌无语，这还真不好评价善恶对错。

"还有什么你知道的？"楚凌兴致勃勃地道。小段同学堪称是天启的百科书啊。

段云摇头："没有了。"

楚凌眨了眨眼睛："别这么小气嘛，你都说了这么多了，何妨再多说一点。"

段云摇头："在下只是一介书生孤陋寡闻，让小寨主失望了。"

楚凌摇头叹息："怎么会，我觉得段先生知道的已经很多了啊。"

段云神色有略微的复杂，道："知道得太多，并不是什么好事。小寨主年纪还小，好奇心还是不要太重的好。"

楚凌点头道："明白，知道得越多死得越早嘛。"

段云脸色变了变，笑道："小寨主说笑了。"

楚凌单臂靠着桌面，饶有兴致地看着他："哦？这么说你不想灭我的口？"

段云沉默了半晌，方才轻叹了口气道："小寨主抬举在下了，今日在下所言并非什么机密，小寨主若是多找几个读书人问问也会知道的。更何况在下手无缚鸡之力，何谈灭口？"

楚凌温声道："这么说，你刚才是在耍本寨主了？"

段云道："在下不解，小寨主此言何意？"

楚凌靠近了他，低声道："你分明第一眼就认出了这个盒子，跟我胡扯那么多干吗？小段啊，你说三哥若是知道你竟然如此博学多闻，会不会对你的身份感到十分的好奇呢？"

段云又是一阵沉默："小寨主的身份，难道就没有人好奇么？"

楚凌："我不怕人查啊，你怕不怕？"

段云盯着楚凌，神色多了几分冷漠。

"生逢乱世，在下只想有一个栖身之所并无恶意。小寨主想要什么？"段云沉声道。

楚凌轻笑出声："这么严肃做什么？你没有恶意，我当然也没有恶意啦。好好说话，咱们还是好朋友哒。不过我这人不爱动脑子，特别讨厌别人跟我玩心眼。所以下次小段你若是再试探我……"

"如何？"段云问道。

楚凌粲然一笑："揍你哦。"

段云沉默了半晌，终于淡淡笑道："小寨主教训得是，在下记下了。"

"小五，段先生，你们在做什么呢？"狄钧站在大门口，有些好奇地看着两人道。

楚凌将手中的盒子抛了抛："我来问问段先生知不知道这盒子是用来做什么的。"狄钧走了进来："有结果了吗？"楚凌摇了摇头，道："一点点，不知道有没有用处。"

狄钧笑道："一点点也比咱们知道的多啊，还是段先生厉害。"

段云笑了笑："四寨主过奖了，在下不过是多读了两本书罢了。"

"……"这是在嘲弄他书读得少？

楚凌站起身来问道："我回去跟大哥他们商量一下，四哥，你这是干吗来了？"

狄钧抓了抓脑袋道："本来是想要找段先生喝酒的，既然有事那就一起回吧。"

楚凌有些诧异："我倒是不知道你跟小段关系这么好？"

狄钧嘿嘿一笑，他也是上次跟段云一起喝酒之后察觉这个书生脾性还是很值得交往的。正好两人年纪相当,狄钧有什么话倒是更愿意跟段云说。

楚凌自然不会干涉狄钧的交友情况,摇了摇手里的盒子道:"走吧,回去了。"

"哦。"

段云既然要隐藏身份,楚凌自然不能将他的底细给漏了。于是删删减减将段云给摘出去,自己东拉西扯牵强附会加上叶二娘从前对天启朝廷的一些了解,总算是将那盒子的来历拉回了君家的身上。

君家对郑洛等人来说也并不算陌生,毕竟十三年前他们至少也是十多岁的少年了。少年对英雄自然有一种格外的崇拜。而当年的君傲毫无疑问便是许多少年心中最崇拜的英雄。君家因为通敌叛国被满门抄斩,心中暗暗替他们鸣冤的人很多。

狄钧拍案而起道:"拓跋梁既然是为了君家的东西,咱们就更不能让他们得逞了!"

郑洛蹙眉道:"能让拓跋梁如此上心,这只怕不仅仅是一个普通的君家遗物那么简单。"

叶二娘看着郑洛,问道:"大哥是怎么想的?"

郑洛沉声道:"咱们灭了拓跋梁的冥狱,又有这东西在手,拓跋梁只怕不会就这么算了。"

窦央也跟着点头道:"不错,虽然拓跋梁不能调集北晋精兵,但就算是信州的驻防军和他手底下的亲兵,黑龙寨只怕也消受不起。更不用说……"叶二娘了然:"三哥是担心百里轻鸿?"

窦央点点头:"百里轻鸿是拓跋梁的女婿,拓跋梁自己不方便动手,但是让百里轻鸿来却也不难。"

百里轻鸿却不是寻常人,他曾经是天启最耀眼的少年名将。

众人齐齐看向郑洛:"大哥有什么打算?"

郑洛沉吟了良久,沉声道:"找那个貂族女人问清楚!如果这东西真的关系君家,咱们用不了也留不住。必须尽快送走。"

窦央挑眉道:"送走?大哥的意思是?"

郑洛道:"不管送去哪儿,这东西留在黑龙寨就是一个祸患。"

楚凌倒是赞同郑洛的话:"大哥说得不错,不但要送走而且还要送得让该知道的人都知道。"

窦央沉吟了片刻,点头道:"行,我让人再加紧一些,一定撬开那女人的嘴!"

第二天,窦央终于从那貂族女人口中得到了想要的消息。

拓跋梁想要的确实是这个东西,不过拓跋梁原本要的是这个盒子里装着的东西。拓跋梁不知道从哪儿得到的消息这东西在沧云城。拓跋梁动用了自己私底下大半的力量才从沧云城将这个东西偷了出来。偷东西的人当即遭到了沧云城的追杀，拼死将东西送到了那貊族女人手上，东西到手才发现是空的。

据那貊族女人说，里面藏着的也不是什么事关天启的大秘密，而是拓跋梁与天启人勾结的证据。

当年君傲之所以会死，就是因为他掌握了证据。要知道，这份证据若是公开，倒霉的不仅仅是天启那边的人，拓跋梁同样也会倒大霉。当初与他勾结的天启人还在不在都不好说，反倒是如今拓跋梁与北晋皇帝关系微妙，与大皇子拓跋罗更是势如水火。若是这份证据落到了拓跋罗的手里，拓跋梁的麻烦就大了。

听了窦央的话，狄钧两只眼睛都开始转圈圈了："什么玩意？拓跋梁勾结天启人，那应该是天启跟他勾结的那个人倒霉吧？现在可是北晋人占了便宜，拓跋梁不是有功吗？"

窦央一脸恨铁不成钢的神色看着自家义弟，问楚凌："小五，你觉得呢？"

楚凌耸耸肩，道："那要看拓跋梁跟天启人交易的内容是什么了。如果北晋人真的内斗很厉害的话，无论这个内容是什么现在都可以当做罪证的。如果那个貊族女人没说谎的话，能让拓跋梁如此紧张，我猜里面应该有对北晋不利的内容。"

"譬如？"

"譬如，拓跋梁和某人约定，互相协助对方登上王位什么的。这段时间我听小段讲了不少事情，北晋人当初能够轻易入主上京其实是个意外。如果天启皇帝当初没有那么快跑路，而是竭尽全力守城的话，结果如何尚未可知。当时的情况是只要上京能够坚守三天，天启摄政王楚越就可以带兵回援了。然而天启皇帝跑了，留下个四门大开的上京也将楚越的后背留给了拓跋兴业。结果拓跋兴业入主上京，摄政王楚越自刎殉国，北晋皇帝入主中原皇位稳固。"

众人齐齐看着楚凌，楚凌笑了笑继续道："反过来如果天启皇帝没跑，很有可能天启摄政王回援成功，各地救援的兵马也会陆续赶到，拼国力当时的貊族是拼不过天启的。如果貊族兵败退回关外，发动战争的北晋皇帝的王位会不会动摇？而一旦天启摄政王抗击貊族成功，势必会声望大涨。到时候……"

狄钧皱眉，"到时候怎么样？"

楚凌笑道："有七成的可能，天启和貊族同时都要换皇帝了。可惜拓跋梁和摄政王聪明，北晋皇帝和天启皇帝也不傻。天启皇帝直接背后捅了摄政王一刀自己带着人跑了。"

众人半晌无语。

叶二娘看着楚凌问道："这么说，这里面有能够扳倒拓跋梁的证据？"

楚凌摇头，有些遗憾地道："那女人不是说了么，盒子是空的。而且，这十几年拓跋梁战功赫赫同样势力显赫，即便是有证据也未必就一定能扳倒他。不过有一个问题我比较好奇。"楚凌托着下巴饶有兴致地道。

"什么？"

楚凌笑问:"这个东西是从沧云城偷出来的,那么这到底是真的偷出来的,还是沧云城的人故意丢的?"

窦央皱眉道:"会不会只是个意外,沧云城的人根本就不知道这东西的存在?"

楚凌摇摇头,道:"如果连远在上京的貊族人都知道,晏翎自己却不知道,也太说不过去了。"

郑洛摆摆手道:"这些先不提,说说这个东西该怎么办吧?"

狄钧道:"大哥,既然是沧云城的东西,哪儿来的就送回哪儿去呗?"

确实,在北方这地界儿若说还有真正不怕貊族人的,也就只有沧云城了。但是,怎么送是个问题。狄钧倒是兴致勃勃,"大哥,你说咱们能不能趁机加入沧云城?"

窦央没好气地瞥了他一眼道:"省省吧,人家沧云城能看得上你?"

狄钧不服气:"怎么就看不上了?本公子的功夫可不比沧云城的人差!"窦央摇摇头,懒得跟自家四弟胡扯。看向郑洛道:"大哥,小五说得没错,就算把东西送出去也要光明正大地送。而且就算送了,拓跋梁只怕也未必会相信咱们不知道里面的秘密。拓跋梁现在只怕还不知道盒子是空的,否则他不会派人来。"

郑洛沉吟了半晌道:"最近让大家注意一些,不行的话就先进山里躲一躲。"

窦央轻叹了口气,点头道:"也只能如此了。"

如今是乱世,从信州往沧云城隔着千里之遥,他们自然不可能专程送一个空盒子上门了。而他们这样的山贼寨子,想要联系上沧云城的人就更是难上加难了。于是郑洛等人只能先将这事儿搁一搁,一边寻找门路一面警戒着明王府的人。

这日,楚凌和狄钧结伴去信州里玩耍。转眼已经入冬,她到了黑龙寨也有两个多月了,信州的冬季颇为寒冷,人也更少了一些,显得分外萧条。

一路进城看到不少无家可归的人,让楚凌的心情也越发沉重了。在黑龙寨待着太舒服了,她几乎都要忘了山外的世界到底是什么样的了。黑龙寨的人虽然落草为寇,有时会有生命危险,至少吃得饱穿得暖。

狄钧熟门熟路地拉着楚凌就进了路边一家看似寻常的饭庄。饭庄的掌柜是个中原人,铺子不大,里面的客人也不多。不过看着狄钧倒像是认识,亲自过来招呼两人坐下又上了茶点。

狄钧给楚凌倒了一杯茶,低声道:"我进城来时常会过来吃东西,这店铺的老板是个中原人,人还厚道,菜做得也不错。如今信州大的茶楼酒肆都被貊族人把持着,也只有这些不起眼的小铺子貊族人看不上。不过即便是这样,这铺子的老板人也还是有些关系才能保住的。"

楚凌点点头,饭菜上来得很快。黑龙寨的伙食不算差,但是也着实算不上美味。

"怎么样？味道不错吧？"狄钧有些得意地道。

楚凌竖起大拇指表示赞同。

狄钧笑道："早就跟大哥说，应该弄两个厨子回去，可惜大哥一直不肯。"

楚凌无语，正要开口说话却见门外的街道上有人走过，神色微微一凝。

"怎么？"狄钧见她神色不对就要回头，却被楚凌一把按住了脖子，低声道："别动。"

狄钧被她吓了一跳，看看四周连忙压低了声音问道："怎么了？"

楚凌道："百里轻鸿。"

百里轻鸿？

狄钧大惊，迟疑地看着楚凌用眼神问她，你看清楚了？

楚凌丢给他一个"废话"的眼神，两人面面相觑沉默不语。

百里轻鸿不是应该在北边追着谢廷泽喝风雪吗？怎么会又跑到信州来了？狄钧低声道："我们赶快回去，把这事儿告诉大哥他们。"

楚凌思索了片刻，道："你回去，我留下。"

狄钧皱眉，就要反对。

楚凌道："我们总要先知道百里轻鸿想要干什么。放心，我不会冲动行事的。"

狄钧犹豫了片刻，终于点头道："那好，你千万别贸然行事。"

楚凌点头表示知道。

狄钧也顾不得吃饭了，再三叮嘱楚凌之后才带着满心的担忧走了。

楚凌当然不会去招惹百里轻鸿，她又不傻。以她现在的能力，根本就不是百里轻鸿的对手，更何况百里轻鸿可不是只有他一个人。

送走了狄钧，楚凌也起身离开了饭庄，找个地方换了一身衣服钻进了街角一个不起眼的小店。

小店里空荡荡静悄悄的，柜台里面摆放着一些陈旧的粗制布匹和成衣，一看就让人觉得失去了购买的欲望。掌柜也是一个年过五旬的消瘦老者，听到声音抬起头来看向门口的神色带着一种谦卑小心。

"这位姑娘，不知要买些什么？"掌柜慢悠悠地问道。

楚凌走到柜台边看了看老者，手指飞快地在柜台上画出了一个符号。

掌柜神色微动，飞快地往门外看了一眼低声问道："姑娘可有什么吩咐？"

楚凌问道："能找到你家公子或者桓毓吗？"

掌柜摇了摇头道："公子几个月前就去了上京，桓毓公子如今也在北方。姑娘若有什么话要传的话，可以尽管交给小老儿。公子临走时吩咐过，只是小老儿以为姑娘早就离开了信州，没想到……"

楚凌笑了笑，道："百里轻鸿突然又来了信州，老丈可知道是为了什么？"

掌柜道："似乎是为了信州的匪患，前些日子信州镇守上报上京，说信州匪患猖獗劫持朝廷命官与貊族权贵，明王将这事儿揽了下来。"

楚凌微微蹙眉："这么说，信州镇守是明王的人？"

掌柜微微点头："十之八九。"信州是有不少山贼，但还算不上猖獗。信州镇守如果想要剿灭可能困难，但是打压却不难。如此做明显是为了给明王一个插手的理由。

楚凌道："多谢老丈。"

掌柜摇头道："姑娘客气了，还有一件事不知姑娘是否知道。"

"请说。"

掌柜道："陵川县主也来了，就在信州镇守将军府邸。"

楚凌点了点头："多谢老丈，我知道了。"

"姑娘真的没有什么话传给公子么？"掌柜问道。

楚凌思索了片刻："你帮我问问你们公子认不认识晏翎，如果认识的话帮我传个话，就说我捡到一个沧云城的东西，如果晏城主需要的话，派人来取。"

掌柜愣了愣，显然是没有想到楚凌竟然要他传这么一个其实跟他们家公子毫无关系的消息。好一会儿他才连忙点头道："是，小老儿记下了。"

百里轻鸿出门办事儿还带着老婆？看来他们感情真的很不错。

既然确定了百里轻鸿是冲着黑龙寨来的，楚凌就不得不好好谋划一番了。以黑龙寨如今的实力，即便是占着地利也绝不是百里轻鸿的对手。一时间想不出法子的楚凌只得先顶着百里轻鸿和镇守府，所幸百里轻鸿似乎也没有立刻就对黑龙寨动手的意思。

跟了一天，正在楚凌苦苦思索的时候，几个人挡住了她的去路。

楚凌后退了一步谨慎地道："几位有何指教？"

其中一人盯着楚凌，道："小子，你在镇守府附近鬼头鬼脑地做什么？"

楚凌一脸无辜："我就随便看看。"

"随便看看？看百里轻鸿？"那人冷笑道。

楚凌道："这个……各位误会了。我真的就是随便看看，百里轻鸿是谁啊？"

对方相互对视了几眼，似乎是在考虑眼前这小子是被人骗了还是在骗他们。

开头说话的男子看了楚凌半晌，沉声道："先将这小子带回去！"

"你们想干什么？别过来！我……"

那暴躁男子没好气地道："别吵！我们不会把你怎么样的，等我们办完事就放了你！万一你小子向百里轻鸿通风报信怎么办？"

我什么都不知道！通风报信？所以，你们真的是来搞百里轻鸿的吗？一起啊。

楚凌被绑架了，身为土匪头子的黑龙寨五当家被人给绑架了！

楚凌被几个人带进了城中一处颇为破落的院子。

看到被带进来的楚凌，有人忍不住皱眉，嫌弃道："怎么带了个小鬼回来？！"

那暴躁男子没好气地道:"不用管他,等咱们办完事儿就放了他。"

"难道他知道了什么不该知道的事情?"有人怀疑地道,看向楚凌的眼神立刻多了几分杀气。楚凌连忙摆手道:"不不不,我什么都不知道,我是冤枉的!"

楚凌利索地蹲在了角落里,努力向众人表达我很无辜我很乖巧等等信息。之前做主带楚凌回来的男子看了她一眼沉声道:"找个人看着他,其他人跟我来。"

"是!"一个二十出头的年轻人被派来看守楚凌,其他人便跟着进了一间屋子。

楚凌蹲在地上百无聊赖地看着盯着自己的人,那年轻人也很是警惕,只要楚凌看向他,他立刻便一眼瞪了过来。楚凌无趣地撇撇嘴,过了一会儿实在耐不住性子,捡起地上的一颗小石子朝那人抛去。

"你做什么?!"那人沉声道,口音倒是有些奇异。楚凌仔细思索了一下,她从上京一路南下,似乎没有听过这种口音,难道这就是所谓的南朝口音?

"你也是从江对面来的?"楚凌小声问道。

年轻人一怔:"你也是?"

楚凌点点头,嘻嘻一笑:道:"大家都是自己人,对我友善一点嘛。"

年轻人怀疑地打量着她:"你……"

"我知道。"楚凌直接打断他,"我说话不像南方人。但是我家里的人都是这样说的啊,我习惯了嘛。"年轻人微微动容,道:"你家是从北方搬过去的?"

楚凌连连点头:"对呀对呀,我听我爹说,我们家以前住在上京。不过我那时候太小,记不太清楚了。"

年轻人皱眉:"你怎么会在这里?"

楚凌道:"我一个人跑出来玩儿嘛,我叫段云,你叫什么?"

年轻人迟疑地看着她:"段?难道你是段家的人?"

楚凌翻了个白眼:"我姓段当然是段家的人!"

年轻人道:"我说的是那个段家。"

楚凌眨了眨眼睛:"哪个?"

年轻人道:"自然是襄国公段家啊。不然还有哪个?"

楚凌干笑了两声道:"呵呵,我家,大概跟襄国公什么的没有多大关系。就是一个名不见经传的小家族,我爹是做生意的。你还没告诉我你叫什么名字呢,你们来这儿干什么的?为什么要抓我啊。"

"我叫罗昶。"

楚凌点头,十分友好:"小罗哥哥,你们难道是来找百里轻鸿麻烦的?"

罗昶眼神飘忽了一下,扭头:"你问这个干吗,我不能告诉你。"

楚凌理所当然地道:"为什么啊?我又不是坏人!我知道,百里轻鸿是个大坏蛋!"

罗昶有点同情地看着她道:"你别问了,等事情办完了就放了你,不会伤害你的。"

"真哒?"楚凌问道。

"当然了,君子一言快马一鞭!"罗昶道。

"你又做不了主。"楚凌幽幽道。

罗昶没好气地道:"我虽然做不了主,但是赵将军……"军字刚说出口罗昶立刻住了口,一双圆眼睛怒瞪楚凌,"你套我话?!"

楚凌一双大眼睛明亮清澈带着几分狡黠:"什么呀,是你自己要说的,我是无辜的!"

"你!"罗昶握着手中的刀柄狠狠地瞪着楚凌:"你就不怕我杀了你?"

楚凌对他一笑:"别怕,我不会告诉别人你说漏嘴的。"

罗昶轻哼一声:"不用你保密,还是担心你自己吧。"

"我好怕。"楚凌抱着自己作颤抖状。

"……"

进去的人约莫半个时辰才走了出来,罗昶根本不给楚凌发挥的空间,直接迎上去就坦白了自己的错误。自然免不了被训斥了一番,不过很快这些人的注意力就落到了她的身上。

楚凌干笑着朝他们挥挥手:"各位,冷静哈,有话好好说,我就是跟罗小哥哥开个玩笑嘛。"

为首的男子看着他:"小公子看来也不是寻常人。"

楚凌道:"比不上赵将军。"

赵将军轻哼一声,对着楚凌比了个手势:"不如请屋里谈?"

虽然是问话,却没给楚凌商量的意思。楚凌也清楚,这要是谈得好还好说,若是谈不好可就要人命了。

"客气,将军先行?"

那赵将军也不客气,转身又走了进去。楚凌耸耸肩,站起身来跟了进去。

屋子里虽然陈旧却已经被打扫得很干净,这些人并不是刚到这里的。

赵将军随意选了一张椅子坐下,沉声道:"倒是赵某看走眼了,不知这位小公子怎么称呼?"

楚凌眨了眨眼睛:"这个,敝姓凌,凌楚。"

"黑龙寨五当家?"赵将军皱眉道。

楚凌笑眯眯道:"赵将军消息灵通。"

赵将军道:"既然要来信州,自然要将信州有什么势力打探清楚。不过听说黑龙寨五当家是个少年,没想到……"这哪里是个少年?分明是个孩子。

再次被人鄙视了身高,楚凌郁闷。这几个月她已经长得很快了!楚凌怀疑自己成年的时候能不能长到一米六,她可不想一辈子当个小矮子。

将身高问题抛到脑后，楚凌笑道："既然我回答了赵将军问题，能不能有劳赵将军也回答我一个问题？"

"请问。"虽然眼前的凌楚还是个孩子，但是既然对方是黑龙寨的五当家，赵将军就不会将他当成是个单纯的孩子。

楚凌问道："请问，赵将军是哪位将军？"

赵将军沉默了半晌，方才道："在下岚州驻军右军副统领，赵伯安。"

岚州、驻军、右军、副统领……

楚凌一脸茫然。

楚凌依稀记得，岚州确实就在距离灵沧江不远的地方，眼下勉强算是天启的边境，至于这个右军副统领是几品楚凌就不知道了。

"赵将军此来，是为了百里轻鸿？"楚凌直接进入正题。

赵伯安沉默地看着她，片刻方才问道："其实，就算今日不遇上五当家，在下也会择日前往拜访黑龙寨各位当家。"

楚凌惊讶地扬眉："赵将军可是堂堂将军，咱们这些江湖草莽岂能入得了将军的眼？"

赵伯安苦笑，道："丧家之犬罢了，有何面目自称将军。"

楚凌看看赵伯安，不过三十六七。十年前也不过二十多岁，局势战况哪里是他能左右的？赵伯安能感到羞愧，至少说明他还有几分热血，不是南朝那些醉生梦死的权贵。

楚凌道："恕我直言，眼下我黑龙寨的处境也不太好，只怕帮不上赵将军什么忙。"

赵伯安道："据在下所知，黑龙寨似乎惹上了明王府？"

楚凌微微眯眼，打量着眼前的中年人。

赵伯安知道百里轻鸿的行踪不难，但是能如此肯定地指出百里轻鸿是冲着黑龙寨来的就有些奇怪了。区区一个镇守地方的副统领，真的有这个本事吗？

赵伯安不闪不避淡笑道："五当家觉得在下可能与黑龙寨的各位当家谈谈了？"

楚凌思索了片刻，方才点头道："好。"

"有劳。"

楚凌摆摆手道："既然赵将军开诚布公，那么请问你们来信州的目的是什么？总不至于是为了替黑龙寨解围吧？"

赵伯安沉声道："百里轻鸿的命。"

楚凌吸了口气，却也不算意外。

想要杀百里轻鸿的人很多，不管是南朝还是北方。但是距离当年百里轻鸿归顺北晋已经过去了十年，他依然还活着。

楚凌问道："赵将军，有把握吗？"

赵伯安道:"尽力而为。"

楚凌叹了口气,道:"好吧,我帮你找大哥,劳烦赵将军给个信物。"

赵伯安也没有拒绝,直接取出一个小印章递了过去,印章下方正是赵氏伯安四个字。赵伯安也可以直接将楚凌扣在这里,然后派人去找郑洛。但是赵伯安并没有那么做,倒是让楚凌对这人的印象更好了几分。

"要不要派人跟我一起去?"楚凌问道。

赵伯安大方地道:"不必,在下相信黑龙寨,也相信五当家的为人。"

楚凌嘿嘿一笑,心中暗道,我都不怎么相信我自己啊。

从小院出来楚凌并没有急着去找郑洛等人,以狄钩的脚程没那么快能到。所以她回到大街上逛了一圈儿,便找了个客栈投宿睡觉去了。

此时城中另一边恢弘的镇守将军府中,一个相貌明丽,穿着艳红滚白狐毛边衣裙的年轻女子正在院子里来回走动着,仿佛在思索着什么重要的事情又仿佛是在等什么人。

门外响起了嘈杂的脚步声。女子立刻转身看向院门口,面上露出一丝欣喜之色。

百里轻鸿带着人从外面走了进来。

"谨之,你回来了?"年轻女子含笑迎了上去。

百里轻鸿微微点头,问道:"县主怎么还不休息?"

年轻女子微微蹙眉,有些不悦地跺脚道:"你怎么总是叫我县主?听着怪生疏的。"

百里轻鸿沉默了片刻,方才淡淡道:"礼不可废。"

女子轻哼一声道:"我知道了,那些人又在你跟前胡说八道是不是?我们夫妻怎么样,关他们什么事儿?多管闲事!"百里轻鸿道:"县主多虑了,并无此事。"

"你不必瞒着我。"女子道,"连我阿爹都相信你,那些人算什么东西也敢胡言乱语。"她自然知道丈夫这些年在北晋受的委屈,那些人倒是不敢当着她的面说,对着谨之的时候却难免说三道四。

"县主……"

"叫我明珠!"这年轻女子正是明王之女陵川县主拓跋明珠,百里轻鸿归顺北晋之后娶的妻子。

百里轻鸿叹了口气:"明珠。"

拓跋明珠立刻笑逐颜开,拉着百里轻鸿的手道:"我等着你吃饭呢,快走吧。"

百里轻鸿被拓跋明珠拉着进了房间,大厅里果然已经摆好了饭菜。拓跋明珠拉着百里轻鸿坐下,挥手让跟前侍候的侍女退了出去,方才一边替他夹菜一边问道:"今天一大早就出去,午膳可用了?"

百里轻鸿微微点头:"用过了,不用担心。"

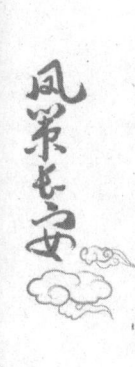

拓跋明珠看看他，微微叹了口气。

拓跋明珠的中原话说得极好，几乎听不出来什么口音。

"怎么了？"百里轻鸿微微一顿，轻声问道。

拓跋明珠有些不悦地道："阿爹真是的，竟然让你来做这种事情。"

百里轻鸿道："王爷吩咐的事情，我自然应该办好。之前谢廷泽的事情本就是我……"

拓跋明珠连忙打断他，道："谢廷泽跑了又不能怪你，谁知道那些中原人竟然拼死将谢廷泽救走了！不过也没关系，就算谢廷泽活着回到南朝，也活不了多久！倒是你，剿匪这种小事，哪里用得着你来做？"

百里轻鸿摇摇头："没什么。"

拓跋明珠道："下次我跟阿爹说，让你去领兵打仗。之前谢廷泽不也是你打下来的吗？若是能攻下沧云城，看谁还敢多说什么！"

百里轻鸿道："连拓跋胤都拿晏翎没办法，更何况是我。"

拓跋明珠闻言却是神色微变，定定地盯着百里轻鸿，半晌才道："谨之，你根本就不想领兵打仗是不是？上次征讨谢廷泽，也是我逼你去的。你根本就不想跟天启人打仗是不是？"

百里轻鸿放下手中筷子，神色也冷淡了几分："难道我应该去吗？"

拓跋明珠霍然站起身来，道："你别忘了，你现在已经不是天启人了，你是我的丈夫！是我们孩子的阿爹！你不肯替他们挣得荣耀，难道想要他们长大了被人看不起？！"

百里轻鸿垂眸，沉声道："他们有我这样的父亲，本来就会被人看不起。"

拓跋明珠的眼眶有些泛红："这么多年你从来都没有放下过。我知道，你一直都怪我、怪我当初逼你，如果没有我，说不定你就逃出去了，又或者，就算你死了也是以身殉国的大英雄。"

"够了！"百里轻鸿沉声低吼道，抬起头来看着眼前的女子，沉声道，"我不想讨论这件事。"

拓跋明珠紧咬着唇角，望着百里轻鸿半晌，方才转身快步走了出去。

大厅里片刻间便只剩下百里轻鸿一人，百里轻鸿望着锅底下红彤彤的炭火沉默不语，深邃幽黑的眼底有火光在隐隐跳动。

第二天一早楚凌便出城，在城外不远处接到了郑洛和窦央。

楚凌将自己打探到的消息跟三人说了一遍，狄钧对自家小五打探消息的能力叹为观止："小五，行啊。哥哥我服了。"

楚凌对他翻了个白眼，看向郑洛和窦央："大哥，三哥，你们怎么看？"

窦央沉吟了片刻，道："拓跋梁竟然如此信任百里轻鸿，将这么重要的事情交给他做？"

楚凌摇头道："我倒是觉得未必，或许百里轻鸿根本就不知道他为何而来。关键只怕还在百里轻鸿身边的人身上。"

"陵川县主？"窦央挑眉问道。

楚凌道："或许，也可能是别人。"

郑洛道："若是如此，咱们倒是可以跟那个赵伯安合作。"

楚凌点头道："我也是这个意思，虽然赵伯安的底细一时半刻还查不清楚，不过他们是冲着百里轻鸿来的应该没错。"

窦央微微眯眼："你不觉得这个赵伯安的消息太灵通了么？"

楚凌笑道："所以，他背后还有人。至于是谁就不好说了。"

窦央道："合作可以，不过防人之心不可无，我们先见过这些人再说。"

楚凌点头道："我跟赵伯安约好了，今日午时城东王记茶楼。"

窦央赞道："小五考虑得很周到。"王记茶楼是黑龙寨在信州里的眼线，并不起眼而且离城门非常近。就算是出了什么意外，他们也可以随机应变在最短时间内出城。

楚凌抿唇一笑："三哥过奖了。"

午时楚凌和狄钧郑洛走进王记茶楼专门为他们准备的厢房的时候赵伯安已经到了。按照和楚凌事先的约定，赵伯安只带了两个人，一个中年男子，还有一个便是被楚凌诓了的罗昶。

见到楚凌，罗昶还忍不住瞪了她一眼，显然是对昨天的事情依然耿耿于怀。

楚凌对他友好地一笑，罗昶恨恨地偏过了头去。

"郑寨主？"赵伯安起身相迎。

"赵将军，幸会。"郑洛拱手道，"这是我三弟。"

赵伯安显然对黑龙寨很熟悉，对着窦央笑道："窦寨主，这两位皆是赵某帐下将领，夏言、罗昶。"

众人各自见礼之后才纷纷落座，喝了口茶窦央开口道："听小五说，赵将军有意和黑龙寨合作？"

赵伯安点头道："窦寨主爽快，在下也不拐弯抹角。这信州我等初来乍到，许多事情确实还要仰仗各位英雄。"

窦央笑吟吟道："江湖草莽岂敢当赵将军英雄二字？"

赵伯安轻叹了口气，摇头道："若非朝廷几位想必也不会落草为寇。"郑洛和窦央都不是那等穷凶极恶之人，若非情不得已又怎么会落草为寇？

"更何况几位寨主肯对谢老将军援手，这份高义，又岂是寻常匪寇能有的？"

这话一出，郑洛和窦央却是双双变了脸色。

窦央沉声道："阁下到底是什么人！"

赵伯安叹气："在下并未说谎，在下乃是岚州右军副统领。"

窦央冷声道:"岚州右军副统领?若是一个副统领有这样灵通的消息,只怕北方也落不到貊族人手里了。"

赵伯安道:"在下自有消息来源,对各位也绝无恶意,只是消息来源却恕在下不能相告。"

郑洛看着他沉声道:"赵将军这样说,只怕难以取信于人。"

赵伯安沉吟了半响,方才从袖中取出一张纸笺道:"这是与那些消息一起送来的,对方说只要将这个拿给郑寨主,郑寨主便会信了我的话。"

郑洛接过来一看,神色微变,将信笺递给了窦央。窦央微微蹙眉,见楚凌凑过来看便转手给了她,看了一眼对面的三个人。赵伯安道:"他们都是赵某出生入死的兄弟,绝对信得过。"

窦央点了下头,沉声问道:"谢将军已经回天启了?"

楚凌有些诧异,原来这竟然是谢廷泽的亲笔信。

赵伯安摇头道:"我不知,在下收到的只有那些消息和这封信。这封信想必也是为了取信各位寨主才准备的。"

窦央点头,那确实是谢廷泽的亲笔信。不仅是笔迹还有上面写的事情,除了谢廷泽和他们兄弟几个没人知道。

郑洛点头:"赵兄不妨说说你的计划,以及为何现在冒险渡江来杀百里轻鸿。"

赵伯安微微松了口气,看来郑洛是愿意相信他了。

沉吟了片刻,方才深吸了口气道:"这些年刺杀百里轻鸿的人不少却都功败垂成。赵某身负军职,原本不该肆意妄为。但是之前百里轻鸿俘虏谢老将军,后又千里追杀,如今更是被明王派到信州来。我们得到消息,明王只怕是打算重用百里轻鸿了。"

楚凌道:"以百里轻鸿的身份,在北晋军中只怕是备受排斥吧?"

赵伯安苦笑道:"原本是如此,但是他打败了谢老将军之后就不一样了。他是明王的女婿,就凭着这个身份,明王麾下的将士也要给他几分面子。"

窦央若有所思:"所以你们是怕百里轻鸿替貊族人打仗,才决定先下手为强杀了他?"

赵伯安点头,道:"还有一点私人恩怨。"

"哦?"三人都有些好奇。

赵伯安叹了口气,道:"赵某的祖母,姓百里。曾经是百里家的嫡出大小姐。"

所以,这赵伯安竟然还是百里轻鸿的表哥吗?这是要替百里家清理门户?

窦央道:"百里轻鸿到底还是百里家的人,赵将军当真下得了手?"

赵伯安神色一肃,冷声道:"百里家已经没有百里轻鸿这个人了。更何况现在已经没有百里家了。"

"这是为何?"

赵伯安沉声道:"诸位身处北方想必不知,百里轻鸿归降貊族百里氏族引以为耻,已更姓为云。"

厢房里一片沉默,这件事楚凌倒是知道只是却不好说。

良久窦央才问道:"赵将军有何计划?"

赵伯安沉声道:"在下此次虽然只带了二十人随行,但每一个都是精锐。另外别处还有两三百人可以调用,只是在信州里想要刺杀百里轻鸿难上加难……"

窦央已经明白了:"百里轻鸿是为了剿匪而来,赵将军打算在他进山的时候下手?"

"不错。"赵伯安沉声道:"三位对山中地形熟悉,如果咱们合兵一处伏击百里轻鸿,未必不能成功。明王并不完全信任百里轻鸿,他手里能调动的精兵并不多。只是,现在还有一个问题需要解决。"

众人看向他,楚凌开口道:"陵川县主。"

赵伯安点头:"不错,真正能调动大军的不是百里轻鸿,而是陵川县主。如果陵川县主能跟百里轻鸿一起进山还好,如果陵川县主留下,一旦百里轻鸿出了什么意外,只怕黑龙寨顷刻就要被大军压境。"

对此郑洛倒是不甚在意:"那也无妨,左右不过是换个地方罢了。"赵伯安拱手:"多谢郑寨主大义。"

郑洛摆摆手示意不必客套。

窦央问道:"赵将军消息灵通,可知道百里轻鸿和陵川县主夫妻关系如何?"

闻言,原本在想事情的楚凌也抬起头来看向赵伯安。

赵伯安微微蹙眉,道:"众所周知,百里轻鸿和陵川县主夫妻十分恩爱。十年之中,陵川县主更是为百里轻鸿生下两子一女。年纪最大的长子如今已经九岁了。另外两个是双胞胎,也已经有六岁了。若非陵川县主说情,只怕就算百里轻鸿是天纵奇才明王也不会轻易起用他。"

窦央挑眉道:"这么说,他们夫妻感情极好?"

"可以这么说。"

窦央道:"若真是如此,陵川县主应当不会与百里轻鸿入山。"

"怎么说?"

窦央笑道:"赵将军,你会让你的夫人以身涉险吗?"

赵伯安无言以对。

楚凌想了想,觉得窦央的推测不无道理。

"如果拓跋明珠执意要跟随呢?拓跋明珠在军中的权力似乎比百里轻鸿更大一些。"旁边罗昶忍不住插嘴。

窦央摇头笑道:"那陵川县主若真那么喜欢百里轻鸿,就必然会被他说服。而百里轻鸿无论出于什么原因,陵川县主留在城里都是对他最有利的。"

罗昶愣了愣，忍不住嘀咕道："聪明人真麻烦。"

楚凌看着对面的年轻人，对他露出了戏谑的笑容。

罗昶看在眼里，忍不住磨牙。

既然达成了合作协议，双方便需要分头行动了。郑洛带着狄钧回去准备，楚凌和窦央留下来与赵伯安等人联络顺便观察情况。

楚凌想了不少办法也没能找到混进镇守将军府的法子。她这个身高模样太显眼了，不管装扮成什么样进去都免不了让人注意。

于是楚凌只好采用最笨的法子，守株待兔！

陵川县主又不是大家闺秀，总不会大门不出二门不迈吧？

果然第三天早上百里轻鸿出门之后不久，楚凌就看到另一群人从将军府里出来了。一群足有二十个带着兵器的貊族武士，还有两个中原人模样的中年男子。

这一行人必然十分显眼，而走在这一行人中间的陵川县主自然更是惹眼了。

楚凌远远地看着人群中那身形高挑修长，穿着一身桃红色衣衫的年轻女子。平心而论，虽然陵川县主的容貌不如楚拂衣精致却也是个美人儿。貊族入主中原已将近十年，贵族女子已经不像普通的平民女子一般粗犷。她们也学会了中原贵女各种昂贵而精细的保养，只是依然保留了貊族女子的张扬和外向。楚凌脑海中其实对陵川县主还是有点印象的，毕竟当初在拓跋胤府中见到陵川县主的时候她已经不小了。几年过去陵川县主依然一如从前一样美丽，只是此时她却秀眉深锁，走在护卫中间双眼没什么焦距，仿佛有什么事情在困扰着她。楚凌低头思索了一下，能让一个骄傲的女人如此黯然伤神多半都是因为夫妻感情。

楚凌正要起身跟上去，却发现身后有人靠近。楚凌猛然回身一把抓向对方的脖子。

"喂！你干吗！"熟悉的声音响起，楚凌微微挑眉收回了手："你在这里干吗？"

来者却是罗昶，罗昶轻哼一声，没好气地道："我才要问你，在这里干吗？"

楚凌抬起下巴指了下前面："看到没？"

"什么？"

"拓跋明珠。"

"你在……"罗昶惊讶地道，楚凌做了个噤声的手势低声道："别废话，跟上。"罗昶看了看前方的一行人，再看看已经跟了上去的楚凌，终于还是闭上嘴跟了上去。

跟踪拓跋明珠这样的人绝对不是件容易的事情，即便是楚凌和罗昶身手都不弱，白天跟着这些人也不敢靠得太近了。最后也只能目送拓跋明珠进了靠近城楼南角落的信州镇守兵马的大营。远远地楚凌蹲在角落里问道："百里轻鸿是不是在大营里？"

罗昶摇头："没，百里轻鸿一大早就出城了，去了南军的营地。"

楚凌微微蹙眉："百里轻鸿去了南军，拓跋明珠却一个人来了貊族人军中？这对夫妻有点意思。"

罗昶沉吟了片刻，有些犹豫地道："你说会不会是貊族人根本就不相信百里轻鸿，拓跋明珠背着百里轻鸿做了什么安排？"

楚凌撑着下巴扭头打量着罗昶眨了眨眼睛："有点想法啊。"

罗昶眼睛一亮："你也觉得我说得有道理？"

楚凌点头，赞道："简直太有道理了，一个堂堂貊族贵女，为了一个十年都还不能信任的男人生了三个孩子，亲自陪着他千里迢迢跑出来剿匪？她就不怕百里轻鸿直接反水把她给绑了？"

罗昶哪里听不出来楚凌的嘲讽，有些不悦地轻哼一声："那你说！"

楚凌偏着头思索了一会儿，道："我也不知道啊，不过这对夫妻大概确实不像我以为的那么和睦恩爱吧。""咱们现在怎么办？"罗昶问道。

楚凌道："你在这儿守着，我回去找赵将军和三哥谈点事儿。"

罗昶也不推辞，点头道："快去快回。"

楚凌站起身来正要离开，却被罗昶一把拉了回来。"你……"

"嘘！"罗昶低声道："你看！"

楚凌抬眼看过去，就看到又一群人从远处策马而来。为首一人四十五六的模样，面容坚毅深邃，鬓间却已经染上了几许风霜。他坐在马背上背犹如一杆枪一般挺得笔直，脸上并没有什么凶戾的神色，却让人由衷地感觉到一股煞气扑面而来。

楚凌心中一震。

她从来没有见过这个人，但是却仿佛一瞬间直觉地知道了这人的身份。

"这人是谁？"

"拓跋兴业。"

罗昶震惊。虽然身在南朝，但是对于每一个天启人来说拓跋兴业这个名字绝对比北晋皇帝更加响亮。北晋兵马大元帅，当之无愧的天下第一名将。同时也是率军破关进入中原，第一个攻入上京的人。

如果罗昶此时身怀绝世武功，只怕就要一跃而起直接冲过去刺杀拓跋兴业了。可惜罗昶并不是绝世高手，而拓跋兴业却是货真价实的绝顶高手。

"你确定？你见过拓跋兴业？"

楚凌摇头，看向远处渐渐靠近军营大门的人神色却是凝重："除了他，还有谁能是拓跋兴业？"

罗昶默然。

两人对视一眼，问道："现在怎么办？"

楚凌道："你看着，离远一点不要靠近，我回去找三哥。"

罗昶也顾不得跟楚凌的那点小恩小怨，点头道："行，你快去！"

楚凌回到他们暂时落脚的地方，听了楚凌的回报赵伯安和窦央也是面面相觑。他们是想要对付百里轻鸿，哪里想到买一送二还附赠陵川县主和拓跋兴业？

窦央皱眉道："拓跋兴业素来与拓跋梁不和，他应该不是来帮百里轻鸿的吧？"

"是不是有什么咱们不知道的消息？"

楚凌沉默了片刻，道："我再去打探一下消息。"

赵伯安道："我也派人去打探一下。"

很快楚凌就发现，不用她打探消息了。因为拓跋兴业来信州的消息很快就传遍了整个信州。

半个月前，天启镇北军统领安北侯卓铮叛国想要与北晋里应外合引貊族兵马渡江被副将发现。卓铮不得已只能渡江逃到北晋，消息传来不仅天启朝廷派人拦截追杀他，身在北晋依然还心念故国或不愿与貊族为伍的中原人也在追杀他。卓铮身边虽然带了不少心腹侍卫，他本身也能力不凡，却也逃得极为狼狈。

而拓跋兴业就是奉命来接应卓铮的。

须知卓铮是这十年来公开归附投靠北晋的天启将领中身份最高名声最显赫的，这一点连当初的百里轻鸿都比不了。毕竟百里轻鸿当年也只是个出类拔萃的少年名将。以百里轻鸿当时的情况，不投降就是死，然而他死不死，该丢的城一样要丢，该亡的国一样要亡。

卓铮却不同，他是手握天启三成兵马的镇北军统帅。若不是发现得早，副将当机立断，军中将士绝大多数也都不愿意与貊族人为伍，只怕这会儿貊族士兵都已经渡江了。

因此，在天启人眼中，卓铮一定要死！而在貊族人眼中，卓铮绝对不能死！

只要卓铮活着到了上京，貊族不仅能得到天启的兵力部署和无数内幕消息，更能得到一员猛将。最重要的是，天启人的脸面可就真的是被丢得干干净净了。只怕很长一段时间内，天启军中士气都要一蹶不振。

正是因为如此，北晋皇帝不惜派出了拓跋兴业亲自来迎接卓铮。一是显示出北晋对卓铮的重视，二是只有拓跋兴业才有能力在重重追杀下保卓铮平安到上京。如此礼遇，若是卓铮还能出尔反尔不肯为貊族效死，那他就真的可以去死了。

"砰！"赵伯安一掌重重地拍在桌面上，桌子上立刻多了一个窟窿："卓铮！"房间里的其他人同样面面相觑谁都不敢说话，也不知道能说什么。他们都是军中将士，岚州军同样也是归属镇北军的，也就是说卓铮算得上是他们的顶头上司。

而现在安北侯叛国了？

"赵将军息怒。"楚凌沉声道，"安北侯叛国消息可确凿？"

赵伯安眼睛有些泛红，苦笑了一声将手边一叠信函推到了楚凌跟前。楚凌迟疑了一下还是拿起来打开，里面的内容却着实让人心惊。

安北侯身边最宠爱的侍妾竟然是貊族的细作，这些年安北侯通过她一直在与貊族勾搭。原本也没人知道，只是不久前卓铮竟然暗中派亲卫截杀本欲渡江返回南朝的谢廷泽。谢廷泽被人救了后不知所终，卓铮却引起了副统领的怀疑。卓铮既然杀谢廷泽不成，自然知道事情败露是早晚的事情，索性一不做二不休打算引貊族过江。

楚凌摩挲着手中的信笺，信笺上的字迹她见过，这是桓毓的字。

翻开另两张信函，却都是大同小异。一封似乎是天启军中的密信，同样将卓铮的事情交代了一遍，后面的命令却是不惜一切代价绞杀或生擒卓铮。

而最后一封信上面却盖着一个印章，上书沧云二字。

这封信与其他不同，这封信上交代的是卓铮那小妾的身份。卓铮那宠妾果然不是寻常的宠妾，她是北晋皇帝与中原女子所生之女，早在天启尚未南迁卓铮还不是安北侯的时候就跟着卓铮了。这次卓铮逃出来，也只带了她和两人所生的一子一女。至于嫡妻所出的嫡子嫡女却是一个都没带，只不知道卓铮是没有办法带还是根本就不在意了。

"没想到赵将军竟然连沧云城都有联系？"楚凌有些好奇地道。

赵伯安淡然一笑，道："只要是对付貊族的人，都可以成为朋友。"虽然赵伯安是武将，但他本身却是出身名门的。所以即便是外表略显粗犷，言谈间却更多了几分名门世家的克制。

楚凌点头："这话不错。那么赵将军的意思，眼下百里轻鸿那边……"

赵伯安沉吟了片刻，便下了决定，沉声道："公事为先，至于百里轻鸿想必很快他也没有心情去管黑龙寨了。"

告别了赵伯安出来，楚凌跟窦央提出这段时间她要暂时离开单独行动。

窦央有些意外却并没有阻止，只是叮嘱她一定要注意安全，若有什么事情便回来。楚凌很是感动，黑龙寨的人大都单纯豪迈没什么心机，刚认识的时候就只有窦央对她颇为怀疑。但是这些日子相处下来，窦央对她也多有维护。对于自己隐瞒身份的事情，楚凌时常感到有些愧疚。

这次的事情了结了，便私底下跟大哥他们说一下吧。

辞别了窦央，楚凌直接去了之前和君无欢落脚的李伯家。她毫无意外地在那里看到了许久不见的桓毓公子。桓毓依然是一身白衣飘飘风度翩翩的模样，站在屋檐下临风而立抬头仰望天空的模样看得楚凌牙疼。

"哟，凌姑娘，好久不见哦。"桓毓笑眯眯地对她招手，"刚过来老王就说前两日你来过，我还不信以为他被谁给骗了呢。没想到你竟然真的还在信州。"

楚凌掀了一下眼皮，淡淡道："我这种名不见经传的小人物，去哪儿不都是一样的。劳桓毓公子惦记了。"

桓毓嘿嘿一笑，挥动着手中的折扇："说起来本公子还真有点惦记凌姑娘。咦？凌姑娘这是长高了啊。"

楚凌微微后仰避开了他扇过来的风，终于忍无可忍道："你能不能不要扇？"

桓毓不解："为什么？"

楚凌面无表情："我怕得风寒。"

桓毓最后也只得讪讪地将自己的折扇收了起来，无奈地看着楚凌道："你怎么知道我在这里？"

楚凌淡定地道："我不知道啊，不过这么大的事儿以你们的消息灵通，总会有人来吧？我原本以为会是君公子来着。"

桓毓觉得这话不对，微微眯眼打量着她："怎么着？看不起本公子啊？"

楚凌对他粲然一笑，意思不言而喻。跟君无欢比起来，你好像确实是有那么一丁点的不靠谱。

桓毓轻哼了一声，道："君无欢确实会来，不过要晚两天。你知道的，他的身份不太方便。话说你这丫头这么关心君无欢，该不会真的看上他了吧？"

楚凌无语地翻了个白眼："我还没成年，谢谢。"

桓毓浑不在意："没事儿，哪个少女不思春？君无欢确实长了一张不错的脸，只可惜……"上下打量了楚凌一番，"我估摸着他可能看不上你这样的小豆芽。我跟你说，在上京可是连貊族郡主都想要在君无欢面前献殷勤呢。人家貊族郡主虽然说长得没你精致吧，但人家前凸后翘，看起来好歹是个女人啊。"

嗖！一道冷风从桓毓跟前掠过，桓毓连忙侧身避开。一缕发丝被楚凌射出的飞刀削断，飘然落地。

桓毓忍不住跳脚，"我的头发！你这臭丫头！"

楚凌扬起下巴："想打架？"

"你打得过我吗？"桓毓傲然。

楚凌抽出另一把匕首在手中把玩，"试试看不就知道了么？"

桓毓连忙往后退了两步："好男不跟女斗。"

楚凌轻哼一声，懒得跟这个二货计较，问道："卓铮的事情，你们了解多少？"

说回正事，桓毓总算正常了许多。叹了口气道："这回南朝还真没冤枉卓铮，卓铮确实叛国了。"

楚凌皱眉道："为什么？卓铮手握重兵又是安北侯，出身显贵，天启虽然偏安一方但是江南远比北方富庶。背叛天启对他有什么好处？难不成，那传说中的貊族公主当真是个绝色尤物，让卓铮为她神魂颠倒？"

桓毓诧异地挑眉："你知道得倒是挺多的，那宠妾确实是个美人，不过卓铮叛国倒不是真的为了她。卓铮虽然出身显贵但他是家中嫡次子，原本家业也轮不到他继承。不过在当年永嘉之乱中，他的嫡亲哥哥却死了，所以，卓家的一切资源才落到了他的身上。如果他的兄长是正常死亡自然没什么只能说他运气好，问题是他那兄长是他的侍妾趁乱害死的。"

"那时卓铮并不知道那女人是貊族的细作,只觉得这个女人一心一意为了自己,从此更是掏心掏肺地专宠。后来卓铮能成为镇北军统帅封侯,这个女人也出了不少力。但是这些力却都是靠着貊族在南朝朝堂中的一些关系。如此,卓铮哪里还能跟貊族人撇清关系?更何况,在卓铮看来南朝早晚是要被灭的,还不如提前跟貊族人打好交道。毕竟百里轻鸿只是娶了个县主,他这个侍妾可算得上是个公主了。人家一个公主屈尊来给他当侍妾,卓铮还不感激涕零?"

楚凌也不由为这乱七八糟的内幕震了一震。简言之,这就是一个貊族公主十多年终于套牢了一个天启名将的故事。这要是写成话本,都足够演一出缠绵悱恻虐恋情深的传奇故事了。

"卓铮为什么要杀谢廷泽?"楚凌问道。

桓毓有些诧异:"你跟南朝军中的人有接触?"

楚凌对他笑了笑:"别跟我说消息不是你们传的。"

桓毓翻了个白眼,"这镇北军的人也太不稳妥了,我们给他们消息,他们回头就把我们卖了?"

楚凌道:"那倒不是,但是我看到那封信好像是你的笔迹。"

桓毓有些讪讪,郁闷道:"一时情急没注意。"

见楚凌还定定地盯着自己,桓毓才解释道:"如果谢廷泽回到天启,必然会深受永嘉帝重用。但是如今天启的兵权都已经有主了。卓铮虽然是安北侯,比起另外几位同样手握兵权的将领,他既不是能力最强战功最卓越的,也不是永嘉帝最信任器重的。而且他统领的还是镇北军,直面灵沧江与貊族人的。永嘉帝最有可能的便是找借口将卓铮换了给谢廷泽腾位置。若是寻常人纵然心中不忿也只能忍了,但是卓铮与貊族人勾结自然心虚。许多事情他执掌大权的时候没人敢查也方便遮掩。一旦换了人,很多他原本遮掩的东西只怕就藏不住了。卓铮哪里能不怕?"

楚凌叹了口气:"原来如此,那你们凌霄商行的计划是什么?"

桓毓对她露齿一笑,比了一个杀鸡抹脖子的动作。

夜幕降临,楚凌跟桓毓坐在城中最富丽堂皇的酒楼里,桓毓喝酒,楚凌喝茶。

俗话说有钱能使鬼推磨,虽然貊族人大多看不起中原人,但是他们霸占着这么多的产业也是要赚钱。中原人的数量是貊族人的十倍甚至更多,完全不接待怎么可能?桓毓随手扔了个元宝过去,便让那原本有些鼻孔朝天的伙计恭恭敬敬地将他们请到了楼上视野最好的临窗位置坐下。

楚凌靠近桓毓低声道:"你这么风骚,怎么还没被貊族人盯上?"

按理说桓毓跟君无欢关系匪浅,他经常到处跑什么事儿都有他掺一脚,貊族人早该顺藤摸瓜顺着他找到君无欢身上去了。

桓毓看看四周,对她挑眉一笑道:"都跟你说了,本公子不是凌霄商行的人。"

楚凌怀疑地看着他，桓毓耸耸肩道："不信算了。"

楚凌笑道："我信啊，君无欢还有凌霄商行以外的势力嘛。"

桓毓半响无语，好一会儿才忍不住道："丫头，知道太多了不好。"

楚凌也不再追问，越过窗户看看四周，有些不解地问道："好端端的怎么想到来这儿吃饭？"

桓毓笑眯眯地道："看戏啊，今晚这里有好戏看哟。"

闻言，楚凌顿时也兴致勃勃起来。

两人一边吃着美味佳肴，一边期待着好戏开演。楚凌盼得脖子都要长了，终于听到楼下传来了一些嘈杂声。侧耳倾听，一阵脚步从下面传来，片刻后人已经到了楼梯口。

来人穿着一身素色锦衣，银纹云纹勾勒着金丝，比起桓毓那一身骚包白衣更显出几分优雅。他面容俊美之极，只是面容上少了几分血色，身形也略有几分单薄，倒是失却了三分风采。但即便如此，他一走上来无论是貊族人还是中原人都忍不住朝他看了过去。

"咳咳。"君无欢低头闷咳了两声，他身后还跟着五六个护卫，其中一人便是楚凌认识的文虎。

君无欢的目光淡淡从楼上的众人身上扫过，划过楚凌和桓毓身上依然是淡淡的，仿佛根本就不认识两人一般。

文虎没有看他们这边，只是专心地跟着君无欢恭声道："公子，已经吩咐他们留好了厢房。此处嘈杂，公子里面坐吧。"

君无欢点了点头，问道："客人到了么？"

文虎摇头："尚未。"

君无欢轻哼一声，笑容有些淡淡的冷意："架子倒是大，再等一刻钟，若是不来便回去吧。"

"是，公子。"文虎点头，显然也是对有人让自家公子等候很是不满。

文虎话音未落就听到楼下传来了一个清脆的女声："有些小事耽搁了，实在是抱歉得很。想必没让长离公子久等吧？"片刻后一个红衣女子带着人走了上来，言笑晏晏，明艳动人。

楚凌有些惊讶，没想到君无欢要见的人竟然是陵川县主。

"上京一别，长离公子别来无恙？"陵川县主笑道。

君无欢淡淡道："侥幸安好，有劳县主挂念。"

陵川县主笑道："辛苦长离公子亲自走这一趟，不如里面谈？"

"县主请。"

等到这一行人进了旁边的厢房，楚凌方才有些无趣地戳了戳桓毓的胳膊，小声道："这就是你说的好戏？"不就是君无欢和陵川县主见个面吗？有什么可看的，总不至于君无欢和陵川县主之间还有什么不能不说的故事吧？

一瞬间，楚凌觉得百里轻鸿的头顶上一片绿油油。

"你在想什么笑得这么淫荡？"桓毓看着她怀疑地道。他也很奇怪，一个豆芽菜一样的小丫头为什么能笑出如此猥琐的表情。

楚凌白了他一眼，看看四周再次压低了声音："你们打算给百里轻鸿戴绿帽子？"让君无欢亲自出马，这代价也太高了一点。

"噗！"桓毓一口茶直接喷了过来。楚凌连忙侧身避过，嫌弃地看着眼前的满脸通红的桓毓，"你好脏！"

桓毓一阵猛烈的咳嗽之后方才瞪着她道："你傻么？就算要给百里轻鸿……也不会在这种地方好吧？"

楚凌耸耸肩，谁知道你们这些人有什么怪癖？

桓毓嘴角直抽抽，总感觉从此君无欢的清白名声就要付之东流了。

站在朋友的立场，桓毓觉得自己还是应该替君无欢解释一下，只是他还来不及开口，脸色就微微一变。

"别动，别回头乱看。"

楚凌虽然日常喜好与桓毓抬杠，但是真有事还是开玩笑她却分得清楚的。更何况，楼梯口沉重的脚步声也让她知道了来者身份定然不凡。

一般习武之人脚步都是极轻的，武功越高的人越轻，轻功的最高境界据说便是踏雪无痕。但是也有人例外，比如现在上来的人。他脚步沉稳有力，即便是楼上人不少，楚凌依然能听清楚每一步脚步声，一步一步，仿佛是踩在了人的心上。

楼梯口上来的是两个人，一个高大魁梧却并不臃肿的精悍中年男子，一个面容冷峻的年轻男子。正是拓跋兴业和百里轻鸿。拓跋兴业的脚步声太过引人注意，竟让楚凌险些忽略了跟在他身后的百里轻鸿。

原本还有几分喧闹的二楼上立刻安静了下来，拓跋兴业扫了一眼二楼，方才回头对百里轻鸿道："百里公子，请。"他声音洪亮却沉稳，没有丝毫急躁和骄横之意。反倒是平和得有些不像是一个功勋彪炳的当世名将。北晋人一般称呼百里轻鸿为陵川县马，他却称呼百里轻鸿为百里公子。可见在他眼中看重的并非百里轻鸿陵川县马这个身份，而是百里轻鸿这个人。

"大将军请。"百里轻鸿不卑不亢沉声道。

两人都不是挑剔的人，随意找了个空位坐了下来。跟着上来的掌柜估摸着想要将两人请去厢房，但是却不知为何讪讪地不敢上前。等到两人都坐下了自然更不敢说什么了，连忙张罗着去准备饭菜。

楚凌与百里轻鸿和拓跋兴业的位置正好背对着，自然看不见两人的情形。又不好转身去打量，一时间郁闷非常。她只能一边喝茶，一边竖着耳朵听两人说话。只是两桌之间相隔甚远也听不太清楚。

百里轻鸿与拓跋兴业共饮了一杯酒，放下了酒杯方才沉声道："大将军特意屈尊，不知有何吩咐？"

拓跋兴业打量着百里轻鸿，片刻后方道："百里公子可愿入我帐下效力？"

百里轻鸿一怔，似乎有些不解地看着拓跋兴业。拓跋兴业笑道："百里公子本是名将之才，埋没十年已是可惜。若是再蹉跎下去，只怕这世间当真要少一个名将了。"

原本拓跋兴业对百里轻鸿不感兴趣。虽然拓跋兴业是天启的敌人，但是他对投靠貊族的天启人没有好感。身为一个武将，上阵杀敌开疆拓土是他的分内事。若有一天兵败被擒，也不过就是横刀殉国罢了，没有武将喜欢叛徒。

不过这十年百里轻鸿一直默默无闻，既不像许多投靠了貊族的天启官员一般比貊族人更穷凶极恶地欺负天启人，也不汲汲营营地钻营权势，仿佛就是一个隐形人一般。原本拓跋兴业早该将此人抛到脑后，偶尔想起来也不过是叹一句将星未明便已经陨落罢了。只是之前百里轻鸿打谢廷泽那一战着实惊才绝艳，这才让拓跋兴业又记起了这个沉寂了十年的年轻人。

如今想来十年前百里轻鸿困守孤城，坚持到最后城破被擒。这些年虽然归降北晋却没有出卖过天启的什么消息。就一个武将而言，百里轻鸿也不算对不起故国。这次在信州一见，拓跋兴业更觉得百里轻鸿是可造之材，比起军中那些洋洋自得，狂妄自满的年轻将领强了不知道多少倍。

百里轻鸿也有些惊讶，他没想到拓跋兴业屈尊请他喝酒，竟然是说这样的事情。片刻后，百里轻鸿方才淡淡道："多谢大将军抬爱，在下不过一介降将，万不敢当。"

拓跋兴业也没有指望一句话就能说动百里轻鸿，别的不说，百里轻鸿是明王的女婿这一点就很麻烦。

百里轻鸿婉拒的话拓跋兴业并没有生气，只是点了下头，道："老夫此次奉陛下之命前来接应卓铮，还要有劳贤伉俪两位相助。"

百里轻鸿点头："分内之事，大将军不必客气。"

拓跋兴业笑道："只怕耽误了百里公子的正事。"

百里轻鸿道："区区剿匪，算不得什么正事。"

拓跋兴业道："明王殿下果真是一心为国，区区剿匪之事也派东床快婿亲自前来。"

百里轻鸿沉默，这话听着是称赞却不大好接。百里轻鸿是聪明人，怎么会不知道拓跋兴业这是在警告他，或者说警告明王府不要将手伸得太长了。之前明王私自调用军中势力，到底还是惹了拓跋兴业不悦。只是事情不大，拓跋兴业又没有证据证明跟明王有直接关系，只得隔空警告一声罢了。

半响，百里轻鸿方才回道："在下不过一介闲人，也只能做些微不足道的事了。"

拓跋兴业微微蹙眉，打量着眼前神色冷淡的年轻人，问道："百里公子可曾后悔？"

百里轻鸿出身名门世家，曾被天启皇帝亲许公主为妻。虽然出身书香门第，却是名动天下的少年名将。跟他们这些曾经在荒漠雪原中挣扎求生的貊族人不同，这是一个从生下来就比寻常人骄傲千倍万倍的人。这样的人，若是十年前直接战死，只怕也足以光耀千秋让后世的文人墨客书写感怀了。但是百里轻鸿却选择了活下来，跟他之前的人生比起来，这十年绝对算不上好。

百里轻鸿淡然道："千古艰难惟一死，既已经做出了决定，何必后悔？"

拓跋兴业轻叹了口气，心中暗暗惋惜。

不远处的楚凌竖着耳朵努力想要听到身后的谈话，所幸因为拓跋兴业和百里轻鸿的存在楼上的人说话声音小了许多，倒是让楚凌勉强能听到只言片语。只是没有有用的内容，只得百无聊赖地趴回了桌子上。

另一边的厢房里气氛也不轻松。君无欢坐在靠窗的位置神色淡淡地看着坐在自己对面的拓跋明珠沉声道："明王想要的东西，凌霄商行有。但是在下如何确定，明王府不会给在下带来麻烦？"

拓跋明珠皱眉道："长离公子不相信我父王？"

君无欢低笑一声道："在下是个生意人，所以我谁都不信。这些年貊族人入主中原，黑吃黑的事情做得还少么？"拓跋明珠脸色有些难看，君无欢却端起茶水姿态优雅地抿了一口，"你们貊族人根本就不会做生意，却偏要强来。如今北晋看似占地广大，实则每年的税收还不到天启时期的五成，而且还在逐年减少吧？"

拓跋明珠不语，君无欢道："若是继续如此下去，北方百姓民不聊生，北晋不仅会越来越难以征税，说不定还会爆发民乱。恕在下直言，以你们这样的经营之道，北晋入主中原的时间只怕不会超过三十年。"

"放肆！"拓跋明珠声音一冷，霍然站起身来眼神如刀一般地射向君无欢。

站在他身后的两个侍卫也跟着拔出了刀来。

君无欢嗤笑一声，手指轻弹两缕指风掠过。两个侍卫只觉得手腕一痛，手中的佩刀砰然落地，君无欢身后的文虎神色不善地盯着拓跋明珠。

拓跋明珠却已经冷静了下来，冷笑一声道："听闻长离公子虽然身体孱弱却是个绝顶高手，今日一见果然名不虚传。不过，天启人有句话不知道身为西秦人的长离公子可听说过？"

君无欢侧耳："洗耳恭听。"

拓跋明珠道："普天之下莫非王土。"

君无欢笑容温和："看来这些年，百里轻鸿教了县主不少东西。百里家世代名门，不过县主只怕是一辈子都进不了百里家的族谱了。"

拓跋明珠轻哼："本县主何须在意这种小事？长离公子，今日你出言不逊本县主不与你计较，但是我劝你谨言慎行。"

君无欢叹了口气，淡淡道："也罢，既然如此本公子便实话实说。明王要的东西，本公子有。但是明王要的东西大皇子恰好也有兴趣，而且日前大皇子已经派人与我照会过。要不，明王和大皇子各拿一半？"

拓跋明珠道："你当真不怕得罪我父王？"

君无欢道："我也怕得罪大皇子，县主也不必为难君某，君某做生意是为了赚钱，卖给谁都是卖。但若是命都没有了，我还要钱做什么？若实在不行，大不了我不做生意了，等上几年等明王和大皇子分出了胜负再出来？"

拓跋明珠半晌无语。

君无欢说得没错，北晋人确实不善经营。他们又信不过天启人，所以在北晋境内生意做得好的反倒是西秦人，而君无欢的凌霄商行更是其中翘楚。原本凌霄商行只是西秦一个并不出众的小商行，经营了几代也寂寂无名。却在君无欢手中迅速扩张，短短七八年时间便已经赫然成为了北方第一商行。

如今提起凌霄商行，许多人都当是君无欢创立的。君无欢的人脉商路惊人，在北晋、天启、西秦甚至周边诸国都有人脉。许多他们得不到的商品君无欢的商队却能够轻易带回来。

譬如这次君无欢的商队便从西域带回来了一批珍贵药材，而这恰巧便是如今北晋军队最缺少的东西。正规编制的军队还好，朝廷有固定拨付的药材。如果自己暗地里想要养私军的话，药材、粮食、兵器，缺一不可。这些从正规渠道是无法弄到的，只能依靠这些商人。

明王早在北晋入主中原之前便野心勃勃，这么多年暗地里更是培养了不少势力。这些见不得人的势力养起来却十分费事，不养又不成。

好一会儿，拓跋明珠方才叹了口气道："长离公子既然到了信州，想必心中也已经有了取舍。说实话，大皇子未必给得出高于明王府的价格。更何况，如今北方混乱，那批货物从西秦入境听说差点被沧云城的人给劫了。信州距离上京尚且有一段距离，长离公子若是愿意在此地交货，后面的事情便不用劳烦长离公子了。公子以为如何？"

君无欢微微眯眼："县主在威胁君某？"

"怎会？这难道不是两利之举？"拓跋明珠笑道。

君无欢沉思了片刻，方才道："也可，不过半个月后君某有另一批货入京。明王府不得阻拦。"

"给大皇子的？"拓跋明珠皱眉。

君无欢笑道："皇长孙生辰在即，在下总要送点礼物弥补一下大皇子。"

拓跋明珠点头："好。"

"那就多谢了。"君无欢满意地点头。

拓跋明珠问道："何时交货？"

君无欢道："明日午时，城西别院。"

拓跋明珠点头表示同意。既然谈完了生意，拓跋明珠便起身要走了。跟君无欢相处着实不是一件让人觉得愉快的事情。所以拓跋明珠也并不想多待。

身后传来君无欢有些好奇的声音："县主，百里轻鸿知道你借着剿匪之机来和大皇子抢东西吗？"

拓跋明珠脚下一顿："这仿佛与长离公子无关。"

君无欢笑道："说得是，在下多言了。不送。"

拓跋明珠轻哼一声，推门而去。

陵川县主从厢房里走出来的时候，正好看到也起身准备离去的拓跋兴业和百里轻鸿。双方一看到对方都不由得一愣，陵川县主的脚步也跟着一顿。

身后君无欢不紧不慢地走出来，却见陵川县主挡在路口，蹙眉道："县主，还有什么事？"百里轻鸿循声望去，自然也看到了君无欢。

百里轻鸿和拓跋兴业都是认识君无欢的，毕竟在貊族人当道的北晋，能混得如此之好让大多数貊族人都不得不买账的西秦人并不多见。不说是貊族权贵，君无欢跟北晋皇帝甚至是北晋皇后、宫中后妃关系都不差。毕竟每年那数不清的从南朝送入北晋后宫的名贵绸缎、珠宝甚至胭脂水粉，大半都是君无欢提供的。

不过拓跋兴业却不怎么喜欢君无欢，他总觉得这个商人非常危险。

貊族人并没有天启人重农抑商的传统，商人掌握着国家大半的财富，还有靠财富铺就的人脉网络力量绝对不可小觑。即便是拓跋兴业有时候也不得不找凌霄商行设法调度一些急需的物资。拓跋兴业曾经向北晋皇帝进言打压君无欢和凌霄商行，但是北晋皇帝并没有放在心上。毕竟在北晋皇帝看来君无欢只是个商人，北晋兵强马壮，若真有什么异心，朝廷随时可以挥兵清扫凌霄商行在北晋的所有产业。

君无欢越过陵川县主，看了一眼拓跋兴业和百里轻鸿微微扬眉："原来是大将军和陵川县马，好久不见了。"

拓跋兴业微微点头："君公子怎么会在信州？"

君无欢笑道："在下是商人，自然是做生意。"

拓跋兴业有些怀疑地看着君无欢，君无欢虽然身体弱但却是个难得一见的高手。如今这个关头，他不得不怀疑君无欢出现得未免太巧了一些。拓跋兴业目光落到拓跋明珠身上，微微皱眉。

"明王倒是舍得，让县主千里迢迢走这一遭。"

拓跋明珠嫣然一笑："大将军谬赞了，明珠只会一点拳脚功夫，不过是跟着谨之出来玩玩罢了。今日碰巧遇上长离公子，便跟他聊聊府中明年要用的料子，些许小事，怎么好让大将军挂心。"

说完这话，拓跋明珠已经款步走到百里轻鸿身边，伸手拉住了他的胳膊对拓跋兴业笑道："大将军和谨之喝酒，怎么不叫明珠一声呢。明珠也能陪大将军喝一杯。"

君无欢陪你聊做衣服的料子？看了一眼站在旁边的君无欢，这位可不像是脾气那么好的人。

拓跋兴业也不着急，点头道："与百里公子闲聊了一会儿，一时兴起罢了。"

君无欢显然对这两人的谈话没什么兴趣，淡定地带着人走了过去："在下还有事在身，就先告辞了。县主……"

拓跋明珠点头笑道："今天耽搁长离公子时间了，回到上京明珠定然让人上门赔礼。"

君无欢笑了笑，目光淡淡从百里轻鸿身上扫过："大将军，县马，告辞。"

一行人目送君无欢离去，拓跋兴业微微蹙眉："这位长离公子性子倒是有几分傲气。"

拓跋明珠不以为意："有本事的人多少有几分脾气，倒也没什么。"

"既然如此，我也先回去了。"

拓跋明珠点头笑道："送大将军。"

很快拓跋兴业也下楼去了，只留下百里轻鸿夫妻俩相对而立。拓跋明珠看了看百里轻鸿，脸上的笑意也跟着淡了几分。却到底没有在大庭广众之下说出什么话来，只是轻声道："谨之，我们也回去吧。"

百里轻鸿看了她一眼，点了点头："走吧。"

这四个人走了，原本气氛压抑的二楼上顿时热闹了起来。楚凌觉得她仿佛还听到谁长长地出了一口气。

对面的桓毓笑看着她，问道："如何？"

楚凌轻哼一声："这算什么好戏？无聊。"

桓毓笑道："好戏自然不能大庭广众地上演，我猜拓跋明珠和百里轻鸿回去肯定要吵架。"

楚凌忍不住翻了个白眼："你闲得没事干了吗？吵架又如何？只要拓跋明珠一天还是明王的女儿，百里轻鸿就不会跟她闹翻。吵架也是夫妻情趣，你懂什么？"

桓毓道："就是不知道这位陵川县主有没有凌姑娘这样的情趣了。"

楚凌秀眉微锁，思索着方才的事情。

虽然看似平淡但有眼睛的人都能看得出其中隐藏的紧绷气氛。

拓跋明珠和明王并不完全信任百里轻鸿，而拓跋兴业想要拉拢百里轻鸿也未必就真的是全然的爱才之心。再说君无欢，虽然不知道君无欢和陵川县主谈了什么，但显然让拓跋兴业不太高兴，拓跋兴业对君无欢似乎带着戒备和敌意。

"拓跋兴业和凌霄商行有过节？"

桓毓有些诧异地看了楚凌一眼，挑眉道："那倒是没有，只是拓跋兴业一直看凌霄商行和君无欢不顺眼。"

楚凌撑着下巴思索了一会儿，道："不愧是一代名将。"

一眼就看得出来凌霄商行包藏祸心。

两人回到院子的时候已经是深夜了，刚踏入院门就看到一个修长的身影临风而立。君无欢站在屋檐下，昏黄的火光在他苍白的脸上也染上了一层淡淡的光，倒显得不那么苍白羸弱了。他身上披着一件银灰色大氅，丰神如玉，静雅出尘。

"回来了？"

桓毓有些惊讶："这么晚了，你怎么在这里？"

君无欢笑道："自然是等你们回来。咳咳……阿凌，别来无恙？"

楚凌笑道："数月不见，长离公子风采依旧。"

君无欢有些无奈地苦笑了一声："病弱之身，侥幸安好罢了。"

桓毓左右看看两人，挑眉道："我倒是不知道，你们交情竟然这么好了。"

楚凌拍拍他的肩膀安慰道："有的人天生人缘好，羡慕不来的。"桓毓无语。

三人进了房间坐下，房间里早已经烧上了炭火。突如其来的温暖和炭火气息让君无欢不适地闷咳了几声方才平静下来，抬眼看向桓毓道："你今天带阿凌去那里做什么？"

桓毓笑吟吟地道："还能有什么，看戏啊。"

君无欢皱眉道："拓跋兴业武功绝顶，若是让他看出破绽……"

桓毓郁闷："我怎么知道拓跋兴业和百里轻鸿会跑到那儿喝酒啊？拓跋兴业不是一向都看不惯那些投降的将领吗？"

君无欢扬眉，"既然不知道，你看的什么戏？"

桓毓嘿嘿一笑："原本我是找人把百里轻鸿引到那里去的，哪知道会多了一个拓跋兴业？"

楚凌偏着头好奇地看着两人："所以，你们真的打算给百里轻鸿……"

"啊！"楚凌话还没说完旁边的桓毓就大叫一声扑过来想要捂住她的嘴。楚凌怎么会让他得逞，身体向后一靠避开了扑过来的桓毓，悠然地接上，"给百里轻鸿头顶染点绿？"

君无欢愣了一愣，原本还带着几分笑意的脸色立刻冷了几分："桓毓！"

桓毓忍不住抖了抖，猛地后退几步哀怨地看了楚凌一眼。

楚凌友好地对他笑了笑。

君无欢有些无奈地抬手揉了揉眉心，看着桓毓语重心长地道："我现在不想跟百里轻鸿交手，另外你也打不过他，所以你最好少惹他。"

桓毓有些不服气："没打过你怎么知道我打不过他？"

君无欢靠着扶手道："要不我派人去给百里轻鸿送个信，帮你约战？"

桓毓的气势顿时一泻千里："还是算了吧。"

君无欢看着他，淡淡道："你看百里轻鸿不顺眼是你的事，但行事最好还是谨慎一些。"

桓毓无精打采地点了点头："知道了，我跟阿凌姑娘开个玩笑嘛。"

楚凌看看桓毓再看看君无欢，却见君无欢也在看自己，立刻眨了眨眼睛对他露出无辜的笑容。君无欢不由笑了笑："阿凌这些日子一直都在信州？"

"是呀。"楚凌笑道："反正我也无家可归，去哪儿不是一样的么？"

君无欢思索了片刻，道："听说黑龙寨来了个五当家，叫凌楚，是阿凌吗？"

楚凌惊讶："你连在黑龙寨都有眼线？"

君无欢摇摇头笑道："那倒是没有，你也知道凌霄商行是做生意的，生意人的消息总是要灵通一些的。"

"凌姑娘，你去当山贼去了？"桓毓惊讶地道，"还是黑龙寨五当家？"

楚凌抬起下巴："怎么？有意见？"

"没有没有。"桓毓连忙摇头，只是略有些惋惜道："你一个小孩子去当什么山贼啊？早知道你这么不拘小节，还不如……"

楚凌挑眉等着他后面的话，不想桓毓竟然只说半截就闭嘴了。对着楚凌笑了笑，很没技巧地转移了话题，"当山贼好不好玩儿？"

楚凌无语，当山贼好不好玩儿？当然好玩！坐在一边的君无欢看这两人又将话题拉到了十万八千里外，只得轻咳了一声作为提醒。

两人齐齐扭头看向他，君无欢也不觉得尴尬依然从容淡定地道："阿凌这几日可有闲暇？"

楚凌道："有什么事需要帮忙吗？"

君无欢点头："确实有事想要劳烦阿凌帮忙。"

"卓铮的事儿？"楚凌不用想也能明白，眼下信州能让凌霄商行有兴趣的只有卓铮、拓跋兴业和百里轻鸿了。

君无欢微微点头，道："不错，卓铮一路北上能避过重重追杀，不仅是他自己实力不弱，他身边高手也不少。我如今不便亲自出手，如果有阿凌帮忙的话，想必能事半功倍。"

楚凌谦虚道："我的身手连二流都算不上，哪里能有你说的那么厉害？不过叛国之人确实人人得而诛之，我自然愿意尽一份力的。"君无欢笑道："阿凌太轻看自己了。阿凌在黑龙寨那两场仗打得都十分不错。"

楚凌不由赧然，之前拦路抢劫和对付白云生的事儿，还真上不得什么台面。

"有什么需要我做的，你尽管说便是了。"

君无欢道："我们得到的消息，卓铮明日午时末便会到达信州，到时候拓跋兴业会亲自带人出城迎接。"

楚凌蹙眉道:"若是与拓跋兴业正面交手,只怕是占不了什么便宜。"

君无欢点头道:"不错,所以必须得在卓铮到达信州之前动手。若是让他跟拓跋兴业会合,就再无机会了。"

楚凌皱眉道:"卓铮当真有那么厉害?沿途那么多人刺杀他都安然无事?"

君无欢叹了口气:"沿途各地的镇守军也会为卓铮提供保护。江湖中人各自为政毫无计划,不仅没能杀了他反倒是死伤了不少人。无论如何绝不能让卓铮活着到上京。"

楚凌深吸了一口气:"好,这事我会尽力而为。"

君无欢跟楚凌和桓毓商量了大半夜才起身离去,看着消失在夜色中的消瘦身影,楚凌心中不由多了几分感慨。

桓毓看看她,挑眉道:"想什么呢,一脸深沉?"

楚凌摇摇头,没有回答。这世上纸醉金迷的人很多,随波逐流的人更多,但是像君无欢这样的人却少见。明明身体病弱,明明与自己并无多少关系,却偏要将所有的重任都揽到自己身上。

这样的人,若不是真的心怀天下那便是野心勃勃。楚凌不确定君无欢属于哪一个,但无论是哪一个她都觉得这样的人比这世上大多数人都有趣得多了。

第二天天还未亮,楚凌和桓毓就已经离开了信州。越是往南走,就会发现人越多。明明天色才将亮未亮,一路上却已经明里暗里的遇到不少人了,显然对卓铮的脑袋有兴趣的人不少。楚凌和桓毓都不由得皱起了眉头,有的时候人多了并不是什么好事。

不用靠近卓铮所在的地方两人就能够猜到,现在卓铮身边肯定已经是布满了重兵和高手了。两人对望一眼:头疼!

"现在怎么办?"桓毓坐在一棵大树的树杈上,看着对面的楚凌问道。在他们前方三里处是一处北晋的路亭,卓铮一行人最多一个时辰后便会到达这个地方。但是跟他们有一样的想法的人不少,两人离得远远的也能感觉到路亭附近隐藏的杀气。

楚凌扯了一片树叶咬着,思索了片刻道:"卓铮也算是个名将,你觉得他会不会猜到有人会在这里下手?"

桓毓耸耸肩道:"卓铮这一路一共被刺杀了二十六次,只怕早就习惯了。不过他现在无论走哪条路都是一样的。"

楚凌指了指远处道:"路亭里的人毫无所觉,如果是你,你会感觉不到周围隐藏了无数的敌人虎视眈眈吗?"

桓毓剑眉一挑:"你说这是陷阱?"

"难说。"楚凌趴在树上皱眉道。

桓毓思索了片刻,沉声道:"我去看看。"

楚凌翻了个白眼："你疯了吧？你现在进去还出得来吗？"

桓毓笑道："怎么？担心我？"

楚凌呵呵一笑："你要是被人当成俘虏抓了，别把我招出来就行了。"

桓毓愤愤然："没义气！"

楚凌吐掉嘴边的树叶，坐直了身体道："别废话了，我去前面看看。如果没有问题的话还是按照咱们之前的计划行动，如果有问题我会尽快给你消息的。"

桓毓摇头："还是我去吧，我轻功好。"

楚凌直接跃下了树："桓毓兄，你手下那些人我可指挥不了。你还是该干吗干吗吧。"说完便已经快步向前方而去，消失在了树林中。

被抛下的桓毓忍不住揉了揉鼻子，明明他比那臭丫头大许多，为什么每次都被她牵着鼻子走？

另一边的官道上，一队人马护着几辆马车往前行进着。

楚凌趴在山坡上的枯草中打量着山下的队伍叹气，这个阵容别说还有信州的兵马以及拓跋兴业等人，就算只是这样想要杀了卓铮也不是什么容易的事情啊。

楚凌托着下巴双眼放空，脑海里已经在一瞬间变换了七八种偷袭的方式，但是每一种成功率都低得让人心酸。再想想还围着路亭的那一群乌合之众，楚凌叹气：老天啊，借我五千精兵吧。

眼看着队伍距离路亭越来越近，楚凌心中不好的预感却越来越强。微微蹙眉思索了半晌，楚凌还是飞快地赶回去与桓毓会合。看到楚凌回来，桓毓也不由得松了口气。他真有些怕楚凌自己跑去刺杀卓铮去了。

"怎么样？看出什么来了？"

楚凌沉声道："快到了，就在五里外。"

桓毓神色肃然，起身道："我让人准备。"

"等等！"楚凌一把拉住他，道："我觉得不太对。"

"哪里不对？"桓毓问道。

楚凌摇了摇头，蹙眉道："我也不知道，感觉不太对。"

桓毓有些担心地看着她："小阿凌，你是不是紧张啊？要不你在这歇着，我带人去就行了。"楚凌白了他一眼，道："待会儿先等一等再动手。"

桓毓道："但是如果我们动手晚了，那些江湖中人必然会惊动卓铮。到时候想要击杀他可就不容易了。"

楚凌耸耸肩："反正我们计划里第一击成功的机会也不大，那就直接放弃，安全为上。"桓毓摇摇头，有些不太赞同。

两人还没争论出结果，就看到卓铮的车队已经缓缓靠近了。非要选择有兵马驻守的路亭动手其实也是无奈之举，卓铮也知道自己犯了众怒，不仅身边高手护卫不少，就连乘坐的马车都是经过了特殊装饰的。除非卓铮自己下马车或者将他身边的人都杀掉，否则还真没办法伤到他。卓铮自己也是个名将，对于那些适合伏击的地方他都能提前避开或者做好防御。反倒是路亭这个地方是貊族军队的地盘，可能会让卓铮放松一些。

"来了！"透过树荫看着不远处的桓毓沉声道。

只见官道的尽头，一行人缓缓行来。几辆马车在路亭前面的空地停了下来，片刻后几个人在侍卫的保护下从马车里走了下来。

其中一人身形修长挺拔，虽然身穿锦衣却能感觉到里面穿着软甲。三十六七的模样，正微微垂首与等候在外面的貊族人说话。

"动手！"桓毓沉声道。

距离他们不远却更高一些的树上伫立着一个灰衣男子，楚凌没见到过他长什么模样，却能感觉到这人身上蕴含的力量。此时他手中握着一把弓，箭已经上了弦。从楚凌的位置望过去，只能看到他小半边侧脸和一只眼睛。眼睛紧紧地盯着前方，里面写着一击必中的自信和决心。

桓毓话音未落，前方就已经喧闹了起来。显然有不少人都跟他们想到一处去了。原本潜伏在各处的人纷纷冲向了路亭，路亭里的北晋兵马反应过来也跟着冲了出来。突然受到干扰，那灰衣男子却并没有动摇。目光依然紧紧盯着已经被人保护起来正往路亭里面走的卓铮。

"嗖！"一箭破空，羽箭夹着凌厉的劲风射向了目标。

路亭前，正被人护卫往里走的卓铮面上突然一变，忍不住扭头看过去。见朝自己激射而来的羽箭眼睛一缩想要往旁边闪却已经来不及了。

楚凌眼眸也是一变，沉声道："不对，这人不是卓铮！"

"怎么会？"他们提前得到了卓铮的画像，这人分明就是卓铮。

楚凌冷笑一声："这人是有几分武功，但是根本没上过战场！"

桓毓一愣，扭头看过去那一箭正好射中那人的胸口，人直接倒在了地上。

冲在最前面的江湖中人见状也是一愣，但是很快又狂喜："姓卓的死了?!"

听到这个消息，所有人都有些回不过神来，他们费了多少功夫和心血来刺杀卓铮？这怎么还没开始就结束了？只是还没等到他们反应过来该高兴还是该失望，一阵箭雨已经朝着他们射了过来。原本看起来只有上百人的路亭中突然涌出了大批人马，这些人都是手持弓箭身披战甲一看就是貊族精兵。

桓毓不由深吸了一口气，沉声道："这是卓铮的主意还是貊族人？"

楚凌道："只怕是两边一起的，卓铮投靠貊族，想要得到重用总是要送上一份投名状的。这些江湖中人虽然不比正规军，但自古侠以武犯禁，江湖中人最是桀骜难驯，貊族人只怕对他们也头痛得很。若是能大批消耗江湖中人的实力，貊族人也是高兴的。"

"那现在怎么办？"桓毓皱眉，"就看着这些人……"

楚凌低头思索了片刻，问道："之前让人准备的火油带了吗？"

桓毓点头："带了。"

楚凌点点头道："好，放火！"

"放火？烧哪儿？"

楚凌以一种看白痴的眼神看着眼前的风流公子："当然是路亭，难不成烧自己？"

桓毓咬了咬牙，点头道："行，不过咱们带的火油不多。"

楚凌道："照我之前指定的位置放，只要误差不太多，足够将整个路亭烧干净。"桓毓看了他一眼，站起身来带着人走了。

楚凌也没有闲着，扯了扯自己身上的衣服，不忘再往脸上抹了两把灰方才朝着路亭的方向飞快地潜行而去。

路亭前面一片混乱，反倒是方便了楚凌潜入。楚凌躲在角落里看着前面的空地上，几辆马车依然还停在那里，但地上那已经断气的"卓铮"的尸体却没有人理会，显然这确实是个假货。

卓铮是假的，剩下的人也是假的吗？

楚凌盯着被一群护卫护在后面渐渐往路亭里面撤的美貌女子和两个孩子微微眯眼。

那女子约莫三十出头的模样，生得妩媚动人。显然是习惯于养尊处优锦衣玉食的人，保养得十分不错。两个孩子都是八九岁模样，被女子护在身后，看起来有些惊慌失措。

楚凌心中嗤笑，这个卓铮倒是舍得下血本。舍不得孩子套不住狼吗？

进了院子，那女子方才松了口气，两个孩子却是忍不住哇的一声哭了出来。女子连忙搂着孩子连声安慰，只是两个孩子却着实是被吓到了，一直叫着要找爹爹。

外面的厮杀越发地激烈起来，楚凌正想着桓毓动作好慢，后面的房舍就突然传出一声巨响，下一刻便火光冲天。

院子里的人吓了一跳，正要戒备，楚凌已经如箭一般地射了出来冲向了院子里的人。跟在那母子三人身边的侍卫连忙举刀迎了上来，还没有到楚凌跟前就听到嗖嗖的几声轻响，胸口中箭应声倒地了。

楚凌头也不回地朝身后摆摆手："谢了啊，兄弟。"动作却也丝毫没有停滞，一闪身已经到了那母子三人跟前。

那女子虽然长得妖娆美丽，但却并不是个手无缚鸡之力的弱女子。楚凌突然出现她吃了一惊却并不慌乱，拔出袖中匕首就朝着楚凌刺了过去。楚凌侧身让过，手中同样握着一把匕首。转眼间的工夫两人已经交手七八招，到底是楚凌技高一筹，那女子捧着鲜血淋漓的右手咬牙。

楚凌抬脚将落在地上的匕首踢开，另一只手已经多了一根长绳。长绳往那女子身上一缠，飞快地打了个结便将人抓在了手里。

两个孩子见状，顿时哭得更厉害了。"娘！阿娘！"

楚凌只觉得耳朵疼，她还没丧心病狂到对两个孩子下手的地步。抓着那女子就往后面退去，前面发现路亭着火的貊族士兵已经往这边围了过来。

后院，刚刚放完火的桓毓正带着人牵着几匹马等着他们。见楚凌竟然抓了个俘虏回来也不由得一乐。只是不等他说话，楚凌便叫道："还不快走！想被烤成烤乳猪啊?!"

桓毓这把火放得很是不错，虽然路亭还没有完全燃烧起来，但是他们现在也已经能感觉到熊熊烈火了。

桓毓将那女子抛上马背，众人也跟着翻身上马。一提缰绳马儿便跑了出去。

混乱的路亭前面混战中的人们突然听到一个狂放的笑声："老婆都被抓了，本公子倒要看看姓卓的靠什么在北晋皇帝跟前吃软饭！哈哈哈！"

◆第五章◆

重回上京

一行人一口气奔出七八里路，却并不是向着信州方向而去的。

"换马！"坐在马背上的楚凌沉声道。她虽然看起来矮小，但是坐在马背上却带着几分旁人难以企及的英姿飒爽，显然是专门学过骑术的。他们前方早已经有人带着马匹等着了，根本没有下马，桓毓拎起放在身后的女人一跃而起上了等在路边的马匹。

桓毓对等在路边的人点了下头："辛苦了。"

对方摇摇头，翻身上了他们的马赶着一群战马朝着另一个方向奔去。

桓毓问道："这样有用么？"

楚凌道："我们又不是想要引开追兵，管什么有用没用？"

桓毓皱眉："那这是干吗？多好的战马啊。"如今马匹难寻，想要找到那么好的马儿可不容易。楚凌斜了他一眼，没好气地道："那是战马，你不怕它们半路上反水就继续骑着吧。小心把你带坑里去。"

桓毓耸耸肩，低头看了一眼自己身后马背上的女人，问道："卓铮会追过来吗？"

楚凌思索了片刻道："虽然这世间大多数人都觉得子女比妻子重要，但是卓铮不会这么看。这位要是死了，他儿子就算是北晋皇帝的亲外孙，日子也好过不到哪儿去。"

北晋皇帝或许还是会厚待卓铮，甚至为了拉拢他还可能再为他赐婚别的貊族贵女，但是卓铮会这么想吗？

"你方才那一嗓子喊得不错，卓铮要是不救这女人只怕也不好意思去上京见人了。"楚凌称赞道。桓毓略有些不好意思："我就是一时兴起。"

楚凌才不管桓毓的初衷是什么，有用就好。

信州外的一处别院，君无欢披着银灰色大氅坐在院子里的屋檐下。抬头看去，天上纷纷扬扬地开始飘落起了雪花。文虎站在他身后，低声道："公子，下雪了。"

君无欢微微点头，轻叹了口气："桓毓他们只怕是不太顺利。"

"公子担心桓毓公子他们？"文虎道，"桓毓公子带了不少人，应当不会有什么问题吧？"

君无欢摇摇头，跟北晋的兵马比再多的人也不算多，更何况他们并没有多少可用的人。至于那些江湖中人，他并不看好。江湖中人单打独斗确实厉害，但是一旦遇到训练有素的军队往往还是自乱阵脚无计可施。

"公子，陵川县主来了。"

君无欢淡淡道："把东西给她，银货两讫便是。本公子身体不适，就不去见县主了。"

君无欢话音还未落，门口就响起了陵川县主的声音："长离公子身体不适吗？这大冷天的辛苦公子亲自走这一趟，倒是我们不对了。"

人都到了门口，自然不能说不让人家进来了。君无欢轻叹了口气，道："县主请进。"拓跋明珠带着人进来，看着坐在屋檐下的君无欢目光里带着几分审视的味道："看来公子当真是身体不适，倒是明珠打扰了。"在拓跋明珠的印象中，这位名动天下的长离公子一直都是苍白羸弱的模样。

"今天信州可热闹得很呢，长离公子竟然也不去凑个热闹？"拓跋明珠笑道。

君无欢抬眼似笑非笑地看了她一眼道："凑热闹？卓铮的命吗？明王府想要的话，出得起价也是可以的。"

拓跋明珠神色微变："公子说笑了，我可不知道凌霄商行竟然还做人命买卖？"

君无欢摇头："那倒是没有，但是如果价格合适也并非做不得。天下熙熙，皆为利来。反正卓铮这种人，杀了也不亏心。"

拓跋明珠轻哼一声，道："这次还是罢了，以后有机会一定找公子帮忙。"

"启禀公子，陵川县马在门外求见！"

"哦？陵川县马？"君无欢听了属下的禀告，抬头去看拓跋明珠，话语带了几分调侃，"传言果然不错，陵川县主和县马夫妻情深，片刻也不愿分离？"

拓跋明珠微微蹙眉，她来这里的事情根本就没有告诉过谨之，他怎么会来的？

不等她想明白，君无欢却已经道："请陵川县马进来吧。说起来在下虽然时常在上京行走，倒是还没怎么和陵川县马打过交道。若能一睹名将风采，自是三生有幸。"

不过片刻工夫，百里轻鸿便跟着人走了进来。今天百里轻鸿穿着一身深蓝色布衣，神色冷淡更多了几分难以接近的距离感。

他走进来神色平静地看了拓跋明珠和君无欢一眼。君无欢对他微微点头一笑，半靠着身边的扶手并不起身："百里公子。"

"谨之，你……"拓跋明珠神色却有些不自在，想要问什么却又不知道怎么开口。百里轻鸿道："我见你带着人出城了，这两天信州很乱。"拓跋明珠一怔，脸上不由得多了几分浅笑："你是担心我么？"

百里轻鸿神色依然淡漠，却还是点了下头："我自然是担心你的。"

拓跋明珠笑道："不用担心，我带的人足够，不会有什么危险的。"

百里轻鸿问道："你的事情办完了吗？若是办完了，咱们便回去吧。"

拓跋明珠笑道："差不多了，不过谨之既然来了，咱们不如再多坐一会儿？方才长离公子还说，在上京这些年都没有跟谨之聊聊很是遗憾呢。"百里轻鸿侧首去看君无欢，君无欢从容笑道："确是如此，贤伉俪若是赏脸的话，不如一起喝杯茶如何？"

拓跋明珠挽着百里轻鸿的胳膊笑道："喝茶有什么意思？客人上门长离公子竟然都不请人喝酒么？"

君无欢莞尔一笑，道："倒是在下失礼了，这天气喝酒正好。只是在下不胜酒力，只怕不能让两位尽兴了。"

"无妨，高兴便是尽兴。"

君无欢果然命人送上了美酒，凌霄商行富甲天下，即便这只是一处普通的别院，院子依然风雅别致，院中也常备着上好的佳酿。

君无欢亲自替两人倒了酒，看向百里轻鸿道："百里公子心情不佳还是在下招待不周？"

拓跋明珠坐在百里轻鸿身边，笑道："谨之一向不爱说话，长离公子勿怪。"

君无欢摇摇头，道："岂敢，只是听闻百里公子当年风采绝伦，一直未能见识有些遗憾罢了。"

拓跋明珠脸上的笑容微微有些僵硬，她并不喜欢外人说起百里轻鸿从前如何。如果没有貊族人入关，百里轻鸿现在必然还是如君无欢所说的风采绝伦。如果没有她拓跋明珠，百里轻鸿现在也许已经死了，但是他必然会流芳百世成为殉国忠臣。而现在的百里轻鸿，除了满身骂名什么都没有。

拓跋明珠记得中原人有个词叫做明珠蒙尘。百里轻鸿就是那蒙尘的明珠，而她拓跋明珠才是那覆盖着他的灰尘。

君无欢似乎并没有察觉自己说的话让两位客人都陷入了尴尬之中。反倒是笑吟吟地道："听闻百里公子武功高绝,不知在下可否见识?"

"公子!"不等拓跋明珠和百里轻鸿反应,站在君无欢身后的文虎便已经忍不住开口,"公子昨晚刚刚病……"

君无欢抬手阻止了他的话,淡淡道："我哪日不病?不过是切磋一下罢了。百里公子以为如何?"

百里轻鸿看着君无欢沉默了半晌,方才道："长离公子有此雅兴,怎敢不从?"

于是两人便从房间里重新站到了院子里,小雪落在两人头上很快便化为水汽消失不见了。君无欢依然披着那件大氅,却并不显得臃肿,举手投足间仿佛带着几分世家子的优雅。百里轻鸿一身蓝色劲装,神色淡漠倒更像是个江湖中人。

"请。"

百里轻鸿并没有跟他客气,君无欢的实力也用不着他客气。他微微点头示意之后,银光一闪手中的长剑便已经出鞘刺向了对面的人。君无欢身上的大氅一扬,袖底同样是一柄长剑。比起百里轻鸿的剑,君无欢这把剑要略窄一些,模样也更加古朴素雅,就像是文人墨客佩在身边的君子之剑。百里轻鸿却知道这把剑的危险,剑尖轻颤,长剑不闪不避地迎上了百里轻鸿。

两把剑同时越过对方的剑锋刺向了对手,却又在下一刻被双双避开。

拓跋明珠站在屋檐下,神色紧张地望着院子里交手的两个人。她跟百里轻鸿相守了将近十年,她比任何人都了解他。百里轻鸿今天的心情非常不好,虽然他并没有表现出来。

拓跋明珠也不愿去想他是为了什么心情不好的。也许是因为自己,也许是因为卓铮,也许是因为拓跋兴业昨天与他的闲谈。如果是平时,百里轻鸿不会如此轻易就同意和君无欢切磋,但是现在他显然是需要发泄。

如果伤到了百里轻鸿拓跋明珠自然不愿,但是君无欢也不能交恶。

院子里切磋的两人原本凌厉的招式越来越快,原本还能观战的拓跋明珠几乎都要看不清楚两人的招式了,只能在一次一次双剑的撞击声中揪心不已。拓跋明珠皱眉："难道长离公子跟谨之有什么过节?"方才君无欢突然出言邀请切磋,显得有些过于突兀了。

站在旁边观战的文虎倒是听到了拓跋明珠的话,看了她一眼接口道："我们公子跟百里公子并无过节。不过昨晚百里公子倒是让人来问候过我们公子。"

问候?什么样的问候?拓跋明珠微微皱眉,看着越打越烈的两个身影突然闪过一个怪异的念头。

谨之他莫不是误会了什么?

无论拓跋明珠怎么想的,她都已经无力再阻止这一场"切磋"。绝顶高手之间的较量不是寻常人可以随便介入的,或许君无欢和百里轻鸿都不是这世间最厉害的高手，但绝对是厉害的那几个之一。"

"快让你家公子住手！"拓跋明珠叫道。

站在旁边的文虎默默看了她一眼："你怎么不叫百里轻鸿住手？我只是一个下人，公子怎么会听我的？"当他傻吗？万一百里轻鸿收势不及，岂不是会让公子吃了大亏？

拓跋明珠显然也是这么想的，人都是有远近亲疏的。不管围观的人如何担心着急，院子里的两个人却都打得越发激烈了。武将出身的百里轻鸿招式竟然显得十分沉稳，而以文弱商人模样示人的君无欢反倒是多了几分凌厉和狠辣。

这或许与性格有关，无论百里轻鸿从前是什么样的性格，这十年的沉寂足够让他将性格打磨得沉稳起来。而君无欢如果没有这份凌厉狠辣，以他的身份和身体状况只怕也做不了这富甲天下的凌霄商行之主。

豪富不好做，乱世中的豪富更不好做。

这一战一打就是将近半个时辰，等到两人终于分开的时候拓跋明珠和文虎都双双松了口气连忙迎上前去。

"公子！"

"谨之！"

君无欢身上那看似不起眼却十分名贵的银灰色大氅已经被人斩落了一半，君无欢也不惋惜，直接扯下大氅扔给了迎上来的文虎。君无欢皱了皱眉，吐出了一口血来："百里公子果然名不虚传。"

百里轻鸿并不比君无欢好多少，他神色依然沉默，只是唇边溢出了一丝血迹。百里轻鸿脖子上有一条浅浅的血痕，如果这条血痕再深上几分的话，多年来无数想要杀百里轻鸿雪耻的人们的愿望就可以达成了。

拓跋明珠看在眼里疼在心上，气急败坏地道："君无欢，你好大的胆子！"

君无欢闷咳了两声，似笑非笑地看了两人一眼嗤笑道："县主果真是帮亲不帮理。"百里轻鸿是受伤了，但是君无欢伤得也不轻。

百里轻鸿拱手道："长离公子武功高强，在下佩服。昨日是在下失礼，还请见谅。"言下之意是承认了他昨晚派人试探君无欢。

君无欢靠着文虎，淡淡道："百里公子客气，以后若有什么事情百里公子不妨亲自来问便是，在下必定倒屣相迎。否则若是伤了公子身边什么人，岂不是让明王府误会。"

百里轻鸿也不动气，点头，"公子说得是，告辞。"

"不送。"

拓跋明珠还想要说什么，却被百里轻鸿拉着走出去了。两人刚出了院子，就听到里面传来文虎的惊呼声："公子！公子！来人，请大夫！"

百里轻鸿脚下顿了顿，到底没有回头带着拓跋明珠快步离开了。

此时的楚凌和桓毓却有些狼狈，带着卓铮的爱妾北晋皇帝的亲闺女在北晋的土地上到处跑自然不是一件轻松的事情。所幸那些江湖中人还是有点用处的，让北晋人追踪他们的步伐落后了不少，也让众人有了几分喘息的余地。

桓毓随手将从马背上拉下来的女人拉到山脚边，回头看向楚凌道："卓铮该不会是属乌龟的吧？这么久了还没有追上来？"楚凌蹲在溪边洗手，笑道："他又不傻，明显猜得出来我们这是想要引蛇出洞啊。估计是想要等拓跋兴业，有拓跋兴业跟在他身边，谁都杀不了他。"

桓毓嗤笑一声："拓跋兴业武功是厉害，但他防得了一日还能防得了一世不成？"

楚凌道："拓跋兴业用不着防一世，只要他成功将卓铮带回上京，北晋人就赢了。等到将卓铮知道的东西问出来，卓铮也就没什么用了。你还真以为拓跋兴业放心用卓铮替北晋打仗？"

桓毓有些兴致勃勃地蹲在旁边，他觉得这位阿凌姑娘虽然长得像个豆芽菜，但是知道的东西倒是不少。

"这么说，你不看好卓铮以后？"

楚凌对他意味深长地笑了笑道："我要是北晋皇帝，就把卓铮的名声搞得又臭又烂，然后把他扔去统领南军专门镇压中原人或者在战场上当炮灰。到时候全天下都是要杀卓铮的中原人，只要他不想死就只能给貊族人当狗。况且卓铮名气是不小，但是他真的打过什么拿得出手的仗吗？也难怪他怕谢廷泽，以谢廷泽的战绩如果回到天启，镇北军还真没他什么事儿。"

桓毓饶有兴致地看了一眼被扔在一边的貊族女人："貊族公主的眼光也好不到哪儿去啊。"

楚凌翻了个白眼，捧起一捧泉水喝了一口："真正厉害的人用美人计没用。这位公主当初去迷惑的如果是谢廷泽那样的人，事发之后只怕就直接被谢廷泽给杀了，然后自缚上殿请罪去了。"

"言之有理。"桓毓点头赞道。

楚凌站起身来，道："别废话，之前让你安排的你安排好了没有，要是拓跋兴业来了，可就……"

桓毓看看她："你好像有点紧张。"

楚凌倒是也不掩饰，点头道："一想到带着你们这群虾兵蟹将要跟拓跋兴业硬杠，我就有点慌。"桓毓这会儿也不计较她调侃自己了，因为他也有点慌。

天下第一名将啊，这些年跟拓跋兴业正面杠的人都死了，拓跋兴业杠不过的君傲被自己人弄死了。被他们扔在一边的女子神色有些怪异地看着这两个人，这种时候这两个人还有工夫闲聊，怕不是有病吧？

"你们……"女子刚要开口劝说，楚凌便回头扫了她一眼道："闭嘴。"

楚凌居高临下地道:"我不想听你说话,除非你打算告诉我卓铮见不得人的秘密。另外,我在被拓跋兴业弄死之前,肯定会先弄死你的。"

"……"桓毓无语。好吧,看来阿凌姑娘确实有点慌。

山的另一边白日里升起了三朵焰火,桓毓神色一变,沉声道:"貂族人来了,咱们走!"

楚凌道:"走什么走,拓跋兴业没来就行。先干掉他们!"

桓毓刚想问拿什么干他们在这里没布置人手,就看到山涧里一群人冲了出来。

"小五!"为首一人冲到楚凌面前叫道。

桓毓眨了眨眼睛,想起了眼前这位还是黑龙寨的五当家,这些人显然就是黑龙寨的人了。

楚凌对来人含笑招了招手:"大哥,四哥,摇红姐姐你怎么也来了?"

祝摇红也跟着来了,不过红溪寨前段时间损失惨重,她并没有带多少人来。

祝摇红笑道:"小楚要做大事,姐姐怎么能不来助你一臂之力?看不起我不成?"楚凌连道不敢。

桓毓风度翩翩地站到楚凌跟前:"阿凌,这两位想必就是黑龙寨的两位当家了?幸会。不知这位女侠是……"

楚凌翻了个白眼,都什么时候了还想美女?

"这是红溪寨的祝寨主。"不等桓毓再次展现自己的风度,楚凌直接问道:"大哥,咱们带了多少人?"

郑洛道:"咱们只选了一百多的精壮,不过赵兄收拢了几百人,身手都灵活得很,赵兄带人布置去了。"赵伯安是武将更是世家子,比他们这些当山贼的知道如何在最短的时间内聚集大量的人才。

楚凌笑道:"赵将军果然厉害,既然有赵将军在,这里想必用不上我了。大哥、四哥、摇红姐姐,千万小心。"

狄钧兴致勃勃,摩拳擦掌:"小五放心便是,我早就想大干一场了。"

楚凌没好气地白了他一眼:"注意安全!"

狄钧忍不住往郑洛身后缩了缩:小五越来越没大没小了。

郑洛无奈地摇了摇头,道:"你们快走,追过来的貂族人只有两三百人,赵将军说我们全歼他们不成问题。"

楚凌点头道:"有劳大哥了,大白,我们走!"

桓毓也不去抱怨楚凌又叫自己大白的事儿,一把拎起那貂族女人上马带着人跟楚凌一起走了。

一行人虽然走了却并没有离开很远,而是找了一个居高临下的位置观战。

桓毓有些不解:"你是担心你大哥他们?赵将军不是说了没问题吗?"

楚凌似笑非笑地看了他一眼,道:"看来你对这位赵将军很熟悉啊,他说没问题你就觉得没问题？"

桓毓眼神有些飘："你也知道我们有些情报往来嘛，这人出身名门虽然职位不高，不过本事还是有的。"

楚凌点头："我也觉得不会有问题，不过我还是想要看看貊族兵马的战力。"

桓毓道："你上次还没看够啊，拓跋胤差点弄死咱俩，要不是晏翎正巧经过……"

楚凌道："那不一样。"

"哪里不一……"桓毓突然停住，皱眉道，"等等，阿凌，我怎么觉得，你好像对军队很有兴趣啊。"

楚凌偏着头，道："难不成，你觉得就靠江湖中人和情报战就能搞垮貊族人？貊族那几十万兵马在那儿摆着呢。说实话若不是有一道灵沧江在那儿挡着，貊族人口又少，十对一天启也赢不过貊族，说不定南朝早就没有了。"

桓毓想反驳，但是想起当年天启兵马可不就是貊族的十倍有余吗？还不是被人家打得屁滚尿流？

楚凌撑着下巴叹了口气："我不擅长打仗啊。"曾经有一个名将出现在她面前，她却没有争取机会好好学习。当然跟拓跋胤学习这种事情也是很异想天开的。

此时的楚凌并不知道，后来她会做出比这更异想天开十倍的事情。

楚凌不得不承认她现在确实有点慌，别看她在桓毓面前一副运筹帷幄足智多谋的模样，其实内心很慌。现在她恨不得将从前她听老师们背给她听的各种兵书从脑海深处拔出来融会贯通。

可惜这都是妄想。

赵伯安虽然年纪不大，但却也是领兵多年的将领。在人数占绝对优势而且个体实力也不弱的情况下，歼灭三百人的貊族兵马并不是什么难事。楚凌和桓毓便站在山上看着山下的两兵交锋。结果也并没有出人意料，虽然伤亡不少，但是那三百貊族兵马确实是被一个不剩地留下了。

桓毓也不由赞道："这赵伯安有点本事啊。不愧是出身名门。"

楚凌瞥了他一眼："这跟出身名门有什么关系？"

桓毓笑嘻嘻道："这你就不懂了吧，赵伯安带着一群刚刚收拢来根本就不是兵的人围歼貊族人。这其中最麻烦的可不是战力问题，而是他怎么让这些人听他的话，一般人可做不到这个。"

楚凌微微点头，道："貊族士兵确实很厉害。"

桓毓也微微叹了口气，道："可不是，赵伯安手下那些人身手都不错，但是对付这些貊族人一对一能取胜的都很少。郑寨主他们倒是能以一敌多，但是你也知道他们这样身手的人并不算多。"

楚凌点点头道："咱们也走吧，这里出了事拓跋兴业应该很快就会过来。"

桓毓微微扬眉，看着楚凌道："阿凌，你该不会是故意的吧。在这里干掉一大批貊族士兵，就是为了将拓跋兴业引过来？"楚凌偏着头看着他："不然怎么办？你去跟拓跋兴业打，还是我去？"

桓毓缩了缩脖子："如果卓铮一直跟在拓跋兴业身边呢？"

楚凌思索了片刻，有些为难："卓铮应该还是要脸的吧？"

"但愿。"

卓铮现在很愤怒，自从跨过了灵沧江卓铮的日子就没有一天过得舒坦的。先是那些人无休无止的追杀，如今眼看着拓跋兴业就要来了，萍儿却被那些乱贼绑架了。

卓铮心里清楚，无论如何他都必须要救回萍儿，否则他到了上京以后的日子也不会好过的。他甚至有些怨恨起拓跋兴业了，听说拓跋兴业早就到了信州，如果他不是等在信州而是继续往前走接应他们，萍儿怎么会被绑架！

想起南平公主被绑架的时候那刺客说的话，卓铮就气得浑身发抖。

"侯爷。"门被推开，一个侍卫快步走了进来。

"什么事？"卓铮沉声问道。

侍卫道："有数百貊族士兵在西南方八十里处被人歼灭，似乎是镇北军的手笔，拓跋将军要去查看情况，问侯爷是一起去还是留在此处？"

卓铮第一反应自然是一起去，但是很快又止住了这个想法。问道："公主的行踪呢？"

侍卫道："拓跋将军已经派人四处搜查了，想必很快就能有消息。"

卓铮思索了片刻，沉声道："告诉拓跋将军，本侯不与他一道了，我们继续寻找公主的下落！"卓铮确实不想跟拓跋兴业一道，拓跋兴业看不起他，从见面的第一眼卓铮就感觉到了。反正现在有貊族兵马保护，那些乱贼也不能奈他如何，还不如先将萍儿找回来。

"是，侯爷。"

"等等。"卓铮叫住了转身要离去的侍卫，皱眉道："三百貊族士兵部被围歼？当真是镇北军干的？他们怎么会这么快？"

侍卫摇头："属下不知。"

卓铮这才挥挥手示意他可以走了。

一处山林中，楚凌坐在树枝上靠着身后的树干闭目养神。南平公主依然被绳子捆着扔在树下。虽然她极力挣扎着想要解开绳子，但是楚凌绑绳子的手法十分特别并不是她轻易就能够解开的。

"阿凌！"桓毓悄无声息地出现在了树下沉声道。

楚凌坐起身来，低头道："怎么样了？"

桓毓道："之前咱们放那一把火，让许多江湖中人都趁机逃走了。现在貊族人临时驻扎在距离路亭不远的地方，拓跋兴业已经带着人去查看那些被围歼的貊族士兵去了，就只有卓铮一个人留在军中。"

楚凌撑着下巴蹙眉道："就算如此，周围至少有上千貂族兵马还有更多的南军。想要杀了卓铮也不是一件容易的事情啊。"

桓毓点头道："确实，不过卓铮好像觉得有貂族兵马保护就有恃无恐了，带着人准备找回南平公主呢。"

楚凌从树上落下来，微微挑眉看着地上的南平公主道："那就让他找到南平公主吧。"

"你是说把消息透露给他？"桓毓道。

楚凌点了点头："拓跋兴业走了，就算他得到消息再往回赶，赵将军那边也会拖住他一些时间，我们还有一些时间跟卓铮周旋。"

桓毓点头："你觉得我们能赶在拓跋兴业回来之前杀了卓铮？"

楚凌叹了口气："姑且一试。"

桓毓看了她一会儿，点头道："他说听你的，既然你这么说……好吧，就这么办！"

第二天一早得到南平公主的消息，卓铮果然立刻带人赶了过去。他也不傻，在同一时间也派人去找拓跋兴业要他接到消息立刻去接应了。他不知道，被他派去给拓跋兴业送信的人才走到半路就遇到了另一拨人……百里轻鸿和拓跋明珠。

百里轻鸿和拓跋明珠是接到了拓跋兴业的消息前来帮忙了，只是百里轻鸿昨天伤得不轻所以他们来得有些晚了。一路他们还被江湖中人偷袭了好几次，更是大大地拖延了行程。

那传信的人是拓跋兴业麾下的亲兵，也是见过百里轻鸿和拓跋明珠的。见到一行人连忙停下见礼，拓跋明珠问清了他所为何事之后抬头看向百里轻鸿。

百里轻鸿蹙眉道："大将军那边想必是用不着我们帮忙的，既然如此不如就去卓铮那边？"

拓跋明珠犹豫，作为明王府的人拓跋明珠并不在意卓铮的死活，或者说对于明王府来说卓铮死了比活着更好。一旦卓铮死了，北晋皇帝的面子自然是不太好看。拓跋兴业接应保护卓铮不力，虽然北晋皇帝不至于因此就对拓跋兴业失望，但总会存有一点芥蒂的。只是这么大的事情，却不是拓跋明珠能决定的。

百里轻鸿看着拓跋明珠，问道："县主是怎么想的？"

拓跋明珠沉吟了片刻，道："大将军要我们去与他会合，咱们如果去卓铮那边是不是不太好？"百里轻鸿瞬间明了拓跋明珠并不想去救卓铮："事急从权，如果卓铮出了什么事……"

拓跋明珠叹了口气，有些无奈地点头道："那好吧。"

传信的人见状也很是高兴，大将军离得太远，若是去得晚了说不定就要出事。如果县主和县马能先去帮忙就更好不过了。

等百里轻鸿和拓跋明珠赶到兵马驻扎的地方，卓铮早就已经带着人马走了，百里轻鸿只得留下拓跋明珠然后马不停蹄地又赶了过去。

此时的卓铮已经跟楚凌等人周旋了将近一个多时辰了,卓铮并非没有怀疑过这是一个陷阱,但是当他发现南平公主真的在对方手里的时候,这个饵他无论如何也必须得咬了。

楚凌和桓毓的人手并不多,卓铮也不是什么无能之辈。双方人马在山林里数次交锋谁也没有占到多少便宜。楚凌和桓毓带着南平公主一路往深山里退去,卓铮便带着人一路追了上去。

原本卓铮大约还对天启有些愧疚,但是现在却是真的恨上了天启了。他不就是投奔了北晋吗?这些人为什么要死死地咬着他不放!良禽择木而栖,永嘉帝昏聩无能,他凭什么不能选择更有前途的北晋?

"给我追!一定要救回南平公主!"

桓毓拎着南平公主跟着楚凌穿梭在山林中,看看身后并没有追上来便问道:"差不多了吧?"

楚凌点点头,扶着树干喘气。

桓毓嘿嘿一笑,吹出了几声尖锐的哨声。哨声刚落,一朵朵焰火从四面八方升上天空,绽放出让人不安的火花。

"你们做了什么?"一直没有说话的南平公主终于忍不住开口道。她自然能感觉到这些突然出现的焰火的不怀好意。桓毓似笑非笑地看着她道:"公主,你该不会以为咱们这一天一夜就是为了带着你到处遛弯儿吧。你们家那位侯爷,现在大概被包围了。最近在信州的江湖中人,这会儿有七八成都聚集在这附近了,就等着杀了卓铮扬名立万流芳千古呢。"

"不可能!"南平公主叫道。

桓毓耸耸肩笑道:"你听。"山林里静悄悄的,但是远处却隐隐有厮杀声传来,显然桓毓并不是在跟她说笑。

"还是阿凌有本事。"桓毓笑道。

楚凌含笑看了他一眼道:"还是你们消息灵通,不然我也束手无策啊。"她就算有天大的本事也没用,没人手没消息渠道什么都做不了。桓毓就不一样了,凌霄商行遍布天下,君无欢的探子更是无孔不入。想要传递消息再方便不过了。

信州眼下不缺战力,缺的是能整合指挥这些战力的人。目前除了凌霄商行,只怕还真没有人有本事做到。

"对了,这个对你们不会有影响吧?"楚凌有些担心地问道。

桓毓耸耸肩道:"本来就是为了用才布置的,总不能藏一辈子吧?你不用担心,不会有什么影响的,而且还有别人也帮了一点忙,到时候嫁祸出去就行了。"

别人?楚凌微微挑眉,在心中猜测着这个别人是谁。

此时另一边的卓铮却是气急败坏,一剑杀了冲到跟前的一个江湖中人,卓铮厉声对身边的人吩咐道："走！"

一行人护着卓铮向前方冲去，这些江湖中人打仗毫无规则可言，武功路数、兵器更是千奇百怪，甚至还有人用暗器用毒药的。原本这样的乌合之众很难成气候，但是这一次这些人显然是有人指挥的，刚一照面就让他们吃了个不小的亏。

这些中原人一直被貊族人欺压或者父母亲友为貊族所杀，心中对这些外族早就恨不得扒皮抽筋了。只是江湖中人各自为政占不到什么便宜只得避其锋芒，如今一朝占了上风，自然是越发兴奋起来，一个个越战越勇将貊族人打了个措手不及。

卓铮带着人一路循着楚凌等人留下的痕迹追踪，终于在山林的深处看到了他们的身影。"你们到底是什么人?!"卓铮远远地盯着两人沉声道。

桓毓虽然穿着一身脏兮兮的衣服显得十分落魄，却依然力求全方面展示自己的风度翩翩："当然是杀你的人。"

卓铮冷笑一声，他早就发现这里根本没有其他人，就两个人带着南平公主，还想要杀他？

"放了公主，我放你们一条生路。"

桓毓呵呵一笑，道："我偏不，本公子就要当着你的面杀了这个貊族女人。南平公主死在你面前，我倒要看看你怎么跟北晋皇帝交代。"

南平公主早就被塞住了嘴，想要说话却只能发出一阵呜呜声。卓铮气结："你们到底想怎么样？"

桓毓悠然道："都说了，杀你啊。哦，这样好了，你们两个总要死一个好让我们交差。如果你愿意用你自己的命换南平公主的命的话，我保证将南平公主平平安安地送回去。怎么样？"

"我凭什么相信你？"卓铮道。

桓毓手中的匕首往南平公主脖子上一抹，白净的脖子上立刻多了一道浅浅的血痕："因为，我真的会一刀切断她的脖子。"

看着南平公主脖子上的血痕，卓铮顿时有些慌了。

脸上的神色也多了几分挣扎和不舍，不仅是因为南平公主的身份，不管怎么说他们十几年相处的感情不是假的。在还不知道南平公主的身份之前，他也为她冷落了原配正妻宠爱了她十多年。但是如果要搭上自己的性命卓铮也是绝对做不到的。

桓毓笑眯眯地把玩着手中匕首，问道："怎么样啊，侯爷？很难选么？不应该啊，你都能为了这个女人叛国了，肯定是对她爱若珍宝重逾性命了。来吧，让我割一刀，不疼的。"

卓铮脸色一阵青一阵白，半响方才咬牙道："你们到底想怎么样?!"

桓毓还想说上两句，却被身边的楚凌给拨开了。楚凌没好气地斜了他一眼，再让你胡说八道下去拓跋兴业都要冲到跟前来了。

卓铮也注意到了这个站在旁边一直没有说话的少年，只是这少年脸上涂得脏兮兮的根本看不清楚脸，只能根据身高猜出这是个年纪不大的孩子。

不过这孩子一开口卓铮就知道了，他可比那个让人讨厌的年轻人厉害多了。

楚凌淡淡道："侯爷不想死，也不想南平公主死？"

卓铮轻哼一声，道："能活着谁想死？"

楚凌点头，赞同地道："这话倒是没错，既然如此不如做个交换？"

"什么交换？"卓铮有些怀疑地看着眼前的少年。

楚凌唇边勾起一抹古怪的微笑，"杀了百里轻鸿，我放了南平公主。"

"什么？！"卓铮一惊，"百里轻鸿是明王府的女婿，现在他也不在这里……"

楚凌道："百里轻鸿是明王府的女婿，你是北晋皇帝的女婿，你怕什么？两个叛国贼，总要死一个我们才好回去交差，你说是不是？至于你说百里轻鸿的行踪，你放心，他已经往这边来了。我劝你最好不要抱着等拓跋兴业来的想法，拓跋兴业一时半刻只怕是来不了。就算他来了，我死之前你的美人儿也肯定会死的。"

卓铮脸色有些阴沉，不仅是因为楚凌羞辱他的话，更是因为楚凌的提议。他心里很清楚楚凌的提议有多危险，却又无法否认这其中确实有令他心动之处。他和百里轻鸿都是降将，又分立双方，本身就属于对手。如果杀了百里轻鸿，就等于是得罪了明王府……

"你只有一刻钟的时间决定怎么选择，百里轻鸿最多半个时辰就会到达这里。另外，你的选择如果让我不满意，我立刻就会杀了南平公主。"

"我怎么相信你？"卓铮眼神阴鸷地道。

楚凌对他挑眉一笑："不知道啊，赌一下运气咯。"

卓铮险些被气晕过去，咬牙道："你若是敢伤害萍儿一丝一毫，就算杀了整个信州的天启人我也要你死无葬身之地！"

楚凌撇撇嘴，泯灭人性的人！你不死谁死？

百里轻鸿带着人一路进山寻找卓铮，一路上不时便会遇到江湖中人围攻他们，虽然百里轻鸿身边带着的人实力都不弱，但是蚁多咬死象一路下来也损失不少。

"公子，这姓卓的跑到深山里去干什么？"一路循着卓铮留下的痕迹，百里轻鸿身边的人忍不住抱怨道。

百里轻鸿沉声道："应该是为了南平公主吧。"

"也是。南平公主若是出了什么事，卓铮可是吃不了兜着走。"说完这话突然觉得有些不对，有些担心地瞄了百里轻鸿一眼。从某种程度上说百里轻鸿和卓铮的处境其实是差不多，甚至百里轻鸿可能还不如卓铮。卓铮还掌握着天启不少秘密以及他本身的名声对天启还有所影响，而百里轻鸿却是个被天启唾弃仇恨了十年的人，除了他本身的能力和陵川县主，他什么都没有。

百里轻鸿一心都在山路上，似乎并没有听到他的话。

"停！"百里轻鸿突然停住脚步沉声道。所有人立刻停下脚步同时抽出了兵器

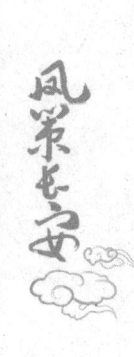

戒备。

几个人影从不远处摇摇晃晃地冲过来，是两个侍卫模样的男子扶着一个中年男子。百里轻鸿微微蹙眉，沉声道："卓侯爷？"

百里轻鸿是见过卓铮的，当年他才十几岁的时候卓铮却已经是二十多的成年人了。虽然如今已经将近不惑，卓铮保养得好依然还是能看出几分年轻时候的模样。

卓铮停住了脚步看向百里轻鸿："你是谁？"

百里轻鸿沉默了片刻："百里轻鸿，南平公主何在？"

扶着卓铮的人道："南平公主被那些乱贼挟持退进深山里去了，侯爷跟那些人交手受了重伤只能回来求援……"

百里轻鸿皱眉："回来求援？你们既然能出来，想必对方也没什么人了？"

卓铮点了点头，声音有些干涩地道："对方只有两个人，一个二十多岁的年轻人，还有一个……"

"还有一个什么？"百里轻鸿问道。

卓铮神色有些怪异地道："还有一个孩子，看起来只有十一二岁。"

百里轻鸿身边的侍卫低声道："公子，这次的事情黑龙寨也有参与，听说黑龙寨的五当家就是个孩子，甘鹏好像就是栽在他手里的。"

"黑龙寨五当家？"百里轻鸿蹙眉。

沉吟了片刻，百里轻鸿道："既然如此，我们先送卓侯回去？"

"不行！"卓铮挣扎着道，"公主还在他们手里，先救公主！百里公子带了多少人？拓跋大将军什么时候能到？"

百里轻鸿摇头道："我们带来的人还在山中与那些江湖中人厮杀，我带着人先一步赶来了。至于拓跋将军我不知。"卓铮立刻有些急躁起来："那公主怎么办？"他一着急便牵动了内伤，整个人往地上扑去。

百里轻鸿就站在他跟前，立刻伸手扶住他："卓侯……"话还未出口，只觉眼前寒光一闪，一把匕首已经快如闪电地刺向了百里轻鸿的腹部。

"公子？！"

巨变陡生，百里轻鸿立刻伸手去抓那把匕首，另一只手拍向了卓铮。卓铮距离他太近了，本身实力也不弱。虽然让百里轻鸿的阻拦卸去了几分力道，但是这一刀却依然刺入了百里轻鸿腹部。卓铮被百里轻鸿一掌拍出去，匕首也跟着抽了出来，鲜血顿时喷涌而出。

百里轻鸿身边的侍卫立刻扑上前来，方才扶着卓铮的两名侍卫也立刻冲了上去，双方顿时纠缠在了一起。

卓铮一击得手立刻便飞身而上再一次攻向百里轻鸿。百里轻鸿也抽出了剑与卓铮相斗。只是他昨天就受过伤现在又被刺了一刀，只能一只手按住伤口单手与卓铮交手，一时间竟然也有些狼狈。

躲在暗处观战的桓毓忍不住称赞道："阿凌，你这一招驱狼吞虎厉害啊，如果这俩同归于尽那可就是一箭双雕了。"

楚凌却没这么乐观，道："卓铮只怕还不是百里轻鸿的对手。"

桓毓道："那就是卓铮死啊。我们也达到目的了。"

楚凌笑道："百里轻鸿那么聪明的人，怎么会现在杀了卓铮。即便是卓铮先攻击他的，他也会给卓铮留下一条命的。"桓毓思索了一下，点头道："言之有理，看来咱们还是得自己准备一下了。"

楚凌也不反对，多一点准备总是没错的。

"好厉害的小鬼。"

一个声音突然在耳边响起，不仅桓毓脸色大变，楚凌更是险些当场就吐出一口血来。一种毛骨悚然的感觉从背脊窜起，一瞬间楚凌觉得自己浑身上下的汗毛都仿佛竖了起来，这大冷的天额边甚至冒出了冷汗。

"快走！"桓毓也顾不得管山下的百里轻鸿和卓铮了，当下一把抓起楚凌就朝着另一边狂奔而去。

两人一口气不知道奔出了多远，桓毓才终于松了口气撑着膝盖直喘气。

"呼呼，好厉害，吓死本公子了。"

楚凌被灰尘遮盖的面容此时也是煞白，手中紧紧地握着匕首沉声道："不对！快走，还没有甩掉他！"

桓毓大惊，连忙拉起楚凌往前奔一边忍不住问道："到底是何方高人?!"

楚凌没好气地道："还能有谁，拓跋兴业！你没听过他的声音吗?!"

桓毓当然听过，但是他没记住，或者说刚才慌乱之下根本就没有来得及去分析声音的主人是谁。

"你这小鬼倒是机灵。"那声音再一次响起，这一次却不是在他们后面而是在他们前面。两人连忙刹住脚步，一脸惊骇地看着不知何时站在他们前方不远处的中年男子。

比起许多北晋将领，拓跋兴业看起来并不十分高大魁梧，更不会让人觉得凶神恶煞。偏偏这人却是天下第一名将，北晋的兵马大元帅。

若是在别的地方见到拓跋兴业，楚凌说不定还要欣赏赞叹一番果然真豪杰，但是现在她却只想骂娘！

谨慎地后退了两步，发现依然没有什么安全感，楚凌便站住了。扯出一个有几分僵硬的笑容："拓跋将军，幸会。"

拓跋兴业看着眼前消瘦矮小的少年，叹道："这些年，天启倒是很出了一些人才。"桓毓不着痕迹地将楚凌挡在身后，楚凌心中有些感动又忍不住叹气。你挡着有什么用啊，拓跋兴业一个人抓咱们俩也跟抓小鸡没什么两样了。

拓跋兴业也不在意，只是对楚凌道："昨天的事情，都是你们俩的手笔？"

楚凌从桓毓身后探出个头来，道："你是怎么这么快赶到的？按我估计，你最快应该还要两个时辰才能到。"如果她估算得没错的话，这两个时辰足够他们干掉卓铮逃出生天了。

拓跋兴业笑了笑，原本有些严肃的脸竟然看起来和善了几分："领兵的那人确实有几分本事，可惜兵马不够实力也不够，想要拖住我只能看我愿不愿意。"

他如果愿意试试对方的深浅的话，自然可以拖他几个时辰。但是拓跋兴业如果抛开手下兵马独自离开的话，没有人能拦得住。

楚凌有些懊恼地咬了咬手指，她不是不知道这个漏洞，而是她没办法弥补。他们根本没有能与拓跋兴业匹敌的高手，就连稍逊一筹的都没有。一旦拓跋兴业要独自脱离战场，谁也没办法阻止。

拓跋兴业道："小鬼，你叫什么名字？"

楚凌道："我叫小云。"

拓跋兴业也不在乎这是真名字还是假名字，道："你跟我回去，我放了这个年轻人。"

"咦？为什么啊？！"楚凌有些惊讶地道，桓毓也忍不住惊讶地看向拓跋兴业。

拓跋兴业道："老夫觉得你很有趣，你跟我回去总比跟着他们好得多不是？"

"……"你也太随意了，我是天启人啊难道是脸上灰太厚了看不出来？

拓跋兴业却不以为然："天启人如何？貊族人又如何？若有一日北晋一统天下，天启人也是北晋人。"

楚凌耸耸肩道："可惜你的愿望好像并不容易实现。"

拓跋兴业不以为忤："天下大势瞬息万变，谁知道呢。你跟不跟老夫走？"

楚凌坚定地摇头："不跟。"

拓跋兴业挑眉道："你不怕我杀了你的朋友吗？"

楚凌道："就算我答应跟你走，你也会杀了他的。"

"老夫说话还算有些信用，你……"

桓毓不悦地道："你们当本公子不存在啊？拓跋兴业，你少打歪主意，我们就算死也不会投降于你们这些外族蛮子的！"

楚凌在心中为他鼓掌：好胆！

拓跋兴业淡淡扫了桓毓一眼："小辈无礼。"一抬手一道指风迎面射向了桓毓。

楚凌一把推开桓毓："闪开！"

下一刻，另两道指风再次向桓毓射了过去。楚凌惊道："大白！"

桓毓左脚一麻顿时动弹不得。这个时候还记得叫我大白！

眼看桓毓无力闪避，楚凌立刻将手中的匕首射了出去。同时一道人影快如闪电地从山林中跃出，银光一闪如一条银河从九天之上直泻而下，生生挡住了那射向桓毓的劲力。

桓毓直接一屁股坐到了地上，长长地出了口气。

来人侧首对桓毓歉意地道："抱歉，方才去杀了个人来晚了。"

"你终于来了！"桓毓一边喘气一边欢喜地道。

晏翎依然是一身玄色衣衫，手中提着那柄盘龙银枪，银色的面具下面只露出微微抿起的薄唇。

晏翎漫步上前横枪挡在了楚凌和桓毓跟前，方才抬头看向对面的拓跋兴业道："拓跋大将军？"

拓跋兴业微微眯眼看着眼前的人，一瞬间便猜透了对方的身份："沧云城主？"

在北晋人眼中晏翎自然是个敌人，如今貊族人已经将整个北方据为己有，在他们眼中占据着沧云城不肯归附于北晋也不听从天启指挥的晏翎是反贼。但即便是如此，拓跋兴业也称呼晏翎一声沧云城主。显然是认同了晏翎对沧云城的所属权，至少在他们拿下沧云城之前沧云城就是属于晏翎的，拓跋兴业从不自欺欺人。

晏翎仿佛漫不经心地点了下头。虽然晏翎是貊族如今在北方最大的敌人之一，但是拓跋兴业和晏翎却从来没有见过面。因为某些不可说的内部原因，拓跋兴业曾经数度想要亲自带兵征讨沧云城却都未能成行。

拓跋兴业扬眉道："沧云城主，你想救这两个人？"

晏翎的脾气似乎很不错，并没有一上来就剑拔弩张："如果拓跋将军愿意高抬贵手，就最好了。"

拓跋兴业朗声笑道："那个年轻人你可以带走，那个孩子留下。"

晏翎摇头，淡然道："那个孩子我带走，另外一个你可以留下。"

"什么？！"桓毓不可置信地瞪着眼前的晏翎，"晏翎，你太不讲义气了！"

楚凌过去扶起桓毓检查他的伤势，一边笑眯眯地小声道："看来还是我比较受欢迎哦。"

晏翎没有回头，只是微微侧首扫了桓毓一眼道："你若是肯刻苦一些，就不会落到现在这个地步了。"

桓毓憋屈，这是我不刻苦的问题吗？

拓跋兴业沉声道："既然如此，老夫便来领教沧云城主的实力。"若是能在这里杀了晏翎，沧云城就算不立即土崩瓦解，也会群龙无首。

晏翎手中的银枪划出一条淡淡的银弧："请。"

楚凌很想围观当世两大高手的决战，但是很可惜现在却不是围观的时候。在晏翎和拓跋兴业动手的一瞬间桓毓就拉起她头也不回地跑了。楚凌一边跟着桓毓跑，一边觉得这好像又是一个轮回。

上一回她跟桓毓丢下晏翎跑了，这一回他们俩又丢下人家跑了。

"别想那些没用的，晏翎肯定打不过拓跋兴业，咱们留下只会给他拖后腿！"桓毓道。

楚凌有些怀疑："你跟晏城主很熟？"他上次骗她？

"呃……算不上熟。君无欢说过，晏翎的武功最多就比他和拓跋胤高一线，目前绝对不是拓跋兴业的对手。更何况，晏翎他……"

"什么？"楚凌问道。

桓毓道："没什么，总之快走就是了。晏翎肯定已经把姓卓的干掉了，咱们不用管他，现在开始逃命就可以了。"

楚凌心中虽然还有无数的疑问和怀疑，但也知道现在不是讨论这些的时候，当下也不再多言任由桓毓带着自己在树林中穿梭。

除了桓毓和楚凌谁也不知道，此时山林深处正在进行着一场世间难得一见的绝顶高手之间的对决。

拓跋兴业在貊族尚未入关之前就是名震天下的关外第一高手，因为有貊族王族血统后来帮助北晋皇帝领兵打仗才渐渐成为了如今的天下第一名将。无论是武功还是领兵打仗，拓跋兴业的人生都顺利得让人嫉妒，在战场上他只败在君傲手中过。而在武功上，更可以说是从未遇到过对手。

如果当年没有跟随北晋皇帝征战天下，拓跋兴业或许会孤身入关挑战中原绝顶高手，争夺那天下第一高手的名头。

两人转瞬间便交了二三十招，拓跋兴业道："中原果然是人才辈出，老夫在晏城主这个年纪可没有你这份功力。"

晏翎手中银枪开合，凌厉无匹。

拓跋兴业大笑一声，刷地抽出了身后的长刀。不是貊族男人随身携带的腰刀，还要更长更宽一些，刀身带着一股淡淡的红晕，仿佛是血色但奇异的是并无不祥和阴邪之意。站在几步之外，晏翎感觉到逼人的杀气。

晏翎眼神微闪，眼眸中多了几分慎重和敬意，沉声道："请。"

拓跋兴业为人沉稳从无狂妄之意，但他的刀却是既霸又狂。一出刀便是飞沙走石，山崩石裂。晏翎用的是长兵，走的也是凌厉霸道的路子，但是在他面前却占不到丝毫的便宜。两人从地上打到树上，又从树上落到了山坡上，原本安静的山林里不过片刻便已经变得一片狼藉。四周到处都是刀气和长枪的劲力留下的痕迹。

这一战持续了将近半个时辰，拓跋兴业打到兴起忍不住放声长啸："今天是老夫这十年来打得最痛快的一场，晏城主不愧当世英才。便以此刀送晏城主一程！"

拓跋兴业转身，挥刀。长刀仿佛当空化出了一把巨大的刀气当空斩下，目标只有站在七八丈以外的晏翎。

晏翎微微眯眼，手中的长枪一提，当下也不去管那朝着自己斩来的刀气，手中长枪激射而出直冲拓跋兴业的心口。

拓跋兴业虽然武功高过晏翎，但是这一场激战下来消耗依然不少，最后这一刀更是耗上了他八成的功力和一击必中的决心。但是他却没有想到晏翎竟根本不去管斩向自己的刀而是用尽了所有的力气将长枪射向自己。

这一枪来势又快又疾，拓跋兴业发现自己竟然没有把握能接下这一枪。只能退！

拓跋兴业疾退数步，方才侧身躲开了长枪，但是长枪依然在他胸前留下了一道划痕。拓跋兴业胸前皮革制成的披风扣带应声而断，衣服上也多出了一条口子。

同时另一边的晏翎却在拓跋兴业的刀气落下的一瞬间突然平地侧移了两步，刀气斩落在他的脚边留下了一尺多深足有几丈长的沟壑。可以想见，如果这一刀落在晏翎身上，他整个人都能被劈成两半儿。

拓跋兴业有些惊讶："好轻功。"

晏翎不仅武功好功力深轻功竟然也是绝顶，方才那一移看似没什么，但是真正能做到的却极其罕见。

晏翎负手道："我输了。"

晏翎的银枪已经脱手，而拓跋兴业的刀却还在他自己手里。

拓跋兴业打量着晏翎，问道："卓铮怎么样了？"

晏翎不在意地道："死了吧。"

拓跋兴业有些无奈地叹了口气："看来这次还是老夫输了。"拓跋兴业来信州并不是为了跟谁打架的，而是为了接应卓铮的。卓铮如果死了，那拓跋兴业也就失败了。

"晏城主是当世英杰，老夫和我皇都很是钦佩，不知晏城主可愿随老夫往上京一游？晏城主有什么条件，老夫也可以代为转呈我王。"

晏翎抬头看向拓跋兴业道："拓跋将军用心良苦，多谢了。"

这是拒绝了，拓跋兴业有些失望倒也不觉得意外。真正的绝世奇才总是心高气傲，即便是天启皇帝的面子也未必会给更何况是外族？"今日一战，老夫很是尽兴。不知晏城主可否将南平公主送还？"

晏翎并不意外，淡然一笑道："可以。"

"多谢。"拓跋兴业道，"老夫相信晏城主的承诺，如此便告辞了。"

晏翎挑眉："拓跋将军不动手么？"

拓跋兴业道："应该是老夫问，晏城主为何不动手吧？"

晏翎仿佛有些无奈地苦笑道："在下确实没有把握留下拓跋将军。"

拓跋兴业道："老夫也没有把握，又何必赔上南平公主的性命呢？"

说完拓跋兴业当真转身头也不回地离开了。

晏翎负手站在山林中一动不动仿佛在闭目养神，方才的激战让周围的鸟兽各自惊走，这会儿突然安静下来整个树林里当真是寂然无声。不知过了多久，一缕鲜血从晏翎唇边溢出，下一刻他方才低头吐出了一口血来。

看着地上的一摊鲜血，晏翎有些无奈地苦笑了一声："拓跋兴业果然名不虚传，还是有些托大了。"

走过去拔起不远处的银枪，晏翎靠着树干看了看四周方才沉声道："他走了，出来吧。"

过了一会儿，不远处的山坡上草丛中一个人影钻了出来。

"晏城主，你怎么样？"

晏翎睁开眼睛看了一眼跟前的人，毫不意外："凌姑娘。"

楚凌眨了眨眼睛："晏城主好眼力。"她顶着这副模样可没有人认出来她是个姑娘，晏翎竟然还能准确地叫出她的身份。

晏翎笑道："没有，是桓毓告诉我的。你怎么还没走？"

楚凌皱眉道："晏城主太冒险了。"

晏翎摇了摇头，道："我虽然打不过拓跋兴业，逃命还是不成问题的。"堂堂沧云城主竟然将逃命说得如此理所当然，似乎一点也不觉得用逃命这个词跌了自己的面子。

楚凌微微挑眉："这么说是我坏了晏城主的事？"

晏翎道："那倒不是，还是要多谢凌姑娘的，保命的法子能不用自然是不用的好。方才凌姑娘做得不错，我都差点以为那里藏了一个高手。"

楚凌笑了笑，她自然不是什么高手。不过是装个样子放一点杀气罢了。拓跋兴业的感觉并没有错，楚凌的危险程度绝对高于大多数的一流高手。

"咱们还是快走吧，万一拓跋兴业回来……"

晏翎摇摇头道："不用担心，拓跋兴业既然放弃了，今天就不会再对我们动手了。"

楚凌有些怀疑："你确定？沧云城主的身份可是很贵重的，杀了你比救活卓铮要值钱吧？"

晏翎道："拓跋兴业不仅是个武将还是个习武之人，更是个绝顶高手。"武将阴谋算计，武者却得言而有信，这是一个绝顶高手的骄傲。晏翎只看了拓跋兴业一眼就知道他是个什么样的人。

"桓毓竟然将你一个人丢下？"晏翎看着楚凌，声音微沉。

楚凌道："他还有一堆事儿，呃，你们真的是朋友吗？"楚凌觉得这两人就算很熟也不像是朋友，反正如果是单纯的朋友的话，他似乎绝不放心就将人这么丢给一个厉害无比的敌人的。

晏翎轻笑了一声，低沉的声音让人觉得耳朵有些发麻："朋友，算是吧。咱们先走吧，虽然拓跋兴业不会再回来，但是遇到别的人也是麻烦。"

楚凌点头："好，这就走！"

楚凌跟着晏翎一路从山中出来，竟然奇异地没有碰到任何人。无论是貂族人还是江湖中人都没有碰到，两人一路顺风顺水地就下了山。楚凌一路上有些好奇地打量这位沧云城主，虽然看不到脸但也能感觉到晏翎是个年轻人。这人跟她认识的所有人都不一样，他从不以真面目示人，提起他的名字却足以让任何人忌惮。

"凌姑娘。"晏翎突然停住了脚步沉声道。

楚凌回过神来："晏城主，什么事？"

晏翎回头看她，有些歉意地道："后面的事，要麻烦你了。"

"嗯？"楚凌一脸茫然，什么事？

还没来得及问，就见晏翎再一次吐了口血，直接倒了下去。

"唉？"楚凌回过神来赶紧伸手去接，可惜双方的体重力量显然不成正比，最后只能苦着脸给突然倒下来的晏翎做了垫背。算了，看在你救了我两命的分上垫背就垫背吧。楚凌挣扎着爬起来，仔细检查了一下发现晏翎的伤势并不算重，脉象也还平稳，这才暗暗松了口气。楚凌再看看四周，顿时又愁眉苦脸了起来，这荒郊野岭的难道又要露宿荒野？

正在楚凌左右为难的时候，前方传来了一阵轻巧的脚步声。楚凌心中一凛，听这脚步声明显是习武之人而且还不止一个。这会儿她带着一个昏迷不醒的晏翎，若是貊族人可就麻烦了。

沉吟了片刻，楚凌扶着晏翎在一块石头后面隐藏起来，抽出匕首靠在晏翎身边警惕地看向声音的来处。

那声音越来越近，很快楚凌便能听清楚声音了，是一男一女似乎还有几分熟悉。

"哥，城主真的在这儿吗？"少女娇俏的声音响起，声音里还带着几分期盼和羞涩。

"城主命我来此接应，想必不会错的。"男子道。

楚凌微微挑眉，熟人啊。来人正是前些日子刚有过两面之缘的那对沧云城兄妹明诺和明萱。是晏翎让他们来这里接应的？若真是如此，这位沧云城主倒是真算得上算无遗策了。

"什么人？"明诺突然厉声道。

楚凌也不躲闪，站起身来笑道："是我。"

明诺仔细一看，愣了愣方才迟疑着道："你是凌公子？黑龙寨五当家？"

楚凌有些不好意思地笑了笑，她现在确实有些狼狈，别说是认不出来她是个女的，就是她的面目都有些看不清楚，"两位怎么在这里？"楚凌问道。

明萱警惕地看着她，道："你问这个做什么？你怎么在这里？"

楚凌笑了笑道："我路过，我就想问问，两位有没有丢什么东西？"

明诺倒很是和气，道："我们刚到并没有丢什么东西。五当家不知可有什么需要在下效劳的地方？"

"哥，我们……"明萱有些不悦地道，他们是来接应城主的，哪里有功夫帮别人做什么？"

明诺不赞同地看了妹妹一眼："五当家对我们有恩。"

楚凌摆摆手，大度地道："没关系，倒也没什么事情，我刚在山里捡到一个人就想问问你们认不认识。"

两人齐齐看向楚凌，楚凌一指石头后面道："喏，看看吧。"

"城主？！"两人一看顿时大惊，明萱更是立刻就红了眼睛，"你对城主做了什么？！"

楚凌无语："姑娘，什么叫我对他做了什么？晏城主在山上跟人打架，我就是顺手捡到了而已。"

明萱不信："城主武功盖世，若不是被人暗算，有谁能伤得了他？"

楚凌淡定地道："拓跋兴业。"

这个名字却是让两人都是一震，明诺的神色也有些凝重起来，连忙上前检查晏翎的伤势："城主在山上跟拓跋兴业交手？"

楚凌耸耸肩，给了他一个"不信算了"的眼神。

明诺深吸了一口气，道："现在不是计较这些事情的时候，先找个地方给城主疗伤！五当家可要跟我们一起走？"

明萱一脸不善地瞪着楚凌，楚凌好脾气地对她笑了笑才回答明诺："好吧。"

"多谢。"明诺认真地道。

楚凌点点头也不在意。难怪明诺年纪轻轻晏翎也放心他出来办事，看来果然是个会办事的年轻人。若只有那个叫明萱的丫头，只怕走不出十里就能被人揍了。

山林的另一边，当拓跋兴业找到卓铮等人的时候，毫不意外地卓铮已经死了。不仅是卓铮死了，百里轻鸿也身受重伤昏迷不醒。拓跋兴业一眼就看出百里轻鸿身上有一道伤痕就是晏翎的银枪造成的。一个晏翎一出手就让归降了北晋的最有名的两个将领一死一伤，当真是个大敌！

"怎么回事？"拓跋兴业问道。

拓跋明珠看着躺在床上昏迷不醒的百里轻鸿，红着眼睛道："大将军要谨之去帮忙，结果那姓卓的却反而对谨之出手！他真的是要归降我们北晋不是天启派来的刺客吗？"

拓跋兴业淡淡扫了一眼明显是关心则乱的拓跋明珠道："就算他是刺客，也不会来杀陵川县马。"天启人是有多大的毛病，才派一个镇北军统帅亲自出马刺杀一个已经归降了十年的将领？

拓跋明珠却并不想听拓跋兴业的分析，含泪道："昨天谨之刚刚与人动手本就受了内伤，若不是被卓铮刺了一刀，怎么会败给晏翎？幸好他身边的人拼死救出了谨之，不然……"

拓跋兴业听着拓跋明珠掩面哭泣的声音微微蹙眉，貊族的女人向来坚强独立，早年拓跋明珠还小的时候也是个不错的姑娘，怎么入关之后反倒是学上了那些中原人哭哭啼啼的毛病了？

不过毕竟是自己让百里轻鸿帮忙才导致百里轻鸿重伤的，拓跋兴业也没有将心中的不耐表现出来。只是走过去探了一下百里轻鸿的脉，道："内伤不重，外伤找个大夫好好照顾，过两个月就好了。"拓跋明珠并没有觉得高兴，这年头并不是说外伤就一定比内伤容易好："我要带谨之回信州，如今卓铮死了，大将军有何打算？"

拓跋兴业道："老夫还要去找南平公主，还有那些江湖中人也该清理一番了。"这次信州的事情，那些江湖中人给他们造成了不小的损失。虽然江湖中人毫无组织，面对大批兵马的时候无能为力，但是他们的身手却比普通士兵厉害得多。一旦有人落单或者少数士兵出行，遇上他们十之八九都难逃一死。这两天时间，不说南军只是貂族士兵就折损了将近千人。

要知道自从天启人退守灵沧江，貂族士兵已经很久没有这么大的损失了。

拓跋明珠点头道："如此大将军保重，我等谨之伤势好一些了就要回上京了。"

拓跋兴业点了点头，转身要走突然想起来什么问道："昨天百里公子与谁动手了？"

拓跋明珠略有些尴尬地道："君无欢。"

拓跋兴业皱眉："老夫没记错的话，君无欢的身体不太好？"

拓跋明珠点头："君无欢虽然身体不好，但是武功确实很厉害。谨之受了点内伤，不过君无欢伤得更重。"生怕拓跋兴业就此小看了百里轻鸿，拓跋明珠连忙补充道。

拓跋兴业点了点头，转身走了出去。

"大将军。"刚走出帐篷，就有士兵飞身来报。

拓跋兴业沉声问道："何事？"

那士兵道："找到南平公主了。"

"哦？"

"南平公主被人放在山间的一棵大树下，我们一路找过去并没有看到什么人。"

拓跋兴业点了点头对此并不惊讶，晏翎既然答应放了南平公主就不会出尔反尔扣着人不放。就像他当时即便是想明白了一些事情也不会再回头去追杀晏翎是一个道理。不过……

"传令下去，全力追捕信州的江湖中人，最重要的是沧云城中人！"拓跋兴业沉声道。

"是，大将军！"

楚凌跟着明诺兄妹俩一起，带着晏翎在一处远离他们之前所在的地方找了个农家安置了晏翎。这途中晏翎一直没有醒，一路上楚凌都在琢磨晏翎到底是太相信她这个其实只有两面之缘的路人还是太相信明诺了。

"五当家。"明诺安置好晏翎，走出来对坐在屋外的楚凌道。

楚凌回头看他，问道："你们家城主怎么样了？"

明诺笑道："没事，城主受了一点内伤还有大约就是太累了。"

楚凌有些不以为然，她虽然对医术不精通却也看得出来一些，晏翎内伤不轻，累了也不假，但是还没到能让这么厉害的一个人深度昏迷不醒的地步。不过明诺既然这么说了，楚凌也不好多问。只是道："今天能醒么？这里也不太安全。"

明诺有些为难："只怕是不行。"

楚凌叹了口气，点点头道："行吧，等晏城主醒了再说。"

明诺笑道："辛苦五当家一路上跟着我们奔波了。"

楚凌看着明诺："那个，咱们能打个商量么？你别叫我五当家成么？被人听到了不太好。"

明诺莞尔一笑，点头道："如此在下便称呼一声凌公子？"

楚凌点头表示可以。

"哥！"房间里的明萱突然冲了出来，急匆匆地道："哥，城主好像病了！"

闻言两人也顾不得许多快步走进了房间里，简陋的房间里晏翎直挺挺地躺在床上，脸上的面具依然没有摘下来。整个人似乎极不舒服，楚凌发现他修长的脖颈都红了似乎是在发热。

楚凌走到床边伸手就要去揭他脸上的面具，却被一只手拉住了，是明诺。

旁边的明萱也惊叫道："你干什么？！"

楚凌有些莫名其妙地回头看两人道："看看他怎么样了啊。"

明诺摇头道："面具不能揭。"

楚凌皱眉道："怎么？你们城主见不得人还是长得像鬼？就算是这样，命也比脸重要吧？"

明诺摇头道："沧云城的规矩，谁都不能动城主的面具，会死人的。"

楚凌看着两人挑眉道："你们都没见过晏城主的真面目？"

明诺摇头，楚凌不由啧啧称奇："你们心可真大，就不怕有人冒充晏城主吗？"

明诺确实心大，笑得很是温和："城主也不是谁都可以冒充的。"

楚凌耸耸肩收回了手道："行吧，我不看你们城主的脸可以了吧？现在怎么办？"明诺道："不必担心，在下会一些医术。"说完便坐到了床边替晏翎诊脉。

过了一会儿明诺神色有些凝重地收回了手，道："城主……"

"怎么？如果我不方便听的话，我先出去你们自己商量。"楚凌道。

明诺摇头道："没有，我要给城主配药，但是有两样药材眼下我们拿不到得回信州。"

明萱有些焦急地道："哥，信州现在肯定是天罗地网，而且现在肯定到处都是北晋兵马,我们只怕连到信州去都做不到。"他们三个带着一个昏迷不醒的人一路上不知道要被盘查多少次,想要平平顺顺地到信州根本是做梦。

明诺显然也是担忧这个问题,一双剑眉都要皱在一起了。

楚凌问道:"这个药只能在信州找到么?"

明诺摇头道:"那倒不是,只是这样的小镇小县城肯定没有,至少也要信州这样的大城。"

楚凌琢磨了一会儿道:"那就离开信州去别的地方吧。"

明诺兄妹俩都是一愣,明诺道:"凌公子的意思是……"

楚凌道:"晏城主现在人事不省,你们沧云城看来也没什么人在信州,这地方看来是不能待了,那就干脆离开。对了,你们认不认识一个姓桓的小白脸?"

兄妹俩对视一眼,都是一脸茫然。

楚凌揉了揉眉心,道:"算了,如果你们决定了的话咱们就尽快出发。只怕很快北晋士兵就会到处搜查了,到时候再走就来不及了。"

明诺思索了片刻,沉声道:"凌公子说得不错,我们先带城主离开信州再说。不知凌公子……"

"送佛送到西,我跟你们一起走。既然定了,我去准备一些东西,咱们一个时辰之后离开这里。"她语速略快,语气也坚定得让人提不起拒绝的心思。

楚凌只得揉着眉心出门办事去了,晏翎还真放心将自己的命交给这两人啊。

楚凌准备的东西并不多,都是一些日常必需的琐碎之物,另外就是通过隐藏在小镇角落里的某处凌霄商行的据点给黑龙寨和桓毓各送了一封信。给黑龙寨的信上写了自己有事暂时不能回去,还有便是提醒郑洛这两天一定要小心貊族人和拓跋兴业,可以的话最好带着黑龙寨的兄弟进山里躲上一段时间。

给桓毓的信则是毫不客气地痛斥了大白不讲义气,顺便说了自己要离开信州一段时间不必想念,想必自诩聪明绝顶的桓毓公子自己能够领会。

既然晏翎内外伤都有,三人也就没有坐马车了,找了两匹马,明诺带上晏翎,明萱跟楚凌同骑,一行四人绕开了大的城镇一路快马加鞭地往信州西北方向的润州奔去。

晏翎醒过来的时间比明诺预计的早一些,当天晚上他们在一处山中荒废的破庙里安顿下来不久晏翎就醒了。

见到晏翎醒来明诺兄妹俩都连忙围了上去。

"城主,你怎么样了?"

"城主,你终于醒了,有没有哪儿不舒服?"明萱更是红了眼睛,楚凌看在眼里秀眉微挑,小丫头春心萌动啊。

晏翎微微蹙眉,看了两人一眼目光落在明萱身上。不知怎么的明萱却被他的目光看得忍不住瑟缩了一下,原本抓着晏翎衣袖的手也连忙收了回去。明诺连忙道："启禀城主，这是舍妹明萱，这次她是跟属下一起来的。"

晏翎坐起身来，看向坐在对面火堆边上的楚凌，对她微微点了下头方才道："你一向懂分寸。"话语淡淡的，却能让人听得出他的不悦。

明诺连忙单膝跪地道："属下知错，属下原先不知萱儿偷偷跟着属下出城了，所以……"他都出城一段时间了才发现妹妹竟然悄悄跟了上来。他有任务要做根本不可能亲自送她回去，让她自己回去他也无法放心，无奈之下只能将她带在身边。

晏翎目光落在他身上半晌，方才道："下不为例。"

"多谢城主。"明诺松了口气。

明萱有些委屈，可怜巴巴地望着坐在火堆边上的晏翎，可惜晏翎却连多看她一眼都没有。

事实上虽然人醒过来了，晏翎现在依然非常不舒服，所以他只能靠着身后的柱子坐着，虽然力图坐得笔直楚凌看着却难受。

将一根干柴扔进火堆里，楚凌道："晏城主，你不舒服就躺着吧。"

晏翎对她笑了笑，道："无妨，刚刚醒来睡不着了。"

"……"谁说只有睡觉才需要躺着啊？

晏翎一口将明诺递过来的药喝完，又将药碗递了回去方才道："之前辛苦阿凌了，我们这是在什么地方？"

明诺和明萱有些惊讶地看着两人，这位凌公子跟他们说他和城主只有两面之缘，他们以为两人不熟。但是听城主的语气，显然并不是不熟啊。

楚凌摇摇头道："我们在信州西北，明诺说还有一天的路程后天我们就能够进入润州。"

晏翎微微蹙眉看向明诺，不用他问明诺就答道："城主身受重伤，信州太危险了，而且城主的药需要到大地方才能配。"

晏翎垂眸思索着什么，楚凌有些诧异："晏城主不会打算回去吧？卓铮死了，百里轻鸿重伤，晏城主在信州还有什么事情需要处理吗？"

晏翎想了想，也不由一笑，道："也没什么，剩下的事情有人会处理的。辛苦阿凌跟我们走一趟，黑龙寨那边……"楚凌摆摆手道："我给大哥传了消息了，现在黑龙寨需要避避风头，我也没什么事儿。"

晏翎道："那就有劳了。"

楚凌笑道："晏城主对我有救命之恩，区区小事何足挂齿？"

晏翎愣了愣："是我应该多谢阿凌才是，这两天若非有阿凌在，只怕也不会这么顺利。"

楚凌这才想起来之前的事情，摸着下巴思索了好一会儿，方才道："晏城主，我觉得你跟我认识的一个人有点像，你们应该也是认识的吧？"

晏翎垂眸，笑道："长离公子名震天下，自然是认识的。"

楚凌点点头："难怪大白跟你好像也很熟的样子。"

晏翎听到大白这个名字唇角也忍不住抽了抽，轻咳了一声道："阿凌是这样称呼他，难怪他一提起你就暴跳如雷。"

楚凌翻了个白眼，谁管他！

晏翎精神不好，跟楚凌说了一会儿话就又睡着了。倒是明诺兄妹俩睡不着，明萱更是通红着大眼睛气鼓鼓地瞪着楚凌。楚凌摸摸鼻子道："怎么了？"

明萱道："你说你跟城主不熟？！"

楚凌坦然地道："是不熟啊。大概就是比你跟晏城主熟一点。"晏翎明显根本就不认识这丫头啊，亏得之前这丫头一副担忧体贴的模样，她还以为这丫头是晏翎身边的什么人呢。

明萱气结："你骗我！"

楚凌懒洋洋地道："我骗你什么了啊？"

明萱顿时语塞，明诺在一边看得无奈极了。他这个妹妹真不知道说什么好，凌公子看着明显就比他们小好几岁，这样她还好意思跟人家闹脾气。楚凌也不打算跟个单相思的小姑娘计较，直接往后一仰倒在了铺好了干草的地上，"姑娘，早点睡吧。明天早上起来要是顶着两个黑眼圈，吓到晏城主就不好了。"

"……"

一行四人一路快马加鞭地赶路，却还是在靠近信州边界的地方被貊族人追上了。经过两天的休养，晏翎已经好了许多。

看着远处渐渐接近的貊族兵马，晏翎毫不犹豫地直接点了楚凌的穴道将她放到了山坡上隐秘的草洞中。

"晏翎，你干什么！"楚凌道。

晏翎对她笑了笑，道："是拓跋兴业的兵马，拓跋兴业就算抓到你也不会杀你的，穴道一刻钟之后就会解开，没有我们拖累阿凌一个人逃命还容易一些。"

楚凌怒瞪着他："你怕拖累我还让我跟这一路干什么？"

晏翎温和地道："信州之后必定大乱不适合你落脚了，换个地方比较好。"说完便随手拨了一下草丛将楚凌盖住，起身带着明诺和明萱转身走了。

楚凌郁闷地想要大叫，却到底还是忍住，只能眼睁睁地看着晏翎带着人离开。她知道，晏翎会这么做只有一个原因，拓跋兴业亲自来了。

也是，卓铮死了百里轻鸿半死不活，拓跋兴业若是不杀了或者抓住晏翎，只怕回去了也不好跟北晋皇帝交代。

楚凌用力地想要冲开穴道，可惜她内力低微，即便是急得浑身冒汗被封住的穴道也是纹丝不动。楚凌只能焦急地听着一阵马蹄声从山下的路上狂奔而过。

"该死的晏翎！让你逞英雄死了也活该！"楚凌狠狠地骂道，却不知道是愤怒还是什么染红了那双明亮的眼眸。

一刻钟一到，楚凌原本僵硬动弹不得的身体就突然放松了下来。楚凌长出了一口气，连忙扒开草丛向外面望去，外面的山路上已经是一片安静，仿佛什么都没有发生过一般。安静得连鸟鸣声都没有，更显得冬日萧瑟万物皆静。

楚凌没有马，只能咬牙放弃了下面宽敞的官道往晏翎等人离去的方向追去。

马儿的奔跑速度显然不是人类所能比的，特别是现在的楚凌还是一个体力平平的小短腿。

一直到当天下午，楚凌方才找到了晏翎等人留下的痕迹。一些打斗过的痕迹以及一些正在收殓自己同胞遗体的貂族士兵，显然这些人才刚死。楚凌远远地看着那些尸体上的伤痕，是剑伤。明诺和明萱都是用剑的，晏翎现在用枪应该有些勉强，而且这些伤痕大多数干脆利落倒不像是明诺能做出来的。

楚凌没有惊动这些人，悄无声息地退开绕了个弯儿往下面追了上去。

一路上楚凌却并没有再找到晏翎三人的踪迹，只有不少士兵依然在四处搜索，至少让楚凌知道那三个人应该还没有被抓住或者被杀。

深夜的时候，楚凌抓了一个奉命搜查的南军，原本对方看到出现在自己面前的是小孩子还十分不屑，等楚凌真的将匕首架到他脖子上的时候才终于畏惧地求饶。

楚凌冷声道："别废话，我问什么你答什么。"

"是是是，少侠有什么想问的尽管问，大家都是天启人，少侠手下留情手下留情啊。"那人跪在地上连连讨好地道。

楚凌心中冷笑一声，她相信很多南军确实是迫不得已才为貂族人卖命的，但是却不包括眼前的人。她跟了这人半个下午了，这人搜查尽没尽力他不知道，偷鸡摸狗欺压百姓的功力倒是不错。危险的地方都推给别人去搜查，但凡是那些搜查哪个农家或庄户的事情倒是抢着干，每一次出来兜里都比进去时鼓了许多。

楚凌道："你们在找什么人？"

男子小声道："找两个男人和一个姑娘。其中一个男人戴着面具，受了重伤。上面说找到了重重有赏。"

楚凌心中松了口气，问道："还有呢？"

"还有什么？"男子有些茫然地道。

楚凌却有些不耐烦，冷声道："拓跋兴业在哪里，那三个人在什么地方跑掉的，这附近有多少人？"

男子露出一个哭兮兮的表情，小心翼翼地道："少侠，这些事情，我们这些……"

冰冷的匕首在他脖子上压了一下："我劝你考虑清楚了再说。"

男子立刻闭上了嘴将口中原本的推诿之词咽了回去。胆战心惊地道："少侠，我……"

楚凌笑道："你以为你是运气不好才被我抓到的吗？我跟了你半个下午了。你好歹也算是一个小统领吧，真的什么都不知道吗？"

"我……"

楚凌并不想继续听他磨蹭，冷声道："说吧。"

低头瞄了一下脖子上冷冰冰的匕首，男子只能苦着脸道："实不相瞒，我知道的真的不多。我只知道拓跋大将军带来的兵马不太多，找人主要还是靠咱们南军。至于那三个人，原本他们已经逃走了，不过那个姑娘落了单被抓住了，那两个男子又返回来救那姑娘，这才让拓跋大将军追上了他们。那戴面具的男子跟拓跋大将军打了一场，最后三人都逃走了。拓跋大将军好像受了一点伤，应该不严重。"

楚凌微微蹙眉，晏翎全盛时期尚且不是拓跋兴业的对手更何况如今身体有恙，能伤了拓跋兴业还带着明诺兄妹俩逃走，只怕也不可能全身而退了。

楚凌眉头紧锁："他们往哪个方向逃了？"

男子偷觑了楚凌一眼，小声道："往北走了，但是我们追出了几十里都没有找到他们，说不定是中途改变方向了。"

楚凌点了点头道："好，我知道了。你走吧，回去之后知道该怎么说？"

"小的明白。"男子连连点头，却在楚凌看不见的地方眼底闪过一丝恶毒的狞笑。抬起头来却又是一张感恩戴德的脸，见楚凌果然收回匕首放了他，男子试探着站起身来，"小的告辞……"

楚凌微微挑眉，男子转身飞快地往前方跑去，脸上满是怨毒之色。等他离开这里……

"嗖！"一声轻响，背后一痛，男子脸上露出一丝不敢置信的神色，却只能无力地倒向了地面。片刻后楚凌站到了他跟前居高临下地道："我考虑了一下，你这样的人还是少一点比较好。"

暗淡的月光下，男子依然带着惊愕和不甘的眼睛渐渐涣散再也没有了声息。楚凌低头看了一眼睁大了眼睛不甘地望着自己的尸体，转身离开。

楚凌一直到后半夜才终于在润州边界上一处荒废的村落里找到了明诺兄妹俩。这年头这样荒废的村落很常见，很多人或许藏不下但是只藏两三个人却很方便。

楚凌循着地上的痕迹走进去，还没进门里面就一道劲风扫了过来。

"是我！"楚凌沉声道。

扫向她的力道生生地停住了，明诺从暗处走了出来。比起分别的时候明诺看起来狼狈了许多，见到楚凌也有些吃惊："凌公子，你怎么会在这里？"

楚凌翻了个白眼，问道："你们城主还活着吗？"

明诺愣了愣，大约是从来没见过晏翎这么不客气的人。楚凌却有些不耐烦了，找了一天一夜的人她的心情和耐心都被消磨得差不多了，"发什么呆？你们城主呢？"

明诺脸色变了变，道："城主和我们分开了。"

楚凌微微眯眼，道："什么意思？"

明诺似乎也察觉到了楚凌的怒气，忍不住往后退了一步，面色多了几分惭愧，道："城主说拓跋兴业是为了抓他，只要我们分开走，那些貊族人自然不会再追得我们那么紧了。"事实上晏翎说得也没错，自从和城主分开之后追在他和萱儿身后的追兵就少了七成，所以他们才能顺利到达润州境内。

楚凌都要被气死了，双眸定定地看着眼前的年轻人，心平气和地道："所以，你们让一个身受重伤，据说没有特别的药根本好不了的人去替你们引开了貊族人和拓跋兴业？"其实楚凌很想问，晏翎到底要你们这样的属下干什么？当然也不是说当属下的天生就该替主子去送死，但是事情也不能这么办吧？

明诺的头都要垂到胸口了，满脸羞愧地低头道："萱儿受了重伤，昏迷不醒。我们……"

楚凌摆摆手道："得，我也不问你家这妹子是怎么被抓被伤的了，晏翎往哪个方向去了？"

明诺明白她的意思，连忙道："城主说他有办法脱险，让我们不要找他。一个找一个反而更危险，等他脱险了会派人传信给我们。让我尽快赶到润州将药配出来，到时候他会派人来取。"

楚凌蹙眉，思索了一会儿问道："你确定晏城主真的能从拓跋兴业手里全身而退？"

明诺点头道："城主从来不会夸大其词，而且城主说拓跋兴业在这里待不了两天。找不到人他很快就会回去的，城主还说如果遇到凌公子的话，就让我转告凌公子，不用担心他，如果有事可以去找大白。"明诺最后这两个字说得十分犹豫。他自然不知道大白是谁，若不是上次听城主和楚凌说过，他都要怀疑是不是自己情急之下听错了城主的吩咐。

楚凌点了点头道："既然如此，那就罢了。你们应该是要立刻赶去润州吧？明天一早我们就分道扬镳。"

明诺道："凌公子接下来打算去哪儿？回信州么？"

楚凌摇摇头道："先看看吧。"

第二天一早，楚凌就跟明诺兄妹俩分手了。明萱昨晚半夜就醒了，只是醒来之后就哭哭啼啼看得楚凌心烦并不想理会她。

与明诺兄妹俩分手之后楚凌没有立刻离开，而是在附近又留了几天。果然两天后拓跋兴业就带着人离开了，直到他离开之后也没有消息说拓跋兴业抓住或者杀了晏翎，楚凌这才放下了心来。

信州如今依然很乱，楚凌收到凌霄商行的消息说郑洛已经带着黑龙寨的兄弟躲进了深山里，这个冬天过完之前不打算出来了。想着如今回去黑龙寨也是空空荡荡的，楚凌也就懒得赶回去了。

从润州一路慢悠悠地往北走，等她接到桓毓传来的消息说晏翎平安无事的时候距离过年已经只有三天了，楚凌正在距离信州好几百里的翼州城中。

将客栈掌柜刚刚送来的密信折好投进了旁边的火炉中，楚凌方才叹了口气舒服地倒进了柔软的床铺里。这是翼州城里一处不错的客栈，而这客栈恰好便是君无欢的产业。楚凌原本打算在这里住几天过完年再说，没想到刚住了两天就收到了桓毓的信，凌霄商行的消息不仅灵通，传递速度也很惊人。

在床上打了个滚，楚凌觉得有些无聊了。

眼看着就要过年了，这么多年她还是第一次一个人过年。过往在浣衣苑，不管日子有多苦，身边总归还是有个人的。如今却孤孤单单的连个说话的人都没有，但是想起那些再也回不了家的人们，楚凌忍不住吸吸鼻子眼睛有些发红却怎么也哭不出来。

孤单的楚凌想起来桓毓信上说他们在上京，再算计一下上京距离翼州的距离，现在赶过去的话蹭个年夜饭应该没问题吧？顺便看看君公子，听说之前跟百里轻鸿打了一架之后一直病着。大家认识一场，去探个病还是可以的嘛。

想到了此处楚凌立刻就从床上一跃而起开始打包行李了。

翼州在上京和信州之间，从翼州城到上京大约三四百里，所以楚凌要在过年之前赶到上京时间还是挺赶的。为了赶路楚凌将自己装扮成了一个貊族少年，如此一来骑着马走在官道上也不会惹人怀疑，只要避开一些重要的关口就可以了。

一路上大多数中原人只看她那一身装扮就直接退避三舍了，而貊族人看着她身上价值不菲的服饰和骏马，也觉得这是上京城中哪个贵族家的小公子，多半也不敢招惹。极少数真的不长眼的，也都被楚凌给处理了。

一路上快马加鞭，第三天中午就已经到了距离上京不到三十里的地方。

楚凌拉住了缰绳看着前方的道路思索着，这身行头还有马儿都得换下来了。她仗着貊族内部制度不一，路上假装自己是貊族人，没被人发现。但是穿着这身衣服进城去绝对是自找麻烦，得先找个地方换一身行装才行。

正在楚凌思索着去哪儿找个地方换衣服的时候，听到远处传来呼救声。

不是中原人，而是貊族人呼救的声音。

楚凌微微挑眉觉得有些好奇，在距离上京如此之近的地方，竟然还会有貊族人叫救命？难道是遇到什么猛兽了？

循着越来越急促的呼救声而去，楚凌终于在一处小道旁边发现了一辆侧翻的马车。拉着马车的马儿已经不知道去了哪里，马车旁边还有两个已经死去的貊族男子。那呼救的声音就是从旁边的小山沟里传来的，是个少女的声音。

楚凌脚下一点掠到了山脚下，就看到一个横躺在地上被乱刀砍死的貊族男子。那人虽然死了，眼睛却依然睁得大大的仿佛死不瞑目。在他旁边不远处是一个三十多岁的中原女子，她衣衫凌乱身上伤痕累累，腹部还插着一把刀，鲜血不断地往外流。

她双目死死地盯着眼前,口中不停地骂着什么。只是她受伤太重,声音微弱得连路口的楚凌都听不清楚。

在山沟的最深处,两个男子正压着一个貂族少女,方才楚凌听到的呼救声就是她发出来的。只是此时她已经无力再呼救了,只能奋力地挣扎着,很快就被狠狠地甩了一个耳光摔在了地上。

旁边围着的几个男子放声大笑,仿佛觉得这少女挣扎的模样十分有趣。

楚凌原本有些清冷的双眸立刻染上了几丝血色。

作为一个女人,楚凌对强迫女子的事情尤其无法容忍。无论是貂族人强迫天启人,还是天启人强迫貂族人。她清楚地记得姐姐还有浣衣苑里每一个曾经养尊处优的女子的遭遇。如果不是她还小,如果不是姐姐曾经得了拓跋胤的宠爱,如果不是浣衣苑那些长辈的保护,她的遭遇也不会比她们好多少。

"贱人和貂族蛮子生的贱种,若不是还有几分姿色,早就跟你那死鬼爹一样被乱刀砍死了!"一人得意洋洋地道。

那少女似乎能听懂中原话,立刻受了刺激一般尖叫起来,拔出其中一个男人腰间的匕首就刺了过去。

那男人立刻避开了,却还是被划伤了一条口子,顿时大怒一耳光甩了过去:"贱人!"

嗖!一道寒光夹带着劲力射向了那人的胳膊,那人只觉得手臂一痛打人的手立刻垂了下来,"什么人?!"

楚凌已经一闪身到了那奄奄一息的天启女人跟前。蹲下身检查了一下她的伤势,楚凌眼睛微暗,这女人伤得太重,现在她手里没有药物救不回来了。

女人仿佛抓住了一根救命稻草一般,紧紧地抓住了她的手臂:"救救朵儿、求你……"

楚凌拍拍那女人的手没有说话。那几个男子看到楚凌却是大笑起来:"刚杀了几个貂族蛮子,又来一个貂族小鬼,还是貂族人和中原人生的贱种!"

楚凌站起身来微微皱眉,她的模样稍微做了些改动,看起来还是像中原人多一些,也就难怪这些人以为她是中原人和貂族人的混血了。

楚凌皱眉道:"你们是什么人?"

为首的男子哈哈一笑道:"小鬼,你知道了有什么用?反正你也要死了。"

楚凌淡淡道:"死个明白。"

那男子一愣,很快笑道:"这话倒是不错,既然如此那就让你死个明白,咱们是塞北七虎,专门杀你们这些貂族蛮子的英雄豪杰!"

楚凌看了一眼地上躺着的两个人,淡淡道:"专门杀貂族人?不见得吧。"

那男子冷哼一声,道:"跟了貂族蛮子的女人都是贱人,同样该死!还有你这小鬼，也要死在这里！"

楚凌嗤笑一声："塞北七虎？烧杀抢掠无恶不作的关外马贼吧？你们是杀了不少貂族人，但是中原人你们也没少杀。不过我倒是有些好奇，你们竟敢来上京，胆子倒是不小。"

闻言，几个男子对视了一眼看向楚凌的目光更加恶毒："你到底是什么人?!"

那地上的中原女子突然嘶声道："他们是为了抢流月刀一路跟着我们入关的。公子求你救救朵儿，我把流月刀给你！"

"贱人！流月刀果然在你手里？"那男子厉声道。

楚凌并不知道流月刀是个什么东西，不过多半是个好东西。微微挑眉，那女人已经抓着她的衣摆道："公子求你，我们没害过人、我们本本分分地做生意，从来没害过人，朵儿是无辜的……"

楚凌低头对上女人的视线，她知道这个女人八成已经看破了她的身份，所以才一再解释他们没有害过人。

好聪明的女人，可惜了。

楚凌叹了口气，看向几个人问道："你们自己走，还是我请你们走？"

几个男子显然并不将楚凌放在眼里，冷笑一声几个人就扑了上来。楚凌后退两步，抬脚挑起落在地上的腰刀挥了过去。

腰刀在楚凌手中刀光凛冽，杀气腾腾。看起来就像是天生便习惯使这腰刀的貂族人。

楚凌觉得有些诡异，她刚来到这个世上杀的都是貂族人。如今兜兜转转一圈，回头竟然又为了保护貂族人杀中原人。哦，不对，塞外七虎并不都是中原人，只有三个是中原人，剩下四个都是关外的异族。

转身一刀划过了一个人的腰腹，楚凌并没有回头，下一刀凌空而起划破了其中一人的脖子。塞外七虎虽然名声叫得响亮，但是武功却并不如何高明。只是他们七个人从不分开，而且手段狠毒，所以才让许多本分做生意的商人闻风丧胆。真有实力强大的如凌霄商行这样的商家他们根本就不会去招惹。

几个人见这少年如此厉害，一时也有些慌了手脚。其中一个小个子的中原人立刻冲到那叫朵儿的少女跟前将她从地上抓起来。等他压下了那少女的反抗将刀架上她的脖子的时候已经晚了。只看到楚凌面无表情地将刀从他最后一个还活着的兄弟腹部抽了出来。

"你别过来！你过来我就杀了她……"

楚凌冷笑一声，一抬手一把匕首直直地朝他射了过去。那人睁大了眼睛低头看着插在自己脖子上的匕首轰然倒地。"我刚才是说，让你们死个明白。"

那男子倒地的时候将被他扣在怀中的少女也一起压了下去，鲜血顺着他的脖子流到了少女的身上，那少女呆了一会儿才终于忍不住放声尖叫起来。

不过很快少女就冷静了下来,有些茫然地看了看不远处躺在地上的父母,再看看站在跟前浑身浴血的少年。她正要说什么,才刚刚张开嘴就惊恐地看到那少年倒了下去。

她连忙手忙脚乱地推开压在自己身上的人,冲过去扶住了楚凌:"你、你怎么样了?"

她说的是貂族话,貂族话楚凌能听得懂,甚至也会说。只是楚凌从前很少说话,因此说得不太好罢了。

"没事。"楚凌对少女笑了笑道,"去看看你阿娘。"

少女这才真正地回过神来,小心地放开楚凌扑到自己母亲的跟前。那中原女人早就不行了,若不是担心女儿只怕也撑不到这个时候,此时见女儿脱险松懈下来神色立刻就更加委顿了。

"阿娘?!"少女惊恐地叫道,根本不敢碰母亲,生怕不小心牵动她的伤口。女人有些无奈地笑了笑,她现在这样哪里还在乎什么伤口痛不痛?颤抖着手握住女儿的手道:"阿爹、阿娘不在了,你好好的。这位公子是咱们的恩人,你要报恩。阿爹、阿娘没做过丧良心的坏事,你也、你也不要做。好好地、活着……"

"阿娘?!"少女哭泣着道,她知道阿爹不在了,很快阿娘也要离开她了。

女人对她笑了笑,只是这笑容里却充满了对女儿的担心和忧虑。她和丈夫是青梅竹马,早在貂族入关之前两人就成婚了。后来貂族入关,丈夫不愿从军出征被家里赶了出来。两人便带着才三岁的女儿远走关外做生意。如今他们都死了,女儿孤孤单单一个人也无人照顾,让她如何能不担心?

只是再担心又能如何?女人艰难地看向旁边不远处的楚凌,却发现他已经晕了过去了,只得叹了口气,对女儿道:"流月刀送给恩人吧。"

"嗯嗯。"少女一边抹着眼泪一边点头,看着母亲终于支撑不住再也没有了声息,才终于忍不住放声大哭起来。

楚凌醒来的时候发现自己躺在温暖的被窝里,舒服得几乎有点不想动弹了。

不过这也只是一瞬间的念头,下一刻她就已经从床上坐了起来同时伸手抓向坐在床边的人。

"啊?!"被她抓住的人不由惊呼了一声,很快却欢喜地道:"你终于醒了?"

楚凌一怔,这才发现被自己抓在手里的少女有些眼熟:"你是朵儿?"

少女连连点头,眼眶有些发红:"你没事吧?你都睡了两天了,终于醒了。"楚凌想起之前自己杀了那七个人之后,坐在地上实在是有些累得撑不住便睡了过去。没想到这一睡竟然睡了两天。

少女道:"大夫说你病了,不过你放心,已经喝了药,很快就好了。"

楚凌这才有功夫打量她所在的地方,这是一间极为宽敞的房间,地上铺着厚厚的毛毯,不远处黄铜的火盆中还燃烧着炭火。房间里的陈设也都价值不菲,但是细节处却能看得出来这是貊族人的喜好。显然，她现在在某处貊族贵族的府邸之中。

"我们这是在哪儿？"楚凌问道。

少女道："这里是拓跋大将军的府邸。"

楚凌心中一惊。她竟然自己把自己送到拓跋兴业手里来了？再低头看了看自己身上的衣服和头发，楚凌又微微松了口气。

少女坐在床边，靠近了楚凌肩膀低声道："你放心，我什么都没说。"

楚凌微微挑眉，看着那少女问道："怎么回事？我们怎么会在这里？"

少女咬了咬唇角，眼底带着悲伤道："阿娘和阿爹都死了，你也昏过去了。当时天都要黑了还有野兽，我很害怕。正好拓跋将军从那边路过，听到野兽的叫声，就救了我们。"

楚凌想到自己差点被野兽吃了，还落到了拓跋兴业手里，只觉得自己实在倒霉。再看看眼前依然满脸惊恐的少女，楚凌知道她只怕是吓坏了，安慰地拍了拍她道："别怕。"

少女伸手抹了一下眼泪，小声在她耳边道："我跟拓跋大将军说，你是我阿爹阿娘在西域收养的孤儿，是我妹妹。"她不知道眼前的人到底是什么身份，但是她知道她穿着貊族人的服饰出现在上京肯定是会让貊族人怀疑的。虽然才回到北晋没多久，但是一路走来她已经知道了貊族人对外族并不好。即便是对像她这样的貊族和天启的混血也是看不起的。

如果让大将军知道了她们根本不认识，大将军说不定会怀疑她是南朝的探子，或者把她赶出去。

楚凌心中微微松了口气，不过这也不是长久之计。

少女仿佛知道她的担忧，低声道："我阿爹、阿娘确实收养了一个天启的妹妹，是我姨母的女儿，只是她身体不好去年就去了，没人知道的。"

楚凌轻叹了口气，看着少女道："你不怕我是坏人么？"

少女对她笑了笑，道："你救了我，杀了害死我阿爹、阿娘的坏人。阿娘说你是恩人，我是姐姐，你是妹妹。"说着还伸手摸了摸楚凌的发丝，努力想要做出一个姐姐的样子。

楚凌不由得一笑，伸手敲了一下她的脑袋道："我才是姐姐。"

少女不同意："我十四了。你看起来最多十二三岁。"

楚凌心中暗道：过完年我也十四了。不过这个不好说，模糊一下年龄也没什么不好。那就让你当几天姐姐好了。

"好吧，姐姐你叫朵儿？"

少女认真地道："我叫雅朵，你叫曲笙。"雅朵在楚凌的手心认真地写下了端端正正的两个天启字"曲笙"。

楚凌有些晕，名字太多会不会记不过来？

"记下了吗？"雅朵担心地问道。

楚凌点头道："记下了，不用担心。"

雅朵这才松了口气，小声道："我听人说了，上京的人都看不起南人，不过没关系，等你好了我们就跟拓跋大将军告辞。阿爹阿娘还留了很多东西给我们，姐姐会照顾你的。"

楚凌瞥了她一眼，到底谁照顾谁啊？

雅朵却显然不觉得自己的话有问题，忍不住伸手抱住了楚凌："阿爹、阿娘都没了，我只有你了。"楚凌本想推开她，只是感觉到胳膊上的衣服被泪水浸湿了一块，犹豫了一下终究还是任由她靠着了。

"大将军来了。"门外不远处响起一阵脚步声，片刻后一个高大的人影走了进来。貊族人并没有中原人那么多的规矩，这房间里更是连个屏风都没有放，所以拓跋兴业还没进门楚凌就看到他了。

看到坐在床上抱在一起的两个小姑娘，拓跋兴业也没有说什么只是微微扬了下眉，道："醒了？"

雅朵显然有些惧怕拓跋兴业，见他进来立刻就往床上缩了缩。

拓跋兴业微微皱眉，目光落到楚凌身上，道："你是这丫头的妹妹？你叫什么名字？"

"曲笙。"楚凌道。

拓跋兴业道："这丫头一直抱着你不肯说话，现在你既然醒了不如就说说是怎么回事吧。"

楚凌伸手拍了拍雅朵道："我听雅朵说过了，是拓跋将军救了我们的性命。只是我们姐妹如今势单力薄无力报答，还请将军见谅。"

拓跋兴业饶有兴致地打量着楚凌："她真是你姐姐？"

楚凌抿唇笑了一下："我姐姐胆子小，让将军见笑了。"

拓跋兴业看着她道："老夫听说那死去的两夫妻只有一个女儿，这丫头说那几个人都是你杀的，既然你有能力杀了那几个人，又怎么会让他们杀了你的家人？"

楚凌垂眸，低声道："我是天启人，阿爹阿娘其实是我姨父姨母，我爹娘在我很小的时候就去世了。我当时去打猎去了。"

拓跋兴业道："距离京城只有几十里的地方打猎？"

雅朵搂着楚凌，红着眼睛道："是我看到一只小狐狸，想要养着玩儿，笙笙才去的。都是我不好，是我害死了阿爹阿娘……"虽然话是假的，但是雅朵的哭泣和悲伤却不是假的，显然她是真的认为她阿爹阿娘会死跟她有关系。

楚凌也不知道该说什么，只能轻轻拍着她的背心。抬头看向拓跋兴业道："多谢拓跋将军救了我们，这个恩情来日我们一定报答。我已经好多了，不知道我们现在可不可以告辞离开？"

拓跋兴业问道："你们打算去哪儿？老夫派人查过了，你养父十年前就被赶出了家门，这些年一直没有回去过。而且他们家唯一留在京城的人已经表示，他已经不是他们家的人了，他和中原人生的女儿自然也不是家里的人。"说到底，就是嫌弃雅朵身上有中原人的血统，更不用说曲笙这个完完全全的中原人了。

楚凌道："多谢大将军关心，我们可以自己找地方安顿下来。阿爹阿娘还留下了一些财物，朵儿姐姐，把流月刀给拓跋将军吧。"

"可是……"雅朵有些犹豫，阿娘说流月刀是要给笙笙的。

楚凌摇摇头，温声道："拓跋将军救了我们的命，而且我们现在也保不住流月刀。"

雅朵咬着唇角想了想，还是点了点头。雅朵起身走到床后面堆着的几个箱子里一阵翻腾，才从其中一个不起眼的箱子暗层中取出了一把短刀。雅朵捧着外形朴素的刀走到拓跋兴业面前，小声道："这是我们在西域的时候，我阿爹花了很多钱才买来的。据说是从中原流落到西域的宝刀，给你。"

拓跋兴业接过了刀拔开刀鞘。一声轻响，房间里一刀银光一闪而过。刀身莹莹，青光熠熠。刀尖有一丝微弯的弧度，却不像貂族的腰刀那么大而是一种极致优美的弧度。看起来似乎并不十分起眼，只是一把好看的短刀。

刀在拓跋兴业手里挽起两朵银花，下一刻拓跋兴业跟前摆着银器的架子轰然倒塌。架子上留下了两刀整齐的切口，正是他手中的流月刀留下的。

拓跋兴业微微挑眉，道："好刀。不过……"

随手将刀抛给了坐在床上的楚凌，拓跋兴业淡然道："老夫用不上这刀。"

楚凌反手将刀接在手中，道："如此，我们只怕无以为报。"

拓跋兴业道："既然你们没有地方去，就暂且留在老夫府中吧。"

不等楚凌和雅朵拒绝，拓跋兴业便转身走了。楚凌也没有多说什么，她清楚拓跋兴业没那么好糊弄，只怕还是怀疑她们的身份。毕竟谁让那么巧她们就在拓跋兴业经过的地方让他给救了呢。

拓跋兴业的身份也注定了他不可能不小心谨慎。如果她要走，反倒是容易让拓跋兴业更加怀疑她的身份。

这兵荒马乱的想要确定一个人的身份可不是那么容易的事情。更何况，她们俩除了曲笙这个身份是借来的，别的可都是真的。

"笙笙？"雅朵轻声唤道。

楚凌回过神来对她笑了笑道："没事，别怕。拓跋大将军不是坏人，不会对我们怎么样的。"

雅朵点了点头，道："如果貂族人都不喜欢我们的话，我们就一起回关外去吧。"

楚凌微微苦笑，不说尚未及笄的女孩子怎么在关外那样的地方生活，就是她如今也不可能说走就走跟着雅朵一起去关外。看着少女对上自己满是信任的眼神，楚凌心中一软，"别怕，不会有事的"。

"嗯。"

楚凌心中叹了口气，她睡了两天，好像把新年给睡过去了。

月初的夜晚无星也无月，上京城中一处古朴雅致的宅邸中，君无欢正坐在窗边对着不远处桌上的烛光出神。他整个人有些慵懒地坐在一张铺着厚厚的皮毛的大椅子里。他身上也盖着一件厚厚的狐皮大氅，只露出了张苍白消瘦的面容。

不知看了多久他仿佛累了，方才微微垂下了眼眸闭目养神。浓密的睫毛微微翘起在眼下投出一片淡淡的阴影。

门口一声轻响，君无欢睁开眼睛却没有回头，只是问道："这么晚了，有什么事？"

"大事。"桓毓的身影在门口响起。

桓毓穿着一身黑衣，站在门口伸手拉下了脸上的黑巾沉声道："凌姑娘失踪了。"君无欢轻咳了两声，微微蹙眉道："失踪？怎么会？"

桓毓点头道："你不是说下面的人传来消息她往上京来了吗？按她的行程除夕晚上就该到了，但是现在没有人知道她去了哪儿。"君无欢坐起身来，剑眉微蹙道："会不会是她绕道去别的地方了？"

桓毓道："但是她也没去别的地方，从她进入上京地界之后，咱们的人就再也没见过她了。"

君无欢抬手揉了揉眉心，沉声问道："她最后出现在什么地方？"

桓毓道："是上京七十里外的吕县，她去商行托人买了一些东西。"

"没有隐藏身份？"君无欢问道。

桓毓点头道："我猜她应该是打算往上京来找我们。她不知道你住在哪儿，但是如果商行的人知道了肯定会提前通知我们的。而且……"桓毓沉默了一下，"你若不是觉得她出事了，为什么这么急着让我去问下面的人？"

君无欢皱着眉头道："以阿凌的聪明和身手，除非遇上拓跋兴业或者拓跋胤那样的高手，否则就算是打不赢全身而退也不是问题。除非是发生了什么我们不知道的意外。让人去查查，从吕县到上京这一路上，这几天发生过什么大事或者有什么人经过。"

桓毓有些惊讶："这可不是简单的事。"一条路上每天有多少来来往往的人，更何况是上京这一路上。

"去查。"君无欢道，"就算是出了意外来不了，阿凌也肯定会传信给我们的。既然没收到信，就说明她现在是传不了信。"比如说被人给抓了。

桓毓连忙点点头，虽然那丫头凶巴巴的讨厌得很，但桓毓还是有些担心这个跟自己并肩作战过几次的小丫头的。一个才十二三岁的小丫头，在上京这个貊族人横行的地方可不好过，万一真的出了什么事就麻烦了。

见君无欢脸色有些阴沉，桓毓连忙道："你别着急，我马上就让人去查。你的身体可经不起再折腾了，回头云大夫回来还不骂死你。"

君无欢笑了笑道："辛苦你了。"

桓毓翻了个白眼，没好气地道："谁让我倒霉呢。"

住在拓跋兴业府上的日子其实并没有很难熬，拓跋兴业手握北晋半数的兵权可谓是位高权重，但是家中却十分简单。虽然北晋皇帝赐给了他上京最华丽宏伟的府邸做宅邸，但是却依然显得冷清。

拓跋兴业并不像那些北晋贵族一般入关之后大肆强抢天启女子做侍妾、女奴，他已经年过不惑甚至都还没有成亲更没有子女。整个大将军府就只有拓跋兴业一个主人，以及一些管事仆从，侍卫都是由拓跋兴业的亲兵担任。

楚凌和雅朵虽然不能出门，却依然被人当做客人对待。两人住在一个院子里，由几个女仆照顾，想要在府里四处走走也没有人拦她们。只有楚凌能感觉到不时有打量的目光落在她们身上，显然是暗中监视的侍卫。

既然不可能逃跑，楚凌也就淡定了。

每日除了正常的吃吃喝喝就是练武，她也不避着府中的侍卫，毕竟一个能杀死七个成年男子的少女若是遮遮掩掩那才奇怪呢。倒是雅朵对楚凌练武的事情十分有兴趣，或许是因为父母的死让她明白了这个世间的残酷和可怕，她也开始跟着楚凌练武。楚凌也没有拒绝，毕竟不管怎么说能自己保护自己才是最稳妥的。虽然雅朵的资质一般，但是她吃得了苦，楚凌教起来倒也不觉得费劲。

"明白了吗？"楚凌收势，将手中的流月刀递给雅朵道，"你试试。"

雅朵摇摇头，拿起旁边石桌上的一把普通的刀道："流月刀是笙笙的，而且我还不会，用这个就好。流月刀那么锋利……"万一她不小心砍到笙笙怎么办？

楚凌也不勉强，看着她拿着刀慢慢学着自己方才的动作舞动。

拓跋兴业从不远处走来，见两人在练功便停下了脚步看着，等到雅朵练完了一次楚凌的动作方才走了过来。

"大将军。"两人齐声道。

拓跋兴业微微点头，对着楚凌伸出了手。楚凌会意地将流月刀递了过去。流月刀在楚凌手里还显得有点大，但是到了拓跋兴业手中却显得十分娇小了，也难怪拓跋兴业看不上了。

拓跋兴业抬手轻弹了一下刀身，一侧刀身上的青光让楚凌也不由微微侧首。下一刻却见拓跋兴业已经拿着流月刀挥动起来，即便是如此小巧的短刀，在拓跋兴业手里也仿佛带着力拔山河的霸气。楚凌目不转睛地看着拓跋兴业每一个动作，旁边的雅朵更是早就已经看得眼睛直转圈圈了。她根本就看不清楚，只觉得眼前的人影忽闪忽闪的连位置都定不准。

片刻后，拓跋兴业收刀。几声轻响，不远处一排只剩下枯枝的花木都矮了一截。拓跋兴业将刀扔回楚凌手中，道："试试。"

楚凌沉默地点了点头，拿起流月刀挥舞起来。流月刀在她手中没有了拓跋兴业那样的霸气，而是一种凌厉如刀锋的锐气，这样的锐气在女孩子身上确实少见。

这一次雅朵看得目不转睛，只觉得笙笙舞得十分好看。

只是雅朵却不知道，楚凌的动作虽然不及拓跋兴业快，招式也远没有拓跋兴业那样的威力。但是每一招每一式却都与拓跋兴业相差无几，偶尔有些随意的改动也是为了自己更方便且不会影响武功的发挥。

拓跋兴业站在一边看着，眼神也多了几分复杂的意味。

等到楚凌收刀转身，雅朵立刻迎了上去："笙笙，你好厉害。"

楚凌对她笑了笑："还不及拓跋将军一成。"

拓跋兴业注视了楚凌半晌，方才道："你跟老夫去书房。"

"是。"

两人进了书房，拓跋兴业的书房毫无中原文人的风雅气息，反倒是充满了武将的豪迈肃杀之感。一进书房门就是一幅占据了半个墙面大小的行军图。旁边的书架上也没有多少书籍，大多是一些兵书战策或者武功书籍之类的。

"坐。"拓跋兴业坐到主位上，见楚凌在打量自己的书房也没有多说什么。楚凌点点头走到一边坐下，道："不知大将军有什么指教？"拓跋兴业看着她道："这几日你们姐妹俩在府中过得如何？"

楚凌抿唇道："一切都好，就是打扰大将军了。"

拓跋兴业道："打扰倒是不至于，你是天启人？"

楚凌点了点头："是。"

拓跋兴业道："你父母双亡，是雅朵的父母将你养大的？"

楚凌点头："是，我那时候还小，记不太清楚。"

"你的天启话说得很不错。"拓跋兴业道。

楚凌笑了笑，看着拓跋兴业："我想大将军收留我们这些天也不单是为了可怜我们。只是请恕我有些不明白，大将军若是觉得我们的身份有什么问题，将我们赶出将军府去便是，又何必……"

拓跋兴业道："大约是因为平生头一次见到你这么厉害的孩子。"

楚凌笑了笑，道："大将军谬赞了，我从小身体不好，因此便学了些功夫。"

拓跋兴业点头道："可惜内力平平，不过你倒是有一股狠劲，若是你的内力再强上两分，杀那几个人就该易如反掌了。"

楚凌有些不自在："也没有那么厉害，到了要拼命的时候，自然是只能拼命了。"

拓跋兴业从旁边拿过一份册子道:"我让人查过了,你们一家确实两个月前从西域一路东行入关的,那丫头的父亲家里也确认了你们的身份。"

楚凌心想拓跋兴业确实是个光明正大的人,若是一般人就算暗地里查了也绝不会这么直白地告诉她。不过拓跋兴业查了,但是雅朵告诉她真正的曲笙早就死了肯定不可能跟他们一起入关。拓跋兴业如果真的查了怎么会是一家四口?

如果不是拓跋兴业骗她,那就是有人在暗中帮她掩盖了真相?

楚凌道:"这么说,我和朵儿可以走了吗?"

"离开将军府,你们打算去哪儿?"拓跋兴业问道。

楚凌道:"阿爹阿娘给我们留下了不少钱财,我们打算先找个房子住下。如果上京不好住的话,就离开这里去别的地方吧。"拓跋兴业自然明白"上京不好住"是什么意思,又是为什么不好住。拓跋兴业微微扬眉道:"你们两个孩子,无论在哪里都不会好过。"

楚凌笑道:"我会保护自己和朵儿的。"

拓跋兴业摇摇头,道:"老夫一直有意收个徒弟,你觉得如何?"

◆第六章◆
拓跋门下

楚凌一呆,不明所以地望着拓跋兴业。

拓跋兴业似觉她这个模样很有趣,微微扬眉道:"怎么?"

楚凌这才回过神来,惊愕地道:"你说我?我是天启人。"堂堂北晋兵马大元帅,想要收一个中原人做徒弟?!

"那又如何?"拓跋兴业道。

楚凌眨了眨眼睛,道:"你就不怕我将来学成了欺师灭祖吗?"

拓跋兴业淡定地道:"你若有这个本事的话。"

楚凌道:"你就不怕我学成了之后去刺杀北晋皇帝?"

拓跋兴业对她笑了一下:"你试试?"

楚凌被拓跋兴业这神来一笔震得有些头晕目眩,她甚至有些怀疑拓跋兴业是不是怀疑她的身份故意试探她。

拓跋兴业淡然道："你也不必想这么多，你若是个少年或许还有些麻烦，但你是个姑娘，就没什么顾忌了。上个月初我倒是遇到一个小子，可惜……"

楚凌心里有些发虚，难不成拓跋兴业当初宁愿放了桓毓也要抓她回去，就是想要收她为徒？

拓跋兴业继续道："我也考虑过貊族人，可惜资质好的实在不多。你考虑得如何了？"

楚凌眨巴了一下眼睛，所以拓跋大将军这单纯只是好为人师的毛病发作得无法控制了吗？

有一个天下第一名将亲自开口要收你为徒，该如何优雅而得体地回答？

答："徒儿拜见师父！"

拒绝天下第一名将，是想死还是不想活了？

拓跋兴业收了个徒弟的事情自然不会隐瞒着，很快就传遍了整个上京皇城。一时间，皇城里无论是北晋贵族还是天启的降臣都议论纷纷。因为拓跋大将军收的是一个天启人而且还是一个天启少女，据说才十一二岁还是个孩子。

于是，所有人都觉得心中五味杂陈百般的不是滋味。

拓跋兴业如果想要收徒弟，有的是大把的王爷皇子亲贵将自己的儿子孙子恭恭敬敬地送过去求他指点。他却一直没有松口，就连北晋皇帝当初想要请他收下两位皇子做弟子都被他拒绝了。如今却收了一个名不见经传的南人少女！

很快北晋皇帝派人来传话，请拓跋大将军带着新收的弟子入宫见驾。

"见过陛下。"北晋皇宫中大殿里，拓跋兴业抬手对殿上的北晋皇帝恭敬地行礼。

北晋皇帝是一个五六十岁头发有些花白的魁梧男子，脸上已经长了不少皱纹，虽然看上去神采烁烁，却也能看出有几分与魁梧身形不相符的消瘦。他看上去比拓跋兴业年长了二十岁，但是楚凌却知道北晋皇帝其实才四十八岁，比拓跋兴业大不了几岁。虽然如此，举手投足间却依然难掩一代雄主的气势。

北晋皇帝打量了楚凌一番方才笑道："这便是大将军新收的弟子？"

"曲笙见过陛下。"楚凌也学着拓跋兴业的模样行礼。

"免礼吧。"北晋皇帝点头道，虽然他对拓跋兴业收了一个南人做徒弟也有些不满，却也不至于去为难一个小孩子。北晋皇帝不为难却不代表别人不为难，坐在北晋皇帝下手第二位的一个中年男子便忍不住开口道："大将军，这就是你收的弟子？看起来还没有三两肉的小丫头，有什么用？这种天启女人就只能用来……"

"三叔！"

中年人话还没说完就被坐在对面拓跋胤旁边的男子打断了，他笑道："大将军收徒自然有大将军的考量。"

那中年男子也意识到自己说错了话，让他认错自然是不可能的，只是有些愤愤地将后面的话咽了回去不再开口。

拓跋兴业脸上的神色也多了几分冷凝，道："启禀陛下，笙儿确实是天启人，但她从小在关外长大。她的根骨天赋都属一流，我这才见猎心喜收为弟子的，便是指望她传我衣钵。"

有人迟疑地道："若是她跟着大将军学了本事却去帮助天启人，又该如何？"

拓跋兴业淡然道："若是貂族人连一个刚开始习武的姑娘都赢不了，还不如回关外算了！"

说话的人被堵得半晌说不出话来，只得看向北晋皇帝。

北晋皇帝倒是好脾气笑道："大将军说得不错，咱们貂族男儿是该好好磨砺了，若是真的败给一个小姑娘也没什么好说的。话说回来既然是大将军的弟子，朕封她一个郡主如何？"

楚凌诧异地挑眉，这个北晋皇帝倒是大方。

不过话说回来，一个郡主的封号一年也没多少俸银。北晋的公主郡主也没有封地，用来拉拢拓跋兴业以示恩宠好像也很划算。

拓跋兴业摇头拒绝了北晋皇帝的提议："曲笙是我的弟子，与旁的事情都无关。她只需继承我的武功衣钵便可。"这话也是给了北晋权贵一颗定心丸，虽然拓跋兴业收了楚凌做徒弟，却只会教她武功。

北晋皇帝扬眉看向楚凌问道："曲笙，你怎么说？"

楚凌抬眼，道："我听师父的，多谢陛下厚爱。"

北晋皇帝请拓跋兴业留下议事，让拓跋胤和之前开口的男子带着楚凌在宫里转转。楚凌估计那男子应该也是北晋皇帝的儿子，可能最大的应该是拓跋胤的同胞兄长皇长子拓跋罗。

三人走出殿外那男子便对楚凌笑道："曲姑娘，在下拓跋罗，这是我四弟拓跋胤。"

楚凌抬头看了看两人："大皇子，四皇子。"

拓跋罗笑道："看来大将军之前跟曲姑娘提起过了，听说姑娘还有一个姐姐？姑娘家的事情在下深感遗憾，若是有什么需要帮忙的地方，请尽管开口。"

楚凌看着眼前笑容雍容得体的男子，觉得这人若不是身形高大五官深邃，其实更像是中原人："多谢大皇子关心，这些事情师父都帮我们处理好了。"

拓跋罗点头："那就好，我和四弟都跟大将军住在一条街上，曲姑娘若是有空也可以来府上做客。"

楚凌点头笑了笑没有回答，拓跋罗也明白欲速则不达的道理。拓跋兴业虽然是武将却不是傻子，他收的徒弟更不可能是，当真便带着楚凌参观起皇宫来了。

拓跋胤走在两人身边一直不冷不热地沉默不言，拓跋罗似乎也习惯了他这副模样并不在意。

如今正值严冬，即便是皇宫里也着实没什么看头。只是她现在也不能出宫，不跟着拓跋罗和拓跋胤走她就只能在暖阁外面等着。

正漫不经心地听着拓跋罗讲解皇宫的景致，只听身后嗖的一声，一阵劲风朝着她的后脑袭来。

楚凌头也不转，只是微微偏了一下头伸手接住了射向自己的匕首。再回头便看到一个十一二岁的貊族少年正对着自己扮鬼脸。

楚凌微微一挑眉，对他露出了一个笑容。

那男孩不由得呆了一下，他本以为自己这一刀射过去对方就算不受伤也会被吓得哇哇大哭，没想到对方竟然会对着自己笑。楚凌的相貌自然是十分精致好看的，虽然现在看起来还小并没有几分少女的风姿韵味，但是对面的男孩也不大啊。只觉得眼前的漂亮小姐姐对他浅浅一笑，好像四周的花儿都开了一般。

嗖！还没等他回过神来，刚刚被他射出去的匕首已经原路折返射向了他。

男孩连忙想要避开，那匕首来得又快又急，他惊吓之下更是半步都移动不了只能睁大了眼睛连叫都叫不出来。

我要死了！我要死了！膝盖突然一痛，男孩不由自主地膝盖一弯单膝跪了下去。匕首正好从他的肩膀上飞过去撞在了身后的宫墙上。

男孩呆呆地望着眼前的三个人，突然哇的一声放声大哭起来。

楚凌无语地看向拓跋胤："貊族的小孩，都这么胆小吗？"就这点胆子还敢用匕首射人？

刚刚出手救下了小孩的拓跋胤淡然道："曲姑娘胆子不小，连他是谁都不知道就敢动手。"

楚凌扬眉笑道："若是四皇子能让我在你跟前一刀射死他，那我也只好给他赔命了。"

"你可知道他是谁？"拓跋胤道。

楚凌摊手道："我不知道啊，他射我，我射他，很公平。"

旁边的拓跋罗走过去一把将男孩从地上拉起来，不悦地道："别哭了，十七，谁让你拿刀子射人的？"

男孩被拎着站起身来，一边抹着眼泪，一脸小心翼翼地看了拓跋罗和拓跋胤一眼小声道："我听说，她是大将军新收的徒弟。"楚凌笑眯眯地道："这么说，十七皇子要杀的不是我，而是拓跋大将军的徒弟啰？"

闻言拓跋罗和拓跋胤都微微变了脸色，拓跋罗沉声道："十七弟不懂事胡闹，还请曲姑娘不要跟他一般见识。"

楚凌似笑非笑地看着他，拓跋罗叹了口气道："十七弟生母去得早，自小没有人教导，难免胡闹了一些。今天这事儿……"一个皇子要杀一个天启女子没什么，但是要杀大将军的亲传弟子问题就大了。

楚凌看看那眼神懵懂的孩子，耸了耸肩笑道："一报还一报，就当是互不相欠了。"

拓跋罗松了口气，笑道："多谢曲姑娘。"

楚凌道："大皇子真是个好哥哥。"

拓跋罗无奈地摇摇头道："他母亲和我母亲生前关系要好，能照料便照料几分罢了。"

不多时拓跋兴业便派人来找楚凌，楚凌才与拓跋罗三人告别跟着拓跋兴业出宫去了。

回府的路上，拓跋兴业听了楚凌说起之前发生的事情只是不悦地轻哼了一声道："这才入关几年，这些钩心斗角的事情倒是越发精通起来了。"

楚凌心中暗道，其实钩心斗角跟入不入关没什么关系，只不过从前能争的东西不多而已。

"往后你就专心习武，少和这些人来往。若是不能达到老夫的要求，我便将你逐出师门。"拓跋兴业道。楚凌也不害怕，笑吟吟地点头道："是，师父。师父，方才皇帝陛下跟你说什么呢？看起来不像是公事啊。"

闻言拓跋兴业的脸色更难看了几分，沉声道："你多了一个师弟。"

"咦？"楚凌有些诧异地挑眉，不过看拓跋兴业的神色也知道这个徒弟不是他自己看上的，只怕也是北晋皇帝的要求以及平衡关系的结果了。不管怎么样，在北晋皇帝面前过了明路了，她这个假身份暂时算是保住了。至于师父的要求什么的，楚凌对自己还是有几分信心的。

"笙笙！"

宽敞的院子里，一个纤细的身影正在飞快地舞动着手中的短刀。青光熠熠的短刀被她舞出了流光飞舞刀气纵横的感觉。四周幽美的花木似乎都在森然的刀气下被冻住了一般。

听到娇俏的女声，楚凌立刻停了下来回身看向朝自己走来的雅朵："阿朵，有事吗？"

雅朵穿着一身桃红色的衣衫，一头秀发梳成了许多的小辫子，头上缀着一条宝石璎珞的头饰，俏丽中又带着几分貂族少女的明丽大方："你忘了吗？今天城西有大集会啊，之前不是说好一起去么？"

楚凌扶额，歉意地道："我还真的忘了。"

时间过得飞快，转眼间她和雅朵来到上京已经两年多了。两年的时间在两个豆蔻少女身上表现得格外明显，已经快要十七岁的雅朵已经是一个高挑美丽的貂族少女了。原本显得十分娇小的楚凌也长高了很多，原本精致美丽的五官这两年渐渐长开了，美丽却少了原本那种精致得让人觉得娇弱的感觉。楚凌更多了几分清冷和大气，既有天启女子的精致美丽又不乏貂族人的洒脱大气。

诚然楚凌本身并不是一个冷漠的人，但是只要她不笑不说话，却总是给人一

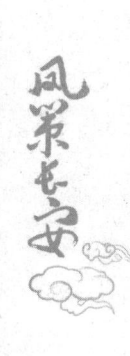

种高不可攀的金贵之感。即便她是天启人，上京城中的貂族贵族也觉得不愧是拓跋大将军的弟子，果然跟那些娇滴滴的南人蛮子是不一样的。

雅朵拉着她的手催促道："快点去换衣服，咱们去晚了就没有好东西了。"

楚凌有些好笑地道："大集会要办三天，怎么可能去晚了一会儿就没有了？"

雅朵跺脚道："你去不去？"

楚凌只得举手作认输状，无奈地道："去，当然去。"

"快去，打扮漂亮一点儿。就穿我前天给你买的衣服啊。"雅朵推着她往房间的方向而去。楚凌对着装方面虽然没有那样的苛求，但是作为女人喜欢漂亮衣服是天性。不过这两年楚凌为了应付拓跋兴业的功课就忙得头晕脑涨了，一应衣食住行都是雅朵在打理，还真的没有费过什么心思。

从小跟着父母做生意，雅朵在做生意这方面也颇有天赋。因为不想给拓跋兴业惹麻烦，楚凌和雅朵只在拓跋兴业府中住了两个月就搬了出来。现在两人住在拓跋兴业府邸后面一条街上的小院子里，距离大将军府后门只隔了一条街。楚凌随时可以进出将军府。院子又在大将军府的保护范围内，有什么事情将军府的侍卫也可以随时照顾。

自从两人开始相依为命，雅朵就开始努力想要承担起做姐姐的责任。将父母从关外带回来的财物处理了又置办了几处商铺，开始努力赚钱养家了。刚开始还需要楚凌暗中指点或者暗中帮她处理一些麻烦，过了不到一年时间楚凌发现雅朵已经不需要自己帮忙了。看着雅朵因为每天忙碌着渐渐走出了父母丧生和当初的可怕遭遇的阴影，楚凌也任由她去忙了。

楚凌上一次出门已经是一个多月前了，如今已经是夏末，上京已经没有那么炎热了。这两年多虽然大部分时间都是在被揍和反抗被揍中度过的，却也认识了不少的朋友。

只是在上京待久了，楚凌几乎都要忘了自己还有另外一个身份了。

这两年北晋皇帝一直在调整对中原人的政策，在上京皇城周围已经很少看到貂族人虐杀欺辱中原人的事情了。楚凌知道，外面的世界并不是如此。貂族人碍于北晋皇帝的旨意忍耐并不是他们真的认同中原人，他们骨子里依然认为中原人无能低贱，只配被他们奴役。对上京皇城附近的百姓来说日子确实比从前要好过得多了。

"笙笙，想什么呢？"走在人群中，雅朵拉了拉出神的楚凌问道。

楚凌笑道："好多人啊。"

雅朵道："早跟你说要多出来走走，你看现在突然看到很多人被吓到了吧？"

楚凌笑了笑道："今天咱们就好好玩玩，你想要看什么我陪你啊。"

雅朵欢喜地道："好啊，好啊。听说凌霄商行这次从南海那边带回来了一盒蓝色的鲛珠，我们去买来给你做首饰啊。"

楚凌有些迟疑："凌霄商行的东西会有很多人抢吧？"

雅朵拉着她往前走："所以我们也要去呀，就算抢不到看看也好。我还没见过蓝色的珍珠呢。"

楚凌心中暗道："我也没见过。"

"笙笙！"两人正在人海中努力往前穿梭，就听到头顶传来一个熟悉的叫声。楚凌抬头循声望去，路边的茶楼上的窗户边上探出来一个少年的脑袋，正挥舞着一只手对楚凌道："笙笙，上来。"

楚凌翻了个白眼，转身要走。

那少年立刻站起身来一手撑着窗户，一副你不上来我就跳下去的模样。

楚凌唇角抽搐了一下，拉着雅朵走进了旁边的茶楼。

上了二楼，果然在最显眼的位置看到了方才那朝她招手的少年："笙笙，难得看到你也出门啊。"

楚凌没好气地道："叫师姐，没大没小。"

少年轻哼一声，偏过头去不理她了。坐在少年身边的是越发显得沉稳的拓跋罗，拓跋罗笑看了少年一眼，道："大将军不是说，你们谁赢谁就是师兄或师姐？现在在这里赌气是什么意思？"

少年顿时涨红了小脸，气鼓鼓地瞪着楚凌不说话。

他是打不过曲笙，但是他比她高啊！

"大皇子。"楚凌和雅朵走过去，楚凌好奇地问道："大皇子怎么会在这里？"

拓跋罗笑道："是我让阿赞陪我来买些东西。"

楚凌微微挑眉，有什么东西是值得让堂堂皇长子亲自来买的？倒是旁边的雅朵消息灵通一些，道："大皇子是要为皇子妃买礼物吗？"

楚凌一怔，这才想起来拓跋罗的妻子一年前病逝了。北晋皇帝不久前重新替他定了一个皇子妃。这位皇子妃是塞外乌延部的公主，婚期就定在八月中，算算时间那位公主现在应该已经在上京等着准备成婚了。

"恭喜大皇子。"楚凌笑道。

拓跋罗淡淡笑道："曲姑娘客气了。"

楚凌问道："大皇子可有看中什么？"

拓跋赞趴在桌上道："我那位未来嫂子最喜欢珍珠，听说凌霄商行新得了一盒珍珠，大哥想要找君无欢买呢。"

楚凌有些诧异："那大皇子怎么还在这里坐着？若是晚了……"

拓跋赞嘿嘿一笑，道："君无欢早就放出消息了，这盒珍珠他不卖。你说他是不是有毛病？不卖就好好藏着嘛，做什么要拿出来显摆？"楚凌无语，思索着道："或许是有什么用处？更何况，也未必是君无欢传出来的消息啊。凌霄商行不像是会自找麻烦的人。既然买不了，大皇子要考虑其他东西吗？"

拓跋罗道："君无欢最近经常来这里喝茶，我想跟他谈谈再说。"

楚凌不解，一盒珍珠而已，纵然真的是鲛珠比较少见也不值得堂堂大皇子亲自跑到这种地方来跟君无欢谈条件。拓跋赞拉了拉楚凌，楚凌靠过去两人凑在一起交头接耳地窃窃私语。

"你不知道，那个什么公主眼睛长在头顶上了。非要大哥拿出最美丽的珍珠做聘礼，她才肯嫁。"拓跋赞道。

楚凌不以为然："她不嫁的话千里迢迢跑到上京来干吗？长途旅行吗？"

拓跋赞眨了眨眼睛偷看了拓跋罗一眼，嘿嘿笑了两声道："她毕竟是乌延王最疼爱的女儿，大哥总是要给她一点面子的嘛。"

楚凌挑眉一想立刻就明白了，乌延是塞外最强大的部落之一，兵力雄厚，如果拓跋罗娶了乌延公主，乌延部以后自然就站在他这一边了。人家堂堂公主，嫁给一个儿女侍妾一大堆的鳏夫，摆摆架子也是应该的嘛。要是连这点面子都不给，乌延王该不乐意了。

拓跋罗仿佛没听到两人的窃窃私语一般，道："曲姑娘和雅朵姑娘也是来买东西的么？"

雅朵有些闷闷不乐地道："我们也是想看看那盒珍珠。"她觉得蓝色的珍珠跟笙笙的新衣服很般配啊。

楚凌握着雅朵的手，情深义重地道："阿朵，这关系到大皇子的终身大事。别说咱们买不了，就算能买也不能买啊。"

雅朵看了看楚凌再看看拓跋罗和拓跋赞忍不住笑了，摸摸楚凌垂在身前的发辫道："好吧，回头我找别的东西给笙笙。"

四人说话间，楼下传来一声低沉的闷咳。

楚凌心中一动扭头往楼梯口看了过去，片刻后果然看到君无欢漫步走了上来。君无欢穿着一身素白色看不出什么花纹的衣衫，看似朴素无华却仿佛带着几分仙风道骨一般的飘逸出尘。但是深知此人心性的楚凌却明白，这位就是外表看起来很有欺骗性，本人着实跟仙风道骨四个字没关系。

文虎依然忠心耿耿地跟在他身后，即便看到不远处坐着的楚凌也没有多给一个眼神。

君无欢站在楼梯口扫了一眼整个二楼，目光落到了他们这一桌上。

拓跋罗对他举了下酒杯，君无欢点了下头便朝着他们走了过来。

"见过大皇子，十七皇子。"君无欢淡然笑道。

拓跋罗道："长离公子客气了，大家都算是熟人，不如一起坐下喝一杯？"

君无欢也不在意点头应了，这才看向楚凌笑道："曲姑娘，雅朵姑娘。"

雅朵跟君无欢只是偶然有过两面之缘并不熟悉，有些好奇地看看君无欢又看看楚凌："笙笙，你认识长离公子？"

楚凌无奈地笑道："去年你那一批绸缎，就是从长离公子手中拿的呢。"去年雅朵的铺子里有一批绸缎出了问题，当时时间紧还是楚凌想办法帮她处理的。雅朵也知道，不过她不知道笙笙竟然是找的君无欢。

君无欢笑道："拓跋大将军目光如炬，曲姑娘进步神速实在是让人叹服。"

楚凌扬眉道："无欢公子武功高绝，何必笑话我？"

旁边的拓跋赞也是不甘寂寞，笑嘻嘻道："笙笙，你打遍上京连战连败都名扬京城了，再过几天是不是应该十六连败了？"

楚凌斜了他一眼，"连我这个十六连败的都打不过，师弟你很得意吗？"

"……"

拓跋赞说楚凌十六连败还真不是挤对她，不是楚凌太弱而是对手太强了。从一年前起，楚凌就开始挑战上京皇城中的各家高手。对手都是拓跋兴业指定的，而且还亲自派人给人家送上帖子。无论对方看不看得上楚凌这个黄毛丫头，拓跋兴业的面子总不能不给，于是楚凌就光荣地创造了平生最长败绩十五连败。

楚凌挑战的这些人包括了君无欢、拓跋胤、百里轻鸿等等上京城中的一流高手甚至是宫中的大内高手。至于君无欢楚凌已经连续在他手里败了两次了，下一次大约会是三连败。

所幸拓跋兴业还是知道自己徒弟和别人的距离的，并不以输赢为标准。楚凌的进步也是十分喜人的，从一年前她在君无欢手里走一百多招，到三个月前能过三四百招，如今楚凌觉得跟君无欢过五百招应该是没有问题的。

君无欢也不在意这些言笑，喝了一口茶方才看向拓跋罗道："今日倒是巧了，两位殿下、曲姑娘和雅朵姑娘都在一处。"

楚凌捧着茶杯，一边笑道："我和阿朵出来逛街，正巧被小师弟看到就一起坐坐。"拓跋赞听到小师弟三个字不悦地鼓起了脸颊。

君无欢微微挑眉看着拓跋罗并不说话，楚凌侧首笑眯眯地道："大皇子，我们要不要回避一下？"

拓跋罗笑道："不是什么大事，何必麻烦？"

楚凌心中暗道，君无欢可不好说服，万一他拒绝了你，总要给你留点面子啊。

拓跋罗并不在意有没有面子，开口道："听说长离公子最近新得了一盒鲛珠？"君无欢微微挑眉，并不觉得惊讶："确有此事。"

拓跋罗道："什么价长离公子才愿意出手？"

君无欢微微摇头道："抱歉，此物在下有用，并无出手的打算。"

拓跋罗微微皱眉，他原本以为君无欢之所以放出这样的消息又不肯出手是为了待价而沽，没想到君无欢却拒绝得如此干脆利落。

君无欢不等拓跋罗说话，抬手道："大皇子，并非君某不给大皇子面子，或是想要抬价。而是这东西在下确实早就安排好了用途，临时移作他用只怕是不妥。

至于底下那些个嘴不严的人，君某已经惩治了。"语气中却多了几分森然的杀气，让雅朵忍不住朝楚凌靠了靠。

拓跋罗面色微沉，楚凌开口道："既然长离公子不打算出手鲛珠，不知道手里可有别的宝物？"

闻言其他人也纷纷看向君无欢，凌霄商行坐拥让人眼红不已的无数财富，想要搜集天下奇珍异宝自然比别人容易得多。

君无欢莞尔一笑，淡淡道："在下手上倒确实有一件东西适合大皇子用。其实那盒鲛珠眼下也并不适合大皇子。"

"哦？"拓跋罗挑眉。

君无欢笑道："天启人认为鲛珠乃是鲛人落泪所化，用在别处自有一段风雅，但是用在婚事上未免有些不吉利。在下手中有一对金色的明珠，是从天启的一位权贵手中得来的，送给皇子妃再合适不过了。不知道大皇子以为如何？"

"当真？"拓跋罗问道。

君无欢笑道："在下做生意，讲究的是双方自愿，自然是大皇子看过了之后再付款。如果大皇子觉得不满意，还有一些时候凌霄商行依然可以为大皇子寻来别的东西，总归是会让你满意的。"

拓跋罗若有所思地沉吟了片刻，方才点头道："那就有劳长离公子了。"

"大皇子客气。"君无欢道。

拓跋罗道："宝珠赠佳人，长离公子留着难得一见的鲛珠不肯出手，不知是哪位佳人能得长离公子垂青？"

君无欢笑了笑："大皇子说笑了，在下这般哪里还有心思考虑这些风月雅事，不过是有些别的用处罢了。"君无欢不肯说，拓跋罗也就懒得问了，不过是一盒珍珠罢了，也没什么好问的。

雅朵坐在一边听着两人你来我往的对话早就无聊了，见两人好不容易谈完了，立刻拉了拉楚凌的衣袖道："笙笙，时间不早了，咱们出去逛逛吧？"

拓跋赞对此恨不得举双手赞成："好，咱们一起去！"

却被拓跋罗一把抓住按了回去，拓跋罗没好气地道："你给我老实呆着，一会儿让人送你回宫。"

拓跋赞有些不满："大哥，我不是小孩子了！"

拓跋罗不以为然，淡然道："你是不是小孩子我不知道，但是父皇说你要是再敢惹事，今年一年你都别想出宫了。"

拓跋赞可怜巴巴地望着楚凌，他哪里惹事了？不就是跟人打了几次架揍了几个人吗？楚凌对他挑了挑眉，露出一个幸灾乐祸的笑容。

什么师姐弟的感情他们俩统统没有，这小鬼就知道在她挨揍了之后幸灾乐祸，趁她伤势未愈偷袭意图夺得师兄之名。

"阿朵，咱们走！"

"曲笙！"

"笙笙！"

"师姐……"

楚凌扭头笑吟吟地看着身后气鼓鼓的少年。拓跋赞郁闷地道："师姐，带我一起走啊。"

楚凌满意地点了点头，道："大皇子，不如让阿赞跟着我们一起转转吧，回头我请大将军府的人送他回宫。"拓跋罗看了拓跋赞一眼，方才点了点头还是提醒道："不要给曲姑娘惹麻烦。"

拓跋罗身为一个即将梅开二度的大皇子，当然并没有多少时间跟他们一起浪费，对楚凌交代了两句便放他们走了。

倒是君无欢不知怎么想的慢悠悠地跟了上来，雅朵有些好奇地看着君无欢："长离公子，你还有什么事吗？"对于这个看起来很好看的长离公子，不知道怎么的雅朵总是觉得有些害怕。

君无欢笑容优雅从容，温声道："出来走走，既然遇到熟人便同个路，不知可否打扰三位？"

雅朵连忙摇头去看楚凌，楚凌微微挑眉笑道："长离公子有此雅兴，是我们的荣幸。那就一起走吧。"

"多谢。"

一行人走在熙熙攘攘的街道上，雅朵和拓跋赞都是少年心性，看热闹一会儿就忘了身边的人，一行人渐渐地便走散开了。楚凌微微皱眉，连忙想要跟上去。走在旁边的君无欢伸手拉住了她的手腕，轻声笑道："阿凌不用担心，我让人跟上去了。"

楚凌这才松了口气，放慢了步伐与君无欢并肩而行，侧首看向他道："君公子可是有什么事情要跟我说？"

君无欢有些无奈地道："难道只有有事才能找你么？"

楚凌耸耸肩，更加无奈："咱们如今这个身份……"

君无欢笑道："正是因为这个身份，才不必顾忌那么多。曲笙注定是无法跟貊族权贵融合到一起的，拓跋大将军想必也不乐意让你掺和进那些事情里去。曲姑娘难道不觉得，这时候交我这样一个朋友很恰到好处吗？"

楚凌微微蹙眉，她这两年虽然专心练武，但是北晋的局势还是会了解的。

"出什么事了？"

君无欢轻叹了口气道："拓跋罗迎娶乌延公主，笙笙就没想到什么吗？"

楚凌不管他对自己的称呼变来变去，当真蹙眉思索起这件事情来了。片刻后，楚凌方才抬起头来皱眉道："婚事是北晋皇帝定下的，北晋皇帝要准备选择继位人

选了?"

君无欢轻咳了一声,笑道:"北晋皇帝已经快到天命之年了,确实是该准备了。更何况这两年明王府的动作一直不小,即便是皇帝陛下只怕也是有压力的。"

楚凌偏着头看着他,眼神微闪道:"拓跋罗不只是为了买鲛珠才找上你的吧?"

君无欢轻声道:"笙笙聪慧。"楚凌忍不住打了个寒颤,雅朵叫她笙笙她只觉得听着亲切可爱,但是同样两个字从君无欢嘴里吐出来却让她有一种头皮发麻的感觉。

楚凌道:"这两年明王府想要拉拢你,拓跋罗也想要拉拢你。你要靠着北晋皇帝自然不能跟明王府太过亲近。但是又不愿让北晋皇帝拿捏住,所以偶尔还是跟明王府做生意。左右逢源平时倒是无所谓,如今双方要开始动真格的了,也就由不得你首鼠两端了吧?"

君无欢有些无奈地看着她,"笙笙,你的用词,可否委婉一些。"左右逢源就算了,首鼠两端是什么鬼?

楚凌耸耸肩道:"意思到了就好。"

"罢了。"君无欢叹了口气道:"你说得不错,拓跋罗确实是想要试探我。"

楚凌好奇:"你的打算呢?"

君无欢摇头:"笙笙,你可知道凌霄商行为何拒绝过明王也能在上京立足?"

楚凌道:"不是因为你官商勾结吗?"

"因为凌霄商行只遵从最上面的那个人的意思。"君无欢当没听见她的诽谤,道,"虽然我跟明王府有来往,但是凌霄商行的立场却永远都是站在皇帝陛下这边的。只要北晋皇帝亲自表态要打压明王府,凌霄商行一粒米都不会卖给明王府。"

楚凌饶有兴致地道:"只跟着权力最大的那个人?"

君无欢点头:"孺子可教也。"

楚凌偏着头道:"如果哪天明王上位了呢?"

北晋皇帝虽然是执掌北晋的王者,但是权力却远没有中原的皇帝那么大。北晋的兵权一分为二,一半归北晋皇帝所有,目前由拓跋兴业掌握。另一半却是分属北晋皇室的几位近亲以及貊族几个影响力大的部族的。当年貊族入关,拓跋兴业战功第一,第二便是明王。因此明王在貊族普通人和权贵中的声望也绝不是拓跋罗这个年轻人能够相提并论的。

貊族入关之前,族长之位有能者居之。如今的北晋皇帝就是从他的伯父也就是明王的父亲手中接过了族长之位的。

如果明王想要起来争夺皇位,胜算并不比拓跋罗小。

君无欢淡然道:"凌霄商行的立场不会变,只跟着权力最大的人。"

楚凌头一次听人将墙头草这个角色演绎得如此立场坚定。

两人说话间已经走到了最热闹的地方,几乎有些举步维艰的地步。

这集会是貊族的旧俗，每三月举办一次，一次三天。原本是为了让貊族各部落将自己多余的东西拿出来交换所需的。如今入了关，倒是渐渐地演变成了类似于中原庙会的模样。

楚凌看看君无欢有些苍白的脸色，道："人太多了，找个地方休息一会儿吧？"

君无欢唇边露出一丝淡淡的笑意，道："正好有一处休息的地方，笙笙跟我来。"

君无欢所谓休息的地方就是凌霄商行用来拍卖东西的地方。这是京城最大的一家典当行，君无欢不差钱，只要是好东西来者不拒，这些年不知道收了多少宝贝。他再从中挑出一些来卖个高价，自然赚得荷包满满。

君无欢带着楚凌直接绕开了门庭若市的一楼大堂，从后院上了楼。二楼上依然有客人，楚凌被君无欢带着上了三楼。楼下的街道上人声鼎沸，三楼宽敞幽雅的厅中却都没人，显得格外清静舒适。

楚凌忍不住伸了个懒腰，慵懒地靠在身后的椅子里。

君无欢亲自动手沏了壶茶，为楚凌倒了一杯才道："笙笙似乎不喜欢这样的热闹，之前也没见你出来过。"

楚凌揉了揉眉心道："太吵了。"

君无欢笑道："女孩子不都喜欢买东西么？"

楚凌耸耸肩喝了一口茶，将话题重新拉回了正题，道："既然你站北晋皇帝这边，又为什么要拒绝拓跋罗？"

君无欢笑道："拓跋罗和拓跋胤是北晋皇帝的大皇后所生，但是这位皇后本身就是北晋皇帝的表妹，家世在貊族各部族之间并不算强大。十年前大皇后的父亲和兄长双双战死，如今即便是有两位皇子扶持，也已经算是没落了。貊族刚入关，还保留'三后并立'的传统，所以北晋皇帝另外还有两位皇后，左皇后是貊族第一豪族焉陀氏的女儿，也是三皇子十一皇子和八公主的生母，右皇后是漠北勒叶部的公主，当年貊族入关勒叶部派出了三万铁骑相助，功不可没。她不仅是九皇子和十皇子的生母，还是明王妃的亲妹妹。北晋皇后宫还有四位皇妃，身后的势力同样不弱。拓跋罗虽然是嫡长子，却未必稳操胜券。"

楚凌也忍不住啧了一声，北晋皇帝这后宫实在是太强大了。别的不说，如今北晋皇帝上面还有一位皇太后呢。这皇太后居然还不是北晋皇帝的生母，幸好也不是明王的生母，不然楚凌觉得北晋皇帝的日子没法过了。

楚凌偏着头打量着君无欢，好奇地道："既然如此，长离公子到底是想要做什么呢？"

君无欢笑道："我会建议皇帝陛下换一个继位人选。"

楚凌惊叹："你活得不耐烦了么？"一个西秦商人，你就敢建议北晋皇帝换太子？

君无欢道:"笙笙不必担心,北晋皇帝虽然看重拓跋罗,却也未必就希望我一心一意向着拓跋罗了。"

楚凌挑眉,若有所悟。

"我听说北晋皇帝暗中派人在寻找延年益寿的药。"君无欢慢悠悠地补充了一句。

楚凌轻叹了一声,道:"锦绣江山腐蚀人心啊。"北晋皇帝的前半生俨然是一个开国皇帝的创业史,但是这后半生显然也避不开每一个雄主将会走到的荒唐路。君无欢赞同:"这话倒是不错。人若是得到的东西多了,舍不得的东西自然也就多了。"楚凌一手托着下巴,看着他道:"那你今天这样在大庭广众之下拉着我说话,又是为了什么?"

君无欢笑道:"如今既然大家都按捺不住想要动手,笙笙身为拓跋大将军的亲传弟子自然也不能避免。既然如此,我何妨先下手为强?"楚凌蹙眉道:"北晋皇帝如今对师父依然信任有加,你这是想要向北晋皇帝表示忠诚?"

君无欢显然对忠诚这两个字十分不感冒,皱了下眉头嫌弃地道:"是置身事外。"

楚凌道:"他们会让你置身事外么?"抢皇位总归是个烧钱的事儿,君无欢可能什么都没有但是他有钱,简直是个行走的银库。

君无欢端起茶杯喝了一口,笑道:"这就要看他们的手段了。不过,有一件事情我倒是觉得笙笙可以考虑一下了。"

楚凌不解地看着他,"什么事?"

君无欢道:"笙笙马上就要十六了吧?"

楚凌点头,那又怎么了?

君无欢道:"一般天启女子十五岁及笄之后就该成婚了。貊族还要早一些,十三四岁成婚的都大有人在。这两年难道没有人上门向拓跋将军提亲吗?"

楚凌一脸无语,坚定地摇头:"你想太多了。"

"那就是被拓跋将军处理了。"君无欢道,"拓跋大将军是一代宗师,他自然是希望你能专心武道的。不过在下今年也二十有六了。"

"所以呢?"楚凌眨了眨眼睛,不解地道。

君无欢无奈地叹了口气道:"在下缺一个夫人,笙笙缺一个夫君,不如咱们凑合一下?"

噗!楚凌一口茶水直接喷了出去,君无欢似乎早有准备微微向后一仰身,袖袍一挥将一口茶水一滴不漏地挡了下来。

君无欢神色温和,无奈地看着楚凌:"笙笙竟然这么激动?"

楚凌瞪着他半晌,没好气地道:"这是我激动的问题么?长离公子我差点被你吓死!"

君无欢有些委屈:"在下是认真的。"他容貌俊美清隽,还带着几分病弱的苍白,看上去竟然当真有几分可怜之意。可惜,楚凌拒绝得十分干净利落:"认真地想跟我凑合?"

认真地凑合?还有这种说法?君无欢一时无言以对。

楚凌饶有兴致地看着对面的俊美男子,笑眯眯地道:"长离公子怎么突然就看上我了?难不成是被本姑娘的花容月貌给迷住了?"

君无欢剑眉微挑:"笙笙不觉得,咱们总是这样见个面都得找一堆冠冕堂皇的理由很麻烦吗?"

"确实有点麻烦。"楚凌摸着下巴思索道。

君无欢道:"所以啊,如今我未娶你未嫁,如果我说想要追求你的话,多正常啊。"楚凌微微眯眼:"你是说假装你想要追求我,好方便咱们后面行事?"

君无欢含笑点头:"笙笙觉得如何?"

"不如何。"楚凌毫不留情地道。

"为什么?"君无欢不解,"在下有什么让笙笙不满的么?"

楚凌一根手指撑着下巴,淡定地道:"我不喜欢你这样的。"

君无欢默然。长离公子活到二十多岁,还是第一次有人当着他的面说不喜欢他这样的。叹了口气,君无欢认真问道:"那可以请教一下,笙笙喜欢什么样的?"

楚凌眨了眨眼睛,思索了半晌方才道:"大概是百里轻鸿和拓跋胤那样的吧?"

"百里轻鸿和拓跋胤?"这两个人有什么地方相像的吗?长离公子有些艰难地问道:"笙笙是喜欢拓跋胤还是百里轻鸿?"楚凌果断摇头,道:"没有,我是说那一类的。大概要比拓跋胤更有气势,比百里轻鸿更冷一点。"

"笙笙喜欢冷漠无情的男人?"君无欢皱眉。

楚凌道:"实在没有的话,沧云城主那样的也可以。"

君无欢神色有些古怪地看着楚凌,楚凌对他露出一个无辜的笑容:"长离公子,总之我对你这种我见犹怜的美男子,没什么兴趣哦。"

我见犹怜?!

君无欢觉得阿凌真的需要一个先生好好教一教该怎么说话。

"笙笙多虑了,我之前也说了咱们只是演个戏而已。"君无欢微笑道。

楚凌把玩着自己的小辫,幽幽叹气道:"我这不是怕长离公子弄假成真吗?"

见君无欢快要觉得自己脑子有病了,楚凌终于收起了玩笑正色道:"好吧,我知道长离公子的意思。我在上京待了两年绝大部分时间都足不出户,也确实该出来走走了。不过我师父那一关可没有那么容易过,你确定?"

君无欢笑道:"自然,难道笙笙还有更好的主意?"

楚凌耸耸肩道:"那好吧,就这么办。"

君无欢满意地一笑,举起茶杯道:"如此,笙笙以后请多指教。"

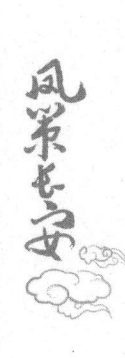

楚凌举杯跟他碰了一下："彼此彼此。"

等到雅朵和拓跋赞顺着君无欢的人指引找到两人的时候，雅朵有些奇怪地看了两人一眼。只是一会儿不见，不知怎么的就觉得这两个人不太一样了。

"笙笙，你没事吧？"

楚凌有些好笑地道："我能有什么事儿？倒是你们两个没事吧？"

雅朵想起自己玩得开心一不小心就把笙笙弄丢了，顿时十分羞愧。小声道："对不起笙笙，我不是故意的。"

楚凌可没有让雅朵愧疚的意思，原本就只是开个玩笑，见她如此连忙拍拍她的手背安慰道："开玩笑呢，是我和长离公子有事情要说自己走开的。"

"你们俩有什么事情？"旁边的拓跋赞凑过来一脸不高兴地问道。

楚凌抬手将他拨到一边去，没好气地道："怎么哪儿都有你？我们有什么事关你什么事儿？"拓跋赞气结，扬起下巴理直气壮地道："我得防着你做出什么败坏师父名声的事情！"

楚凌不客气地嗤笑一声，上下打量了一番拓跋赞的小身板道："小师弟，有功夫关心我还不如想想你自己吧，你的武功再没长进，师父都要把你逐出师门了。"

拓跋赞怒视着楚凌，仿佛想要将她身上瞪出一个窟窿来。可惜楚凌不以为意，笑容可掬地与他对视。拓跋赞渐渐地红了眼睛，眼看着就要哭出来了一般。

旁边的君无欢这才出声劝说："有劳十七殿下关心，是在下有些事情跟笙笙说。"

"笙笙？！"两个声音同时响起，雅朵和拓跋赞齐齐瞪向眼前俊美清隽的年轻男子。

君无欢丝毫不受影响，好脾气地继续道："在下只是想要向笙笙表达倾慕之意罢了。"

"倾慕？！"两个人都快要变成学舌的鹦鹉了。

君无欢大方地点头，"正是。"

"曲笙，你给我站住！"

大将军府里，刚一进门楚凌就被身后传来的气急败坏的声音震得忍不住抬手捂住了耳朵。回过头看着怒气冲冲追上来的拓跋赞，没好气地道："我没聋，那么大声干什么？"

拓跋赞怒道："你跟那个君无欢到底是怎么回事？"

楚凌微微扬眉，抱着胳膊看着眼前的少年："这跟你有什么关系？大人的事情，你个小孩子少操心。"

拓跋赞气得直跳脚："我不是小孩子了，你这个不知好歹的女人！"

楚凌嗤笑一声："少年，比我小的都是小孩子。"

拓跋赞傲然道："我们貊族人，十二岁已经可以上战场了。"

楚凌对他笑了笑,突然出手一掌拍向扬起下巴一脸骄傲的少年。拓跋赞连忙闪过,有些狼狈地怒骂连连。楚凌懒洋洋地道:"连我一招都避得如此辛苦,还上战场?别给师父丢人了。"

拓跋赞红着脸道:"那是你偷袭!"

"呵呵。"楚凌皮笑肉不笑地看着他。

"你们在吵什么?"门外拓跋兴业走了进来,龙行虎步只是随意地走着就让人感觉到一股慑人的气势迎面而来。

拓跋赞忍不住缩了缩脖子。

"师父。"两人齐声道。

拓跋兴业扫了两人一眼,道:"有什么事?"

虽然是师徒,但是拓跋赞并不喜欢往拓跋兴业的府上跑。楚凌有固定的时间过来跟着拓跋兴业习武,大多数时候却是自行领悟拓跋兴业传授的东西。用拓跋兴业的话来说,要师父手把手地教,永远也成不了真正的高手。

楚凌笑道:"没事,我们今天去逛集会买了许多东西,我给师父送一些过来。"她扬了扬手中的东西,并不是什么贵重的东西,都是拓跋兴业平时喜欢的。

拓跋兴业虽然做师父严苛,听了楚凌的话神色也缓和了几分,只是轻点了下头并没有训斥他们。

"你们刚才在说什么?"拓跋兴业问道。

拓跋赞已经迫不及待地道:"师父,君无欢那个臭不要脸的混蛋纠缠笙笙!"

"哦?"拓跋兴业微微皱眉,看向楚凌似在问她,当真如此?

楚凌翻了个白眼,没好气地道:"师父,你别听阿赞胡扯。长离公子只是……"

拓跋赞轻哼一声,"他当着我和雅朵的面说倾慕你,我们都听见了!"

倾慕和纠缠有什么关系吗?

"君无欢?"拓跋兴业并没有如拓跋赞所愿的勃然大怒。

"笙儿觉得,君无欢如何?"带着两人一路往里面走,拓跋兴业问道。

楚凌偏着头,很是坦然地道:"武功很厉害,手段也厉害。"

拓跋兴业点头:"不厉害他也不可能在上京立足。"

"师父!"拓跋赞终于克服了对师父的畏惧,道:"笙笙和君无欢不合适啊!"

"哦?"拓跋兴业终于回头正色看了拓跋赞一眼。拓跋赞道:"君无欢可不是咱们貊族人,他还跟天启人有牵连呢。"君无欢可不是只在北晋做生意,事实上他的生意遍布天下,若非如此北晋皇帝也不会如此看重他。

拓跋兴业对此倒是不怎么在意,他确实不太放心君无欢这个人。但是君无欢本就是商人,若说他一个西秦人只忠于北晋才让人觉得奇怪。

"笙儿,你怎么看?"

楚凌偏着头思索着道:"我觉得君无欢是开玩笑的。"

"开玩笑?"拓跋兴业皱眉,虽然貂族并不如天启那般苛求女子的闺誉,但是他拓跋兴业的弟子也不是随便什么人都能拿来开玩笑的。

楚凌笑道:"师父您别生气啊,我不是这个意思。我的意思是君无欢未必就真的如他所说的倾慕于我,但是他想要跟大将军府交好应该是真的。"楚凌心中忍不住叹气,不管貂族人怎么样,这两年相处下来楚凌是真的将拓跋兴业当成一个值得尊敬的老师的。她对天启并没有深厚的感情,但是她的身份,她的朋友,还有貂族人的所作所为都是与她相悖的,楚凌一直都知道也许总有一天她和师父会难以避免走向对立的局面。

她有时候甚至会怀疑,当初那样轻易地拜拓跋兴业为师到底对不对。

拓跋兴业已经明白了楚凌的意思,看向拓跋赞道:"大皇子今天出宫了?"

拓跋赞连忙点头。

拓跋兴业沉吟了片刻,看着楚凌道:"你虽然进步神速,但是年纪还小,武功也还算不上一流。所以,为师希望你这两年依然专注武道。"

拓跋赞闻言眼睛一亮,楚凌也不失望,点头道:"是,师父。我会回绝长离公子的。"

拓跋兴业摇头道:"那倒不必,你已经成年了,我拓跋兴业的弟子有几个爱慕者也没什么奇怪的。我只是不希望你因此而分心,荒废了武道。"

楚凌有些惊讶,"是,弟子定不辜负师父期望。"

拓跋大将军的话翻译一下就是:恋爱可以谈,成婚免谈!

当然,她和君无欢原本就没打算成婚。

很快人们就发现,原本一直不怎么在外面走动的曲笙开始出门了。而能让这位姑娘出门最明显的原因显然就是长离公子君无欢,因为曲笙姑娘三次出门至少有两次都是跟君无欢一起的。

一个俊美不凡的未婚青年,一个师出名门的妙龄少女,人们自然很容易就想到一些风花雪月的事情上去。再看拓跋兴业竟然也没有阻止的意思,不少人暗中都不由得扼腕,暗恨自己下手晚了。

虽然貂族人依然看不上楚凌的血统,但是楚凌是拓跋兴业唯一的亲传弟子这一点就足以吸引许多人了。

不过两个当事人的相处,其实也并没有外人所以为的那么浪漫。

比如今天君无欢虽然以赏菊为借口将楚凌请了出来,他们也确实坐在满园子的菊花中间,但是谁都没有真将心思放在菊花上。

楚凌趴在桌边,看了一眼四周方才问道:"长离公子要我来,总不会真的是专程请我来赏菊的吧?"

君无欢扬眉道:"不行吗?笙笙不喜欢菊花?那笙笙喜欢什么,可以告诉我,回头我让人给你送过去。"

楚凌看了一眼凉亭外色彩缤纷形态各异的菊花，道："还行吧。花开得挺漂亮。"

君无欢有些无奈，笙笙长着绝色美人儿的容貌，却半点也没有名门闺秀的风雅。倒不是说楚凌举止言谈粗俗，事实上她的言行举止虽然称不上多么优雅却绝对大方得体。只是一般的天启名门闺秀整日里不是赏花就是刺绣，不是吟诗便是作画，而楚凌对这方面丝毫不感兴趣。

楚凌诧异地看着君无欢："你真的请我赏花啊？"

"不行吗？"君无欢挑眉道。

楚凌笑道："行，怎么不行？长离公子亲自邀请我自然是受宠若惊了。"

君无欢叹了口气，道："好吧，我有事情请你帮忙。"

楚凌点点头道："说说看。"

君无欢道："笙笙可听说过谷阳公主？"

楚凌点头："自然。"谷阳公主是北晋皇帝的第九女，生母是北晋四妃中最受宠的金禾皇妃。今年十六岁，只比楚凌大两个月。

"谷阳公主怎么了？"楚凌好奇地问道。

君无欢有些极然地望着楚凌道："过几日便是大皇子的婚礼，在下也接到了帖子。届时能否有劳笙笙陪我一起出席？"

"嗯？"楚凌微微挑眉，看着君无欢的神色瞬间了然了。貊族女子除了一些情况特殊的，大多数成婚得比天启女子还要早一些。谷阳公主年过十六了还没有出嫁，在貊族女子中已经算是少见的了。据她所知之前雅朵和拓跋赞跟她八卦的时候好像说过，谷阳公主是对君无欢有意思来着？

楚凌单手撑着下巴，靠着桌边懒洋洋地看着君无欢道："我说人家好歹也是个金枝玉叶，你就不能给点面子么？"

君无欢笑道："笙笙是在建议我卖身求荣？抱歉，我不缺钱。"

"不光是钱的事儿啊，我记得谷阳公主虽然算不上是绝色美人儿吧，也还是个清秀佳人。跟你站一块儿好像……"看起来你才比较像是那个佳人。

楚凌头痛地翻了个白眼，义正词严地看着眼前的男人，"长离公子，咱们开门见山地说哈。我虽然不介意偶尔替你帮一点小忙。但是我觉得我们的关系还没有好到让我为了你去跟一个公主针锋相对的地步。"

君无欢诧异地看着她："我以为我跟笙笙已经算得上是同生共死的交情了。"

看着楚凌郁闷地瞪着自己的模样，君无欢终于忍不住垂首低低地笑了起来。楚凌用看精神病的表情看着眼前靠在桌边笑得难以自制的男人。有这么好笑吗？

"喂，差不多了，小心笑断气了。"楚凌没好气地道。

君无欢终于笑够了，抬眼看着她轻声道："笙笙不用担心，只是出席一个婚礼而已。更何况，你觉得你不去谷阳公主就不知道了吗？"

楚凌无言，这段时间君无欢时不时往大将军府和她家跑，京城里哪里还会有人不知道？就连她的陪练对象都直接换成了君无欢。师父觉得很满意，表示近期可以不用去跟别人切磋了。

楚凌点点头道："行吧，到时候你让人来接我。"

君无欢微笑道："到时候，自然是在下亲自来接笙笙。"

"我说，你们俩到底聊够了没有？"一个不耐烦的声音从不远处传来，楚凌微微挑眉就看到一个人从墙头上翻了下来。他几步就走到了凉亭外面不满地瞪着两人。

楚凌托着下巴："这位兄台有点脸熟。"

对方对她翻了个白眼："本公子为你们跑来跑去，你们两个白眼狼却在这里谈情说爱！"

楚凌仔细打量着对方好一会儿，终于忍不住笑了出来："大白，你终于舍得不穿你的白衣白裤了？"

来人穿着一身褐色锦衣，脸上也做了不少修饰，几乎看不太出来原本桓毓公子风度翩翩的模样。

桓毓轻哼一声，走到两人身边坐下不理楚凌。

君无欢笑道："他的易容术确实还不错，以后在京城再遇到了，笙笙叫他玉公子就行了。"

楚凌喷了一声："玉公子？"桓毓斜了她一眼道："怎么？你不服气？本公子是天启玉家的六公子。"

"玉小六。"楚凌叫道。

桓毓霍地站起身来，咬牙切齿："君无欢，你别拦着我，本公子一定要揍她一顿！"

君无欢并没有拦着，端起跟前的茶水优雅地抿了一口道："我不拦着，如果你打得过她的话。"

"几个意思？"桓毓眯眼，他才离开上京几个月，难道发生了什么他不知道的事情？君无欢道："昨天笙笙刚刚跟我打了一场，八百招内我拿不下她了。"

"这么快？"桓毓震惊地看着眼前看起来美丽娴静的少女，"拓跋兴业给你吃什么灵丹妙药了？"

楚凌笑眯眯地看了他一会儿，竟然当真从袖底掏出一颗药丸："聚气丹来一颗？吃了可以增加二十年的功力。"

桓毓诧异："给我？"

楚凌道："这个只能吃一次，长离公子武功绝顶，我已经吃过了。"

"不是毒药吧？"桓毓怀疑地道。

楚凌翻了个白眼："把你毒死了对我有什么好处？"见旁边的君无欢也不阻止，

桓毓这才满心欢喜地接过了药，"想不到拓跋兴业竟然对你这么好？"

楚凌不置可否地笑了笑："快吃了吧，别弄丢了。"

桓毓果然一仰头，将药丸吞了下去。

"好苦！"原本舒展的眉眼顿时皱成了一团，桓毓手忙脚乱地倒了一杯茶一口灌了下去。

楚凌笑容可掬地看着桓毓，终于忍不住捂着肚子趴在桌上无声地大笑起来。

桓毓终于明白自己被耍了，呆愣了半天方才咬牙，"你耍我！你给我吃了什么？！"

楚凌揉着肚子笑道："没什么，清心醒脑的药丸，我觉得你比较需要。"

"君无欢！"桓毓怒道。

君无欢放下茶杯叹了口气，道："笙笙内力如何，你看不出来吗？"虽然楚凌确实是进步神速，但是内力却不是可以一蹴而就的事情。两年下来，楚凌的内力水平也只是接近二流高手的水平而已。

恼怒的桓毓追着楚凌在花园里打了一架，最后两人几乎打成了平手才终于出了这口气。看向楚凌的神色也多了几分钦佩："看来君无欢没骗我，果然是进步神速啊。"

楚凌耸耸肩道："你要是有个师父隔三差五揍你，你也会进步神速的。这次你一走就是好几个月，是回天启去了吗？"

桓毓点头："是啊，君无欢常年在上京，我自然要去天启那边看着。"

"两位若是打完了，就进来说话吧。"凉亭里君无欢道。

两人对视一眼，双双转身往凉亭的方向走去。

"曲姑娘？"两人刚一转身，就听到身后不远处传来一个熟悉的声音。回头看过去，果然见到了几个熟人。

拓跋罗、拓跋胤、百里轻鸿，身边还跟着拓跋明珠和楚凌只见过两次的四皇子妃以及一个穿着红色异族服饰的高挑少女。不过这些都不是楚凌注目的原因，真正让楚凌关注的是站在这些人身边却隔着几步，显示出明显疏离的男子。

那男子穿着一身黑衣，那款式像是天启的但是却并不像君无欢那样严谨。衣襟也只是随意地拢着，带着几分慵懒之意。他的人却完全不像他的衣着那么随意慵懒，整个人仿佛是一座毫无声息的冰山一般。俊美却有些缺乏血色的容颜上没有丝毫感情，就连那双乌黑的眼眸里也写满了对这个世间的一切的漠不关心。

楚凌忍不住在心中吹了声口哨："又是一个难得一见的美男子啊。上京皇城里美男子可真多。"

"他怎么在这里？"旁边的桓毓忍不住皱眉，低声道。

楚凌漫不经心地嗯了一声，问道："你说谁？"

桓毓压低了声音，道："那个穿黑衣服的，别去惹他。"

楚凌微微挑眉："怎么？他是什么人？比我师父和君无欢还厉害？"

桓毓摇摇头道："这个倒不好说，他是北晋国师，非常得太后的宠信。"

楚凌皱眉："我以为他是天启人。"

桓毓正要说什么，那边拓跋罗等人却已经走了过来。拓跋罗率先笑道："没想到在这里见到曲姑娘，曲姑娘这是在赏花么？"

楚凌点头，饶有兴致地打量着众人："大皇子今天好热闹，这位想必就是未来的大皇子妃了？"

那红衣少女看了看楚凌，扬起下巴带着几分傲气地道："我是贺兰真。"

楚凌笑道："我是曲笙，幸会。见过四皇子、四皇子妃、县主、县马。不知这位是？"

拓跋罗等人除了贺兰真目光都一瞬间变得有些奇怪，片刻后拓跋罗才轻咳了一声，开口道："这位是国师，国师之前一直在潜修，今日才刚刚回京，曲姑娘没有见过。"

楚凌眨了眨眼睛，你还是没说他叫什么啊。

"见过国师。"

国师确实很高冷，只是淡淡地瞥了楚凌一眼，道："你是拓跋兴业的弟子？"

国师声音低沉冷漠，没有丝毫的人气。

"正是。"

然后，就没有然后了。

气氛一度有些尴尬，拓跋罗连忙开口道："这位公子看着有些眼生，曲姑娘这是……"

"这是天启玉家六公子。"君无欢的声音淡淡地从两人身后传来，楚凌转身就看到了原本坐在凉亭里的君无欢已经从凉亭里走了出来。

众人还没有来得及说什么，楚凌就敏锐地感觉到一股劲风朝着自己袭来。连忙侧身闪开，却见方才还站在不远处的那位国师不知道何时已经到了跟前，并且一掌朝她拍了过来。

楚凌眼神一冷，流月刀已经握在了掌中。

她正要抬手挥刀却被人轻轻按住了刀柄，只觉得一股淡淡的檀香夹着药香将她包裹起来。君无欢已经到了她身边，一只手将她带入了怀中另一只手出掌接下了对面袭来的一掌。双掌相接，一击之下劲风四溢。站在旁边的众人都不由得后退了一步，君无欢和那黑衣国师也各自退了两步方才站稳。

楚凌被君无欢圈在怀中，也被带着后退了两步。

"君无欢。"那黑衣国师皱眉，淡淡道："你还是喜欢多管闲事。"

君无欢微微挑眉："南宫，你闭关闭昏头了吗？笙笙是拓跋兴业的亲传弟子。"

国师唇边勾起一抹冷笑："拓跋兴业不在这里，我替他教教徒弟，怎么了？"

君无欢低笑了一声："好吧，重来。笙笙是我护着的人，要不咱们再打一次，这一次你打算闭关多久？"

国师嗤笑，仿佛十分不屑："你还是先关心一下，你还有几年的命吧。"说完，也不理会旁边的人，纵身而起宛如一片黑云一般飘然而去了。

楚凌眨了眨眼睛半晌无语，我当你是个绝色美人儿，你迎面就想要给我一刀？

君无欢低头，在她耳边低声道："别想了，南宫御月不是你喜欢的冷漠美男子，他是个疯子。"

南宫御月？这疯子的名字真好听。

旁边的拓跋罗神色怪异地看着两人，早就听说了君无欢倾慕曲笙，原本他还怀疑君无欢是不是图谋大将军府的什么，现在看来竟然是真的看中曲姑娘了？

再看看两人，男子俊美无俦，少女美丽绝俗，两人靠在一起模样亲昵可不正是一对璧人吗？

"曲姑娘和长离公子看来交情不浅，难不成好事将近了？"旁边拓跋明珠突然开口笑道。

楚凌这才发现自己跟君无欢此时的姿势有一些不对。连忙上前一步退出了君无欢怀中，对拓跋明珠笑了笑道："县主说笑了，方才一时情急罢了。多谢长离公子出手相助。"

君无欢淡然一笑，对拓跋明珠道："还是县主和百里公子鹣鲽情深令人倾羡。"

拓跋明珠看了看百里轻鸿，道："长离公子今日是专程请曲姑娘来赏花的么？"

君无欢点头："正是，碰巧玉六也在，笙笙一时兴起两人就切磋了一番。"

君无欢跟天启玉家关系好在座的大多数人都是知道的，也不奇怪。拓跋罗只是道："玉公子光临上京，在下竟不得而知，实在是失礼。"

桓毓摆摆手，淡定地道："没什么，我就是来凑个热闹，顺便看看君无欢死了没有。"

"玉公子说笑了。"拓跋罗道，"过几日在下大婚，玉公子若是有空不妨请过去喝杯酒如何？"

桓毓扬眉："大皇子的婚宴，在下自然是要去的，还没恭喜大皇子大喜。"

楚凌站在一边看着桓毓熟练地跟拓跋罗你来我往地客套，一派大家公子风范丝毫没有之前的不靠谱。旁边君无欢伸手握住她的手腕，低声笑道："放心，他从小就要应付这些事情。比你我擅长得多。"

楚凌摸了摸下巴，难道她之前竟然小看桓毓这家伙了？果然这世道敢在外面跑的都是深藏不露啊。

拓跋罗亲自陪着乌延公主来赏花散心，他们自然不好意思打扰。楚凌三人很快便告辞了，目送三人离去，贺兰真有些好奇地道："这位姑娘就是大将军的亲传弟子？"拓跋罗看了她一眼，道："不错。"

贺兰真笑道："很有趣，我觉得我可以和她做朋友。"

另一边楚凌和君无欢桓毓坐上了回城的马车，一上了车桓毓就憋不住了道："南宫御月那个疯子怎么又出来了？"君无欢靠着马车上的靠枕闭目养神，方才接下南宫御月那一掌对他并非没有丝毫的影响。听到桓毓的话，君无欢方才睁开眼看了他一眼道："都三年了，也该出来了。"

"你没事吧？"楚凌看着君无欢，有些担心地问道。

君无欢对她笑了笑，摇头道："没事，一时情急岔了口气罢了。"

"没事就好。"楚凌双手撑着下巴，好奇地道，"这位北晋国师，到底是个什么人啊。貉族人怎么会容忍一个完全不像是貉族人的人当国师？"

桓毓笑吟吟地道："不用怀疑，南宫御月就是天启人。哦，也不对，他应该算是有天启血脉的貉族人。"

楚凌不解地看着他，旁边君无欢道："南宫御月是当年天启派出去与貉族和亲的南宫公主的后人。"

"南宫公主？"

君无欢点了下头，道："当年貉族刚刚崛起的时候天启在关外还有一个劲敌是乌延部的前身蠹族人。天启为了消灭蠹族便将南宫公主嫁给了当时的貉族首领，可惜这位公主命不好刚嫁过来不到半年貉族首领就战死了，她只得转而嫁给了新继任的首领。之后在貉族二十年，南宫公主生下了一子两女，貉族和天启也联手将蠹族打得几乎灭亡只得往北迁徙。"

楚凌思索着，道："貉族由此壮大，而南宫公主也已经年老色衰然后失宠了？"

君无欢不由一笑："笙笙通透。"

楚凌呵呵，不，我只是看透了男人的本性。

君无欢道："南宫公主失宠了，貉族的王位自然落不到她儿子头上。她一儿一女甚至因此丧命，唯一剩下来的女儿却嫁入了当时除了拓跋氏以外最强大的焉陀氏，因为有天启的暗中支持甚至险些危及了拓跋王族的地位。迫不得已，拓跋家只能向她赔礼，让继位者也就是北晋第一位真正的王者拓跋勒娶了她的女儿为大王妃，之后又一直与拓跋氏通婚。焉陀氏是到了如今也依然是举足轻重的，而南宫御月就是焉陀氏族长的亲弟弟。按辈分，他要称呼南宫公主的女儿一声太祖母。他的母亲是北晋皇帝生母最小的妹妹，如今太后的亲外甥女。"

楚凌忍不住揉着额头，"好乱……所以，南宫御月是北晋皇帝的亲表弟？"

君无欢笑道："他还是左皇后的亲哥哥，他的貉族名字叫焉陀弥月。"

这身世真是有点吓人，难怪那么嚣张就连拓跋罗都要对他客客气气的。想起那一堆乱七八糟的关系，楚凌忍不住吐槽："你不觉得，貉族人的姻亲关系实在是乱得一言难尽吗？"

君无欢道："你以为天启就能好到哪儿去么？"

楚凌耸耸肩，搓掉了一身鸡皮疙瘩。

"有这么好的家世，南宫御月不好好当个纨绔，怎么就成了疯子了？另外，他应该是焉陀族血统更多一些吧？看起来怎么完全是个中原人？"楚凌问道。

桓毓轻哼一声，道："这个问题你最好别在南宫御月面前问。"

楚凌眨巴了一下眼睛，我看起来傻吗？

桓毓没好气地道："既然南宫御月出来了，你早晚也会知道的。还是现在告诉你免得你以后跟人乱问，被人宰了都不知道怎么回事。"

君无欢点了下头，表示同意桓毓的话。

桓毓不自觉地压低了声音道："据说，南宫御月并不是焉陀家的血脉。是他母亲跟天启的使臣生下来的。"楚凌目瞪口呆："还有这事儿？"

桓毓耸耸肩道："不好说，焉陀族内部一直传得沸沸扬扬。毕竟南宫公主跟南宫御月已经隔了好几代了，但是你看南宫御月的模样，明显就是像天启人更多一些。不过焉陀家的老人说南宫御月和当年那位嫁入焉陀家的公主长得有六七分相像。所以肯定是焉陀家亲生的。不过因为这事儿南宫御月小时候过得很不好，他母亲过世之后，太后便将他接到了身边抚养。"

楚凌沉默了半晌，桓毓忍不住推了推她："怎么不说话？"

楚凌道："不知道该说什么。"

回到城中，桓毓就自己下车走了。君无欢亲自送了楚凌回去见拓跋兴业。拓跋兴业显然也早就收到了消息，在府里等着他们了。

见楚凌进来，上下打量了她一番方才点了点头对君无欢道："今天多谢长离公子了。"

君无欢笑道："都是君某分内之事，大将军言重了。"

拓跋兴业指了指旁边的椅子示意两人坐下说话，楚凌刚坐下来就开口问道："师父，你跟南宫御月有仇吗？"

拓跋兴业微微扬眉，道："我跟他没有私仇。"

没有私仇？那就是有别的仇了。

"不管我跟他有没有仇，他会找你都是意料之中的事。你也不必放在心上。"

师父，我差点被他一巴掌拍死啊。

君无欢道："大将军，笙笙现在只怕还不是南宫御月的对手。"

拓跋兴业点头："我虽然还没见过南宫御月，但是以笙儿的实力现在对上他确实勉强。你们不必担心，我晚一些会亲自去找他说说。"

楚凌也不由松了口气，眨巴了一下眼睛："师父你真好。"

拓跋兴业似笑非笑地扫了她一眼："我替你给他送个帖子过去，一个月后你的对手就是他了。"

楚凌大惊:"师父,你觉得徒儿活够了吗?"

拓跋兴业道:"跟长离公子还有四皇子他们交手,已经无法给你造成什么压力了。换一个对手,或许能让你进步更快一些。"

楚凌哑口无言。跟君无欢等人交手她虽然也有进步,但是时间久了效果就不大了。毕竟她知道君无欢等人不会伤她,君无欢等人也知道她的极限在哪里。双方心里有数的情况下,是无法突破极限的。拓跋兴业的教导方式从来都不是循序渐进,而是一次一次的极限突破。

"听说南宫御月是个精神病啊!"

拓跋兴业并不知道精神病是什么病,淡定地道:"你放心,用你的命换他的命,南宫御月肯定不会愿意的。"

"师父威武!"楚凌欢喜地赞道。

在楚凌松了口气的时候,拓跋兴业却继续道:"最多把你打个半死。"

"……"这真的是亲师父?

拓跋兴业道:"只要南宫御月没把你打死,短时间内就不会再轻易对你出手了。你是想要他三不五时地想起来就给你一掌,还是干脆来个痛快?"

楚凌暗暗垂泪,看出来了,师父也拿那个精神病没办法,毕竟是太后的侄孙北晋皇帝的表弟,又不能真的打死他。

从大将军府出来,君无欢又亲自将楚凌送到了家门口才转身告辞。楚凌目送君无欢的背影消失在街角,方才转身进了家门。只是刚一进门脚步就顿住了,眼神如利剑一般凌厉地射向前方。

后院的庭院中央站着一个人,一身白衣飘飘。身形挺拔地负手站在庭院中,在他不远处的屋檐下,雅朵身体僵硬地站着显然是被人封了穴道定在了那里动弹不得。

楚凌在院门口站住,神色冷漠地看向院子里的人半晌方才道:"国师大驾光临,有何指教。"

那人转过身来,不是不久前刚刚见过的南宫御月是谁?

换了一身白衣的南宫御月看起来并不比穿着黑衣的时候和善,甚至更加冰冷。整个人都仿佛一座毫无生气的冰雕一般,但是他的眼睛里却充满了恶意,让原本冰冷的俊美面容多了一种诡异感。楚凌忍不住有些怀疑,这人其实并不是性情冷漠而是天生面瘫。

"好眼力。"南宫御月沉声道。

楚凌轻笑一声,有些懒洋洋地靠着身边的柱子看着他道:"是国师秀色可餐,这才让人过目难忘啊。"

南宫御月也不生气,意味不明地笑了一下。说是笑,也只是牵动了一下他的唇角发出了一声笑声而已,那张俊脸却像是戴了面具一般毫无波动。

南宫御月问道："你觉得我比君无欢还好看吗？"

楚凌不语，出口的话却是万分真诚又坚定："这是自然，国师风采绝伦，无人可比。"

南宫御月道："既然如此，你抛弃君无欢跟着我如何？"

楚凌飞快地眨了眨眼睛，有点怀疑自己的耳朵是不是出了什么问题。

南宫御月以为她要拒绝，危险地眯起了眼睛，"怎么？你觉得我配不上你？"

楚凌忍不住在心中叹气，她现在理解了为什么桓毓和君无欢都说南宫御月是个疯子了。沉吟了片刻，楚凌好奇地问道："国师想叫拓跋大将军师父吗？"

南宫御月微微蹙眉，表情嫌弃。

楚凌道："我们中原人有句话叫一日为师，终身为父。国师会跟我一起孝顺师父吗？"

"孝顺？"南宫御月启唇道，那双眼睛里清楚明白地写了两个字：想吐。

楚凌点头："孝道大如天，师父没有儿女，我自然是要好好孝顺他的。我未来的夫婿最好是能入赘，这样以后师父年纪大了我也方便照顾他，在他跟前尽孝。"

南宫御月沉默了良久，终于纵身而起跃上了墙头。

楚凌微微挑眉："国师，你改变主意了吗？"

南宫御月道："等我杀了拓跋兴业再来。"

楚凌挥挥手："哦，那您慢走。"

杀了拓跋兴业？呵呵，这位国师好像不仅是个精神病，还是一个严重高估自己实力的精神病。难怪会被人打得闭关养伤三年，希望师父再拍他几巴掌，闭关个十年八年就好了。

拓跋兴业听了楚凌的禀告，也不由得愣了半响。楚凌偷觑了师父的脸色，琢磨着师父是不是也被南宫御月那精神病给吓着了。

"师父？"

拓跋兴业回过神来，道："我知道了，不用担心。"

真的不用担心吗？

"国师，不会真的来刺杀师父吧？"楚凌有些担心地问道，拓跋兴业似笑非笑地看了她一眼道："这两年我还想着，你整日被我拘在家里不出门，连桃花都看不到一朵，倒是没想到这一来就是两朵。"

楚凌震惊：师父，您老人家竟然真的关心过我的桃花？

拓跋兴业淡定地道："修心也是武道修炼的必要过程。"

楚凌犹豫了一下，问道："师父，您老不会是在暗示我万花丛中过，片叶不沾身吧？"她这位看起来有点古板的师父思想竟然这么前卫？

拓跋兴业道："你若是能做到，为师倒是深感欣慰。武学之道，境界越高心境就越重要。感情也是一般，要么你一辈子不沾情爱不损心境，要么就在红尘中打

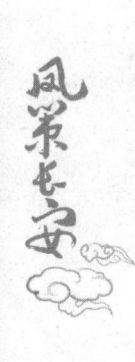

滚，万物不萦于心。不过为师还是觉得后者更妥当一些，无垢虽然至纯，却易被尘埃所污。"

楚凌一脸怪异地看着他：师父，您老年轻的时候到底祸害过多少姑娘？

拓跋兴业眯眼看着她："想什么呢？"楚凌连忙将头摇得像拨浪鼓："没有没有，师父您老人家的指点徒儿铭记于心，片刻不敢忘。"

拓跋兴业也不追究，点头道："南宫御月那里你不用担心，他虽然是个疯子，但是却是个清醒的疯子。他知道什么人可以动，什么人不可以动。"

清醒的疯子？楚凌微微挑眉思索着拓跋兴业这话的意思。

拓跋兴业也不管她，直接挥手让她回去了。

因为大皇子即将大婚，以及国师大人出关，最近整个上京皇城都处在一种喜庆祥和的气氛中。雅朵每天精神百倍地忙进忙出，据她说因为大皇子的婚事如今她铺子里的生意都好了许多。楚凌觉得自己让一个小姑娘养着已经很不成体统了，如今雅朵每天忙得脚不沾地，她自然还是要去看看的。

楚凌才刚走到门口，就听到里面传来一阵嘈杂声，不由皱起了眉头。

"啊呀，笙姑娘，你怎么来了？"迎上来的是店里的一个伙计，他虽然是天启人，一口貂族话也说得十分顺利。

"里面怎么了？"

伙计不由垮下了脸，回头看了一眼里面，靠近了曲笙低声道："有人来找麻烦。"

楚凌皱眉道："阿朵在吗？怎么不派人回来告诉我？"

伙计道："小姐在呢，小姐不让我们去打扰姑娘你。"

"胡闹！"楚凌没好气地道，快步走了进去。

原本宽敞的铺子大堂里挤满了人，熙熙攘攘十几个人让人一进去就觉得头晕。

一个穿着玫红色锦衣的少女正带着一群人跟雅朵对峙，雅朵此时脸上的神色也有些不太好看，皱眉看着那姑娘道："这位小姐，我们用的料子都是从南方过来的，宝石也都是西域来的，你这样无理取闹未免太过分了。"

那少女显然并不觉得自己过分，轻哼一声道："南方过来的了不起吗？那些南蛮子能有什么好东西？哦，对了你好像也是南蛮子生的。还有这宝石，你说是从西域来的最极品的宝石？我怎么觉得这还不如我镶嵌在鞋面上的大？你们说是不是？"

跟在她旁边的一群也是贵族少女装扮的女子纷纷笑着应和起来："可不是吗？这么小的东西也好意思说是极品。"

"就是啊，这家店该不会是卖假货的吧？"

"南人蛮子生的就是没有好东西，仗着有拓跋大将军撑腰就敢糊弄咱们……"

雅朵气得浑身发抖："既然几位看不上我的东西，就请去找你们看得上的。我们不奉陪了！"

一个少女高声道："你卖假货给我们就想这么算了？"

"我没有卖假货！"雅朵咬牙道。

那红衣少女冷哼一声道："我说你有你就有，还敢顶嘴！信不信我让人把你这家破店给砸了！"

"谁要砸店啊，这么大口气，真是吓死我了。"略带冷意的女声悠悠传来，众人回头才看到不知何时一个蓝衣少女已经站在了距离他们不过几步远的地方。

"笙笙，你怎么来了？"雅朵看到楚凌也松了口气。

"你就是曲笙？"那红衣少女厉声问道。

楚凌打量了那少女两眼，懒懒地嗤笑了一声道："我当是哪家穷鬼买不起东西来闹腾呢，原来是冲着我来的啊。既然是找我直接来便是，跑到这里来闹什么？"

"你说什么？"

"你说谁是穷鬼？"

几个声音接二连三地响起，对面的几个贵族少女纷纷怒瞪着楚凌。

楚凌挑眉，走到之前被她们一行人批判得一无是处的东西面前。纤细的手指轻轻钩起盒子里的衣服，笑道："阿朵姐姐，你不跟他们讲清楚这衣服的来历，回头她们弄坏了赔不起你，你岂不是亏大了。"

雅朵有些郁闷地道："她们根本不听我说话。"

楚凌笑看了那几个少女一眼道："这是江南的紫绡冰丝缎，由最出色的缂丝工匠照着名家所绘制的图像织就的。跟你们身上的衣服比起来，这件衣服的料子，得一根丝一根丝地算钱。还有这上面缀着的宝石，谁告诉你宝石越大就越好了？这是西域国王室专用的极品红宝石，你们头上那一堆加起来也比不上它一颗的价值。"

"谁知道你说的是真是假？"有人不服气地道。

楚凌不以为意，淡定地道："我又没有求你信。只是你们最好别乱碰，碰坏了你们赔不起。"

那红衣女子气得发抖："你敢看不起我！不就是一件破衣服？还有本姑娘买不起的？"

楚凌对着她和善地一笑道："哦？承惠一万三千两，谢谢。"

"一件破衣服你敢要一万三千两！"

楚凌对她露齿一笑，点头道："嗯，我敢。怎么样？"

"你知不知道我是谁？！"红衣少女怒道。

楚凌悠然道："谷阳公主嘛，公主殿下难道是嫌太便宜了？没关系，我知道有钱人都是只买贵的，不买对的。你看着随便再加一点也行。"

"曲、笙！"红衣少女咬牙切齿地看着眼前的楚凌，"你故意的！"

"说得好像谷阳公主不是故意来找麻烦的一样。"楚凌淡淡道，目光从跟在谷

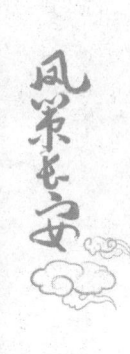

阳公主身后那一群贵族少女身上扫过，淡淡道："不知道公主一大早带着这群人来找我麻烦，是为了什么事？"

谷阳公主轻哼一声道："听说你最近跟长离公子走得近？"

楚凌漫不经心地点头道："那又如何？"

谷阳公主道："长离公子是本公主选的驸马，识相一点就给我离他远一点。"

楚凌眨了眨眼睛："驸马啊，看来回头要去恭喜一下陛下和金禾皇妃喜得佳婿了。嗯，择日不如撞日，正好今天进宫去看看阿赞，就现在去吧。"

说完，楚凌竟然当真就转身往外面走去。

谷阳公主愣了愣，回过神来才连忙叫道："你站住！"

楚凌轻笑一声："你说站住就站住，我岂不是很没面子？"

"你给我站住！"谷阳公主飞快地几步上前，将楚凌挡在了门口不让她出去。

楚凌靠近了她，轻声道："公主啊，公主乖乖在宫里作威作福等着陛下和皇妃给你找个好夫婿就行了，学什么追求真爱？最要紧的是，人家压根对你半点意思都没有，你这样让人很困扰啊。"

"你胡说！"谷阳公主咬牙道。

楚凌伸了个懒腰："以君无欢的身份，如果他真的对公主殿下情根深种，就算金禾皇妃不愿意，陛下想必也乐意跟他结个亲的。毕竟用一个女儿笼络一个富甲天下的财神还是值得的，请问他愿意娶你吗？"

在北晋外族总归是被人看不起的，比起君无欢金禾皇妃肯定希望谷阳公主能嫁给一个貂族权贵。

谷阳公主恨恨地瞪着楚凌道："我得不到的也不能让别人得到！你就是仗着这张脸勾引长离公子的，我毁了你这狐狸精的脸！"

话音未落，谷阳公主已经伸手向着楚凌的脸上抓了过来。

"笙笙！"雅朵失声叫道。

楚凌正要侧身避开，一只手从斜处伸了出来稳稳地抓住了谷阳公主的手腕。那双手修长白皙，清瘦却有力得恰到好处，看上去犹如一件优美的艺术品。

"长离公子？"

君无欢此时的神色有些不好看，往日带着几分温和淡笑的唇角微微抿起，立刻多了几分不怒自威的感觉。他眼底一片幽冷，淡淡地看着谷阳公主问道："公主这是在做什么？"

谷阳公主委屈地道："长离公子，是不是这个狐狸精勾引你的？！"

君无欢挑眉，对面的楚凌也笑眯眯地对他挑了挑秀眉。

君无欢仿佛看到了楚凌眼底的满意，有些无奈地叹了口气。谷阳公主却以为他这是对她的，眼睛立刻一亮道："就是她勾引你的对不对？我毁了她的脸看她还敢到处勾搭男人！"

楚凌啧啧称奇，这位公主难道是小时候脑袋被门给挤过？

君无欢已经放开了谷阳公主，并且伸手将楚凌拉到了自己身边，皱眉道："笙笙毕竟是大将军的亲传弟子，公主还是尊重一些。"

公主并不觉得自己需要去尊重一个将军的弟子。

公主傲然道："她不过是个低贱的南蛮子，本公主为什么要尊重她？就算是她师父见了本公主，也要行礼的。"

君无欢神色微沉，冷声道："公主既然身份尊贵，就不要和我们这些身份低微的人搅和在一起，免得辱没了你的身份。"谷阳公主一愣，连忙解释道："我不是说你……"

君无欢已经不想再跟她说话，拉着楚凌就要走。

谷阳公主越急越错，忍不住叫道："君无欢，你敢走我让父皇抄了你的凌霄商行。"

"呵。"君无欢倒是真的站住了脚步，楚凌却忍不住摸了摸自己的手臂想要退开一点，好像有点冷。

君无欢一手拉着楚凌的手腕，回身看着身后的谷阳公主，神色平静眼神淡漠，"我等着。"

"文虎。"

"公子。"

君无欢吩咐道："传令下去，从现在开始金禾部所有的茶、盐都停了吧。每年的毛皮也改从乌延部买进，算是给大皇子和大皇子妃的新婚贺礼。"

"是，公子。"

说完这些君无欢并没有再停留，拉着楚凌直接走了出去。

谷阳公主身边的一个少女变了脸色，连忙拉住还想要追上去的谷阳公主道："公主，咱们快回去，将这事告诉皇妃娘娘。"

谷阳公主不悦地道："急什么？"

少女急得直跺脚，道："公主，十万火急！若是君无欢说的是真的，咱们会有大麻烦的！"

另一边，被君无欢拉走的楚凌也在挣扎着："喂，等等啊。阿朵还在……"

君无欢道："不用担心，我留了人了。"

楚凌道："那也慢一点啊，着什么急啊？"

君无欢停下脚步看着她："笙笙不生气么？"

"生气？为什么？"楚凌不解，片刻后回过神来道："你说谷阳公主？为了一个脑子不清楚的公主生气？我只是同情她爹娘。"

君无欢有些无奈地叹了口气，楚凌伸手拍拍他的手臂道："好啦，你说你也一把年纪了，火气怎么还这么旺盛？你这样不淡定，是怎么让凌霄商行在北晋立足的?"

君无欢郁闷地看着眼前的少女,心中暗道:"若不是她骂你,我怎么会如此生气?还有,什么叫我一大把年纪?!二十六岁年纪很大吗?"

"你才十六岁,就这么淡定也是少见。"君无欢道。

楚凌笑眯眯地道:"本姑娘天纵奇才啊。"

君无欢点点头:"确实天纵奇才。"

楚凌看着他:"你到底有事没事?没事我就回去了。就算咱俩如今……呃,也不用三天两头地腻在一起吧?过犹不及啊。"

君无欢扬眉道:"你那几个哥哥姐姐的消息,听不听?"

楚凌准备离去的脚步立刻停下了,优雅地转身双手搂住君无欢的一只胳膊,笑颜如花地道:"原来长离公子是专程来送信的呀,真是太辛苦了。"君无欢似笑非笑地道:"笙笙这变脸的功夫很厉害。"

"我大哥他们怎么了?"两人找了个没人的地方坐下,楚凌方才问道。这两年,她一直都是通过君无欢给大哥他们传信的。不多,几个月才一次,不过也足够让楚凌知道许多消息了。

黑龙寨如今已经跟红溪寨合并,清除了白云寨的那些渣滓之后成为了信州实力最强的山寨。有君无欢和凌霄商行暗中帮忙扶持,黑龙寨的实力也越发地强大起来。不过郑洛听从了窦央和祝摇红的建议,这两年倒是越发低调起来了。

君无欢一直没有告诉郑洛等人楚凌的下落,他们只是隐约知道楚凌现在应该在上京一带。

君无欢道:"他们倒是没有怎么,不过叶二娘和狄钧要来上京了。"

楚凌一惊,皱眉道:"他们来上京做什么?"

君无欢道:"他们来救人。"

"救人?"楚凌看着他,君无欢叹了口气道:"我也是这两天才得到消息的,祝寨主被明王府的人抓了。"

"怎么会?"楚凌有些茫然。

君无欢蹙眉道:"我收到消息说,祝寨主是直接被明王府的一个高手抓走的。对方应该认识祝寨主,所以很可能是祝寨主的身份有什么问题。"

楚凌皱眉:"你是说摇红姐姐做山贼之前的身份?"

君无欢点头。

楚凌道:"你觉得摇红姐姐跟明王府有关?"

君无欢没有回答这个问题,只是道:"我派人去查过,明王府守卫森严想要打探消息并不容易。不过祝寨主的消息我还是打探了一些,她被单独关在了明王府后院的一个院子里,吃穿用度都没有少,只是有几次祝寨主想要逃走,闹出的动静有些大,才被我的人注意到的。"

楚凌叹了口气，道："罢了，等二姐和狄钧到了再细说吧。"

君无欢看着她道："虽然叶寨主和狄寨主来上京，但是我依然不建议你在他们面前暴露身份。你知道的，你现在的身份太过敏感，一旦暴露了会很麻烦也很危险。"

楚凌思索了片刻，方才点头道："我知道，但是二姐他们那里……"

"我来安排。"君无欢喝了口茶，道，"还是如之前一般，我替你传递消息给他们。"

楚凌笑了笑："也罢，若是让二姐知道，我现在肯定要被她念叨一顿。"其实她是怕吓着叶二娘和狄钧，冒充貊族人的养女混到上京做了拓跋兴业的弟子，确实挺吓人的。

君无欢满意地点了点头，道："那就好，现在咱们可以谈谈正事了。"

楚凌不由得眨了眨眼睛有些茫然：他们刚才谈的难道不是正事吗？

君无欢拍了拍手，片刻后两个少女捧着盒子从外面走了进来。

楚凌好奇地看着放到自己面前的两个盒子，里面装着一套衣衫。一件浅蓝色的绣着金色花纹的衣衫，纯粹的中原女子服饰。貊族入关之后并没有要求统一穿着貊族服饰，但是上京皇城中原本的天启贵女们却还是纷纷穿上了貊族的衣裙。或许这些衣服对她们来说并不那么符合她们的审美，但是很多事情都比审美重要得多。

楚凌有些好奇地挑起衣服，之前她还在给谷阳公主科普那件衣服的料子珍贵，但是一入手她就知道她手里这一件比起那一套冰丝缎只会更贵绝不会更便宜。

楚凌从未见过如此美丽的蓝色，这蓝色并不如何耀眼，却仿佛笼罩着一层淡淡的银光，看上去让人觉得静谧而美丽。上面金丝绣成的花样却又让这一份静谧多了几分炫目和尊贵。楚凌拿起来，发现那金丝绣的是牡丹花团和云纹金边，展开之后更能看出来这身衣服是何等的贵气。

楚凌微微蹙眉道："这是给我的？这么贵重的衣服，怎么好意思让你送我？"

君无欢微微挑眉："笙笙怎么知道这衣服贵？"

"我有眼睛。"

君无欢看着楚凌蹙眉的模样不由笑道："碰巧得到了一些还不错的东西，若是卖出去或者送给别人用难免糟蹋了。既然如此，还不如做成让我顺眼的东西送给让我顺眼的人。"

楚凌无语："让长离公子顺眼真是荣幸之至。"

君无欢道："原本我觉得笙笙更适合红色，不过如今在上京皇城里也不好太张扬了。这蓝色也不错，我保证，普天之下只此一件。"

楚凌有些好奇地道："难道这缎子原本就是蓝色的，我还从未见过染得如此漂亮的颜色。长离公子有这一样秘方就足以敛财无数了。"

君无欢摇头笑道："那倒不是，是早两年我手下的师傅研究出来的，只是在染料里加了一些特殊的东西而已。"

楚凌犹豫了一下："什么东西？"总觉得不该问这个问题。

君无欢将另一个盒子推到楚凌跟前打开，里面躺着一串手链。一串颜色大小都一般无二的珠子静静地躺在盒子里。半透明的珠子里仿佛有水光在流动一般。虽然颜色比衣服更淡了一些，却让人觉得更加地美丽。手串旁边是一支发钗，发钗上是一颗更大一些的圆润珠子，泛着蓝莹莹的光芒被金丝攒成的花儿环绕着。仿佛并不十分精巧，却让人有些移不开眼睛。

楚凌脑海中灵光一闪："这是鲛珠？"

君无欢轻叹了口气道："虽说得了一盒鲛珠，不过能用的也只有这一些罢了。"

"剩下的……"楚凌问道。

君无欢对她一笑："都碾碎了磨成粉了。"

楚凌指了指跟前的衣服，君无欢关心地问道："笙笙不喜欢？"

楚凌深吸了一口气，道："我不敢穿。"

君无欢不由失笑："笙笙言重了，再如何也只是一件衣服罢了。"

楚凌撑着下巴打量着对面的男子："君无欢，你这样我会觉得你在追我啊。"

君无欢一怔，为楚凌的大胆有些无奈。叹了口气道："京城的人都知道我是倾慕曲笙姑娘啊。"楚凌摇摇头，抬手将盒子盖上了，道："长离公子啊，无功不受禄，这种价值连城的宝贝还是不要随便送人比较好。你这样，会吓到人的啊。"

君无欢望着她不语，楚凌正色道："我知道长离公子富甲天下不在乎这点钱，我也不是矫情故作清高，但是这个真的不妥。"

君无欢默然，他是聪明人当然明白楚凌说的不妥并不只是指送这两件礼物不妥。她是在婉拒。

君无欢有心想要解释，但是半晌也没想出来要解释什么。一时间气氛倒是平添了几分尴尬。

过了一会儿，楚凌站起身来跟君无欢告辞了。

君无欢望着空荡荡的门口沉默了许久，伸手掀起桌上的盒子看了一会儿又重新盖上了。

桓毓从外面走进来，见君无欢独自一人不知道在想些什么。又看到桌上的盒子不由好奇道："咦？这不是……君无欢，你改变主意了，打算送给我？我就跟你说嘛，这种宝贝在北晋这种地方根本无法体现它的价值，还是让我带回南方比较好。"

君无欢淡淡地扫了一眼桓毓，桓毓只觉得头顶发凉，忍不住缩了缩脖子。

"你说送姑娘东西一定要说清楚它的价值，这样人家就会喜欢了？"君无欢问道。

桓毓得意洋洋地道："这是自然，你不说清楚，就算你送了个价值不菲的宝贝，万一遇到个不识货的也可能当成不值钱的破烂啊。我跟你说，在这方面你就真的不如本公子精通了。我这第一风流公子的称号可不是白来的。"

君无欢不以为然："给你封号的人，你给人家塞了多少钱？"

桓毓立刻一噎，愤愤地瞪着君无欢。君无欢目光冷飕飕地看着他："既然你说的这么有用，阿凌为什么不肯收？"

桓毓愣了愣，好一会儿才终于反应过来，手指头颤了颤道："你这是想要送给凌姑娘的？"

君无欢看着他微微扬眉，那表情似乎在说，难不成是给你的？

桓毓一时间神色复杂又纠结，好半晌方才轻咳了一声，下定决心要挽回自己风流公子的称号。一本正经地道："长离公子，你做生意的时候你给别人一两银子，别人送你一百两银子的货，你相信吗？你觉得这生意做得长久吗？"

君无欢蹙眉道："这不是做生意。"

桓毓叹了口气问道："不是做生意才麻烦，你突然送人家这么贵重的东西，要是回头你要无赖说收了你东西就是你的人了怎么办？"

君无欢没好气地给了他一个眼刀，"我没你那么龌龊。"

"君无欢，你没傻吧？这么简单的事情你自己难道想不到还问我？"桓毓翻着白眼，没好气地道，"话说，你到底为什么会想到把这些东西送给阿凌姑娘啊。"

"本来就是为她做的。"君无欢道，"不送她送谁？"

桓毓还想要挤对他几句，君无欢抬手道："行了，我知道你想要说什么。"

桓毓在他对面坐了下来，兴致勃勃地道："我也觉得你没那么傻，这么说你真对人家凌姑娘……"

君无欢蹙眉道："还没到那个地步。"

"哪个地步？"连这种价值连城的东西都说送就送，还没到那个地步？那到了那个地步君无欢打算送什么？送命吗？

君无欢道："阿凌跟别的女子不一样。"桓毓赞同地点头："看出来了，这世上比她胆子还大的姑娘估计还没出生。"

君无欢道："我还有很多事情要做，阿凌想必也是。"

"所以？"桓毓道。

君无欢凝眉道："或许，哪一天阿凌愿意告诉我她的秘密，而我也能告诉她我的秘密的时候。"

楚凌离开茶楼之后都还有点回不过神。楚凌不是没有收过别人的礼物，事实上她是一个不怎么拘泥小节的人。别人诚心送她礼物如果关系好她多半会收下，最多记下来有机会的时候补一份回去。若是关系特别亲密如阿朵这样的，自然更不用斤斤计较这些事情了。

但是君无欢不一样，他送的礼物更不一样。

君无欢并不是一个不知道掌握分寸的人,哪怕他真的是一个男女关系上的白痴,人和人之间交际的分寸他也是掌握得十分精准的。如果他愿意,他可以轻易赢得任何人的好感,绝不会让人感到尴尬,绝不可能出现这样送出如何不合时宜的礼物的情况。

楚凌抬头幽幽望天叹了口气:"本姑娘当真是魅力无边啊。"

君无欢是一个相处起来让人觉得很舒服的人,也是楚凌这几年来除了雅朵和拓跋兴业外最亲近的人。可能比起雅朵和师父,她跟君无欢的关系还要更加密切一些。

因为君无欢知道很多她不好告诉雅朵更不能对师父坦白的秘密,也因为君无欢是姐姐离开之后最先对她友善,并且与她一起出生入死的人。

但是她确实并没有准备在这个乱世谈一段荡气回肠的乱世情缘。她也不知道君无欢是真的对她有了深厚的感情,还是只是单纯的一时心动。

忍不住又叹了口气,如果失去君无欢这个朋友,她可能会有点惆怅。

心中烦躁的楚凌直接策马出了城,一路往上京西北方向而去了。纵马驰骋了将近一个时辰,来到了一处树林外。将马儿拴在林边的树上,楚凌便走入了林中。

一路前行,树林深处伫立着一座庄子。这庄子修建得并不精致华贵,颇有几分古朴之风。如今虽然已经入秋,庄子周围却依然是花团锦簇百花争艳。

楚凌一路进去并没有被人阻拦,远远地就看到一棵桂花树下一个男子正倚靠着树干拿着一壶酒自斟自饮。男子看上去二十五六左右,面容白皙如玉带着几分风雅的意味。眉宇间还有几分略微的忧郁,被淡淡的桂花和酒香晕染得越发地醇厚轻悠。楚凌从未见过比他更具有文人风采的男子。君无欢固然更加俊美,也同样温文尔雅,但是却难免多了几分锋芒,与眼前这人仿佛温玉一般温润内敛的气质截然不同。

"曲姑娘,你来了。"篱笆围成的院门口,一个小厮看到楚凌来面上不由得露出了几分欣喜。楚凌看了一眼树下的男子微微挑眉道:"你们家公子怎么了?"

小厮无奈地叹了口气,眉目愁苦:"公子这几日心情不太好。"

楚凌了然地点点头:"我方便进去吗?若是不便我改日……"

"方便!公子说曲姑娘什么时候来都可以,快请进。"小厮连忙道,一副生怕楚凌真的离开了的模样。楚凌有些好笑,却也能理解这孩子的担忧,伸手拍了拍他的肩膀举步走了进去。

树下的人身边还横七竖八地躺着几个酒瓶,显然是喝了不少酒。听到脚步声,他便抬起有些惺忪的醉眼看了过来,不由挑眉一笑:"是你啊,怎么想到今天过来?"

楚凌走过去在不远处站定,微微扬眉道:"你还没醉?"

男子有些无奈地苦笑:"这年头想要求一醉也不是容易的事情。"

楚凌在不远处的石桌边坐了下来,道:"抽刀断水水更流,举杯消愁愁更愁。"

男子站起身来朝着楚凌走了过来,喝得有些多了他走路的时候也有些摇摇晃晃的。

走到楚凌对面坐了下来，男子轻叹了口气："难得笙笙来看我，我却如此失礼，实在是抱歉得很。"

楚凌摆摆手道："是我不请自来，怎么？打扰殊公子伤春悲秋了？"

男子仿佛被噎了一下，望着楚凌半晌没有说话。定定地望着楚凌好一会儿，他方才有些无奈地摇摇头，道："有时候，我真是羡慕笙笙。"

楚凌挑眉，仿佛不明白他在羡慕自己什么。男子道："好像从来没有见过笙笙伤心绝望的时候。"

楚凌沉吟了片刻道："我又不是木头，自然也是会伤心难过的。不过绝望我不知道。我觉得只要还活着还有一分的希望，就没有必要那么快绝望，也许什么时候就峰回路转了呢。"

男子笑了笑，有些懒懒地靠着桌子道："笙笙没事也不会来我这个荒凉的地方，可是遇到什么事了？"

楚凌一怔，耸了耸肩道："没有啊，突然想起来好些日子没来探望过你了，就过来看看呗。"

男子似笑非笑地看着她："我可是听说，长离公子和曲笙姑娘好事将近了啊，你竟然还有空来看我？"

楚凌险些一口茶噗出来，连忙放下茶杯看着对方："秦殊，我说你这是从哪儿来的消息，这是不是超前得有些过分了？"

"这么说没有？"叫秦殊的男子道。

楚凌道："自然没有。"

秦殊道："连长离公子都看不上，笙笙的眼光很高啊。"

楚凌摇头道："这不是看不看得上的问题，我近期也没有嫁人的打算，就是我师父那关也过不去啊。我看君无欢也未必就真的有那个意思。对了，说起来你们俩都是西秦人，以前你认识君无欢么？"

秦殊摇了摇头道："不认识，长离公子少年时便行走天下，我却常年都在王城中见不到几个外人，哪里能认识？"

楚凌有些遗憾，道："那倒是可惜了，我觉得你们应该会很聊得来。"

秦殊不置可否："或许吧。"

楚凌看着他道："你最近怎么样？"

秦殊道："就这样，还能如何？"

楚凌劝道："你也不要总是窝在这里，有时候不妨出去走走。北晋皇帝不是没有限制你的自由吗？"秦殊摇了摇头，但笑不语。楚凌蹙眉，道："你今天心情不好，是因为大皇子大婚，西秦也会有人过来吗？"

秦殊苦笑道："什么事情都瞒不过你。"

楚凌摇头道:"西秦的事情也不是你的错,何必如此自苦?"

两人正说话间,外面传来了一阵嘈杂声。楚凌皱眉站起身来:"我出去看看。"这地方虽然看着不起眼,实际上内外都有重兵把守的,一般人轻易进不来,更何况是在外面闹腾。

秦殊正要开口,之前守在外面的小厮已经急匆匆地走了进来:"公子,外面……"

"给本公子滚开!"小厮话未说完,门口就传来一声爆喝打断了他的话。院门口,一个穿着绛紫色锦衣的少年怒气冲冲地闯了进来。院子里突然一片安静,那少年进来之后也没有继续发作而是双目圆瞪看着眼前的温雅男子。

秦殊轻叹了口气,挥手道:"怀安,你先下去吧。"

小厮担心地看了看自家公子,才有些忐忑地退了出去。

楚凌思索着自己是不是也出去比较好,但是看着那少年一副随时都要准备咬人的模样,秦殊也没有赶她的意思,便沉默地留了下来。

那少年瞪着眼前的青年不知道过了多久,大约是眼睛有些酸了才终于轻哼了一声,咬牙道:"秦殊,看来这几年你过得很好啊。父王母后若是泉下有知,想必也会十分欣慰!"那咬牙切齿的语气,显然是一点也不希望他的父王母后泉下欣慰。

"阿希,几年不见,你长大了。"半晌,秦殊终于对眼前的少年缓缓道。

却不想那少年听到这阿希两个字,脸色更加难看了起来。神色阴鸷地盯着眼前的人良久,少年脸上的颜色变了又变,才终于冷笑一声道:"秦殊,在北晋待久了,见到本王你连礼都不会行了么?"

秦殊一怔,神色越发地黯然。他原本就喝了不少酒,这会儿在秋风中竟隐隐有些站不稳了。不知道过了多久,才见秦殊缓缓站直了身体,拱手躬身慢慢地拜了下去,"臣秦殊拜见陛下。"

少年冷哼一声,红着眼睛瞪着眼前的秦殊。目光落在站在一边的楚凌身上,转了一圈又回到了秦殊身上,突然冷笑道:"大哥,你知道么,这次彤姐姐也来了。"

秦殊神色微变,原本拱起的手垂在了身侧紧紧地握起,只听那少年继续道:"彤姐姐以后也要留在北晋了,你高兴吗?北晋皇帝要让她给大皇子做侧妃。"

秦殊原本就不好看的脸色一时间变得惨白,他瞪着眼前的少年嘴唇颤了颤,良久方才道:"谁让你带她来的?"

少年嗤笑一声,道:"大哥原来不知道么?北晋皇帝要西秦选十名绝色美女进贡。"

"那你也不能……"

不等他说完,就被少年打断了话:"不能?为什么不能?她不能,那大哥你告诉我,谁能?是六姐九妹,还是表姐?或者是哪位堂妹?哦,我忘了说,一起来的不仅是彤姐姐,还有九妹和五王叔家的凤姐姐。"

秦殊神色痛苦地闭上了眼睛，终于再也撑不住往后退了两步撞到了身后的石凳上。楚凌上前一步单手扶住了他的胳膊，秦殊这才靠着她的力量支撑着慢慢坐了下去。

看着秦殊痛苦得近乎颤抖的模样，少年似乎终于心满意足了。

他眼神恶毒地打量着秦殊道："秦殊，你就是个懦夫！你以为你自己很伟大吗？你抛下父王母后走了，留下这一堆的烂摊子，现在你满意了吗？"

楚凌叹了口气，实在有些看不下去了。

"少年，你还能不能好好说话了？"

少年抬眼扫了楚凌一眼："你又是谁？难道又是被他这副皮囊骗来的蠢货？我劝你考虑清楚一些，指望他庇护你，只怕是指望不上。"

楚凌微微挑眉，道："我为什么要指望他庇护？"

少年笑出了声来，道："看来你还不是那么蠢，也知道他靠不住。"

楚凌摇头道："我的意思是我为什么要他庇护？我也是个人，若是自己都护不住自己，还要指望别人吗？"

少年顿时愣住了，似乎没有想到眼前的美丽少女竟然会说出这样的话来。楚凌伸手倒了一杯水塞进秦殊手里，秦殊有些木然地端着手中的茶杯，怔怔地望着楚凌。

少年怒道："你是什么人？竟敢这么跟本王说话？！"

楚凌道："曲笙，西秦王幸会。"

"曲笙？"少年蹙眉，很快便反应过来道："你是拓跋兴业收的那个女弟子？"

楚凌眨了眨眼睛："消息还挺灵通的。"

少年猛地侧首看向坐在一边的秦殊："你竟然跟拓跋兴业的弟子混在一起！"

秦殊不答，楚凌觉得秦殊有这么一个弟弟实在是有些糟心，不过秦殊的弟弟还轮不到她来管教。她只是微微眯眼看着眼前的少年，道："西秦王，劳驾您说话客气一点，我是拓跋兴业的弟子怎么了？见不得人吗？"

少年轻哼一声，眼底满是对楚凌的仇恨："秦殊，你好得很！"

楚凌皱眉，这位年少的西秦王实在是有些拎不清。但是秦殊没有给她再说话的机会，轻声道："笙笙，抱歉今天不能招待你了，你先回去吧。"

楚凌心中暗道，我要是走了，这小子说不定真能生吞了你。

秦殊对她笑了笑："不用担心，我心里有数。"

楚凌再看看对自己满是敌意的少年，心中叹了口气。也罢，她这个身份确实是有些尴尬。

叹了口气，楚凌道："也罢，我先走了。过两天大皇子的婚宴上咱们再见。"

秦殊淡淡一笑点了点头，目送楚凌出去。

楚凌出了树林就看到不远处有一群人正在候着，看衣着模样显然就是跟那位

少年西秦王一起来的。

秦殊是一年前楚凌跟着拓跋兴业一起去安陵参加狩猎大会的时候意外认识的。那时候整个猎场的人大都穿着骑装或者劲装，骤然在偏僻处看到一个身着白衣、君子如玉的青年楚凌还是有些惊讶的。

后来才知道他是跟着北晋皇帝一起去猎场的西秦质子。七年前貊族人稳定了大半个中原之后没有渡江南下而是往西打到了西秦都城。西秦王投降称臣，割让了大片土地给貊族。西秦王太子自愿入上京为质子，这才勉强保住了西秦的半壁江山。

这位王太子，就是当时只有十九岁的秦殊。

秦殊是个纯粹的皇室贵公子，虽然会几招拳脚功夫但是却也只是普通的养生功夫。对付几个小蟊贼或许没问题，却着实称不上高手。楚凌只是觉得跟他说话很轻松也很有意思，一来二去两人倒是成了朋友。

秦殊虽然是质子，时时处在北晋人的监视之下，甚至不能随意离开上京附近，却并不沮丧颓废，只是眉宇间难免有几分忧虑和黯然。楚凌向来见不得身边的人无精打采，时不时出城散心的话就会绕过来看看他和他说说话什么的。

回到城中的时候已经是晚上了，才刚进门雅朵就迎了出来："笙笙，你可算回来了。"

楚凌挑眉，道："出什么事了？对了，今天我们走了之后，那谷阳公主没有再找你麻烦吧？"雅朵摇摇头，没好气地道："你们走了之后谷阳公主就带着人走了。你到哪儿去了，你要是再不回来我就要亲自去凌霄商行要人了。"

楚凌摸了摸鼻子："我出城转了一圈回来晚了。"

雅朵看看她的神色，有些好奇地问道："你跟长离公子怎么了？吵架啦？"

楚凌摇摇头，她跟君无欢有什么可吵的？吵不起来啊。

"阿朵，你明早派人去跟君无欢说我……"

"笙笙有什么事情要跟我说？"门外传来君无欢的声音，两人扭头果然看到君无欢披着一件银灰色的披风身后跟着文虎走了进来。

"长离公子，你怎么过来了？"雅朵也有些惊讶地看向君无欢，君无欢对她点了下头道："打扰雅朵姑娘了。"

雅朵笑道："无妨，你们先谈，我去给笙笙准备晚饭。"

看着雅朵离去的身影，楚凌有些无奈地扶额忍不住想要挖个地洞钻进去。

君无欢笑看着楚凌道："笙笙可是还在为上午的事情生气？"

楚凌偏着头打量着他，淡淡的月色洒在君无欢的身上，让他苍白的容颜也多了几分温润之色，少了几分白日里的锋利。楚凌摇头道："长离公子好心送那么贵重的东西给我，若是生气我岂不是不识好歹？只是有点被吓到了罢了，毕竟你知道我很穷的。"

君无欢笑道："笙笙这话骗旁人还差不多。"

楚凌理所当然地道:"跟长离公子比起来,天下有几个敢说自己不是穷人?"

君无欢有些无奈地道:"好吧,吓到了笙笙是在下的不是。还望姑娘大度原谅。"说着,君无欢竟当真像模像样地对着楚凌拱手一揖。楚凌愣了愣,片刻后两人不由对视一眼齐声笑了出来。

其实原本也没什么事儿,两人相交这两年多素来都是光明正大的。若不是君无欢今天突然送了这么一件不合时宜的礼物,平时连旖旎暧昧的气氛都没有几分。楚凌也并不怎么相信君无欢真的对自己有多深的心思。这一笑,倒是将之前那些微的尴尬都冲散了。两人仿佛都在瞬间找到了自己该有的位置。

就算君无欢真的有心,又如何?天下谁人不追人,天下谁人不被追呢?本姑娘扛得住!

君无欢则在心中暗暗思索着,或许有一天他会让阿凌收下他的礼物呢。如今就连他自己都没有确定自己的心思,倒是不急于一时。既然君无欢来了也就没有看看就走的道理,两人就着月光在院子里找了个地方坐下。君无欢坐在屋檐下的栏杆旁,楚凌直接坐到了院子里的花台边上。

"这次拓跋罗的婚事似乎很隆重?"楚凌问道,就连西秦王都亲自来参加,只怕天启也会派人来。

君无欢点头道:"北晋皇帝如今想要拉拢塞外各部,自然是要给乌延部面子的。另外只怕也是存着想要敲打西秦和天启的意思。"

楚凌问道:"天启也派人来了么?"

君无欢道:"自然。"

两国之间就是这么奇怪,即便是双方连年交战也不可能完全断绝联系,更何况是天启和北晋这样其实已经有好几年没有打过仗的了。虽然是敌对,甚至双方百姓都无法随意来往两岸,但是上层的交流却并不少见。

"貉族这几年休养生息得也差不多了。"君无欢沉声道。

楚凌皱眉,敏锐地反应过来:"北晋皇帝想要对天启用兵?"

君无欢点头:"这两年明王府的势力越加强盛,北晋内部对北晋皇帝想要立太子的事也颇有微词。"

楚凌皱眉道:"北晋皇帝想要利用和天启的战事转移貉族内部的矛盾?"

君无欢笑道:"笙笙这个想法有意思,不过差不多确实是这个意思。"

"天启人知道这个消息么?"楚凌问道。

君无欢道:"笙笙不要小看天启人的消息渠道了,若是不知道他们如何会这么郑重其事地来参加大皇子的婚礼?笙笙可知道来参加婚礼的人是谁?天启襄国公段承文和右丞相上官成义。"

楚凌皱着眉,道:"天启想要求和?"

君无欢唇边勾起了一抹嘲讽的笑意,"江南胭脂锦绣,繁华之地住久了,谁还愿意打仗呢？"

楚凌问道："这是天启皇帝的意思，还是天启文臣武将的意思？"

君无欢沉默了良久，脸上的笑容仿佛多了几分悲哀之色："襄国公代表着天启的权贵，上官成义是天启文人之首。这两人，都是天启皇帝的心腹。"

楚凌明白君无欢的意思，天启求和的态度只怕不仅仅是一个皇帝或者几个卖国贼的意思。而是整个朝堂从上往下都不愿意打仗，或者说是不敢打仗。

楚凌凝眉许久，看着君无欢认真地问道："你觉得，求和有用吗？"

君无欢笑道："短时间有用。"

"多短。"

君无欢悠悠道："灭了沧云城之前。"

幽冷的夜色中，楚凌也忍不住吸了口寒气。

虽然拓跋兴业不让楚凌参与任何军中的事情，但是时常出入大将军府多少还是有些感觉的。这两年北晋并没有再进攻沧云城，但是这样的安静却让人有些不安，楚凌也明白北晋人绝不会容忍一个沧云城盘踞在这块他们认为已经被他们征服的土地上的。

楚凌闭眼思索着什么，良久方才道："长离公子跟晏城主有交情么？"

君无欢微微挑眉，道："认识。"

楚凌叹了口气，道："那想必不用我提醒了。"

君无欢道："笙笙认为貊族人会对沧云城出手？"

楚凌道："难道长离公子不这么认为？"

君无欢但笑不语。

不远处雅朵派人来请楚凌和君无欢一起过去用膳，两人便也止住了这个话题起身往花厅去了。

第二天上午，楚凌一如往常地去了大将军府。

一进门，府上的管事就迎了上来："小姐，您来了。大将军正在见客，吩咐属下转告，请小姐先去校场玩一会儿。"

拓跋兴业的玩，自然跟别人的玩不是一个意思。楚凌也点头应了，转了个方向往后院的校场走去。她有些好奇地道："什么人这么早就来拜访师父？"

管事看了一眼楚凌，低声道："是南朝那边过来的客人，专程来拜见大将军的。"

这两年，楚凌和拓跋兴业府上的人关系都不错。大将军府的人大都是从军中出来或者跟着拓跋兴业很多年的。对于这个自家大将军看重的弟子，自然也不会有一般貊族人那种嫉妒又轻视的复杂心思。

管事将楚凌送到校场之后便恭敬地退下了，楚凌随意从旁边抽出一条长鞭开始练功。虽然楚凌用得最顺手的是流月刀，拓跋兴业也要求她专注。但是偶尔她还是要学一些别的兵器的，毕竟总会有一些突发状况，未必时时刻刻刀都能在身边。

对于楚凌的担忧拓跋兴业颇为不屑：连自己的兵器都能弄丢的人，你还习武干什么？

对此楚凌好奇地问："师父，你难道从来没有丢过兵器吗？"

拓跋兴业沉默了半晌，从此不再管楚凌学别的兵器。

长鞭在手楚凌挥动起来如灵蛇狂舞，地上不时被鞭子打出一条条白痕，可见这鞭子若是落在人身上是何等的痛彻心扉。没练过的人觉得鞭子打人容易，但是真正练起来才会知道长鞭比起刀剑来更加难练。长而柔软的长鞭不同于貉族人惯用的马鞭，对手腕和手臂的控制力要求都极为严苛。若是弄不好，就不是打人而是把自己缠成一团了。

楚凌却似乎完全没有这个困扰，身形矫健地在校场中央飞快移动着。长鞭也如同无数飞走的灵蛇，将她牢牢地保护在中心，一旦有人试图入侵就必然会遭到灭顶之灾。

不远处一行人漫步走了过来，看到校场中间少女的身影不由得都停下了脚步。拓跋兴业看着楚凌满意地点了点头，曲笙确实是他这几年来见过最满意的弟子人选了。她不仅资质出众，悟性惊人，更难得的是还肯努力。有很多人仗着自己资质出众就不肯用功，最后不过是平白浪费了自己的天赋罢了。

"大将军，这位是？"跟在拓跋兴业身边的是两个身着华服的天启男子，出声的老者五十出头的模样，身形消瘦即便是站直了也才只到拓跋兴业的肩膀。脸上已经长出了皱纹，唇边留着一撮山羊胡子，说话的时候总是习惯性地微微眯起眼睛，微微缩着肩膀看上去有些谨小慎微的模样。

另一人倒是年轻一些，四十出头的模样，身形修长挺拔，又带着几分雍容气度，显然是出身大家的名门勋贵。

拓跋兴业道："这是我的弟子，名唤曲笙。"

"原来是大将军的弟子，果真是英姿飒爽，风采过人。"老者斟酌着道。他们自然知道拓跋兴业收了一个中原少女做徒弟，消息传到南边的时候许多人还有些不以为然，心思龌龊者更是不知道脑补了多少龌龊下流的东西。眼前的两人都不是寻常人物，看得出来那校场上少女的厉害和拓跋兴业语气中的欣慰和满意。

那完全是长辈对晚辈的满意，显然拓跋兴业是真的将这少女当成了他的衣钵传人。那边楚凌也早就发现了有人正在围观自己，很快便收起了长鞭，足下轻轻一点人已经从校场上一跃而下落到了众人跟前，"师父。"

拓跋兴业满意地点了点头："这段时间没偷懒。"

楚凌冲他露出个乖巧的笑容："徒儿哪敢啊。"楚凌还真不敢偷懒，这个世界太危险了，她的身份也太危险了。

"师父，这两位是？"

拓跋兴业道："这两位是天启来的贵客，襄国公和上官丞相。"

楚凌大方地向两人拱手道："见过襄国公，见过上官大人。"

"这位曲姑娘……"襄国公打量着楚凌良久，似乎不知道说什么。楚凌心中一跳，面上却平静地扬眉道："在下曲笙。"

襄国公很快便笑了起来，点头道："听说曲姑娘是中原人，在下还有些不信。没想到竟然当真是，大将军不拘一格，在下佩服。"拓跋兴业道："笙儿资质出类拔萃，也能吃苦，半点不比北晋男儿差。"

楚凌笑道："师父，您就别跟客人夸我了，我都要不好意思了。两位大人和师父想必是有事儿，我晚一些再来，就先告退了。"

拓跋兴业点头道："这几日我都没空，有什么问题等过了这几日再来吧。难得上京如此热闹，这几日你也可以休息一下。"

难得师父亲口放假，楚凌如所有这个年纪的孩子一般欢喜地应了，恭敬地向三人告退离开了。

出了拓跋大将军府，楚凌思索着应该打探一下祝摇红的消息了。只是无奈她这两年很少在城中行走，跟明王府并没有什么关系，贸然上门自然是不可能的。摩挲着下巴思索了良久，楚凌才转身往拓跋罗的府上去了。

大皇子府邸最近每日人来人往，进出的人们都是一派喜气洋洋。楚凌是来找这几日都住在拓跋罗府上的拓跋赞的，拓跋罗婚期将近，拓跋赞美其名曰来帮忙，这几天都直接住在了大皇子府。

看到楚凌拓跋赞还是有些高兴的："笙笙，你怎么来了？"

楚凌挑眉道："来看看小师弟啊，听说小师弟在给大皇子帮忙？"

拓跋赞低头看看被自己弄得一团糟的蚂蚁窝，有些尴尬地笑了笑，连忙拍拍手站起身来："大哥府里人多，好像没什么需要我帮忙的地方。我正想去找你呢。"

楚凌不解："找我？做什么？"

拓跋赞眼睛亮晶晶的："听说你昨天差点跟九姐打起来？"

楚凌震惊地看着他，这年头以讹传讹已经这么厉害了吗？

"没有？"拓跋赞有些失望，楚凌眯眼看着他："怎么？你巴不得我跟谷阳公主打起来？"

拓跋赞瘪嘴道："拓跋宓总是一副眼高于顶的模样，讨厌死了！你怎么不揍她一顿呢，就是你揍了她，看在师父的面子上，父皇也不会把你怎么样的。"

楚凌打量着眼前的少年，突然伸手捏住他的脸颊拉扯："我说呢，谷阳公主久居宫中，怎么会那么快知道我跟君无欢的事情，原来是你告诉她的？"

拓跋赞叫道："我没有……放手，你这个粗鲁的女人！"

楚凌冷笑一声，果然放开了手轻轻拍拍他有点发红的脸颊道："少年，心机挺重啊。"

拓跋赞捂着脸颊退开三步远："就算我不告诉她，她也还是会知道的。拓跋宓一心痴恋君无欢，到时候还是会找你麻烦。你要是怕她的话，就赶紧跟君无欢一刀两断吧。"

"我偏不。"楚凌偏着头笑眯眯地道，"难道你没听说，昨儿君无欢和谷阳公主闹翻了。好像还牵连到了金禾家什么事，你说，要是让金禾皇妃知道是你暗中挑唆谷阳公主……"

"师姐！"

楚凌也不是真的要跟拓跋赞算账，见他红着小脸认输这才走过去拍拍他的肩膀道："以后别胡闹，我跟君无欢的事情我自己心里有数。有功夫还是多练练功吧，下次被师父抽查到小心挨揍。"

听到拓跋兴业的名字，拓跋赞不由抖了抖。有些沮丧地道："我就是没什么天赋嘛。"

"勤能补拙。"楚凌没什么诚意地安慰道。

拓跋赞还是个少年，并不想要领悟将勤补拙的精髓，很快便将这件事抛到了脑后，"大哥府上这两天都忙得乱七八糟，咱们去找四哥玩儿吧。"

楚凌道："大皇子忙成这样，你觉得四皇子会闲着吗？"

拓跋赞摆手道："我四哥不管这些事的。别说是大哥的婚礼，就是他自己的婚礼当初都是大哥替他操办的，他就行了个礼。别人都知道他的脾气，也不会拿这种事烦他。今天四嫂请乌延公主玩耍，可热闹了。"

楚凌倒是有些不解："乌延公主？后天就是大婚了，乌延公主怎么还出门？"

拓跋赞奇怪地看着她："后天才大婚，今天为什么不能出门？"

楚凌扶额，是她想太多了，北晋并没有待嫁女子不能随意出门的规矩。

跟大皇子府比起来，四皇子府上确实要安静许多。

这两年楚凌只来过一次四皇子府，而记忆中的四皇子府其实也只有楚拂衣居住的那个小小的院子而已。但即便是如此，一踏入这府中脑海里依然有许多过往的片段纷涌而来。拓跋胤的冷漠，姐姐的泪眼，姐姐的担忧和绝望，这些情绪都让楚凌的心情变得有些压抑了起来。

拓跋赞挥退了带路的管事，拉着楚凌一路熟门熟路地往后院走去。越往后走，楚凌越觉得不对，不由得停下了脚步。

拓跋赞不解地回头："怎么了？"

楚凌皱眉道："这是四皇子府后院，我们不方便进去吧？"

拓跋赞有些郁闷地看着她："你怎么跟天启人一样矫情？有什么不方便的，四哥又没说不能进去。一般这个时候我四哥都在这边，没错。"

楚凌的心里越走越不舒服。

拓跋赞拉着她在一座小院门口停了下来，楚凌的心也像是尘埃落定了一般。

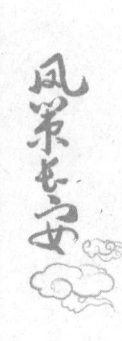

这院子正是当初楚拂衣住的地方，就连门口放着的花盆盆栽都还是当初的样子，只是更茁壮了几分。楚凌微微垂眸，掩去了眼底的复杂神色。她不知道拓跋胤这是什么意思，真的对楚拂衣爱得深沉至今不能忘情？那当初又怎么看着她死得那样凄惨？

两年前刚回到上京的时候她悄悄去了两次浣衣苑，那里已经空荡荡的没有一个人了。

据说是有一天沈王突然闯入那院子，杀掉了浣衣苑里所有的守卫。经过了这么多年，浣衣苑里原本被囚禁的天启贵女本就已经不剩下什么了，剩下的都是一些真正做粗活的人。那一日浣衣苑里血流成河，北晋人也就顺理成章地将那个地方给废弃了。

拓跋胤，你若真对她有丝毫的感情，怎么会任由她落得那样一个下场呢？

拓跋赞并不知道楚凌在想些什么，刚走到门口就迫不及待地叫道："四哥，你在不在？"

里面一片安静，又过了半晌才有一个挺拔的身影漫步走了出来。看到站在门口的两人，拓跋胤皱了皱眉道："你怎么拉着曲姑娘来这里？"看曲笙被抓着袖子一脸木然的模样就知道，肯定是拓跋赞这个不省心的强拉着人家来的。

拓跋赞连忙放开楚凌，道："四哥，我就知道你在这里。你这么大府邸怎么总是往这破地方钻？这里面埋了金子吗？"

拓跋胤不理会拓跋赞的胡说八道，只是对曲笙道："阿赞胡闹怠慢曲姑娘了，曲姑娘请前面喝茶。"

这是在赶人了，楚凌心知肚明地点了点头笑道："四皇子言重了。"

拓跋胤领着两人往外走，一边问道："你怎么想起来我这里？"

拓跋赞满不在乎地道："大哥忙得连人都找不着，师父也忙得顾不上笙笙啦。我就拉着笙笙来看看四哥四嫂呗。"

拓跋胤脚步顿了一下，侧首看向曲笙道："上一次和曲姑娘切磋还是年初的事了，左右无事不如切磋一下？"

楚凌也对四皇子妃的宴会没什么兴趣，爽快地点头道："恭敬不如从命。"

三人一路来到四皇子府的校场，同样身为武将，四皇子府和大将军府都有一个差不多的校场。校场的周围摆满了各种兵器，不过两人身上都是带着自己惯用的兵器的，自然也就用不着那些次货。

拓跋胤手中提着长剑，楚凌多次跟他交过手自然知道这剑虽然不如自己的流月刀，却也是不可多得的好剑。

楚凌一抬手，流月刀已经握在了掌中。正午的日光洒在刀身上，划过一抹炫目的光芒。

拓跋赞站在下面围观，脸上满是兴致勃勃的表情。

"四皇子，请赐教。"

拓跋胤微微点头，也不废话提剑就朝着楚凌的面门平削了过来。楚凌脚下一点飞身而起流月刀在半空划过一道银芒。两人一瞬间便缠斗在了一起。

校场上两人打得如火如荼，下面的人也渐渐多了起来。四皇子妃听到消息急匆匆地带着人赶过来就看到拓跋赞蹲在地上，兴奋不已地为两人助威。只是他的立场一直都十分摇晃不定，一会儿叫笙笙威武，一会儿叫四哥必胜，让人分不清楚他到底是哪边的。

四皇子妃满脸担心地看着台上："这怎么打起来了？"

拓跋赞摇头道："四嫂，这不是打起来了。这是切磋！"

跟着四皇子妃一起过来的贺兰真和拓跋明珠倒是兴致勃勃。贺兰真长在塞外性格直爽，见楚凌竟然能跟拓跋胤打得旗鼓相当，忍不住连连高声为楚凌喝彩。听得四皇子妃暗暗在心中摇头，这位是她未来的大嫂，但是年纪却比她小了不少，两人其实是说不到一起的。如今见贺兰真为外人喝彩，心里就更有些不是滋味了。

拓跋明珠的神色也有些复杂，她素来自诩文武双全，但是论武功的话她心知肚明自己是不如曲笙的。她得见过一次曲笙和百里轻鸿切磋的场面，虽然曲笙输了，但是百里轻鸿对她的赞赏拓跋明珠还是看在眼里的。

如果曲笙跟拓跋罗一系的人关系好的话，对明王府……

台下的人心思各异，台上的人却是全神贯注。楚凌其实并没有外人看到的那么潇洒，短期内她也没有能赢拓跋胤的可能，能做的不过是竭尽全力罢了。

楚凌的神色越发多了几分坚韧和决然，手中流月刀闪动得更快了。一刀一刀如银光如雪片一般袭向对面的拓跋胤，拓跋胤手中长剑一凛，横空一剑扫去便将楚凌那无数的刀光湮灭。楚凌斩出一刀之后疾退数步，拓跋胤已经一跃而起一剑刺向了楚凌纤细的脖子。楚凌手握流月刀连连后退，拓跋胤却紧追不舍。眼看着再退就要落下台了，楚凌一咬牙凌空一个翻身一刀刺向了拓跋胤的胸口。

拓跋胤原本只需要将剑往上一拉，楚凌就不得不为了避开剑锋而放弃这一刀。但是不知怎么的，拓跋胤握剑的手突然顿住了，楚凌也没有想到他竟然会停下，连忙再一次凌空翻身避开硬生生地抽回了手中的流月刀。即便是如此，流月刀森寒的刀气依然在拓跋胤的脖子上留下了一个红点。

拓跋胤看着眼前的少女，沉默了片刻道："我输了。"

楚凌皱眉："难道曲笙连让四皇子专注切磋的资格都没有了？我可不敢说我赢了四皇子。"楚凌怎么可能看不出来，方才分明是拓跋胤不知道为什么突然失神了。

拓跋胤没有否认也没有解释，沉默了良久方才道："抱歉，下次若有机会再跟曲姑娘切磋一场。"

楚凌也不追究，点头道："随时恭候。"

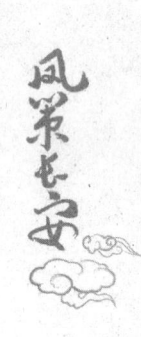